本书为国家社会科学基金西部项目
"清末民初西诗汉译研究"（11XZW037）成果，
并得到西华师范大学学科建设经费资助。

晚清民初新教传教士西诗译介研究

罗文军◎著

RESEARCH ON THE TRANSLATION AND INTRODUCTION OF WESTERN POETRY BY PROTESTANT MISSIONARIES IN LATE QING DYNASTY AND EARLY REPUBLIC OF CHINA

中国社会科学出版社

图书在版编目(CIP)数据

晚清民初新教传教士西诗译介研究/罗文军著. —北京：中国社会科学出版社，2016.9
ISBN 978-7-5161-8275-8

Ⅰ.①晚⋯ Ⅱ.①罗⋯ Ⅲ.①诗歌—文学翻译—西方国家 Ⅳ.①I106.2

中国版本图书馆 CIP 数据核字(2016)第 116728 号

出 版 人	赵剑英
选题策划	郭晓鸿
责任编辑	慈明亮
责任校对	李　楠
责任印制	戴　宽

出　　版	中国社会科学出版社
社　　址	北京鼓楼西大街甲 158 号
邮　　编	100720
网　　址	http://www.csspw.cn
发 行 部	010-84083685
门 市 部	010-84029450
经　　销	新华书店及其他书店
印刷装订	北京君升印刷有限公司
版　　次	2016 年 9 月第 1 版
印　　次	2016 年 9 月第 1 次印刷
开　　本	710×1000　1/16
印　　张	21
插　　页	2
字　　数	329 千字
定　　价	78.00 元

凡购买中国社会科学出版社图书，如有质量问题请与本社营销中心联系调换
电话：010-84083683
版权所有　侵权必究

目 录

序一 "何以译诗"与"诗何以译"
　　——读罗文军《晚清民初新教传教士西诗译介研究》…… 杨慧林（1）
序二 ……………………………………………………………… 李　今（8）

绪论 ……………………………………………………………………（1）
　一　选题缘起 …………………………………………………………（1）
　二　研究现状 …………………………………………………………（4）
　三　研究方法与思路 …………………………………………………（11）
　四　问题说明与纲要 …………………………………………………（17）

第一章　传教士期刊中的译介与政治 ………………………………（23）
　第一节　从《东西洋考每月统记传》到《六合丛谈》………………（25）
　第二节　《东西洋考每月统记传》的译介意图与姿态 ………………（34）
　第三节　《遐迩贯珍》的弥尔顿译介 …………………………………（44）
　第四节　《六合丛谈》的"西学说"与西诗知识 ……………………（53）
　余论 ……………………………………………………………………（63）

第二章　传教士西诗译介的个案考析 ………………………………（67）
　第一节　艾约瑟与《孤岛望乡诗》的汉译 …………………………（69）
　第二节　《西学略述》中的西诗译介 …………………………………（86）
　第三节　沙光亮与《人生颂》的复译 …………………………………（99）
　第四节　李提摩太与《天伦诗》的汉译 ………………………………（116）

余论………………………………………………………………（144）

第三章　圣诗的汉译形态与历史意义……………………………（156）
　　第一节　第一本汉译圣诗集《养心神诗》的风格 ………………（159）
　　第二节　文言圣诗集的翻译形式与变异 …………………………（176）
　　第三节　白话圣诗集的翻译形式与意义 …………………………（195）
　　第四节　圣经诗歌汉译的语言表现：以《弓歌》为例 …………（219）
　　余论………………………………………………………………（245）

第四章　"宗教"与"文学"的交集与分离 ……………………（251）
　　第一节　"宗教"中的"文学"译介问题 …………………………（252）
　　第二节　传教士西诗译介的历史局限与意义 ……………………（266）

参考文献……………………………………………………………（285）
附录　部分史料图影………………………………………………（299）
后记…………………………………………………………………（317）

序一 "何以译诗"与"诗何以译"
——读罗文军《晚清民初新教传教士西诗译介研究》

杨慧林

作为中西文化交流史上最为典型的诠释学事件，传教士的翻译活动历来为学界所关注。而"西诗"毕竟不是一般意义的"西学"，与传教相伴的西诗译介未必满足于文学的快感，却不得不接受"诗"的检验；西诗的融入又正值中国现代文学萌生之际，无论其何存何废，终究会留下某种语言学意义上的印痕。因此这一论题所及的文学、宗教、时代和传统之纠葛，既构成了独特的问题场域，也可能激活曾经被"蒸发"或者"渗入地底"[①] 的多重元素。

与之相关的是，传教士的"中学"翻译同样涉及诗歌，比如金尼阁（Nicolas Trigault）、孙璋（Alex de la Charme）、马若瑟（Joseph de Prémare）都曾翻译过《诗经》，理雅各（James Legge）更是四次出版了三种不同的《诗经》英译本[②]：1871年在香港出版的第一版（后于1895年在伦敦重版），1876年在伦敦出版的"韵律译文"第二版，以及1879年为"东方圣书"系列丛书重新编排和选译的"宗教类"诗篇[③]。然而问题在于：理雅各似乎并不太在意是否一定要将《诗经》呈现为诗；尽管他相当详尽地讨论了汉诗的音韵和平仄[④]，也希望有人能完成"一个忠实于原

---

① 参见本书第四章结尾的论述。
② 详参费乐仁《理雅各〈中国经典〉第四卷引言》，见［英］理雅各《中国经典》第四卷，华东师范大学出版社2013年版，第5页。
③ Max Muller主编的《东方圣书》第三卷（*The Sacred Books of the East*, Oxford: Oxford University Press, 1879）收录了理雅各翻译的《书经》、《孝经》和《诗经》中涉及"宗教范畴"的部分篇章，此卷亦为该系列之《中国圣书》的第一卷。
④ ［英］理雅各：《中国经典》第四卷，华东师范大学出版社2013年版，第102—114页。

作的诗体译本"（a faithful metrical version），却认为"将整部《诗经》译为诗体是不值得的"（not worth the trouble of versifying）①。他甚至明言：翻译《诗经》只是将其视为中国经典的一部分，而并不奢望去评判什么诗学价值（the poetical value）。至于某些"最早将中国文学介绍到欧洲的天主教传教士"对《诗经》的"美好、和谐、崇高、淳朴"多有赞美，在他看来不仅过于夸张（absurdly extravagant），而且简直就是胆大包天（astonishing audacity）。② 理雅各的看法在后来的传教士翻译中具有相当的代表性，那么他们翻译《诗经》的基本预期究竟在于"诗"还是在于"经"？

　　换句话说，如果翻译《诗经》的传教士首先看到的并不仅仅是"诗"，翻译西诗的传教士是否注定会作同样的取舍？进而言之，如果中西之间本有类似的"诗教"（poetic education）传统，如果"寓教于乐"③犹如"温柔敦厚"④、音乐的"医治和净化"⑤亦如"移风易俗，莫善于乐"⑥，那么至少对传教士而言，"教"的目的是否注定会优先于"诗"？沿此思路或许比较容易理解这些传教士译者的初衷，但是我们又必须面对另一个问题：为什么《诗经》可以被西人收入"圣书"（Sacred Books）、《圣经》中的《雅歌》却被国人首先视作"文学"⑦？"歌中之歌"⑧尚且如此，又遑论其他西诗呢？

　　文化之于传教的辅助作用，在传教士们的翻译活动中本来并无疑问。比如理雅各就有非常明确的表达："为了让中国读者……也能像我们一样思考上帝，传教士必须在儒家典籍中大量补充（supplement）、增加（adding）并

---

① ［英］理雅各：《中国经典》第四卷，华东师范大学出版社2013年版，第116页。
② 同上书，第114—115页。
③ ［古罗马］贺拉斯：《诗艺》，见章安祺编订《缪灵珠美学译文集》第一卷，缪朗山译，中国人民大学出版社1998年版，第42—44页。
④ 《礼记·经解》。
⑤ ［古希腊］亚里士多德：《政治学》，见苗力田主编《亚里士多德全集》第九卷，颜一等译，中国人民大学出版社1994年版，第285页。
⑥ 嵇康《声无哀乐论》："仲尼有言：'移风易俗，莫善于乐。'"
⑦ 参见本书第四章第四小节。
⑧ 《圣经·雅歌》首句标注："所罗门的歌，是歌中的雅歌"，英文版为 The Song of Songs, which is Solomon's，故称"歌中之歌"。参见《圣经》（和合本·New Revised Standard Version），中国基督教协会2002年版，第1062页。

扩展（enlarging）……有关上帝的陈述。"① 老实说，这种补充、增加和扩展的策略似乎相当成功：理雅各翻译《诗经》的时候，已经将"维此文王，小心翼翼，昭事上帝"径直译作 This king Wan, watchfully and reverently, with entire intelligence served God，"其命维新"、"帝命不时"之"命"，也都译为 the appointment of God②；乃至现代汉语中的"上帝"，已经很少会被回溯到中国自身的古代典籍，而多被视为纯粹的西方概念了。

然而与此同时，教会（包括传教士自身）对这种"文化传教"始终怀有疑虑和警惕。于是一方面是裨治文（Elijah Coleman Bridgman）创办的《中国丛报》受到差会的监管③，另一方面又正是他批评《圣经》"委办译本"（Delegates Version）为了借用"中国哲学上的说法"而"牺牲了许多准确的地方"、"少合基督教义的见解"。④ 理雅各"花过多时间翻译中国经典"，则被同工质疑"没有很好地侍奉"⑤。更有趣的是：同样出于传教的目的，既有教会学校为了抵御世俗化的西方现代思潮而放弃英文课程，也有教会学校为了克服中国传统的强大惯性而禁止使用中文；其结果却是两校学生分别为了争取英文和中文而罢课。⑥

类似的悖论还有不少。比如王韬在传教士翻译活动中的作用多受肯定，而他本人的某些描述却与人们的印象截然相反："每日辨色以兴，竟暮而散，几于劳同负贩，贱等赁舂。疏懒之性，如处狴犴，文字之间，尤为冰炭。名为秉笔，实供指挥，支离曲学，非特覆瓿糊窗，直可投之溷厕。"⑦ 有美国学者在一部讨论林纾的著作（*Liu Shu, Inc., Translation and the Making of*

---

① James Legge, *Confucianism in Relation to Christianity*, London: Trübner & Co., 1877, p. 3. 相关讨论请参阅姜哲《作为"补充"的"译名"》，《中国人民大学学报》2012 年第 5 期。
② [英]理雅各：《中国经典》第四卷，华东师范大学出版社 2013 年版，第 433、427 页。
③ 参见本书第四章第一节。
④ 赵维本：《译经溯源：现代五大中文圣经翻译史》，（香港）中国神学研究院 1993 年版，第 21 页。
⑤ [美]费乐仁：《理雅各〈中国经典〉第四卷引言》，见理雅各《中国经典》第四卷，华东师范大学出版社 2013 年版，第 3 页。
⑥ 请参 [美]郭查理《齐鲁大学》，陶飞亚等译，珠海出版社 1999 年版，第 76 页；徐以骅《教育与宗教：作为传教媒介的圣约翰大学》，珠海出版社 1999 年版，第 28 页。
⑦ 王韬：《奉洙雪泉舅氏》，《弢园尺牍》卷四，转引自蔡锦图编注《遗珠拾穗：清末民初基督教圣经选辑》，（新北）橄榄出版有限公司 2014 年版，第 XXX 页，注 38。

Modern Chinese Culture）中引述了这段文字，并作如下解释：王韬在同仁眼中是一个"为了薪俸而失去学者自尊的人"（a man who had forfeited the self-respect of a scholar for the sake of regular wages），如他所说："为求生计寄身野蛮人篱下，……似入牢笼"（relying on the barbarian pygmies for a living is……like being in prison），而他写下的那些东西"如果不能用来盖泡菜坛子或者糊窗户，就应该直接丢进茅厕"（if the papers on which his work was written……is not used for covering pickle jars or pasting up windows, one might as well throw it straight into the privy.）①作者还提及：王韬所参与的翻译工作最初居然"是由阔绰的鸦片商人约瑟夫·查甸（Joseph Jardine）支付印制费用，就此而论，21世纪的读者可能也会觉得王韬的努力有些可疑"②。

　　一旦涉及两种文化间的翻译，无论对动机、方法、结果，还是"意识形态"或者"赞助者"的角色细细品咂，悖论几乎都是常态。就连上述著作的书名亦是如此：*Liu Shu, Inc.* 或可译作《林纾"作坊"》，而也许不会有人将其译作《林家铺子》。其实"铺子"未必有什么不对，不为译者所用倒可能是因为它太"对"，从而太容易被"目的文化"的"前理解"所吞没。这一类问题之于传教士的西诗译介最为突出。在最直接的意义上说，"传教士的西诗译介"本身就是一系列悖论的母题：以传教为使命的西方译者，在教化冲动、差会监管以及种种"赞助者"的推助之下，用中文选译西方的诗歌，并最终通过受众的再度选择分别融入中国人的宗教生活或者文学谱系；这其中没有单向的建构者，而全部成为被建构的结果。③

　　与上述论题相关，美国传教士亮乐月（Laura M. White）曾于1914年将莎士比亚的《威尼斯商人》译作《剜肉记》，在其主编的《女铎》上连载。④ 其中的某些取舍和改写特别耐人寻味。比如女主人公波希霞在第一幕第

---

　　① Michael Gibbs Hill, *Liu Shu, Inc., Translation and the Making of Modern Chinese Culture*, Oxford: Oxford University Press, 2013, p. 28.
　　② Ibid.
　　③ 巴丢曾分析德勒兹之说：主体不是"构成者"，而"永远是被构成的"（the subject always being constituted, ... not constitutive）。Alain Badiou, "The Event in Deleuze", translated by Jon Roffe, see *Parrhesia*, Number 2, 2007, p. 37.
　　④ 见上海图书馆所藏1914年9月—1915年11月《女铎》。

二场有一段话："只有好神父才遵守他自个儿的教诲。让我指点二十个人做人的道理，倒还容易；可是要我做这二十个人中间的一个，奉行自己的教训，就没那么简单啦。"① 在亮乐月的译文中，"做牧师的少能按他所讲的行事"只是把天主教所用的"神父"换成了新教的"牧师"，好像无大差别，而读到下一句，才知道其中的意思完全不同："譬如我要劝二十个人按本分行事，爱怎样说便怎样说；若要使一个人遵我的劝去做，恐怕就没有把握了。"

知易行难的究竟是谁？莎士比亚说的是"我"，亮乐月说的则是"我"所教导的"他"。也许，与其让刚刚归化的中国信徒去理解过于复杂的基督教观念，还不如尽量避免其中的混乱？而将"我难以奉行自己的教诲"置换为我难以"使一个人遵我的劝去做"，不仅无损于牧者的劝导，也正可以警醒信众。

同理，在第四幕第一场波希霞关于"剜肉"的判决中，"一滴基督徒的血"（one drop of Christian blood）② 赫然在目，亮乐月却不动声色地将其改作"一点血"。她显然更清楚：基督教在中国的所"传"所"宣"，必须面对"非基督教"的语境，面对道德教训远比教派差异更易说服的普通大众。因此弱化基督教与犹太教的新旧冲突、《旧约》与《新约》的教义区别，可能更符合寓教于乐、文以载道的根本目的。由此回到传教士的西诗译介，那么它们被接受为"诗"而不是"经"、"文学"而不是"圣书"，又该作何理解？这难道不正是亮乐月所暗示和追求的结果？

西方自古就有"旋律是对性情的摹仿"③ 之说，因此"理想国"要为"城邦保卫者"专门设计某种"节拍和曲调"④，这正如中国古人的"放郑

---

① [英] 莎士比亚：《威尼斯商人》，方平译，见方平主编《新莎士比亚全集》第二卷，河北教育出版社 2000 年版，第 159 页。莎士比亚的原文是：It is a good divine that follows his own instructions: I can easier teach twenty what were good to be done, than be one of the twenty to follow mine own teaching. See *The Complete Works of William Shakespeare*, Hertfordshire: Wordsworth Editions, 1996, p. 390.

② [英] 莎士比亚：《威尼斯商人》，方平译，见方平主编《新莎士比亚全集》第二卷，河北教育出版社 2000 年版，第 268—269 页；*The Complete Works of William Shakespeare*, Hertfordshire: Wordsworth Editions, 1996, p. 410.

③ [古希腊] 亚里士多德：《政治学》，颜一等译，见苗力田主编《亚里士多德全集》第九卷，中国人民大学出版社 1994 年版，第 280 页。

④ [古希腊] 柏拉图：《国家篇》398e—400a，见王晓朝译《柏拉图全集》第二卷，人民出版社 2003 年版，第 365—366 页。

声，远佚人"。就此而言，即使传教士的西诗译介仅仅被接受和沉淀为"文学"意义上的"诗"，其根底仍然在于"诗"的观念功能和形式功能，而绝不只是欣赏；即使传教士作为翻译主体的历史已经不可能重现，他们仍然使一场文化相遇的互动过程格外得以凸显，这可能是"翻译文学"的研究所能带来的独特启发。

按照神学家艾伯林（Gerhard Ebeling）的说法：《新约》的"正典性要求统一"，它却永远是"一部未完成的经书"。① 翻译以及其中的理解活动也许同样如此：道元入宋求法，写下《正法眼藏》，最终被译回中文，才发现相应的意义线索更为晓畅②；美国学者苏源熙（Haun Saussy）论及费诺罗萨（Ernest Fenollosa）和庞德（Ezra Pond）的著名论文《汉字作为诗歌媒介》，同样注意到"不完整的"跨文化融合（an... intercultural "fusion", an incomplete project）以及费诺罗萨被重新整理的论文如何予以拓展；而这篇论文本身又是"未完成"的（unfinished essay），也"不可能以某一种语言完成"。③ 那么接下去的意义旅行，是否有待于再度回到其原本的语言呢？如若不是，难道只能像艾略特（T. S. Eliot）所说："我们所知道的中国的诗歌，其实只是庞德所发明的东西？"④

钱锺书的名篇《诗可以怨》曾引述雪莱（Shelley）《致云雀》（*To A Skylark*）的诗句："我们最甜美的歌曲倾诉最悲哀的思绪"（Our sweetest songs are those that tell of saddest thoughts）。⑤ 后经张隆溪学长点拨，我才知道 Our Sweetest Songs 用来翻译《诗可以怨》，正是因为雪莱的这一典故。如此译诗，实属难之又难者，而这至少可以告诉我们："诗"并非完全不可译，也完全可能进入他种文化最为隐秘的深处。

---

① ［瑞士］艾伯林：《神学研究：一种百科全书式的定位》，李秋零译，（香港）汉语基督教文化研究所1999年版，第23—28页。
② 道元：《正法眼藏》，何燕生译，宗教文化出版社2003年版。
③ Haun Saussy, "Fenollosa Compounded: a Discrimination", see Haun Saussy, J. Stalling and L. Klein edited, *The Chinese Written Character as a Medium for Poetry: A Critical Edition Written by Ernest Fenollosa and Ezra Pound*, New York: Fordham University Press, 2008, p. 40.
④ Ibid., front flyleaf.
⑤ 钱锺书：《七缀集》，生活·读书·新知三联书店2001年版，第145—146页。

传教士译诗的初衷和落脚点似乎都在"诗外",但是当"译经"大潮席卷而来的时候,他们何以要在这个诗歌的国度里"译诗"?他们所译介的西诗是否在观念和形式上留下了"创制"的可能?我们又如何估量那些多少被改变的文本以及改变它们的语境?罗文军以扎实的文献和颇有灵性的分析为读者打开一片新鲜的视野,也在这个尚显陌生的领域嵌入了值得借鉴的路标。

序 二

李 今

这本书是罗文军在博士论文的基础上修改而成，想当初他开题计划做的是"晚清西诗汉译研究"，有老师和我开玩笑说："你这是给他找了个做一辈子的题目呀！"

的确是。

博士论文的选题有的是做完即没得说了，需要转移研究对象了；有的则是开拓一个领域，可以做一辈子的。在对晚清时期西诗汉译资料的搜集、整理和积累中，罗文军逐步把这一论题缩小到它的一个类型：新教传教士的西诗译介上。

坦白地说，开始我对罗文军是否能做出来还是有些担心的。读博前，他已是西华师范大学的青年教师，也发表过几篇诗歌评论方面的文章，隐约有了自己的研究方式。要做这样的题目，我觉得他须从研究的路子上先做出改变。而我实际上也并无灵丹妙药，只有一个基本的信念，就是要进入一个具有开拓性的领域的研究，必须从第一手材料做起，如鲁迅所说，要有自己独立的资料准备。至于能从资料中升华出什么，那是见仁见智了。当我看到罗文军撰写出的第一篇相关论文：《〈人生颂〉在晚清的又一汉译及其意义》时，真有一种受惊的感觉，完全释然。

为写这个序，我又重读了这部书稿，这回的第一感觉是踏实。该作由个案的发掘与考析垫底，也是其闪光之处。或许因为新教传教士的圣诗汉译虽是大宗，但却散佚严重；其余西诗译介又均属偶一为之的零敲碎打，罗文军通过对传教士所办期刊和出版物的广泛搜求，钩沉了不少的珍稀文献，将这一专题性研究进一步落实到具体而可证验的每一西诗译介行为与文本的发掘、考释和校勘之上，汇零星成一体，从而凸显出晚清民初新教传教士西诗译介的实绩，在中国近现代历史中开拓出一个蔚然可观的新领域。

需要指出的是，罗文军对艾约瑟汉译英国大诗人毂伯尔《孤岛望乡诗》为威廉·柯珀（William Cowper）之作的考证，为钱锺书考论朗费罗《人生颂》的汉译又新增沙光亮译本的钩沉，都可说是考古新发现。特别是后者，以前虽有不少学者都已论及沙光亮的汉译《大美龙飞罗先生爱惜光阴诗》，但竟无人辨识出它正是朗费罗《人生颂》的真身，由此显示了罗文军探隐精究的过人功力，忝列导师的我也不能不叹服。

另外，本书所搜考的圣诗汉译本，诸多虽不是他的新发现，一般也仅为少数学者所例举提及，其文本却是经他不辞辛劳，不计时间，广泛查询各大藏书机构、利用国内外网络资源，而第一次披露的。如马礼逊1814年（1818）《养心神诗》、米怜1821年《新增养心神诗》、麦都思1856年《宗主诗篇》、湛约翰1860年《宗主诗章》、湛约翰1879年《宗主新歌》、养为霖1852年《养心神诗新编》、1871年厦门罗马字本《养心神诗》、1877年《福音赞美歌（苏州土白）》、理约翰和艾约瑟1872年《颂主圣诗》、理一视1879年《圣教新歌》等圣诗集，文中所重点分析的《圣经》诗篇《弓歌》的多个汉译本，如马礼逊《神天圣书》和"委办译本"、1863年裨治文和克陛存译本《旧新约全书》，1874年施约瑟本《旧约》等，都属这种情况。正是通过对新教传教士西诗汉译珍稀文献穷追不舍的搜考和占有，罗文军的这部专著称得上是"确求实据"的扎实之作。

从这部书稿可以充分感觉到作者的老实为人与为学，这不仅体现在他对文献的孜孜以求，有着一种上天入地也要找到"实据"的劲头上，也表现在他的论证直取"本证"，只发有据之言的方式上。这样，他以传教士的西诗汉译所要讨论的译介意图、策略、接受错位，以及其文化与政治等大问题，都不仅落实到传教士的个案细审上，而且取证多用传教士本人的自我陈述和剖白，由此使入华传教士这一集体性称谓和形象，分化成更为具体而多样的面貌。如他所总结的，其中"既有郭实腊之类的侵略助推者，也有李提摩太式的改革促进者，以及艾约瑟、丁韪良之类的知识引介者"；其译介行为既有传福音于中国，以自然界万物的活动和秩序证明上帝存在的目的，也有向中国读者显示西洋文明与文化的优越心理，同时也不乏诚恳学习中国文化，撷采儒家经典"引喻而申说，曲证而旁通"，"仿孔氏之例，而论耶稣圣理"的企图。正是通过对不同类型传教士译介活动的详实考察与辨析异同，有效地消解了在"民族叙事"，或"现代叙事"的大历史观下，使其形象或为文化侵略者，或为现代文明传播者的单一性质的定位，为传教士在中国近现代前史中的活动与作为描绘了一幅尽管矛盾，却又丰富，而充满细节的真实图景。同时作者还能将西诗汉译从文言到白话的转变与中国传统文化—文学向现代转型的特定历史背景相勾连，隐约勾勒出传教士从进入中国场域到退场的历史契机与轨迹。

当然，也不能不承认，尽管该作以其丰赡的文献史料见长，但与论题所需全面占有资料的要求相比，还有相当的距离。但仍不妨说，迄今为止它汇集、搜考的传教士西诗汉译的文献最多；就其阐释之发皇的学术境界而言，罗文军的论述虽称得上坚密而谨严，但与其研究对象为西方"文化母体"，欧美文学之泉源的重要地位相较，显然尚有待开掘与深入的空间。但仍不妨说，作为传教士西诗汉译研究的奠基性专著，信实比阐发更为重要。

这也是我读后感觉踏实的主要原因。我为罗文军以其苦学精究的踏实态度，在学术之路上，迈出的稳重的第一步而感到由衷的兴奋，相信他会越走越沉稳，高远，我的目光将与他的步履同在。

绪 论

一 选题缘起

1807年9月8日，新教传教士马礼逊（Robert Morrison）在日记中向自己发问："这许许多多无知的，但是精明的、堂堂的中国人，我能为他们做什么呢？"① 他于此前晚间时分抵达广州，见到无数的中国船民在船头，正烧香祭拜他眼里的那些异端"神灵"。他那充满基督信仰的虔诚之心，由此受到了深深的触动。在离开英国之前，伦敦传教会曾给马礼逊下达"工作指示"，内容包括"将《圣经》翻译成世界上1/3民众所讲的中文"，"依照自己的审慎充分自由行事"等。② 事实也的确如此，马礼逊入华后即采取灵活的传教方式，将教义宣扬与世俗活动结合了起来。在担任东印度公司译员职务的同时，他积极展开《圣经》汉译工作，并用中文撰述了多种传教册子。1815年8月，他还指导助手米怜（William Milne）在马六甲创办了近代第一份中文期刊《察世俗每月统记传》。③ 1814年，他又编译而成了第一本中文圣诗集《养心神诗》。④ 汉译《圣经》和圣诗集，撰述传教册子，以及创办中文刊物等活动，似乎正是马礼逊对"我能为他们做什么"这一问题的回答。

---

① 原文："O what can ever be done with these ignorant, yet shrewd and imposing people?" 译文见顾长声译《马礼逊回忆录》，广西师范大学出版社2004年版，第38页。最后一句又译为"我该怎么教导他们呢？"见北京外国语大学中国海外汉学研究中心翻译组译《马礼逊回忆录》，大象出版社2008年版，第82页。

② ［英］艾莉莎·马礼逊编：《马礼逊回忆录》，顾长声译，大象出版社2008年版，第51页。

③ 该刊"是西洋传教士用中国文字出版的第一个定期报刊"。见陈玉申《晚清报业史》，山东画报出版社2003年版，第3页。

④ 参见罗文军《马礼逊本〈养心神诗〉的印译时间考叙》，《成都大学学报》2015年第2期。

新教的在华历史由此拉开序幕，马礼逊的自我发问成了开场白。

从马礼逊入华开始，至 1920 年代大部分新教传教士撤出中国，这一外来势力在华时间延续百余年之久。先行者马礼逊的一些做法，于其间得到了继承和展开：布道书籍和中文期刊络绎呈现，教义宣扬与西学知识译介表现活跃。也正是在这些活动中，新教传教士的西诗译介占据了一席位置。荷马、弥尔顿、柯珀、歌德、蒲伯、丁尼生、朗费罗等陌生的泰西名字，出现在了中国读者面前。他们的生平和诗作，也部分地得到了介绍和翻译。数量众多的圣诗，被编译在《养心神诗》、《宗主诗篇》、《颂主圣诗》、《圣教诗歌》等诗集之中。据估计，截至 1917 年已有 3000 来首圣诗翻译成了中文。① 在多个汉译本《圣经》中，《诗篇》等诗歌内容也有着不同形式的表现。

数量众多的介绍文章和译诗文本，证明了新教传教士西诗译介的历史存在。问题似乎也由此变得较为复杂，因为它们并非只是单纯的传教产物，而是译者意识、翻译策略、中西诗作规范以及接受语境等因素影响的结果。

作为一种文化交流现象，新教传教士的西诗译介究竟有何特别，又是怎样得以产生？它在中国近现代社会转型历程中的延续和变化，又关联了什么问题，具有了什么样的意义？这样一些问题显得特别重要。从翻译文学研究的角度来看，译介意识、叙述方式、语言形式等，总是包含了丰富的言外之意。西方的诗人诗作经新教传教士之手进入中国，无疑成了近代翻译文学的一个重要组成部分。在各种因素和问题关联中，它的延续可谓是中国近现代文学转型的一种特殊反映。因而，不管是从翻译文学研究，还是从近现代文学转型的历史来看，传教士的西诗译介都应得到重视。探讨这些译诗在形式、语言方面的尝试，对于思考中西文化交流、白话新诗兴起等问题似乎也不无启发意义。

作为翻译文学之一种的传教士西诗译介，在文学研究界尚没有引

---

① ［美］何凯立：《基督教在华出版事业（1912—1949）》，陈建明、王再兴译，四川大学出版社 2004 年版，第 174 页。

起重视。时至今日，绝大部分近现代文学史、翻译文学史都没有将该内容明确纳入论述的范围。如《中国现代翻译文学史（1898—1949）》、《中国翻译文学史》、《浙江翻译史》等，即是如此。① 郭延礼在《中国近代翻译文学概论》一书中，将中国翻译文学理解为中国人用中文翻译出来的外国文学作品。他认为外国人所译的，虽采用了中文也不可视为中国翻译文学。② 这种译者决定作品性质的看法，可能正是多种翻译文学史忽视传教士西诗译介的一个原因。但是，这并不能否认它在近现代文学谱系中的存在，以及它与中国社会的多重关联。译者身份，只是翻译文学众多构成因素里的一种，它并不能独自决定整个过程和翻译作品的性质。以此作为划分界限，无疑会忽略许多有意义的问题。这种意识下形成的翻译文学史，虽然凸显了中国译者的作用，却也会遗漏历史中的其他重要内容。

当新教传教士的西诗译介作为历史事件发生之时，强烈的夷夏观念以及根深蒂固的文学传统，束缚了国人对它的注意。诸如"泰西有用之书，至蕃至备，大约不出格致、政事两途"的普遍看法③，成了整个社会接受这些内容时的障碍。后来的中国人士，也有意无意忽视了这类译介存在，或者只是将之简单化、概略化处理。这与整个近现代历史留存下来的屈辱记忆，以及意识形态上一度与西方以及基督教的对立有关。研究者很容易将这些内容等同于西方的殖民侵略或文化侵略，因而也很容易得出以偏概全的认识和性质判定。④ 这种状况长时间延续，导致了相关史料在国内的严重散佚。而海外机构收藏稍多，如美国哈佛大学燕

---

① 如王克非《翻译文化史论》（上海外语教育出版社1997年版），谢天振、查明建《中国现代翻译文学史（1898—1949）》（上海外语教育出版社2004年版），孟昭毅《中国翻译文学史》（北京大学出版社2005年版），吴笛等《浙江翻译文学史》（杭州出版社2008年版），连燕堂《二十世纪中国翻译文学史·近代卷》（百花文艺出版社2009年版）等，都不提及传教士的汉译诗歌。

② 郭延礼：《中国近代翻译文学概论》，湖北教育出版社1998年版，第15页。

③ 福州高凤谦：《翻译泰西有用书籍议》，《时务报》1897年5月12日第26册。为保留历史原貌，部分注释使用原刊格式，不做改动。下同。

④ 参见王立新《"文化侵略"与"文化帝国主义"：美国传教士在华活动两种评价范式辨析》，《历史研究》2002年第3期；陶飞亚《"文化侵略"源流考》，《文史哲》2003年第5期。

京图书馆、澳大利亚国家图书馆等，却也是在散佚之后的尽力存留，不少第一手资料已不复存在。[①] 后来者要进入这一研究领域，首先就会面对史料难寻这样的问题。因而，在研究中进一步发掘和梳理传教士的西诗译介史料，也就具有了不言自明的价值。

在新教传教士西诗译介这一话题周边，其他内容的译介、中西文化交流、近代社会变迁、基督教在华传播等问题，已得到较多研究者论析。这显然为进一步研究译诗问题打下了基础，使相关问题可以置于更为丰富的历史场景。另外，研究界此前对西诗译介的忽视或简化，也为该处研究留下了较大发展空间。这在直观层面上，也反衬出了这一对象在学术研究中的价值。进入这一论题，不仅可以发掘更多史料，引发更多问题，也可以明确它在研究谱系中的位置。其中一些问题延续而下，在文学、社会学等领域至今仍有着影响。在有关民族历史演进、世界文化交流的思考中，它们也仍然具有现实的意义。因而，回顾和论述该时期传教士的西诗译介，成为历史审视之中不应脱落的一环。

正是鉴于上述问题，本论题试图从翻译文学研究的角度，来展开对新教传教士西诗译介的研究。这类译介在中西文学交流、中国近现代文学转型中的形态和位置，以及它对传统中国诗歌规范的借用和突破，它与传教意图、社会语境之间的关联，等等，都会成为思考的问题。

二 研究现状

目前涉及新教传教士西诗译介的研究，主要是从传教史的角度来简括其历史，或从宗教文学的角度来强调其艺术表现。他们的重心并不在翻译文学问题上，也不在西诗译介方面。至于期刊、著作中散布的西诗译介，也仅有少数几处引起了注意。整体看来，传教士的西诗译介还没有得到研究者的应有重视。不过，已有的中外文化交流史研究、基督教在华传播史研究、基督教文

[①] 台湾学者谢林芳兰研究华文赞美诗，曾到美国哈佛大学燕京图书馆等处查寻。再经她私人多年搜集，最终"共共综览"的1818年至2009年的华文诗本，也仅90来本。见其著述《华夏颂扬：华文赞美诗之研究》"自序"，（香港）浸信会出版社2011年版。澳大利亚国家图书馆藏多种传教士中文著述，内容为文学翻译的也十分有限。

学研究等，都与传教士西诗译介研究有所关联，具有积极的参考价值。

（一）对传教士其他内容译介的研究

新教传教士的西学知识译介，在有关西学东渐历史的研究中受到了重视。诸如马礼逊、麦都思、郭实腊、裨治文、艾约瑟、傅兰雅、李提摩太等，在地理、历史、法律、科技、政治等方面的译介，都成了颇富吸引力的问题。如邹振环《晚清西方地理学在中国——以1815至1911年西方地理学译著的传播与影响为中心》、《西方传教士与晚清西史东渐》，郭双林《西潮激荡下的晚清地理学》，王文兵《丁韪良与中国》等①，都是这方面的代表。这些著述注重了传教士的翻译活动，强调了它们在历史中的先驱意义。不同种类的知识译介被重新梳理和论析，个案探析与整体认识都得到了推进。此外，有关基督教与中国社会关系的著述十分丰富，如顾长声《传教士与近代中国》，董丛林《龙与上帝：基督教与中国传统文化》，熊月之《西学东渐与晚清社会》，顾卫民《基督教与近代中国社会》，王立新《美国传教士与晚清中国现代化》，胡素萍《李佳白与清末民初的中国社会》等。② 相关的单篇论文，更是数量众多，在此不再赘述。这些研究重视传教士译介的西学知识，对近代中西文化交流、历史语境变化也有深入论述。它们对于研究传教士的西诗译介不无启发意义，也有利于从多个角度来反观这一对象在近代"翻译"体系中的位置。

传教士翻译的小说、寓言，也引起了研究者注意。这类译介的最初历史，被追溯到明朝万历、天启年间。1602年耶稣会士龙华民（Nicolas Longobardi）编译的《圣若撒法始末》，被认为是第一部译入中国的西方小

---

① 邹振环：《晚清西方地理学在中国——以1815至1911年西方地理学译著的传播与影响为中心》，上海古籍出版社2000年版；邹振环：《西方传教士与晚清西史东渐——以1815至1900年西方历史译著的传播与影响为中心》，上海古籍出版社2007年版；郭双林：《西潮激荡下的晚清地理学》，北京大学出版社2000年版；王文兵：《丁韪良与中国》，外语教学与研究出版社2008年版。

② 顾长声：《传教士与近代中国》，上海人民出版社1981年版；董丛林：《龙与上帝：基督教与中国传统文化》，生活·读书·新知三联书店1992年版；熊月之：《西学东渐与晚清社会》，上海人民出版社1994年版；顾卫民：《基督教与近代中国社会》，上海人民出版社1996年版；王立新：《美国传教士与晚清中国现代化》，天津人民出版社1997年版；胡素萍：《李佳白与清末民初的中国社会》，中山大学出版社2009年版。

说。1608年利玛窦（Matteo Ricci）编译的《畸人十篇》在北京刊行，包含的四则伊索寓言，被认为是伊索寓言的最早汉译。① 晚清时期新教传教士入华，十分注重翻译活动，这两类作品的译介也随之逐渐增多。近来不少学者对此产生兴趣，作出了翔实、精到的论述。如美国学者韩南的《中国近代小说的兴起》，就审视了包含大量翻译作品在内的传教士小说。其用意正在于用文献来证明这些译介是西方小说进入中国的一个要素，它们对中国小说有过一定的影响。② 宋莉华的《传教士汉文小说研究》一书，研究的对象也为传教士用汉语写作或翻译的小说。她采取通史式的论述方式，辑录、考察了1930年之前的传教士汉文小说。③ 此外，不少研究者对李提摩太（Timothy Richard）所译的《百年一觉》，利玛窦、庞迪我、金尼阁、罗伯聃所译的《伊索寓言》，作出了论述。如戈宝权、刘树森、杜慧敏、何绍斌、内田庆市等人，都完成了相关的著述或论文。④ 以上这些研究，或关注史实变化，或关注文本特征，或侧重宗教文学属性，或着力于中西文化交流意义，为传教士的西诗译介研究打下了一定基础。

（二）从基督教文学、《圣经》汉译角度作出的研究

基督宗教的在华历史，是传教史研究里的重要内容。赖德烈（Kenneth S. Latourette）的《基督教在华传教史》、王治心的《中国基督教史纲》、杨森富的《中国基督教史》等⑤，都是这方面的重要代表。对于新教

---

① 戈宝权考证，最早将伊索寓言带入中国的是利玛窦，时间为1608年。（见《中外文学因缘：戈宝权比较文学论文集》，北京出版社1992年版，第375页）最近，有学者根据河南阳台宫玉皇阁的明代石柱石刻，认为1596年就已明确有伊索寓言在华传播。（见余迎《伊索寓言传入中国的时间应提前》，《史学月刊》2008年第10期）

② [美]韩南:《中国近代小说的兴起》，徐侠译，上海教育出版社2004年版，第100页。

③ 宋莉华:《传教士汉文小说研究》，上海古籍出版社2010年版。

④ 刘树森:《李提摩太与〈回头看记略〉——中译美国小说的起源》，《美国研究》1999年第1期；戈宝权:《中外文学因缘：戈宝权比较文学论文集》；杜慧敏:《论明清伊索寓言汉译本的"讹"现象》，硕士学位论文，上海师范大学，2003年；何绍斌:《从〈百年一觉〉看晚清传教士的文学译介活动》，《中国比较文学》2008年第4期；[日]内田庆市:《谈〈遐迩贯珍〉中的伊索寓言——伊索寓言汉译小史》，见沈国威等编著《遐迩贯珍——附解题·索引》，上海辞书出版社2005年版。

⑤ [美]赖德烈的英文巨著《基督教在华传教史》，出版于1929年。雷立柏等人将之译成中文，随后由道风出版社于2009年出版。王治心《中国基督教史纲》，1940年由青年协会书局出版。杨森富《中国基督教史》，1968年由台湾商务印书馆出版。

传教士的圣诗翻译，这些著述偶有提及，但多为一句带过，谈不上是有意研究。相对说来，较多关注传教士译诗的，是不少论者从宗教文学角度作出的论述。但是，他们的兴趣主要是在圣诗集的历史及其传教功能，而没有展开其中的翻译问题。如1941年朱维之的《基督教与文学》，在介绍中文圣诗历史时，就仅有一笔："中国教会所用的各种圣歌集，一向由西人直译，不很注意文字和声调的美。"① 姜建邦1946年的《圣诗史话》，也是集中介绍原诗的创作、艺术表现，而不涉及其入华后的翻译变化。1950年有两篇文章对马礼逊、麦都思、理雅各、湛约翰等的赞美诗编译，以及各传教团体编辑赞美诗的历史，都作了简要概述：一为黄素贞授意编发的《中国教会的诗歌和绘画》；二为王神荫撰写的《中国赞美诗发展概述》。② 1980年前后，盛宣恩在《圣乐季刊》上发表了系列文章，简述了唐代至1930年代的圣诗历史。③ 虽然涉及了一些翻译问题，但他从宗教界人士的视角出发，把重点放在了历史轨迹的叙述方面。这种内容侧重在后来的研究中得到了延续，如陈伟《中国基督教圣诗发展概况》、陈小鲁《内地的新教赞美诗史略》、尤伟《基督教方言赞美诗集出版（1818—1911）述评》等文章，即是如此。④ 刘丽霞的著述《中国基督教文学的历史存在》，虽然也涉及了圣诗的翻译，但重点仍在文本的艺术表现。⑤ 近来，在这方面最具代表性的著述，是台湾学者谢林芳兰的《华夏颂扬：华文赞美诗之研究》。该书较为全面地描述了新教入华至2009年的华文赞美诗本，不时触及了翻译问题。⑥ 但是，

---

① 朱维之：《基督教与文学》，青年协会书局1946年版，第83页。
② 黄素贞教授授意，邵逸民编：《中国教会的诗歌和绘画》，《金陵神学志》1950年第26卷第1、2期合刊。王神荫：《中国赞美诗发展概述》，《基督教丛刊》1950年第26、27期。
③ 盛宣恩：《中国基督教圣诗史》，（香港）浸信会出版社2010年版。该书为1979年至1984年期间盛宣恩发表于《圣乐季刊》上的文章的选集。在1864年，他完成了研究中国基督教圣诗本土因素的博士学位论文 *A Study of the Indigenous Elements in Chinese Christian Hymnody*。
④ 如陈伟《中国基督教圣诗发展概况》（《中央音乐学院学报》2003年第3期），陈小鲁《内地的新教赞美诗史略》（《天风》2005年第7期），尤伟《基督教方言赞美诗集出版（1818—1911）述评》（《广州社会主义学院学报》2010年第4期）等文，都重在历史梳理。
⑤ 刘丽霞：《中国基督教文学的历史存在》，社会科学文献出版社2006年版，第30—152页。
⑥ 谢林芳兰：《华夏颂扬：华文赞美诗之研究》，（香港）浸信会出版社2011年版。该书英文版于2009年出版，名为 *A History of Chinese Christian Hymnody: From its Missionary Origins to Contemporary Indigenous Productions*。

由于编写体例和时间跨度的原因，有关论述仍不成整体，很多西诗翻译问题仍得不到展开。

有关中文《圣经》的历史，除开通常的梳理之外，部分著述将翻译明确作为了一个中心问题。赵维本的《译经溯源——现代五大中文圣经翻译史》，庄柔玉的《基督教圣经中文译本权威现象研究》，海恩波（Marshall Broomhall）的《道在神州——圣经在中国的翻译与流传》，尤思德（Jost Oliver Zetzsche）的《和合本与中文圣经翻译》，伊爱莲（Irene Eber）等人的《圣经与近代中国》，麦金华的《大英圣书公会与官话〈和合本〉圣经翻译》等著述，或简或繁，或述或论，对《圣经》汉译，尤其是官话和合本《圣经》的形成，作了深入的研究。① 德国学者尤思德的《和合本与中文圣经翻译》，即是在征引大量档案文献的基础上，对1807年马礼逊入华至20世纪末的中文《圣经》翻译作了论析。在这个领域的研究中，至今难有出其右者。② 对翻译历史、翻译原则、翻译语言、神学背景、差会角色、人际互动、文化与信仰因素等问题，尤思德都有精深的论述。这对于理解传教士的西诗译介问题，尤其是圣经诗歌的汉译大有助益。十分遗憾的是，诗歌翻译在其中仍没有成为研究对象。也即是说，新教传教士的圣经诗歌翻译，在这里仍然没有引起重视。尤思德在提及1890年湛约翰的诗篇译本时，也仅是以注释方式列出了一则译诗而已。③

研究范围与侧重点不同，类似著述都没能更多关注新教传教士译诗活动。但是，从宗教文学、《圣经》汉译视角作出的著述，以及对基督教在华历史的回顾，也为研究传教士西诗译介提供了参考。其中有关翻

---

① 赵维本：《译经溯源——现代五大中文圣经翻译史》，（香港）福音证主协会1993年版；庄柔玉：《基督教圣经中文译本权威现象研究》，（香港）国际圣经协会2000年版；[英]海恩波：《道在神州——圣经在中国的翻译与流传》，蔡锦图译，（香港）国际圣经协会2000年版；[德]尤思德：《和合本与中文圣经翻译》，蔡锦图译，（香港）国际圣经协会2002年版；[以色列]伊爱莲等：《圣经与近代中国》，（香港）汉语圣经协会2003年版；麦金华：《大英圣书公会与官话〈和合本〉圣经翻译》，（香港）香港中文大学基督教中国宗教文化研究社2010年版。

② 蔡锦图：《中文版译者序》，[德]尤思德《和合本与中文圣经翻译》，蔡锦图译，（香港）国际圣经协会2002年版。

③ [德]尤思德：《和合本与中文圣经翻译》，蔡锦图译，（香港）国际圣经协会2002年版，第209页。

译行为、译本表现、社会语境的认识，一定程度上也可用来审视西诗译介问题。

（三）有关传教士西诗译介的研究

集中从翻译文学角度对传教士的西诗译介作出的研究，目前仅有少数几例。《遐迩贯珍》于1854年第12号刊出的弥尔顿《自咏目盲》一诗，李提摩太于1898年以《天伦诗》之名译出的蒲伯长诗《人论》，引起了研究者的注意。2005年，沈弘、周振鹤几乎同时发表文章，表明发现了《遐迩贯珍》上的弥尔顿译诗，并对其文本形态、译者构成、翻译意图作了论析。他们都以该诗早于1864年的译诗《人生颂》来强调其价值，后者由钱锺书大名鼎鼎的文章《汉译第一首英语诗〈人生颂〉及有关二三事》考证出来，并被视为"第一首"汉译英诗。[1] 周振鹤的文章相对简略，对于《自咏目盲》"是不是第一首汉译的英诗"，没有"遽下断语"。[2] 沈弘的文章论述较详，着重突出了它的超前意义，并认为中国翻译史必将由此得到一点改写。[3] 两者都没有因为译者为传教士，而将之拒绝在中国翻译文学的大门之外。2010年郝田虎发表文章《弥尔顿在中国：1837—1888，兼及莎士比亚》，对弥尔顿在晚清时期的译介、传播，作了特别细致的考辨和梳理，此首译诗也再次受到了关注。[4] 对于1898年的汉译《天伦诗》，刘树森据自己"晚近发现的资料"，对其翻译意图、翻译策略、翻译风格给予了翔实论述。[5] 刘强、何津也在各自的英文硕士学位论文中，论说了其中的一些问题。[6] 胡淼森的文章《失效的"西铎"——以李提摩太的宗教救华论为中心》，其附录部分对此也有简论。[7] 此外，

---

[1] 钱锺书：《汉译第一首英语诗〈人生颂〉及有关二三事》，《国外文学》1982年第1期。

[2] 周振鹤：《比钱说第一首还早的汉译英诗》，《文汇报》2005年4月25日。

[3] 沈弘、郭晖：《最早的汉译英诗应是弥尔顿的〈论失明〉》，《国外文学》2005年第2期。

[4] 郝田虎：《弥尔顿在中国：1837—1888，兼及莎士比亚》，《外国文学》2010年第4期。

[5] 刘树森：《〈天伦诗〉与中译英国诗歌的发轫》，《翻译学报》，香港中文大学翻译系1998年第2期。

[6] 刘强：《翻译与改写：李提摩太中译〈天论诗〉研究》，英语语言文学硕士学位论文，北京大学，2006年；何津：《论英汉诗歌翻译——亚历山大·蒲伯〈论人〉的个案研究》，英语语言文学硕士学位论文，南昌大学，2007年。

[7] 胡淼森：《失效的"西铎"——以李提摩太的宗教救华论为中心》，王璜生主编《美术馆——现代性与中国美术》，上海书店出版社2007年版。

在论述来华传教士的英国文学翻译时，刘树森也点出《万国公报》"西国近事"等栏，刊有对诗人"忒业生"（丁尼生）、"衰恩"（彭斯）等的译介。他还不够准确地指出，1896年林乐知（Young J. Allen）《重衷私议以广公论（五）》一文所引的蒲柏《人论》诗句，"为迄今所见英国诗歌最早的中译文"①。

2011年袁进发表《从新教传教士的译诗看新诗形式的发端》一文，将传教士的圣诗翻译视为了白话新诗兴起的一种前奏。在简要分析语言、形式的表现后，他认为这些译诗是最早的欧化尝试，新的诗歌特点由此逐渐形成，中国诗歌也由此一步步走向了欧化。而且，传教士的这些尝试在五四之后，成为新诗发展的主要方向。② 从这一思路来看，尽管传教士的译介并无追求文学现代性的意识，但译介的客观表现以及它们在转型时期的特殊位置，的确也具有了现代性的意味。在此前的一些著述中，袁进也注重了传教士用白话翻译的小说、散文和诗歌，认为它们是欧化白话文的起源，是五四新文学的一种源头。③ 他还指出，传教士对近代中国文学变革的影响以前被低估了，现代文学的研究视野现在需要调整。④ 这种思考和见解包含了积极的意义，它有助于传教士的西诗译介在近现代文学转型中，获得一种明确位置。不过，这些文章并没有更多揭示翻译本身的问题。

综上所述，相关研究主要存在以下几方面的表现和问题：

（1）研究对象主要为西学知识译介，文学翻译得到的研究较少，西诗译介得到的研究更少。

（2）在已述及的西诗译介史料中，圣诗集、《圣经》诗歌占据的篇幅较多，期刊、著述中的译介大都被忽视，或被简略带过。

---

① 刘树森：《西方传教士与中国近代之英国文学翻译》，《英美文学研究论丛》第2辑，上海外语教育出版社2001年版，第355—356页。
② 袁进：《从新教传教士的译诗看新诗形式的发端》，《复旦学报》2011年第4期。
③ 见袁进《近代文学的突围》（上海人民出版社2001年版）"西方传教士的影响"，《中国文学的近代变革》（广西师范大学出版社2006年版）"西方传教士的努力"。
④ 袁进：《重新审视欧化白话文的起源——诗论近代西方传教士对中国文学的影响》，《文学评论》2007年第1期。

(3) 在研究方式上，从宗教文学、传教史视角作出的审视相对较多，从翻译文学视角作出的思考只有零星几处。

(4) 欧美学者、港台学者注重此类研究，大陆学者对此关注不够。

(5) 传教士西诗译介在研究中的位置不明确，整体上没有进入文学史、翻译文学史视野。

研究界在此留下了一个较大空隙，不管是从整体来看还是从具体问题出发，新教传教士的西诗译介都还需要更为集中、细致、深入的论述。进一步强调其翻译文学属性，思考其中意识形态、翻译策略、语境影响等问题，于此显得极为必要。译介的具体处境，译诗的语言、形式表现，也需要细加分析。新教传教士西诗译介在中西文化交流、中国近现代文学转型中的位置和意义，也是应该深入思考的地方。甚至是最基本的史料，都亟待进一步发掘和辨析。

三 研究方法与思路

新教传教士的西诗译介，主要分为两个方面的内容：一方面是对西方诗歌历史、诗作特征、诗人生平事迹的介绍，以及有选择的少数诗作翻译，它们主要散布于期刊、著述之中。另一方面是基督教圣诗和《圣经》诗歌的汉译，它们更为直接地承载了译者的传教意图。但是，这些方面只是传教士译介的具体表现。在每一文本背后，译者意识、翻译策略、历史语境等因素，都产生了不可或缺的深远影响。这使得有关"翻译"的理解，远远不能停留在语言、形式的转换方面。事实上，翻译文本的问题同时也是思想文化、社会历史问题的一种表现。从翻译文学角度进行研究，更多的视角和方法必然会出现，而且这也是深入思考相关问题所必需的。从上述研究现状来看，传教士的西诗译介虽然处于研究的边缘位置，但与之关联的思考和论述还是比较丰富的。对传教士在华活动的大量研究，以及从宗教文学角度作出的论析，都为西诗译介研究带来了方法、思路上的启发。有鉴于此，本书的研究拟从以下方面展开。

（一）以原始文献为基础

如前文所述，传教士西诗译介史料散佚严重，增加了研究的难度。但是，该论题的性质已然决定,史料的基础性作用在这里会表现得更为突出。因而,本研究会通过翻阅传教士的期刊、著述,尽可能发现并辨析相关史料。针对已被述及的部分内容,会尽力回到原始文献,以避免抄录错讹。事实上,除《遐迩贯珍》所刊弥尔顿译诗之外,《万国公报》所刊威廉·柯珀《孤岛望乡诗》及其生平介绍,以及《中西教会报》所刊译诗《大美龙飞罗先生爱惜光阴诗》的文本等,之前都无研究者注意。部分文献被研究者征引,也时有文字、断点方面的失误。对于传教士所翻译的圣诗集,本书通过图书馆、网络资源,尽力查阅原物或影印件。中国台湾"珍本圣经数位典藏查询系统"网站、澳大利亚国家图书网站等处,都可查看不少珍稀的圣诗译本。对于来华传教士的出版物,曾有不少书目作了汇编,如英国传教士伟烈亚力(Alexander Wylie)的《1867年以前来华基督教传教士列传及著作目录》,墨笃克(John Murdoch)的 *Report on Christian Literature in China, with a Catalogue of Pulications* (Shanghai: Hoi-Lee Press, 1882),季理斐(Donald MacGillivary)1901年的 *New Classified and Descriptive Catalogue of Current Christian Literature*,1901(Shanghai: 1902),雷振华(George A. Clayton)1918年的《基督圣教出版各书书目汇纂》等。[①]本书对这些著述会时加参照,以便对未能得见的文献也有一些印象。圣诗、圣经诗歌译本众多,但具体的译文和分析在已有的研究著述中却并不多见。总之,不管是面对译介所关联的问题,还是思考译诗文本的形式表现,笔者都力图将第一手史料作为论述基础。

(二)相关视野及研究方法的参照

史料是该研究不可替代的基础,但将之纳入怎样的研究视野却属另一问题。传教士的西诗译介处于中国近现代历史的转型时期,呈现出了明显的外来色彩。相较于此后深受外国文学影响的新文学来说,它应在历史中占据一种先导地位。因而,在有关文学现代性的追溯性研究视野中,它也

---

① [英]伟烈亚力:《1867年以前来华基督教传教士列传及著作目录》(*Memorials of Protestant Missionaries to the Chinese: Giving a list of there Publications and Obituary Notices of the Deceased*),倪文君译,广西师范大学出版社2011年版。雷振华:《基督圣教出版各书书目汇纂》,圣教书局1918年版,见龙向洋主编《美国哈佛大学哈佛燕京图书馆藏民国文献丛刊》第三册,广西师范大学出版社2011年版。

有可能获得更多意义。早在五四时期,周作人就认为官话和合本《圣经》有很高的文学价值,是最早的欧化白话文学。他还预计此种翻译,对中国新文学的发展有极为深远的影响。① 1933年王哲甫的《中国新文学运动史》,在论述近代翻译文学时虽没有关注传教士译介,却也提到李提摩太译出了不少的书,新旧约圣经的翻译对中国文学有很大的影响。② 诸如此类的看法,都强调了传教士翻译的积极意义,这也有利于它们在近现代文学转型中获得一席位置。王德威"没有晚清,何来'五四'"的设问,将晚清小说的诸多变化明确视为了"被压抑的现代性"。在这种研究思路中,他以三篇晚清小说为例,探讨了翻译与晚清"现代"话语之间的关系,而且将焦点置于了如此问题:翻译怎样构成了"中国追寻'现代'过程中最有趣的一面"?③ 另有研究者将晚清时期称为"前现代"④,其实也暗含了追溯新文学"现代性"源起的意识。从文学现代性兴起的角度来思考,传教士的西诗译介也就有可能获得一种明确意义。不过,这种译介的发生与文学现代性追求并不一致。如前文所述,其中问题还须进一步思考,但这种研究思路却是值得借鉴。

在传教意图与译者身份属性的影响下,新教传教士的西诗译介自然会包含强烈的宗教文学性质。正如盛宣恩所言,"圣诗原为宣教利器之一,进可以咏唱,激发宗教情绪,退可以诵读,灌注属灵知识",这也正是入华传教士大量编译圣诗集的内在原因。⑤ 因而,有关宗教文学的研究,也很容易将此纳入论述范围。如黄素贞、王神荫、盛宣恩、谢林芳兰等人,对汉文圣诗集历史以及对诗作文本的分析,都为研究翻译问题奠定了基础。不过,出自这种视角的研究也有局限,因为它不足以用来解释意识形态、赞助者、接受语境等问题纠葛。

---

① 周作人:《圣书与中国文学》,小说月报丛刊第二十五种,上海商务印书馆1924年版,第18页。
② 王哲甫:《中国新文学运动史》,杰成印书局1933年版,第259页。
③ 王德威:《翻译"现代性"——论晚清小说的翻译》,《想象中国的方法:历史·小说·叙事》,生活·读书·新知三联书店1998年版,第103页。
④ 参见郭延礼《中国前现代文学的转型》,山东大学出版社2005年版。
⑤ 盛宣恩:《中国基督教圣诗史》,(香港)浸信会出版社2010年版,第22页。

有关基督教在华传播史的研究，包含了更多可资借鉴的地方。因为西诗译介本就是一种基督教在华活动，它也会面对类似的问题和语境。钟鸣旦曾提出，基督教在华传播史研究有这样一些阐释模式：文化交流模式，中国现代化进程因素模式，边缘宗教模式，以及自我与他者模式等。① 王立新借用托马斯·库恩（Thomas S. Kuhn）的范式（paradigm）概念，指出大陆学界大致经历了文化侵略、文化交流、现代化等研究范式的演变；西方史学界大致经历的范式有：传教学范式、冲击—回应范式、传统—现代范式、文化帝国主义范式和中国中心取向范式。② 陶飞亚等人在此基础上，还列出了"普遍主义论"、"全球地域化"、"后殖民理论的东方学"等研究视角。③ 在这些研究方式中，文化交流范式、现代化范式的影响最为普遍。前者强调了近代西方文化与中国传统文化的相遇，后者重在西方文化对中国近代社会变革的影响。两者都具有相当的涵括性，都可用来思考传教士的西诗译介问题。

（三）以翻译文学研究"文化转向"为主

翻译文学研究的"文化转向"，是本研究集中采用的方法和思路。它不仅可以明确界定研究的范围和性质，而且可以用来思考翻译策略、叙述方式、意识形态等重要问题。由此作出研究，也很容易将文化交流、现代性、宗教文学等视角融合在一起。

这种"文化转向"的形成，与涵括极广的文化研究有着密切关系。文化研究将权力、结构、意识形态等，甚至整个社会生活纳入了研究视野，为翻译研究的"文化转向"带来了方法和理论上的导向。④ 由此，文化、社会、历史等问题也逐渐进入了翻译研究之中。1976年，标志着翻译研究

---

① ［比］钟鸣旦：《基督教在华传播史研究的新趋势》，马琳译，《基督教文化学刊》第2辑，人民日报出版社1999年版，第272—285页。

② 王立新：《超越"现代化"：基督教在华传播史研究的主要范式述评》，见《美国传教士与晚清中国现代化》（修订本），天津人民出版社2008年版，第287页。

③ 陶飞亚、杨卫华：《基督教与中国社会研究入门》，复旦大学出版社2009年版，第170—173、179—180页。

④ 王宁：《翻译研究的文化转向》，清华大学出版社2009年版，第9页；陆扬主编：《文化研究概论》，复旦大学出版社2008年版，导言。

产生新变的卢汶会议（Leuven seminar）在比利时召开。与会学者提出了新的翻译学学科定义，认为翻译研究不应局限于价值判断的位置，也不应该局限于文学研究或语言学研究的框架。其中，以色列学者埃文·佐哈尔（Itamar Even-Zohar）的多元系统理论产生了尤为重要的影响。他认为翻译文学是文学多元系统中不可分割的部分，研究者应该将翻译文本接受为既成事实，去研究它的位置、影响及其形成原因。正如伦敦大学西奥·赫曼斯（Theo Hermans）1985年作出的概括，翻译研究逐渐形成了一些新特点：将文学看作是复杂的、动态的系统，认同以译文为中心的描述性研究方法，对控制翻译的规范和约束机制，以及翻译作品在译入语文学中的地位和作用感兴趣。至1990年，美国学者勒菲弗尔（Andre Lefevere）与英国学者巴斯内特（Susan Bassnett）合著《翻译、历史与文化》（Translation, History, and Culture）一书，明确提出了"翻译研究的文化转向"。他们认为，翻译就是一种改写（rewriting），改写必定受到目的语文化诗学、文学观念和意识形态规范的制约，译者只能在各种规范内进行操作。① 改写、操纵、赞助人和意识形态等，由此也成为了翻译研究的核心问题。这种翻译研究范式的转变，突破了语言学和传统美学范畴，将社会、历史、文化等问题纳入了思考之中。近来，不少中国学者在研究近现代翻译文学时，也采用并且证明了这种"文化转向"研究范式的有效性。②

但是，在重视翻译研究的"文化转向"时，似乎也应注意到另外的风险。任何一种"范式"都是有限的，它不可能解决所有的问题。库恩已指出，"范式"所提供的现象和理论，有时会成为"相当僵化的框框"，因而会遮蔽、遗留大量"有待完成的扫尾工作"。③ 韦勒克、沃伦在论说

---

① 参见刘军平《西方翻译理论通史》（武汉大学出版社2009年版），第九章"多元系统及规学派"、第十一章"翻译研究的文化学派"。
② 如李今《三四十年代苏俄汉译文学论》（人民文学出版社2006年版），王宏志《重释"信、达、雅"——二十世纪中国翻译研究》（清华大学出版社2007年版；初版于东方出版中心1999年版），孔慧怡《翻译·文学·文化》（北京大学出版社1999年版）等。
③ ［美］T. S. 库恩：《科学革命的结构》，李宝恒、纪树立译，上海科学技术出版社1980年版，第20页。"paradigm"一词，该书译为"规范"，傅大为、程树德、王道还的译本译为"典范"［（台北）允晨文化实业股份有限公司1985年版］，金吾伦、胡新和的译本译为"范式"（北京大学出版社2003年版）。

"外部研究"时也指出,对文学作品生成背景和影响机制的注重,容易形成一种"因果式"的思维。任何一种因果性研究,都不能用来恰当地分析、评价文学作品。① 对传教士译介中的意识形态、赞助人、权力、语境等因素的强调,虽然并不完全等同于"外部研究",但同样有可能产生这种思维局限。与此同时,西方在文化交流中的强势地位,以及传教士普遍带有的拯救心理,也使得"文化转向"一定程度上需要结合后殖民翻译研究的思路。后者关注翻译在殖民化过程中的权力运作,以及由此引发的系列抵抗行为。因而,翻译的混杂性、翻译的身份认同、文化霸权、他者等,也成为了重要的问题。② 根茨勒在 2008 年出版的《美洲的翻译与身份认同:翻译理论的新方向》中还表明,"翻译研究的下一个转向应该是社会—心理学转向,它将功能性的方法扩展到包括社会影响和个人情感的方面"③。尽管这些思路并不一定适合本研究,但它们在某种意义上越出了翻译研究的"文化转向",为研究提供了更多启示。

综观上述研究视野和方法,在表明采取的主要做法之后,本书理应强调如下问题:传教士译诗究竟具有怎样的历史形态?翻译之中的意识、策略、改写怎样交织一起,又发挥了怎样的影响?在中外文化交流、文学现代性意识的历程中,它们究竟占据了何种位置?在中国人对西方诗歌的翻译之外,它们构成了一条什么样的翻译线索,又具有什么样的意义?当然,问题本身也可能带来遮蔽。因为它们包含了一定的理论预设,也不可能将历史细节和所有问题都吸纳进去。

如前文所述,新教传教士的西诗译介包含丰富的内容,并且有着多样的呈现方式。在具体研究之中,史料辨析、个案关注与整体审视,显然都有助于展现并探析这一特殊历史。因此,本书研究的思路主要表现在如下方面。

第一,注重传教士译诗出现的历史背景、刊载形式、文本特征等,并将

---

① [美]勒内·韦勒克、奥斯汀·沃伦:《文学理论》(修订版),刘象愚等译,江苏教育出版社 2005 年版,第 73、119 页。
② 刘军平:《西方翻译理论通史》,武汉大学出版社 2009 年版,第 491 页。
③ [美]爱德文·根茨勒:《翻译研究的新方向》,陈爽译,《文化与诗学》2010 年第 2 辑,第 26 页。此文译自根茨勒这本书最后一章。

研究内容分为三个部分：期刊、著述中的西诗译介，圣诗集翻译，圣经诗歌翻译。在期刊著述中，翻译意图、具体语境的表现较为多样，因而论述时会有意侧重这些方面的问题。圣诗集与圣经诗歌翻译，较为直接地承载了传教意图，有关这部分的论述会较多注重诗作规范、译诗文本等问题。

第二，以翻译文学研究的"文化转向"，作为展开问题的主要思路。翻译意识、翻译策略以及其他因素影响，都是本书力图深入思考的地方。在此基础上，本书会适当结合其他视野和方法。

第三，各个部分的论述，会不时审视研究对象在中外文化交流、近现代文学转型中的位置和意义。但是，这种审视并非要寻求直线型的历史线索，或者推导出因果式的意义归结，而是试图把驳杂、多样的历史印迹，甚至是无序的碎片同样纳入思考之中。

第四，新教传教士西诗译介自身存在的局限，它与中国知识分子译介之间的参照关系，也是本书需要注意的方面。

四　问题说明与纲要

在展开论述之前，有一个问题需要首先说明，即研究对象为什么是新教传教士的西诗译介，而不是其他传教士作出的译介。

面对这一问题，"晚清民初"这一时段也需要解说。1807年马礼逊入华，是为新教在华活动的开始。在侵略战争、不平等条约的推动下，新教在华传教事业逐渐得以扩张。截至1914年，传教士人数增至5462人，传教点和信众数量也是大增。[①]随后，第一次世界大战爆发，卷入战争中的西方国家对传教活动减少或终止了经济支助，大批传教士入华已不再可能。在战争结束之后，这一状况也没有得到改变。与此同时，中国民族主义势力增长，新文化思想迅速传播，非基督教运动由此兴起。传教士发现，他们同时受到了反基督教和反帝国主义两种力量的排斥。[②]再加之各

[①] [美]赖德烈：《基督教在华传教史》，雷立柏等译，（香港）道风出版社2009年版，第513页。

[②] [美]何凯立：《基督教在华出版事业（1912—1948）》，陈建明、王再兴译，四川大学出版社2004年版，第51页。

地军阀连年混战、国内局势动荡不安,大部分外籍传教士不得不在1927年的北伐战争中,纷纷撤离了中国。在随后的岁月里,西方陷入经济萧条的泥淖,爆发了第二次世界大战,中国更是饱受了战争的蹂躏。停留在华的、数量有限的西方传教士,由此更不可能产生较大的影响。文字印刷、办刊出书曾是他们的重要活动,但中国人逐步接管了这些事务,承担了相应的职责。战争、政治、思想、文化诸多因素决定,新教传教士的在华历史只能缓缓地拉上了帷幕。在西诗译介方面,这种尾声甚至来得更早一些。1919年官话和合本《圣经》出版,就被传教士自己视为"最伟大",也是"最后"的译本了。① 包含其中的传教士诗歌翻译,到此也完成了它的历史。

在晚清民初时期,从入华时间与信徒数量来看,新教都远远落后于天主教。但从文字印刷活动来看,它又大大超过了同时期的天主教。以至于许多研究者述及该阶段的传教士,所指对象其实都为新教传教士。要理解这种反差,应该去思考新教的神学观念,以及它的传教方式的影响。由此,为什么是新教传教士的西诗译介这一问题,也才可以得到回答。

新教作为基督宗教的一支,本身即因反抗罗马天主教廷的垄断权威而得名,故又被称为"抗罗宗"(Protestantism)。16世纪马丁·路德引发了宗教改革运动,新教逐渐从罗马天主教中脱离了出来。正如赖德烈所叙述,新教的兴起是政治原因的结果,一定程度上也是西方经济和知识发展的产物。该教"主要强调耶稣启示的那种对上帝的直接的、个人的和转变人生的经验",因此,它的倾向"是取消圣事、朝拜上的形式主义、司铎制度、周密精致的圣统制,它只聆听内心的圣灵(the inwardly heard voice of the Spirit)而不想依赖于任何其他的权威"。② 在18—19世纪欧美福音奋兴运动和大觉醒运动的推动下,"实用的、或'社会化'的基督教发展"成了新教的总体趋势。③ 在这一趋势中,"上帝应许的唯一生存方式,不是要人们以苦修的禁欲主义超越世俗道德,而是要人完成个人在现世里

---

① 《教务杂志》(*The Chinese Recorder*)第50卷,1919年版,第442—443页。转引自赵维本《译经溯源》,中国神学研究院1993年版,第45页。
② [美]赖德烈:《基督教在华传教史》,雷立柏等译,(香港)道风出版社2009年版,第33页。
③ [美]G. F. 穆尔:《基督教简史》,郭舜平等译,商务印书馆2010年版,第302页。

所处地位赋予他的责任和义务"①，这一核心观念使新教变得进一步世俗化。在现世建立"上帝之国"，积极改造并最终救赎整个社会的目的，又赋予了教育、慈善等社会活动在宗教上的合法性。在教义、传规、仪式等方面，新教与天主教最终有了很大差别。面对共同的经典《圣经》，新教认为这是唯一的最高权威，教徒应该直接阅读和接受。天主教则认为，只有经过罗马教廷的解释、认定的通俗拉丁译本才是权威，其他语言文字的翻译都不可信。②这种神学意识上的差异，导致了传教方式的不同。新教入华即十分重视《圣经》的汉译，采取了灵活、开放的传教方式。天主教则保持了传统的布道方式，力图通过恢复与原有信徒的联系来扩展传教范围。对于新教来说，神圣经典不仅可以翻译，而且应该传递到信徒手中。那么，围绕布道的文字、印刷活动，自然也吻合了传教这一根本意图。因而，不管是出于策略考虑，还是具体的语境遭遇，入华新教传教士都注重了著述、办刊、翻译、教育等活动。

属于天主教派的耶稣会士，曾在明末清初采取知识传教的方式，获得了朝廷和士大夫赞赏，发展了大量信徒。在晚清时期，有部分耶稣会士试图恢复利玛窦开创的这种做法，但耶稣会内部却意见不一。他们对清廷的排外措施有所顾忌，最终没有重视这种曾被长时间禁止，又易引起清廷反感的做法。而且，从不平等条约中取得的"合法"传教权力，似乎也使天主教派不再需要这种方式。赖德烈对此就有概述："也许更重要的一点是，中国的形式已转化了，因此似乎不再需要这种特殊的方法。此时，公教徒受到了外国条约的保护，不再需要一种学者传教团从朝廷和高级官员那里获取好感和支持"，因而"罗马公教很少有那种能够吸引那些寻求西方知识的人们的学校；另外罗马公教并没有将重心放在准备一些能够提供西方知识的文章与出版物上"。③既然如此，不仅文学翻译，就是整个西学知

---

① [德]马克斯·韦伯：《新教伦理与资本主义精神》，于晓、陈维纲译，生活·读书·新知三联书店1987年版，第59页。
② 参见[美]布鲁斯·雪莱《基督教会史》，刘平译，北京大学出版社2004年版，第5—7章；游斌《基督教史纲》，北京大学出版社2010年版，第298—302页。
③ [美]赖德烈：《基督教在华传教史》，雷立柏等译，（香港）道风出版社2009年版，第291、417页。注，天主教又称为罗马公教。

识译介,甚至宗教典籍的汉译,在天主教传教士看来都不是那样重要。天主教虽从1867年开始在上海土山湾设立印刷所,但刊印的内容多为以前天主教传教士著述。在19世纪后期,他们也开始创办中文报刊,但时间上已大大落后于新教,登载的也多是宣教性质的文章。据赖德烈《基督教在华传教史》、顾卫民《中国天主教编年史》、上海市档案馆《中国教会文献目录》,以及邹振环的《土山湾印书馆与上海印刷出版文化的发展》等资料①,该时期外籍天主教传教士的文学翻译的确较少。宋莉华在辑录来华传教士的汉文小说时也曾表示,目力所及的天主教传教士汉文小说不多,其他文学性读物也是少见。②

相反,新教传教士进入广袤的中国,亟须拓展传教范围,同时还要与天主教在传教方面展开竞争。除开神学观念方面的差异,不同的处境也使得新教传教士愿意采取"文字传教"的方式。在戊戌变法前夕,他们还认为是进入了"充满机遇的时代",试图"通过充分利用自己的教堂、学校、出版物以及个人接触","努力增加皈依者人数,想健康地影响社会"。③ 他们对西学知识译介、《圣经》汉译的重视,当然也为文学翻译提供了空间。由此,这些翻译进而包含了西人诗作、基督教圣诗、圣经诗歌等内容。不过,当进行文字著述活动的主体逐渐转为中国人士之后,传教士也就不得不从这些译介中退出了。更为重要的原因还在于,出自传教意图的译诗在基本上满足传教需要之后,也就失去了进一步展开的可能。及至中国文人大量翻译西方诗歌、白话新文学蓬勃兴起,传教士译诗在文学方面的影响也就微乎其微了。再回头审视新教传教士的西诗译介,它的历史也就不得不停留在了晚清民初这一阶段。

总之,刊布于期刊、著述中的诗作译介,以及多种圣诗集、圣经诗歌

---

① 顾卫民:《中国天主教编年史》,上海书店出版社2003年版;上海市档案馆、美国旧金山利玛窦中西文化历史研究所合编:《中国教会文献目录——上海市档案馆珍藏资料》,上海古籍出版社2002年版;邹振环:《土山湾印书馆与上海印刷出版文化的发展》,《安徽大学学报》2010年第3期。

② 宋莉华:《传教士汉文小说研究》,上海古籍出版社2010年版,第252页。

③ [美]赖德烈:《基督教在华传教史》,雷立柏等译,(香港)道风出版社2009年版,第417页。

的翻译，其实已经构成了一个明确的研究对象。它在研究中因为多种原因而遭遇的忽视，并不能否定它的客观存在。相反，当这种状况被意识到之后，更多的问题会因此而揭开，整个研究也会获得更为积极的意义。基于这种意义考虑，本书在尽力搜寻第一手史料的基础上，以翻译文学研究的"文化转向"为主要思路，力图对新教传教士的西诗译介作出更为全面的认识。

本书分为五个部分，第一部分即绪论。正文为四章：

第一章，"传教士期刊中的译介与政治"。主要论析1860年以前传教士中文期刊里的西诗译介。《东西洋考每月统记传》出现了有关荷马、弥尔顿的介绍文章；《遐迩贯珍》介绍了诗人弥尔顿，并刊出了译诗《自咏目盲》；《六合丛谈》连载的"西学说"栏目，集中介绍了古希腊、古罗马的诗人诗作，对荷马史诗的介绍尤其详细。三种刊物出现时间不同，创办者、撰述者的意图也有少许不同，在行文叙述上出现了颇有意味的差别。其中的译介文本大多篇幅简短，却将早期传教士的翻译意图、翻译策略、西学知识传播以及中国诗作规范等因素包含了进来。

第二章，"传教士西诗译介的个案考析"。该部分集中论述1860年之后出现的如下个案：艾约瑟译《孤岛望乡诗》，《西学略述》的西诗知识，沙光亮译《人生颂》，李提摩太译《天伦诗》。个案与个案的结合，进一步凸显了传教士西诗译介的整体性存在。"余论"部分，对散布于期刊、著述中的其他译介作了综合论析。相较于第一章的研究对象，这里的译介表现得更为丰富。诸如译者意图、时代语境、诗作规范等因素，都发挥了重要影响。这些个案此前大多不受重视，有的在本论著中才第一次得到注意和论述。在中西文学交流历程中，这些译介占据了重要位置，有利于中国文人视野的扩展。在圣诗、圣经诗歌翻译之外，它们形成了另一条诗歌翻译线索。

第三章，"圣诗的汉译形态与历史意义"。该类翻译的出现，主要是受译者传教意图影响。本书没有过多论析这一较为明显的意图，而是注重了不同的翻译方式，以及译本在语言、形式上的表现和影响。这些表现及变化，与译本针对的接受者，译者所处的语言区域，翻译所处的具体时间，都有着紧密关系。因而，本书更多是将它们置入译入语文化语境，从译诗表现、意识关联等角度来作出审视和思考。从第一本圣诗集《养心神诗》，到1919年官话和合本《圣经》出版，译诗在语言上主要表现为文言和白话两种风格。由于与中国诗歌传统规范有着冲突，颂唱声律又产生了一定的影响，部分译诗在形式、韵律上都表现出了新的特征。最值得注意的是，一些白话译诗几乎表现出了极为接近现代新诗的特征。在近现代文学转型中，这些译诗带上了现代性色彩，对新文学的兴起有着积极的参照意义。本章涉及的多种圣诗集译本，在一般研究中已很难见到。需要说明的是，由于《圣经》诗歌的内容极为丰富，本书不得不采取了以点带面的方式，以《弓歌》作为了集中论述的例子。

第四章，"'宗教'与'文学'的交集与分离"。此部分总结性地论析了传教意图与西诗译介关系、译诗的文学属性表现、翻译中有关中西诗歌的认识，以及不同风格的形成等问题。由于占据主导地位的活动一直是传教布道，大部分传教士也没有足够的能力来汉译诗歌，这类译介也缺少了进一步探索的动力。再由于基督教与儒家文化冲突，中国传统诗歌规范的强大和延续，这些译介在译入语境中也受到了限制。十分有意味的是，在译者意图与读者接受之间出现的错位，却有利于它们在近现代文学转型中产生积极意义。传教士译者对西方诗人诗作的介绍，对文学翻译自身的认识，对中西诗作差异的评说，在中西文学交流的历程中都具有了可贵价值。真正的现代新文学虽然要在五四时期才出现，但传教士译诗成了此前的一种积极尝试。它们在客观上作出了有益的铺垫，这点也不容否定。当然，这些地方也不宜过分夸大，它们同时遭遇如影相随的多种限制。总之，新教传教士的西诗译介构成了一段特殊的翻译文学历史。

第一章 传教士期刊中的译介与政治

在第二次鸦片战争之前,新教传教士主要分布于口岸一带,活动范围十分有限。怎样打开宣教局面,获得良好的传教效果,一直是他们面对的重要问题。在没有取得在华全面传教的权力之前,创办中文期刊、译介西学知识、出版图书册子等,成为了他们积极尝试的活动方式。但是,由于编辑者变动以及经费、战事影响,这些中文期刊往往持续时间不长,很难形成连续的文学译介行为。对于诗歌译介来说,传教士的整体语境遭遇,以及传教意图对期刊内容的限制,也必然影响到它的呈现程度。不过,该阶段期刊上的诗歌译介,在中西文化交流中的开拓作用并不容否定。在期刊这种新型传播媒介里,西诗译介作为一种外来文化内容,它们的历史形态及意识关联首先也就值得注意。

传教士创办中文期刊,主要目的虽在于传扬基督宗教,但也给予了世俗知识较多的篇幅。1815年8月,米怜在《察世俗每月统记传》(*Chinese Monthly Magazine*)序言中表示,该刊内容"神理、人道、国俗、天文、地理、偶遇,都必有些",其中"最大是神理","其余随时顺讲",且还指出"人最悦彩色云,书所讲道理,要如彩云一般,方使众位亦悦读也"。[①] 以基督教义为核心,兼顾"彩云一般"的其他知识,成为了早期传教士刊物的普遍做法。如1823年麦都思(Walter Henry Medhurst)于巴达维亚(今雅加达)创办的

---

① [英]米怜:《察世俗每月统记传序》1815年8月。见汪家熔辑注《中国出版史料·近代部分》,湖北教育出版社、山东教育出版社2004年版,第70页。

《特选撮要每月统记传》（Monthly Magazine），"书名虽改，而理仍旧矣"，内容上仍包含了天文、地理等知识。①1828 年至 1829 年，麦都思等在马六甲编辑的《天下新闻》（Universal Gazette）中，也载有新闻、科学、历史与宗教之类内容。②1833 年，郭实腊（Karl Gützlaff）在广州创办国内第一份中文期刊《东西洋考每月统记传》（Eastern Western Monthly Magazine），各国地理、历史、文学、制度、经济、风俗、科技等知识也包含其中。③1853 年至 1856 年，麦都思等人在香港编辑《遐迩贯珍》（Chinese Serial），1857 年至 1858 年，伟烈亚力（Alexander Wylie）等人在上海编辑《六合丛谈》（Shanghai Serial），宗教、科学、文学、新闻在其中都占据不少篇幅。据记载，在第二次鸦片战争结束前出现的新教传教士中文刊物，还有 1838 年 10 月，麦都思、奚礼尔、理雅各等在广州编辑的《各国消息》，1854 年至 1861 年，美国传教士玛高温（Daniel Jerome Macgowan）等在宁波编辑的《中外新报》（Chinese and Foreign Gazette），它们同样刊有宗教之外的内容。④

中国近代文学的变革，一个重要的表现就在于文学传播模式的改变。传教士的办刊、著述、出版等活动最早引发了这种变动⑤，导致了市场机制、新型印刷术、普通读者群等影响因素的出现。也正是在《东西洋考每月统记传》、《遐迩贯珍》、《六合丛谈》等刊物中，传教士的西诗译介开始明确出现。相较于地理、历史知识，文学内容更易包含内在的宣教意图，诗歌译介也不时将宗教教义与文学属性关联在了一起。这与各个刊物的内容构成，以及编辑者、赞助者的认识和意图，有着最为紧密的关系。只不过，译介的具体形态及意识策略，又有着不同的表现和影响。与中国诗文传统规范的接触，也使得这些译介必然会包含更多问题。

---

① ［英］麦都思：《特选撮要每月统记传序》1823 年 5 月。见汪家熔辑注《中国出版史料·近代部分》，湖北教育出版社、山东教育出版社 2004 年版，第 74 页。

② 戈公振：《中国报学史》，生活·读书·新知三联书店 1955 年版，第 67 页。

③ 黄时鉴：《〈东西洋考每月统记传〉影印本导言》，见《东西洋考每月统记传》影印本，中华书局 1997 年版，第 10 页。

④ 参见戈公振的《中国报学史》、宋应离主编的《中国期刊发展史》（河南大学出版社 2000 年版）等。

⑤ 参见袁进《近代文学的突围》，上海人民出版社 2001 年版，第 166—167 页。

在1992年的The Politics of Translation一文中，印度裔学者斯皮瓦克（Gayatri Chakravorty Spivak）明确提出了"翻译的政治"这一说法。在西方后殖民理论中，这一话题随后得到了较多研究者论述。综合起来看，这里的"政治"是指在不同文化的交融过程中，翻译包含的或隐或显的权力关系。这种权力关系的形成，与译者能力、译者身份、操纵策略，以及出版者、期刊、媒体等赞助人因素有关。诸如对原作的删减、增补、改写，以及意识形态、译者观念、文化语境的影响等，都可以说是翻译的"政治"表现。① 这些因素和问题，也正是早期传教士西诗译介所包含的内容。

第一节　从《东西洋考每月统记传》到《六合丛谈》

台湾学者李奭学据法国国家图书馆东方手稿部的《圣梦歌》抄本，认为该首由入华耶稣会士艾儒略（Giulio Aleni）1637年译出的长篇诗歌，"或许才可说是'第一首在华译出的英国诗'"。② 对于此诗，徐宗泽于1940年前后编成的《明清间耶稣会士译著提要》也有所记载，且列出了"序"和"小引"文字。③ 马祖毅在1984年出版的《中国翻译简史》（五四以前部分）也有提及，指出该诗又名《性灵篇》，有1684年北京刻本。④ 早期史料的发现，在翻译史上自然不无重要意义。⑤ 但正如李奭学

---

① 参见谢天振主编《当代国外翻译理论导读》（南开大学出版社2008年版）第七章"后殖民翻译理论"；费小平《翻译的政治：翻译研究与文化研究》（中国社会科学出版社2005年版）。

② 李奭学：《中译第一首"英"诗〈圣梦歌〉》，《读书》2008年第3期。李奭学指出《圣梦歌》即Visio Sancti Bernardi，诗作者伯而纳即天主教熙笃会创会者"明谷的圣伯尔纳"（St. Bernard of Clairvaux）。方梦之据李奭学的发现，也简要论说了此诗的翻译。见方梦之《第一首汉译英诗在清初问世》，《文汇报》2009年3月18日。

③ 徐宗泽：《明清间耶稣会士译著提要》，上海书店出版社2006年版，第269—270页。

④ 马祖毅：《中国翻译简史》（五四以前部分），中国对外翻译出版公司1984年版，第202页。此后，马祖毅《中国翻译史》（上卷）（湖北教育出版社1999年版，第240页）、《中国翻译通史》（古代部分）（湖北教育出版社2006年版，第159页）又言该诗有1626年北京刻本。

⑤ 盛宣恩认为，在没有新的原始史料发现之前，法国伯希和（Paul Pelliot）1908年在敦煌石壁上发现的唐代《景教三威蒙度赞》、《大秦景教大圣通真归法赞》，应为二首最古的中国基督教圣诗。前者应为叙利亚教会所唱《荣归主颂》的译述，后者应该可以解释为《赞美基督被接升天》，两诗都充满了佛教词语。参见盛宣恩《中国基督教圣诗史》，（香港）浸信会出版社2010年版，第3—4页；陈伟《中国基督教圣诗发展概况》，《中央音乐学院学报》2003年第3期。

文章结束时所言，该诗"仅昙花一现，随即便为广陵散矣"，在新教传教士入华之前的这种稀见译诗，在历史中的影响实在是微弱。不过，该诗的翻译意图和翻译方式，倒是与晚清入华新教传教士的译诗十分相似。徐宗泽称该诗"为公教文艺之一种，有至理大道寓乎其中"。作序者"清源张子"张赓（1570—1647）也引"西方士"之言："惟夫圣梦，则间由造物主用之启迪人心，当有取益而为进修之助，如是特恩，独盛德者时有耳。兹为君粗述圣人伯而纳一梦，名虽曰梦，实则大道真训也。"可见诗作的宗教意旨，方为艾儒略将之汉译而出的根由。至于翻译方法，张赓序所引艾儒略之言也已表明："此梦原有西士诗歌，聊译以中邦之韵，韵学余夙未谙，不堪讽诵览者，有味乎其概可矣。"① 将西诗译以中邦之韵、裁以整齐之体的做法，在晚清至民初的译诗中也很常见。②

在审视翻译意识与翻译策略等问题之前，近代西诗译介在期刊中的刊载形式，需要首先给以梳理。

一 《东西洋考每月统记传》的西诗信息

德籍传教士郭实腊1833—1838年编辑的中文刊物《东西洋考每月统记传》③，已经刊有包含西方诗歌内容的文章。其道光丁酉年正月号（1837年2月）所载之文《诗》，明确介绍了西方诗人荷马、弥尔顿。"诸诗之魁，为希腊国和马之诗词，并大英米里屯之诗"，"希腊诗翁，推论列国，围征服城也，细讲性情之正曲，哀乐之原由，所以人事浃下天道，和马可谓诗中之魁。"文章又言："夫米里屯，当顺治年间兴其诗，说始祖之驻乐园，因罪而逐也。"④ 这些言说虽没有直接点出诗作题目，但不难见

---

① ［意］艾儒略：《艾儒略汉文著述全集》（下），叶农整理，广西师范大学出版社2011年版，第117—118页。

② 《圣梦歌》的诗句，如"严冬霜雪夜分时，梦见一魂伴一尸。畴昔尸魂相缔结，到头愁怨有谁知"等，皆为七言旧体。

③ 《东西洋考每月统记传》，1833年旧历六月创刊于广州，目前所见最后一期出自1838年旧历九月，共出33期。因郭实腊忙于他事，其间曾两度休刊。见黄时鉴《〈东西洋考每月统记传〉影印本导言》，中华书局1997年版，第9页。

④ 《诗》，《东西洋考每月统记传》，道光丁酉年正月（1837年2月）。

出是对《荷马史诗》、《失乐园》的简要介绍。黄时鉴认为,"中文介绍荷马史诗,这段文字恐怕是最早的了","中文介绍弥尔顿,此文似乎也是最早的"。① 道光戊戌年八月号(1838年9月)的《论诗》一文,在节引左思的《吴都赋》之前,简要论说了对中国诗歌的认识,且表示西方诗作与之有所不同:"汉诗之义为六:一曰风,二曰赋,三曰比,四曰兴,五曰雅,六曰颂。外国诗翁所作者异矣。"② 该刊还载有"汉士住大英国京都兰敦所写"的《兰敦十咏》,以之描摹伦敦见闻。"其四"描写国外文艺活动:"戏楼关永昼,灯后彩屏开。生旦姿容美,衣装锦绣裁。曲歌琴笛和,跳舞鼓箫催。最是诙谐趣,人人笑脸回。"③ 此外,对李白、苏轼的诗作,该刊也多处有所摘引。黄时鉴根据这些内容,甚而判断编纂者"颇喜好诗,且修养有素"。④ 从整体来看,该刊有关西诗的介绍还十分有限。不过,创办于中国境内的近代期刊毕竟开始引入西诗内容,这有助于中国文人认识到另一种文艺的存在。

二 《遐迩贯珍》的《附西国诗人语录一则》

英国传教士麦都思于香港创办的中文刊物《遐迩贯珍》,在1854年9月刊出了《附西国诗人语录一则》一文。英国诗人弥尔顿在此得到了专篇介绍,他的诗作 On His Blindness 也以四言汉诗形式被译出。相较于《东西洋考每月统记传》,这里的诗人介绍可谓详细得多:⑤

> 万历年间,英国有显名诗人,名米里顿者崛起,一扫近代芜秽之习。少时从游名师颖悟异常,甫弱冠而学业成,一时为人所见重云。母死后,即遨游异国。曾到以大利,逗遛几载,与诸名士抗衡。后旋归,值本国大乱,乃设帐授徒,复力于学,多著诗书行世,不胜枚

---

① 黄时鉴:《〈东西洋考每月统记传〉影印本导言》,中华书局1997年版,第24页。
② 《论诗》,《东西洋考每月统记传》,道光戊戌年八月(1838年9月)。
③ 汉士住大英国京都兰敦所写《兰敦十咏》,《东西洋考每月统记传》,道光甲午年正月(1834年2月)。
④ 黄时鉴:《〈东西洋考每月统记传〉影印本导言》,中华书局1997年版,第24页。
⑤ [英]麦都思:《附西国语录一则》,《遐迩贯珍》1854年第9号,1854年9月1日。

举。后以著书之故，过耗精神，遂获丧明之惨。时年四十，终无怨天尤人之心。然其目虽已盲，而其著书犹复亹亹不倦。其中有书名曰，乐囿之失者，诚前无古后无今之书也。且日事吟咏以自为慰藉。其诗极多，难以悉译。兹祇择其自咏目盲一首，详译于左。

弥尔顿的生平遭遇、诗名见重、诗作代表，于此段文字不难见出概貌。将《失乐园》译为"乐囿之失"，"On His Blindness"（今多译为《论失明》）译为"自咏目盲"，也算较为准确。如此明确的西方诗人诗作介绍，既然出现于刊物这一新型载体，也就很难说在当时没有一定的传播效应。刊于 1854 年第 12 号的《遐迩贯珍小记》，有如此文字："夫以每月用上等纸料印贯珍三千，在香港或卖或送，并寄与省城、厦门、宁波、福州、上海等处，遂至内地异方，皆得传视。"① 1855 年第 1 号《遐迩贯珍》"布告编"登出的《论遐迩贯珍表白事款编》，也言："遐迩贯珍一书，每月以印三千本为额。其书皆在本港、省城、厦门、福洲、宁波、上海等处遍售。间亦有深入内土，官民皆得披览。"② 在 1856 年 5 月最后一期《遐迩贯珍》中，也刊有《遐迩贯珍告止序》，言："遐迩贯珍一书，自刊行以来，将及三载，每月刊刷三千本，远行各省。"编辑者理雅各在同期刊出的英文告知中，也指出："The readers, however, were many, of all ranks and in different provinces"（然而读者甚多，来自各个阶层和不同省份）③。关于印数、读者的此等说法，就算是编辑者出于宣传需要而有意夸大，也表明该刊实际上有着较为广泛的传播。关于弥尔顿的译介，由此也不无"官民皆得披览"的可能。

三 《六合丛谈》的"西学说"

随后，在《六合丛谈》上多期刊载的"西学说"，更加广泛地介绍了

---

① 《遐迩贯珍小记》，《遐迩贯珍》1854 年第 12 号，1854 年 12 月 1 日。
② 《论遐迩贯珍表白事款编》，《遐迩贯珍》1855 年第 1 号，1855 年 1 月 1 日。
③ 《遐迩贯珍告止序》（Notice of the Discontinuance of the Serial），《遐迩贯珍》1856 年第 5 号，1856 年 5 月 1 日。

古希腊罗马的诗歌内容。《六合丛谈》自1857年1月由英国传教士伟烈亚力创办于上海,至1858年6月停刊①,共发行十五期。艾约瑟(Joseph Edkins)撰写的"西学说",前后刊出十次,在其中显然占据了重要地位。"西学说"这一栏目名,在《六合丛谈》前三期中并没出现,但第三期的英文目录已有"WESTERN LITERATURE"字样。尽管"LITERATURE"并不等于今天所理解的纯文学②,其中不少篇章的内容却属于西方文学。标题上明确涉及诗歌内容的,就有《希腊为西国文学之祖》、《希腊诗人略说》、《罗马诗人略说》、《和马传》四篇。

《希腊为西国文学之祖》刊于《六合丛谈》第1号,开篇即道:"今之泰西各国,天人理数,文学彬彬,其始祖于希腊。列邦童幼,必先读希腊罗马之书,入学鼓箧,即习其诗古文辞,犹中国之治古文名家也。"文章进而介绍"初希腊人作诗歌以叙史事","和马、海修达二人创为之"。而"和马所作史诗","传者二种,一以利亚,凡二十四卷,记希腊列邦攻破特罗呀事;一阿陀塞亚,亦二十四卷,记阿陀苏自海洋归国事。此二书,皆每句十字,无均(古韵字),以字音短长相间为步,五步成句,(音十成章,其说类此),犹中国之论平仄也。和马遂为希腊诗人之祖"。该处文字,不仅较为详细地介绍"荷马史诗"《伊里亚特》、《奥德赛》,而且还提到了诗人"海修达"(今译赫西俄德)。值得指出的是,"以字音短长相间为步,五步成句"的提说,极有可能是西诗节奏(音步)这一知识点,在西方文学汉译历史中的最早介绍。

在介绍古希腊对罗马的影响之时,《希腊为西国文学之祖》有如此言

---

① 据沈国威编著《六合丛谈——附解题·索引》,刊物最后一期出自"咸丰戊午年五月朔日",停刊时间应为1858年6月11日(上海辞书出版社2006年版)。另有著作将停刊时间记为1858年3月(陈玉申:《晚清报业史》,山东画报出版社2003年版,第12页)。

② "Literature"一词,获得对现代意义上的"文学"意蕴是一个渐进过程。在17世纪它开始受到法文词汇 Belles Letters(纯文学)的影响,至19世纪时"被进一步地限定在具有想象力与创造力的题材上",但"意涵仍然不够明确"(雷蒙·威廉斯:《关键词:文化与社会的词汇》,生活·读书·新知三联书店2005年版,第270—274页)。在晚清中国,"文学"也有考据、文字之学、人文科学等多种意义,经清末至文学革命方才逐步获得今天所理解的意义(可参见李春《文学翻译如何进入文学革命——"Literature"概念的译介与文学革命的发生》,《中国现代文学研究丛刊》2011年第1期)。

说:"罗马作诗之名士,曰微尔其留,所作诗曰爱乃揖斯,实仿和马而作,凡十二卷。诗中有言,王子马改罗之叔父,为恩伯腊者(中国皇帝之称),命为皇嗣,未嗣位而卒。寥寥数语,哀感心脾。"其中所指,显然正是罗马诗人维吉尔及其史诗《埃涅阿斯纪》。不过,文章标题所含"文学",以及英文标题"GREEK THE STEM OF WESTERN LITERATURE"中"LITERATURE",所指实际都是宽泛的西学知识,而并非纯文学。比如,在最后得出"希腊信西国文学之祖也"的结论之前,该文引为例证的"近人所作古希腊人物表",其中就包括"经济博物者"、"辞令义理者"、"工文章能校定古书者"、"天文算法者"、"明医者"、"治农田水利者"等类,从事这些工作的人都具"文学"才能。对"文学"作如此宽泛的理解,西方诗人诗作也就更容易包含于"西学"这一名称之下,从而在传教士的西学传播以及晚清士大夫的开眼看世界中得到译介和传播。

在随后几篇文章中,艾约瑟介绍了海修达(赫西俄德)、撒夫(萨福)、宾大尔(品达)、亚那格来恩(阿那克里翁)、爱西古罗(埃斯库罗斯)、娑福格里斯(索福克勒斯)、欧里比代娑(欧里庇得斯)、阿利斯多法尼(阿里斯托芬)、卢各类的乌斯(卢克莱修)、和拉低乌斯(贺拉斯)、微尔其留(维吉尔)等多个古希腊、古罗马诗人,并简要叙述其创作,评点其艺术特征。① 如《希腊诗人略说》介绍萨福,则言:"周末一女子能诗,名曰撒夫,今所存者犹有二篇";介绍品达:"又有宾大尔者,以短篇著名,善作疆场战斗之歌";介绍阿拿克莱翁:"又有亚那格来恩者,善言儿女情私,及男女燕会之事,如中国香奁体。"言语虽然简短,却能集中概述诗作的内容及特点。

《和马传》最是详细,全篇逾九百字,在当时刊物中已算较长的篇幅。该文对荷马生平、荷马史诗的形式和内容作了介绍。阿喀琉斯与赫克托耳之战,俄底修斯的航海历险,众神对战争的参与等情节,于此都可见出梗概。文章结束时,还将诗篇中的宙斯、赫尔墨斯比作中国人熟知的佛教的

---

① 见《希腊诗人略说》、《罗马诗人略说》,两文分别刊于《六合丛谈》第3、4号。

第一章　传教士期刊中的译介与政治　31

帝释、诸天，并叙述后代武人对荷马史诗的喜爱，堪比带兵打仗的人喜欢《三国演义》①。综观之，在至今所见的早期史料中，该文应为最详细的一篇诗人诗作介绍。兹将全文引出②：

和马者，不知何许人也。或曰，耶稣前一千一百八十四，当中国殷王帝乙时人。或曰，六百八十四年，周庄王时人。生于小亚西亚，为希腊境内以阿尼种类。此种人自希腊来，过群岛海而居焉。其地有七城，争传为和马生地。中惟士每拿、基阿二城，乃近是。士每拿文风颇盛，其始本以阿尼种，来自以弗所，后为爱乌利种人所逐。爱乌利之先世，战胜特罗呀事，流传人口。和马虽以阿尼遗种，而籍隶士每拿，亦闻而知之。会士土离乱，避居基阿子孙家焉，故相传亦以为基阿人云。和马善作诗，其诗为希腊群籍之祖。希腊人凡四种，方言不同，和马诗半用爱乌利，半用以阿尼方言。所作二诗，一名以利亚诗，赋希腊诸国攻特罗呀十年破其城事。一名阿陀塞亚诗，赋阿陀苏游行海中，历久归国事。诗各二十四卷，卷六七百句，句六步，步或三字，或两字，以声之长短为节。前四步，一长声，二短声，或二长声。第五步一长二短，第六步二长。长短犹中国平仄也，后希腊罗马作诗步法准此。和马又为诗人鼻祖云。或曰，两诗二十四卷，非一人手笔。其始雅典国比西达多，细加校勘。乾隆时，日耳曼国乌尔弗极力表演，言当时希人未知文字，所作诗歌，皆口口相传，非笔之于书，故一人断不能作此二十四卷之诗也。顾以此二诗为众人合作，则又非是。案，以利亚诗，言亚基利斯，其始怒希腊人，不与之共攻特罗呀，特罗呀人赫格多尔为暴于亚基利斯之党。亚基利斯亦怒而复仇，杀赫格多尔，特罗呀势遂衰，未几城破云云。阿陀塞亚诗中，言以大加国王阿陀苏，自攻破特罗呀后，归国，周行希腊海中，自东至西，时已离都十年，国事离乱，世子出奔寻父。阿陀苏归途遇飓，飘

---

① 《三国演义》在清代统治阶层的接受情况，可参见李光涛《清太宗与三国演义》。
② ［英］艾约瑟：《和马传》，《六合丛谈》第 12 号，咸丰丁巳年十一月朔日（1857 年 12 月 16 日）。

流海中有年。邻国诸王贵人，度彼已死，咸来求婚于王妃，入其宫，据其产。阿陀苏返至本国，乞食于田家，遇其子，与之偕归。群不逞之徒，以为乞人也，众辱之。一老犬，识其主，欢跃大嗥。家人出援之，乃得入。王妃以阿陀苏之弓，传观于众曰，有能开此弓者，妾请夫之。众嚄嘖，卒莫能开。阿陀苏遂前，手弓注矢，射诸王贵人，尽杀之云云。统观二诗，叙事首尾相应，当出一人手笔。所可疑者，诗中好言鬼神之事，有所谓丢士者，似佛经中帝释，居诸天之首。有希耳米者，似佛经中诸天，为丢士所使者。丢士之妇曰希里。又有善战之女神，曰亚底那。希腊人用兵时，每以神之喜怒，卜战之胜负。以利亚诗中，言诸神居一山顶，去地不远，名阿林布山，犹佛教所云须弥山。阿陀塞亚诗中，诸神则在虚空中，且其名目亦稍异。以此度，其非出一人手也。以利亚诗，金戈铁马，笔势粗豪，阿陀塞亚诗，玉帛衣冠，文法秀润。泰西武人喜读之，以为兵书。马其顿王亚历山大，以和马二诗，置为枕中秘云。

在整个"西学说"栏目中，艾约瑟介绍了多位古希腊、古罗马诗人及其创作，尤其重视了荷马及《荷马史诗》。如此规模的译介，在1860年以前的西诗译介中的确占据了显眼位置。有论者指出，如此大规模地介绍西方文学、历史人物等情况，艾约瑟可谓第一人。[①] 在这样的赞誉之外，同样值得注意的是，对古希腊、古罗马诗歌的介绍很大程度上也越出了教义范围。尽管译介的根源来自传教，但诗歌以及宽泛的"文学"，却也呈现出了知识本身的客观性。在传教士身份之外，艾约瑟也扮演知识译介者的角色。

四 其他著述中的介绍

除刊物之外，传教士编译的西学图书也有涉及西方诗歌信息者。1856年，慕维廉（William Muirhead）据英国托马士·米尔纳（Thomas Milner）

[①] 沈国威：《解题——作为近代东西（欧、中、日）文化交流史研究史料的〈六合丛谈〉》，《六合丛谈——附解题·索引》，上海辞书出版社2006年版，第26页。

原著而编译的《大英国志》,刻印于上海墨海书馆。卷五有"以利沙伯纪"一节,文尾叙及伊丽莎白时代的文化盛况:"当以利沙伯时,所著诗文,美善俱尽,至今无以过之也。儒林中如锡的尼、斯本色、拉勒、舌克斯毕、倍根、呼格等,皆知名人士。"① 对于上述斯宾塞、莎士比亚、培根等英国诗人②,此处虽无详细介绍,且用中国词语"儒林"来界定,但也算是出现于晚清的较早的西方诗歌信息。对象集中于英国文艺复兴时期,这一点也值得注意。不过,该处随后出现的文字,又着力在了宗教方面:"兴教事者实繁有徒,至今人犹赖之。所著书不尚文采,切于事理。力辟加特力教荒谬,令人作恶受患。申明耶稣正教,诵读圣书。使知彼教仪文斋醮,不能感格皇穹。惟信耶稣,舍身赎罪,神圣感入人心,始得蒙上帝恩。"该书后来重印,慕维廉作了序言,其宣扬宗教的意图也有了突出的表现:"盛衰升降者之原于上帝,上帝之手不特垂于霄壤,抑且以天、时、人、世事,翻之覆之,俾成其明睿圣仁之旨。"由此回顾,不难理解"卷五"在提及莎士比亚等人之后,为何明确转入宗教内容,而且在最后得出了如此结论:"赖是时修明正教,故得著荣名,为有道之世也。"③ 既然历史盛衰、世事强弱都纳入了基督宗教的有道与否,这里的文学内容译介很大程度上也必然会成为宗教的附属。

此外,据伟烈亚力记载,1855 年艾约瑟编著的一期《中西通书》,也刊有"一篇关于弥尔顿《失乐园》的介绍"。④ 可以推想,在传教士其他著述里类似的西方诗歌内容介绍,可能也会不时出现。宗教意图与文学译介之间的关联及问题,也会一直存在。

---

① 引自邹振环《影响中国近代社会的一百种译作》,中国对外翻译出版公司 1996 年版,第 379 页。笔者所见 1901 年本《大英国志》,此段文字稍有差异:"无以过之也"无"也"字,"斯本色"作"斯本巴"。该本有中文序,落款为"耶稣降世一千八百八十慕维廉序",应为 1881 年上海益智书会的修订版。

② "锡的尼"即诗评家锡德尼(Philip Sidney)。"拉勒"、"呼格"尚不确定为何人,有可能为剧作家马洛(Marlowe)、哲学家霍布斯(Thomas Hobbes)。见邹振环《西方传教与晚清西史东渐——以 1815 至 1900 年西方历史译著的传播与影响为中心》,上海古籍出版社 2007 年版,第 131—132 页。

③ [英]慕维廉:《大英国志》卷五"以利沙伯纪·序",墨海书馆 1901 年本。

④ [英]伟烈亚力:《1867 年以前来华基督教传教士列传及著作目录》,倪文君译,广西师范大学出版社 2011 年版,第 195 页。

在此时期传教士的期刊、著述中，西诗译介并不占据显要位置。它们整体上显得较为零散，具体文字也较为简略。除开同时展开的圣诗、圣经诗歌翻译，期刊中出现的译诗仅一首弥尔顿《自咏目盲》。但是，从中西文学交流的角度来看，这些零散译介也不无积极意义。它们将多位西方诗人及诗作内容，初步呈现在了中国读者面前，从而有可能为近现代文学发展带来一些新的因素。从《东西洋考每月统记传》，到艾约瑟笔下的"西学说"，这类译介大致也有一个逐渐走向丰富的趋势。荷马、弥尔顿两诗人，更是多处得到了介绍。郭实腊、麦都思、艾约瑟、慕维廉等多位传教士，都参与其中。西诗译介不再是纯粹的偶然事件，而是传教士的一种有意行为。译介者人数的增加，译介内容的逐渐丰富，尤其是有关古希腊、古罗马诗人的集中介绍，使得该时期的西诗译介也具有了一种整体性。宗教意图、文学知识、叙述方式的纠葛，译介文本呈现出的具体场景，以及它们在文化交流中的意义，都成了需要深入思考的问题。

第二节　《东西洋考每月统记传》的译介意图与姿态

一　刊物中的宣教意图

米怜、麦都思在南洋创办的中文刊物，都表明内容"最大是神理"，且有如此解释："如神理一端，像创造天地、主宰万人、养活万有者之理，及众之犯罪，而神天设一位救世者之理；又人在今世该奉事神天，而在死后得永生之满福，都包在内耳。而既然此一端理，是人中最紧要之事，所以多讲之。"① 宣教意图占据主导地位，刊物的内容安排必然会受到影响。戈公振就曾指出《察世俗每月统记传》所载"大半为宗教事"。② 有研究者还统计其中宣教文章，约占了总发文量的84.5%。③ 传教士在南洋一带

---

① ［英］麦都思：《特选撮要每月统记传序》1823 年 5 月。见汪家熔辑注《中国出版社史料·近代部分》，第 73—74 页。

② 戈公振：《英京读书记》，转引自汪家熔辑注《中国出版史料·近代部分》，湖北教育出版社、山东教育出版社 2004 年版，第 72 页。

③ 赵晓兰、吴潮：《传教士中文报刊史》，复旦大学出版社 2011 年版，第 46 页。

开展传教事务，既是因清廷禁教而不得已的做法，却也由此获得了更多的自由空间。他们既可在华人聚居区学习中文，直接传经布道，也可通过华人将书刊带入中国内地，而不必直接承受清廷的严厉惩罚。① 米怜的助手、第一个中国布道者梁发，就曾"每逢粤省县府乡试"，将《察世俗每月统记传》"携往考棚，与宗教书一同发送"。② 刊物虽有"国俗"、"天文"、"地理"、"偶遇"等世俗内容，以及五则伊索寓言③，但毕竟是以宗教内容为主。其中宣讲教义的文章，也采取了十分直接的言说方式。有研究者得出了此般看法："米怜的杂志（即《察世俗每月统记传》）主要是一种理论期刊，麦都思的杂志（即《特选撮要每月统记传》）是一种教科书式的期刊。"④ "理论"或"教科书式"的印象，其实都是来自直接的教义宣讲。

强烈的宣教意图，同样影响到了随后出现于中国口岸的大多数传教士刊物。郭实腊在《东西洋考每月统记传》序中写道："夫自上帝降生民，则莫不与之以仁义礼智之性"，"切祈上帝俯念，垂顾中国，赐汉人近祉亨嘉"。⑤ 伟烈亚力在"六合丛谈小引"中也有强调："真道流行，无远弗届，圣教所被，靡人不从，是则所望于格物名流也。"⑥ 此等说法表明，宗教意图作为贯穿于期刊的整体意识，甚而影响到了"格物名流"的知识

---

① 李榭熙在分析海外华人基督徒的返乡影响时，就指出大多数背井离乡去外海谋生的华人，漂泊多年之后，都会有告老还乡的举动。在海外时，他们通过稳固的宗亲关系和乡土情谊，与同乡人保持着密切的联系。李榭熙：《圣经与枪炮——基督教与潮州社会（1860—1900）》，社会科学文献出版社2010年版，第64—65页。

② 戈公振：《英京读书记》，转引自汪家熔辑注《中国出版史料·近代部分》，湖北教育出版社、山东教育出版社2004年版，第71页。

③ 五则寓言分别为"搬肉的狗"、"下金蛋的鹅"、"农夫和蛇"、"鼓起自己独自的癞蛤蟆"、"驴子、猴子和老鼠"。[日] 内田庆市：《谈〈遐迩贯珍〉中的伊索寓言——伊索寓言汉译小史》，见 [日] 松浦章、[日] 内田庆市、沈国威编著《〈遐迩贯珍〉——附解题·索引》，上海辞书出版社2005年版，第71页。

④ Roswell S. Brittion, *The Chinese Periodical Press 1800—1912*. 转引自汪家熔辑注《中国出版史料·近代部分》，湖北教育出版社、山东教育出版社2004年版，第75页。

⑤ 分别见《东西洋考每月统记传》第一期序（道光癸巳年六月）、复刊序（道光丁酉年正月）。

⑥ [英] 伟烈亚力：《六合丛谈小引》，《六合丛谈》第1号，咸丰七年正月初一（1857年1月26日）。

译介。其中出现的文学知识包含浓郁的宗教意蕴，也就一点也不奇怪了。在诗歌译介之中，也正是带有宗教色彩的弥尔顿与《失乐园》，被提及的次数较多。《遐迩贯珍》介绍弥尔顿，言其获丧明之惨却"终无怨天尤人之心"，译诗内容也是明确凸显这种受难精神："忍耐之心，可生奥义。苍苍上帝，不较所赐。"① 艾约瑟的《希腊诗人略说》，结尾也发了一通议论："夫人既抱不凡之志，负非常之才，著书劝世，以仁义道德为本，岂不甚善。惜乎用以感动人心者多，而用以导人崇敬天父者鲜。盖希腊虽为声明文物之邦，而书其时耶稣尚未降世，各国人情，未免昧于真理，不知归真返璞，全其天性。"② 在艾约瑟看来，古希腊文学创作美中不足之处，正是因缺少了基督教思想。

二 有意迎合的策略与行文叙述

除开直接的教义宣扬，传教士的西诗译介难道没有呈现出其他意图？事实上，西方诗歌知识通过这类译介，的确展现在了中国读者面前。其中部分内容，与传教意图也无直接的关联。如有关荷马的创作经历，《荷马史诗》战事情节的介绍即是如此。那么，在宣扬基督教义的同时，这些知识内容为何又受到了注意，并出现在了译介叙述之中？1833 年 6 月 23 日，郭实腊在为刊物筹款的英文传单中，曾解说《东西洋考每月统记传》的办刊缘起：

> While civilization is making rapid progress over ignorance and error in almost all other portions of the globe, —even the bigoted Hindoos having commedced the publication of several periodicals in their own languuzges, —the Chinese alone remain stationary, as they have been for ages past. Notwithstanding our long intercourse with them, they still profess to be first among the nations of the earth, and regard all others as

---

① 《附西国诗人语录一则》，《遐迩贯珍》1854 年 9 月 1 日第 9 号。
② ［英］艾约瑟：《希腊诗人略说》，《六合丛谈》1857 年 3 月 26 日第 3 号。

第一章 传教士期刊中的译介与政治　37

"barbarians." This empty conceit has greatly affected the interests of the foreign residents at Canton, and their intercourse with the Chinese.

The monthly periodical which is now offered for the patronage of the foreign community of Canton and Macan, is published with a view to counteract these high and exclusive notions, by making the Chinese acquainted with our arts, sciences, and principles. It will not treat of politics, nor tend to exasperate their minds by harsh language upon any subject. There is a more excellent way to show that we are not indeed "barbarian;" and the Editor prefers the method of exhibiting facts, to convince the Chinese that they have still very much to learn. Aware also, of the relation in which foreigners stand to the native authorities, the Editor has endeavored to conciliate their friendship, and hopes ultimately to prove successful. ①

"技艺"、"科学"、"准则"等知识出现的原因，在这里说得十分明白，即以之来证明"我们确实不是'蛮夷'"。当传教士面对闭关自守的清廷，以及中国社会根深蒂固的华夷观念时，他们的宗教与文明并没有被顺理成章地接受。相反，他们遭遇了另一种社会文明的鄙薄。这使得他们不得不采取曲折的方式来宣扬教义，同时还得自我证明西方文明值得中国人学习。如此方可获得中国人的好感，并最终将基督教义灌输给这些人。在自己并非"蛮夷"的主动证明姿态中，西学知识译介就具有了展示事实、赢得友谊的意义。在麦都思1828年撰写的《东西史记和合》中，这

---

① A Monthly Periodical in the Chinese Languzge, *Chinese Repository*, Vol. II, No. 4, 1833年8月，第187页。译文："当文明几乎在地球各处取得迅速进步并超越无知与谬误之时，——即使排斥异见的印度人也已开始用他们自己的语言出版若干期刊，——唯独中国人却一如既往，依然故我。虽然我们与他们长久交往，他们仍自称为天下诸民族之首尊，并视所有其他民族为'蛮夷'。如此妄自尊大严重影响到广州的外国居民的利益，以及他们与中国人的交往。本月刊现由广州与澳门的外国社会提供赞助，其出版是为了使中国人获知我们的技艺、科学与准则。它将不谈政治，避免就任何主题以尖锐言词触怒他们。可有较妙的方法表达，我们确实不是'蛮夷'；编者偏向于用展示事实的手法，使中国人相信，他们仍有许多东西要学。又，悉知外国人与地方当局关系的意义，编纂者已致力于赢得他们的友谊，并且希望最终取得成功。"译文引自黄时鉴《〈东西洋考每月统记传〉影印本导言》，《东西洋考每月统记传》影印本，中华书局1997年版，第12页。

种意图和做法也得到了表现。麦都思表示："我之所以动笔写下这些文章，主要是针对中国人妄自尊大的习惯。中国人惯于吹嘘他们上古以来的历史，对欧洲相对较短的文化传统嗤之以鼻，并暗自嘲讽我们没有任何有关公元前的历史记载。"① 与此同时，鉴于中国历史悠久的诗歌习尚，从这方面来抵制被附加的"蛮夷"印象，显然也是十分必要的。西方的诗人诗作在传教士这里，也就被当作了"确实不是蛮夷"的一种证据。如此一来，在早期的传教士活动中，出现了一种有趣的现象：在中国人抵制传教士与基督教的强力进入之时，传教士也不得不去抵制中国人反馈给他们的"蛮夷"印象。这也再次表明，早期传教士的西诗译介并非只是宣教那么简单。它们受到了具体语境和传教策略的影响，同时成为了一种西方文明化身。

"必须用深奥的、高尚的和典雅的古文写出来的书，才受到知识分子的青睐。"② 马礼逊早在翻译《圣经》之时，对中国文人的语言嗜好就有如此认识。为了获得知识阶层的好感，此时期传教士的中文刊物、著述，都持续注意了这种流行于知识群体间的语言风格。大部分文章采用典雅的文言，而且连连引用中国典籍语句。传教士力图以此来表明，他们在文学方面也并非"蛮夷"。郭实腊创办《东西洋考每月统记传》，不仅化名为有意迎合中国人的"爱汉者"，而且在封面还多次引用了《论语》、《左传》、《尚书》、《礼记》中的内容。诸如"人无远虑必有近忧"、"皇天无亲惟德是依"、"好问则裕自用则小"、"德者性之端也艺者德之华也"等语句，字面上或与原典稍有出入，意义却是中国人士所熟知。援引于此不仅可以表明引用者具有相应修养，也正可"以子之矛"掉头去反击中国人的"妄自尊大"。在刊物序言中，郭实腊更是大量引用圣人语录，如"子曰：多闻阙疑，慎言其余，则寡尤；多见阙殆，慎行其余，则寡悔。言寡尤，行寡悔，禄在其中矣。亦曰：多闻择取善者而从之，故必遍观而详核也"，"子曰：四海之内，皆兄弟也"等。通过此般言论，郭实腊逐渐推

---

① 麦都思 1828 年 7 月信。转引自 [美] 雷孜智《千禧年的感召——美国第一位来华新教传教士裨治文传》，尹文涓译，广西师范大学出版社 2008 年版，第 103 页。

② 1819 年 11 月 25 日，马礼逊写给伦敦传教会的报告。见《马礼逊回忆录》，顾长声译，广西师范大学出版社 2004 年版，第 154 页。

导，终至于表示出了如此意图："请善读者仰体焉，不轻忽远人之文矣。"远人可为兄弟，其文不应轻忽，这样用心良苦的表述自然是为了获得中国人士认可。整篇文章的确是言辞温和，结尾还以"弟"自称，且言办刊是为了"推雍睦之意结异疏"，要求"读者不可忽之"。①

刊物介绍世界历史、地理、新闻等知识，都有"使中国人相信"西方"有许多东西"值得学习的意图。文章叙述也使用了"善读者"、"刊送达闻者"之类词语，语气大多谦和谨慎，时时注意避免了"尖锐言词"的出现。如郭实腊的创刊序言，蔡武就认为其文"可谓十足的八股，对于想要传西学入中国，和中国人较量上下的动机却只字不提，由此亦可见郭氏的为人如何谨慎"。黄时鉴也表示，郭实腊的动机虽不是"只字不提"，却也是"谦恭又巧妙地掩盖在当时中国读者可以接受的言词之下了"。②再如多期连载的《东西史记和合》，其页面安排就有特别意味：都是将中方历史置于上部，西方历史置于下部。开篇引言还有解说："善读者，看各国有其聪明睿知人，孰为好学察之，及视万国当一家也，尽究头绪，则可看得明白矣。"③ 在刊出"新闻"内容时，也有如此序引："夫天下万国，自然该当视同一家，而世上之人，亦该爱同兄弟。然则远方之事务，无不愿闻以广见识也。缘此探闻各国之事，续前月之篇，刊送诸位达闻者，通知之。"④ 较之郭实腊英文解说对中国人妄自尊大的直接指斥，这些篇章的叙述语气可谓截然不同。其间反差，自然也表明知识译介的本意并非要传播富强之术，而是为了证明他们自身的文明地位。正如雷孜智所认为，郭实腊的意图是通过杂志"向中国读者介绍西方国家的强大与成就，希望以此来扭转他们对自身文化的优越感的错觉"。⑤

---

① 《序》，《东西洋考每月统记传》，道光癸巳年六月。
② 蔡武之言引自《谈谈〈东西洋考每月统记传〉》一文。见黄时鉴《〈东西洋考每月统记传〉影印本导言》，中华书局1997年版，第13页。
③ 《东西史记和合》引言，《东西洋考每月统记传》，道光癸巳年六月。
④ 《新闻》引言，《东西洋考每月统记传》，道光癸巳年八月。
⑤ 苏珊娜·巴尼特、费正清：《美国教士在华言行论丛》，转引自［美］雷孜智《千禧年的感召——美国第一位来华新教传教士裨治文传》，尹文涓译，广西师范大学出版社2008年版，第101—102页。

在取得自由传教权之前，传教士需要首先证明"西方"的合法性。因为在中国人眼里，他们就代表着"西方"，而且是"蛮夷"西方。《东西洋考每月统记传》甚至刊出了如此文字："夫远客知礼行义，何可称之夷人，比较之与禽兽，待之如外夷？呜呼，远其错乎，何其谬论者欤！凡待人必须和颜悦色，不得暴露骄奢，怀柔远客，是贵国民人之规矩。是以莫若称之远客，或西洋，或西方或外国的人，或以各国之名，一毫也不差。"① 如此叫屈，如此吁请，意图正是在于寻求中国人士认可。对这种认可的有意获取，似乎形成了一种文化姿态上的逆转。他们以上帝使者的身份、真理在握的心理来传扬基督宗教，但在文学译介中却不得不首先转变为一种博取认同的弱势姿态。尽管这种姿态出自一种策略，它所预设的根本目的仍是传教，却明显影响到了刊物介绍西方诗人诗作时的叙述方式。

对于大多数传教士来说，汉文显得太过艰深和复杂。早在明末，利玛窦就表示，"没有一种语言是象中国话那样难于被外国人所学到"。② 迟至1880年，西人还有此般普遍感受："中国语言文字最难为西人所通，即通之亦难将西书之精奥译至中国。盖中国文字最古最生而最硬。"③ 入华传教士译介西方文学，面对的仍是在文化系统中占据主导地位的诗文风尚，以及中国文人从小习染而得来的诗文能力。因而在这方面，他们不得不表现出谦逊的外在姿态，并将之植入了行文叙述之中。在《东西洋考每月统记传》序中，郭实腊"诚恐因远人以汉话，阐发文艺，人多怀疑以为奇巧"，不得不一再强调"国民之犹水之有分派，木之有分枝，虽远近异势，疏密异形，要其水源则一"，"四海之内皆兄弟也"。麦都思1853年创办的《遐迩贯珍》，序言也有表示："惟自忖于汉文义理，未能洞达娴熟，恐于篇章字句，间有未尽妥协，因望阅者

---

① 《论》，《东西洋考每月统记传》，道光癸巳年八月。
② ［意］利玛窦、［法］金尼阁：《利玛窦中国札记》，何高济、王遵仲、李申译，中华书局1983年版，第29页。
③ ［英］傅兰雅：《江南制造总局翻译西书事略》，见罗新璋编《翻译论集》，商务印书馆1984年版，第216页。

于此中文之疵，勿为深求。"①

　　郭实腊的《东西洋考每月统记传》十分注重诗歌，甚至表现出了迎合中国读者口味的姿态。该刊以"诗曰"为题，刊载了欧阳修《陪府中诸官游城南》、《智蟾上人游南岳》②；以"李太白文"、"李太白曰"、"李太白"、"李太白诗"为题名，节录了李白《拟恨赋》③、《愁阳春赋》④、《古风·大雅久不作》⑤、《古风·天津三月时》⑥；以"词"、"苏东坡词"、"苏东坡诗"为题，节录了苏东坡的《富郑公神道碑》⑦、《明君可与为忠言赋》⑧、《上虢州太守启》⑨；以"赋曰"为题，节录了左思的《蜀都赋》⑩等。关于诗、词、文的概念虽然不够准确，但编辑者多处刊载中国诗文，甚至采用《兰敦十咏》这样的诗作形式来描写英国伦敦景象，这对于习惯诗文阅读的中国读者来说，自然会有亲切之感。刊物也更易引起关注，在中国社会有可能获得更大程度的认可。

三　"可恨翻译不得之"与真实意图

　　但是，刊物编辑者不会停留于这种有意迎合。突出西方诗歌的成就和位置，以此证明自我并非"蛮夷"，才是他们更为注重的意图。在有关西方诗歌的具体叙述中，译介者明显采用了呈现自我的策略。他们先是极力赞扬中国诗作，然后再将两者等同，或含蓄表示西诗有长于中国诗作的地方，以此更为有力地证明西方诗作的优秀。

---

　　① 《序言》，《遐迩贯珍》1853年8月1日第1号。沈国威据序言开篇"吾在中国数载"，估计作序者为麦都思，又据序言风格、修辞及论点与《六合丛谈》"小引"的相近，认为该序应为麦都思执笔，王韬等文人润色的结果。沈国威：《〈遐迩贯珍〉解题》，见《遐迩贯珍》影印本，上海辞书出版社2005年版，第96页。
　　② 《诗曰》，《东西洋考每月统记传》，道光丁酉年三月。
　　③ 《李太白文》，《东西洋考每月统记传》，道光丁酉年五月。
　　④ 《李太白曰》，《东西洋考每月统记传》，道光丁酉年十一月。
　　⑤ 《李太白》，《东西洋考每月统记传》，道光戊戌年三月。
　　⑥ 《李太白诗》，《东西洋考每月统记传》，道光戊戌年五月。
　　⑦ 《词》，《东西洋考每月统记传》，道光丁酉年九月。
　　⑧ 《苏东坡词》，《东西洋考每月统记传》，道光戊戌年二月。
　　⑨ 《苏东坡诗》，《东西洋考每月统记传》，道光戊戌年六月。
　　⑩ 《赋曰》，《东西洋考每月统记传》，道光戊戌年九月。

《东西洋考每月统记传》所刊题为《诗》的文章,在颂赞荷马、弥尔顿之前,大大论说了一番中国诗歌历史:"汉有国风、雅颂之体,风者为里巷歌谣之作,邪正是非不齐。雅颂之篇,朝廷郊庙,乐歌之词,其语和而壮,其意宽而密。读得精熟,露出情性隐微之意。"接着转引圣人语录以总括:"孔子曰:诗三百,一言以蔽之,曰,思无邪。朱子曰:诗之所以为诗者,至是无余蕴矣。"随后称扬"李太白为学士之才华魁矣",并堆砌辞藻赞美唐朝文风:"惟开元廓海寓而运斗极兮,总六圣之光熙,诞金德之淳精兮,漱玉露之华滋,文章森乎七曜兮,制作参乎两仪,括众妙而为师,明无幽而不烛兮,泽无远而不施,慕往昔之三驱兮,顺生杀于四时。"如此叙述行文,自然是为了表明西人也有较好的汉诗修养,但这显然并非文章的真实意图。

接下来,文章叙述转折:"汉人独诵李太白、国风等诗,而不吟咏欧罗巴诗词,忖思其外夷无文,无词。可恨翻译不得之也。欧罗巴诗书,万世之法程,于是乎备,善意油然感物,而兴起。豪烈豪气于是乎生,精神奋涌发乐而不过,无一理而不具矣。"如此诗词中国人竟不得吟咏,且还认为"外夷无文无词",其原因只不过是翻译不得之,而非西方艺术成就不足观。

为进一步凸显"西方",文章接着举例介绍荷马、弥尔顿。"和马"者谁?"此诗翁兴于周朝穆王年间",经"欧罗巴王等振厉文学,诏求遗书搜罗",其诗作"自此以来,学士读之,且看其诗相埒无少逊也"。又称赞弥尔顿诗:"自诗者见其沉雄俊逸之概,莫不景仰也。其词气壮,笔力绝不类,诗流转圜,美如弹丸,读之果可兴其为善之心乎,果可以使人兴观其甚美矣,可以得其要妙也。其义奥而深于道者,其意度宏也。"①从行文逻辑来看,此处所言"无少逊也"、"莫不景仰也"、"意度宏也",真正比较的对象正是前面所赞美的中国诗歌。如此一来,既然中国诗作成就突出,"熠熠五色,张皇万殊",而较之无少逊的西方诗作也为"万世之法程"、"无一理而不具",那它自然应该得到中国人士的认可。如果承

---

① 《诗》,《东西洋考每月统记传》,道光丁酉年正月。

认了西方诗文同样博大精深,那么"蛮夷"的印象也就应该得到根本性的改变。此处的西诗译介显然正包含了这样的深意,尽管它在事实上还难以反转中国文人的整体看法。

既然原因归于"翻译不得之",在翻译中展现西方诗作及其他西学知识,甚至含沙射影地批评中国的封闭自大,在传教士的意识中也就具有了更多的积极意义。随后一期《东西洋考每月统记传》刊出《经书》一文,其言说就直接得多。"中国经书已翻译泰西之话,各人可读。但汉人未曾翻译泰西经书也,天下无人可诵之。从来有一代之治法,必有一代之治心。向来中国人藐视外国之文法。"文章开篇即有如此言说,接下来又有意作了比较:"惟各国有其文法诗书,一均令我景仰世人之聪明,及其才能也。大清民之经书有四、有五,惟泰西之经书不胜其数。"由于"汉与泰西"言语各异,汉人因而不解西方经书,所以"弟"决定"竭力显出其义意","万望善读者,不以盲昧摈之,反究其散殊,观其会通,则庶乎获益矣。"在比较撰述方式时,文章也极力表现西方之长:"汉人以古者之诗书足意。泰西著作的,若不自行制造者,取笑而已。是以尽心原制作新样也。智慧聪明之帝君开言路,各著其志,所以学问隆兴焉。"① 这些叙述对中国的批评仍然十分克制,突出西方文明优势的心态却是更为突出。

以此反观诗歌译介中的文字叙述,更可见出有意迎合背后的真实意图。出现在科技知识传播、基督教义宣扬中的西方中心意识,同样融入了西方诗歌的译介叙述之中。只不过,面对着强大的中国诗文传统,为了证明自己并非蛮夷,他们不得不首先表现出博取认同的姿态。当然,尽管有着教义宣扬的基本底色,这些姿态却也带来了部分独立的文学意义。正如麦都思撰写《东西史记和合》,曾有此般解说:"我努力按照年代排列,介绍了各个主要时期的重大成果和事件,以此来向他们证明,我们拥有一套完整的编年史,比他们的更为可信,更为古老。"② 成果、

---

① 《经书》,《东西洋考每月统记传》,道光丁酉年二月。
② 麦都思1828年7月信件。转引自[美]雷孜智《千禧年的感召——美国第一位来华新教传教士裨治文传》,尹文涓译,广西师范大学出版社2008年版,第103—104页。

事件、完整的编年史，在很大程度上都是客观的历史知识，它们自然会具有越出宗教的地方。在传教士的西诗译介中，不管是对中国诗文的模仿，还是对西方诗歌成就的强调，客观上也很难说不包含有一部分独立的文学价值。

第三节 《遐迩贯珍》的弥尔顿译介

一 行文叙述的自信及影响

1853年8月《遐迩贯珍》创刊于香港，其"序言"包含系列中西对比：西方商船"驶行迅利，天下无港无之"，而"而中国一无所有，亦无人解造"；西方火车"人货并载，每一时可行三百六十余里"，而中国最快"仅属乘骑，每时可驰二十余里"；西方创造"电气秘机"，"凡有所欲言，瞬息可达数千里"，而中国"从未闻此"。中国为何如此落后于西方？该文有言："其致此之由，总缘中国迩年，与列邦不通闻问"，以致"列邦间有蒸蒸日上之势，中国且将降格以从焉"。封闭自大，杜门孤处，在叙述中明确成了中国落后的原因。

此篇文章刊载，时间已是第一次鸦片战争后十年，传教士在香港、广州、上海等地已取得了传教权。《遐迩贯珍》创刊号所附传单表明，在"港英华书院，广东省金利埠合信医生，上海墨海书馆处"，阅者都可"自到检取"该刊。1855年第1号所刊布告，也有叙述："其书皆在本港、省城、厦门、福州、宁波、上海等处遍售，间亦深入内地。"① 由此可见，传教士刊物已可在多个口岸公开散发，它们在华人社会中的地位也有了提升。《遐迩贯珍》创刊号卷首的"题词"，即为"保定章东耘题"的两首五言诗。其一云："创论通遐迩，宏词贯古今。幽深开鸟道，声价重鸡林。妙解醒尘目，良工费苦心。吾儒稽域外，赖尔作南针。"诸如"宏词"、"南针"之类用语，将刊物重重地作了夸

---

① 《论遐迩贯珍表白事款编》，《遐迩贯珍》1855年第1号，1855年1月1日。该刊各期封面所题出版日期，虽将月、日记为旧历形式，但据英文目录所标，实则为西历日期。

赞。即或该诗为中国人受创办者所请而作，或者"章东耘"为某一传教士化名①，刊物的自信姿态都是十分显明。因而，在序言中出现描述中国落后、批评其封闭的文字，似乎也就不足为奇了。

相较于之前的一些文章叙述，此处文字有了明显变化。这种转变，背后其实关联着重要的历史事件。1844年《望厦条约》、《黄埔条约》签订，美、法取得了在通商口岸设置教堂的权力。1846年2月，清廷迫于压力弛禁天主教，新教随之照行取得了通商口岸传教权。战争和条约不仅带给传教士更多的活动空间，也使得他们在文化心理上更为自信。这种变化顺理成章地表现在了教义宣扬之中，也影响了他们西学译介的行文叙述。在将西方之长较之中国之短后，《遐迩贯珍》序言直接引出了"上帝"旨意。中国只有"准与外国交道相通"，方可"愈见兴隆"，理由在于："上帝创造斯世，各国咸界以境土。曾锡诏命，凡世界上之人，皆为一家，其原始于一夫一妇所生，四海皆为兄弟。设有一家，而兄弟数人，各分居住。其一杜门孤处，日用所需，尤不肯有无相通，缓急相济，是之谓忧喜不相关。上帝所以诏令各国凡民相待均如同胞，倘遇我所缺，彼以有余济之。或遇彼有所乏，我以其盈酬之。彼此交相通融，彼此亦同受其益也。"此前《东西洋考每月统记传》深情援引的"子曰：四海之内，皆兄弟也"，"世上之人，亦该爱同兄弟"，在这里明确变为了上帝"诏命"的"四海皆为兄弟"。文章结尾出现如此文字："中国苟能同此，岂不愉快？若此寸简，可为中国人之惠，毫末助之，俾得以洞明真理，而增智术之益，斯为吾受无疆之贶也夫。"②此处言辞虽稍变委婉，但"为中国人之惠"、"增智术之益"，以及导之"洞明真理"的给予性姿态，也实在不难感受。

撰述者在刊物中的确较为自信，他们在呈现知识的同时，往往直接批评华人的错误和落后。如谈论地球形体，就指出"亘古以来，华民皆执天圆地方之说"为谬，"考之各国，当古艺术未精之时，意皆如此，议论纷纭，终无确见，罔有知夫地之真形者。"如此叙述，显然是将仍执此见的

---

① 章东耘生平不详。沈国威《〈遐迩贯珍〉解题》，也没考证此点。见《遐迩贯珍》影印本的解说文字，上海辞书出版社2005年版，第96页。

② 《序言》，《遐迩贯珍》1853年第1号。

华人定为了"艺术未精"。讲轮船工作原理,先叙述"中土无论官府士商,欲求一船及解造此船之人则皆无之"。① 这种指斥和影射,在其他文章中也是多处存在。如《香港纪略》一文,将鸦片战争起因归于"林文忠尚未谙他国事务之故"、"素轻视西邦"、"中华历来藐视外国","我国皇后"知良民被害方才"欲雪此恨,而杜将来之患也"。② 有意思的是,刊物随之选载了伊索寓言中《狼与小羊》,并以谚语"欲加之罪,何患无辞"结尾。这与前文《香港纪略》中"不分良歹"的林则徐相承接,讽刺当局及中国人的意思,难道不是十分明显?

1854年第12号所刊《遐迩贯珍小记》,谈及办刊经费及捐资情况,对中国人的批评更是直接:

> 余始意以为华民皆乐售观,而富豪者流,或能如各国商人喜捐题助,将见集腋成裘,众擎易举,诚快事也。不谓迟至于今,售者固少,而乐助者终无一人。嗟嗟,是亦未之思耳。夫一书所值无几,何必吝惜而自甘寡闻。一勺无伤于河,何不分之以成此美举。诚使售者日多,富者乐助,则每月不第三千本,即一万本亦能为之有余也。伏望中华诸君子,勿以孤陋自甘,勿以吝啬是尚。则事物之颠末,世事之变迁,与及外国之道,山海之奇,无不展卷而在目矣,岂非格物致知之一助乎? 已上所言,亦非妄说,如不以余言为鄙,即请从之,吾当求上帝默助,冀来年每号所出,卷内行数加密,使得多载故事。吾亦博采山川人物,鸟兽画图,胪列于其内也。③

虽有"伏望"、"请从"之语,但连连将"自甘寡闻"、"孤陋自甘"、"吝啬是尚"等语,不具名地附于中国人身上,撰文者那种批评、讥讽之意也是溢于言表。1855年第3号卷首《新年叩贺》一文,除开重复"伏望诸君,勿以孤陋自甘,勿以吝啬是尚",还作了更为明确的指责:"独惜

---

① 《地形论》、《火船机制述略》,《遐迩贯珍》1853年第2号。
② 《香港纪略》,《遐迩贯珍》1853年第1号。
③ 《遐迩贯珍小记》,《遐迩贯珍》1854年第12号。

华民颇涉拘滞,安于旧典,不务新知,偏执己见,不屑他求,遂贻坐井之讥,而失致知之学,良可叹耳。"①

不过,同样需要指出的是,避免"触怒"清廷及中国文士的做法仍然存在。这一点在传教士的文字撰述中,似乎也一直得到了延续。新教传教士的西学译介、中文著述以及传教方式,本来就有着多样表现。如大致区别开来的基要派和自由派,采取的传教方式就有所不同。前者主要采取宣讲教义、巡回布道、散发宗教印刷品的"直接"方式,后者主要采取新闻、出版、教育、改革社会的"间接"方式。②不同的传教士译者,或者同一传教士译者在不同时期,也会采取不尽一致的叙述方式。《遐迩贯珍》里的文章,就既有委婉的言辞,也不时有直接的指斥,甚至同一篇文章也会包含这样两种叙述。《遐迩贯珍》的序言,在较为直接地批评中国的封闭落后之时,就夸赞了中国诚为佳境、物产丰富,"古昔盛时"、"教化隆美",结尾处也使用了为中国增益智术的口吻。

二 有关弥尔顿的译介意图与译诗形式

以上《遐迩贯珍》的文章并没有谈及西方诗歌,但它们的叙述方式却成为弥尔顿及《自咏目盲》出现的影响因素。《遐迩贯珍》1854年第9号刊出《附记西国诗人语录一则》,介绍了17世纪的英国诗人弥尔顿,并译出其诗《自咏目盲》。③ 相较于《东西洋考每月统记传》的西诗介绍,该处文字包含了更为突出的宗教意识,译诗也明确采用了中国诗歌的传统形式。为了唤起深受诗文传统熏陶的士人注意,在多处的批评讽刺之中,自信地介绍同属于西方文明、声名不下于汉诗的诗人诗作,自然具有导之"得以洞明真理"的深意。但是,在译入语文学系统中占据主导地位的诗作规范,首先规定了"诗"的形式和规则。尽管可以讥刺华人"颇涉拘滞,安于旧典",但要使中国读者理解,并将弥尔顿接受为"诗人",

---

① 《新年叩贺》,《遐迩贯珍》1855年第3号。
② 参见王立新《美国传教士与晚清中国现代化》,天津人民出版社2008年版,第17页。
③ 原文有"择其自咏目盲一首,详译于左"说法,故而此处采取周振鹤《比钱说第一首还早的汉译英诗》(《文汇报》2005年4月25日)一文中的说法,将诗名为《自咏目盲》。

却仍然不得不采用"旧典"形式。与此同时，期刊的篇幅布置和内容取向，也将译诗的出现纳入了明确的教义宣扬之中，使之更适合了传教布道的需要。

《附记西国诗人语录一则》排于《体性论》一文之后，版面形式上确有"附记"意味。《体性论》开篇即强调"性灵"的重要，阐释人的"皮壳可腐可毙，而性灵则不坏不灭"的道理。紧接着，它又按照基督教义讲解了肉体与灵魂的关系，结尾还强调："人在世上，力行善事，不必居高位，在人上也。彼处官爵而受祸，或居贫贱而受福。夫福者何也，华衣丽服非福，精饮美食非福，资材金帛非福，而心安志静，斯乃谓之福也。"①行文至此，版面正好有余，为"弥尔顿"的出现留下了位置。文章介绍弥尔顿，强调其著书目盲却无怨天尤人之心。这正符合了上文宣讲的"凡此遭逢，皆上帝试人之故"，人当忍受苦难、敬修性灵的道理。明确译出的诗作，显然也是经过了精心挑选。其开篇谈目盲之事，接着再叙信主之心，认为目盲的责任在己，忍受苦难方可获得真义。整个内容吻合了弥尔顿的生平遭遇，意蕴旨趣也应和了前文宣扬基督教义的意图。

明确译出一首弥尔顿诗作，且言"其诗极多，难以悉译"，赞其《失乐园》"诚前无古后无今之书也"，叙述者的确是信心十足。但文章标题为何又作"语录一则"，而不用"诗作一首"？有论者在分析此文内容时表示了一种疑惑：不知是慑于清政府的文字狱压力，还是出于基督教的非暴力思想，译者只字未提诗人参加英国革命、担任克伦威尔政府拉丁语秘书，以及为革命政府的弑君行为作出辩护等事件的细节，然而《体性论》中"处官爵而受祸"一句，似乎又暗示译者并非是不知道诗人这段经历。②《遐迩贯珍》多处刊有直接批评清廷及华民保守落后的文字，其中的"今日杂报"栏也介绍了小刀会、太平天国与清廷的战斗，以及各地暴乱的情况。由此看来，它与文字狱并没有直接关系，弥尔顿的某些事迹被省略，更为可信的原因似乎应该是为了吻合基督教的教义思想。由此作出的取

---

① 《体性论》，《遐迩贯珍》1854 年第 9 号，1854 年 9 月 1 日。
② 沈弘、郭晖：《最早的汉译英诗应是弥尔顿的〈论失明〉》，《国外文学》2005 年第 2 期。

舍，似乎也正可用来解释标题为何采用"语录"一词。因为较之诗人创造的"诗作"，坦露内心感受的"语录"显然更具有一种宗教的严肃意味。

诗作 *On His Blindness* 汉译为《自咏目盲》，采用的是整齐的四言古体形式。原诗的音步和格律在此得到了呈现，中国读者的阅读习惯和接受心理也受到了尊重。以中国诗作规范来翻译西方诗歌，这种做法在传教士之前的圣诗翻译中已有出现，在此后的传教士及中国文人的西方诗歌翻译中，也长时间延续了下去。但是，该诗的表现形态和翻译方式，在早期的期刊著述中仍然是最为突出的代表。兹将译诗及原文列出：

世茫茫兮，我目已盲。
静言思之，尚未半生。
天赋两目，如托千金。
今我藏之，其责难任。
嗟我目兮，于我无用。
虽则无用，我心郑重。
忠以计会，虔以事主。
恐主归时，纵刑无补。
嗟彼上帝，既闭我瞳。
愚心自忖，岂责我工。
忍耐之心，可生奥义。
苍苍上帝，不较所赐。
不较所赐，岂较作事。
惟与我轭，负之靡暨。
上帝惟皇，在彼苍苍。
一呼其令，万臣锵锵。
驶行水陆，莫敢遑适。
彼侍立者，都为其役。

When I consider how my light is spent,

E're half my days, in this dark world and wide,
And that one Talent which is death to hide,
Lodg'd with me useless, though my Soul more bent
To serve there with my Marker, and present
My true account, least he returning chide,
Doth God exact day-labour, light deny'd,
I fondly ask; But Patience to prevent
That murmur, soon replies, God doth not need
Either man's work or his own gifts, who best
Bear His mild yoak, they serve him best, His State
Is Kingly. Thousands at his bidding speed
And post o're Land and Ocean without rest:
They also serve who only stand and waite. ①

整篇文章的英文目录为,"Notice of the poet Milton. And translation of the sonnet on his blindness"。如其所示,此诗为"sonnet",也即十四行诗体。它由两节四行诗和两节三行诗组成,韵律分别为 ABBA、CDE 式。译诗没有严格依照原作形式展开,不仅句数大大增加,顺序也是多有变化。如原诗的第一、第二句,在此就明显颠倒了位置。在内容方面,译者在原文基础上也有所加。如"天赋两目"至"我心郑重"共有八句,明显超出了原诗第三、第四句的含义。对此,后来有译者就仅译为:"这一天赋要死亡才能隐匿,/在我竟虚设不中用,我虽想更竭诚。"② 再如"可生奥义"、"不教所赐","锵锵"、"苍苍"等词语,也越出了原诗字面,更多地带上了中国文化意味。在韵律上,译诗也没有遵守原诗规则,而是变为了每两行即换韵的方式。有论者认为,译诗大体上"比较忠实地再现了原作的内容与形式","原作的修辞和蕴义基本上还是表现出来了"③。从

---

① *Sonnet XIV*, *The Poetical Works of John Milton*, Oxford: The Clarendon Press, 1900, p. 84.
② [英]弥尔顿:《弥尔顿十四行诗集》,金发燊译,人民文学出版社 1989 年版,第 62 页。
③ 沈弘、郭晖:《最早的汉译英诗应是弥尔顿的〈论失明〉》,《国外文学》2005 年第 2 期。

原诗大意，以及十四行诗较为整齐的形式来看，此说自然有道理。但是，两相比较，译诗与原作之间的差异还是十分明显。严整的中国诗作规范以及格律要求，使得译者在意译之后，仍然不得不对诗句作了增删颠倒。可见，中国的格律诗与西方十四行诗的区别，对于译者来说并非是可以轻松越过的距离。当然，这些翻译变化更为重要的意义也不在于对等与否，而在于它记录了早期诗歌翻译的历史印记，提出了译介叙述、诗作规范等问题。

三　译者考辨与构成

关于诗作的译者，沈国威推测可能是后来在《六合丛谈》开辟"西学说"栏目的艾约瑟，而且是得到了中国文人的帮助。因为"这首译诗格式严谨，风格高雅，无西人不可能做出如此程度的理解，而无中国士子，也写不出这样的诗"。他还认为日本石田八洲雄推测的译者为理雅各不大可能，因为理雅各的强项在中国典籍英译，其汉语文章并无特色。[①] 不过，艾约瑟后来的"西学说"并没有介绍到弥尔顿。直到1885年他编译完成《西学启蒙十六种》，其中的《西学略述》才提及该诗人，称之为"米罗敦"，又为"米勒敦"，与《遐迩贯珍》的"米里顿"写法不同。这种差异虽然存在，但似乎也不能否定沈国威的推测。因为《西学略述》涉及荷马、维吉尔、萨福等诗人时，写为"和美耳"、"维耳吉利"、"撒弗"，与"西学说"所写的"和马"、"微耳其留"、"撒夫"等也有区别。诗人名字写法前后不同，其原因也有可能是"西学说"得到了中国文人润色，而《西学略述》为艾约瑟自己编译而成。《遐迩贯珍》的创办者麦都思1849年认识王韬，将其引入墨海书馆协助翻译圣经。随后，王韬参与了《遐迩贯珍》、《六合丛谈》的文字润饰工作。沈国威就认为《遐迩贯珍》中来自上海的稿件，"应该是没有疑问"地经过了王韬的润色。在谈论《遐迩贯珍》第一号

---

① 沈国威：《〈遐迩贯珍〉解题》，[日] 松浦章、[日] 内田庆市、沈国威编著《〈遐迩贯珍〉——附解题·索引》，上海辞书出版社2005年版，第106页。

"小引"的行文时，沈国威也认为："文章格调高雅，风格、修辞及论点与《六合丛谈》的'小引'极其相近，应是麦都思执笔，王韬等在墨海书馆的中国文人润色的结果。"① 由此看来，弥尔顿的译诗也实在不无艾约瑟译出、王韬润色的可能。

另有研究者又认为译者有可能为麦都思，王韬润色该首译诗的可能性不是太大。因为麦都思自己不仅有这种翻译能力，作品本身也没有重要到非经中人润色不可的地步。再者，王韬该时期的日记手稿并没提说此次译诗事件。② 这些理由并非不可说通，但中国文人参与刊物编辑并润色西人文章，在当时传教士的文字著述中并不少见。《遐迩贯珍》创刊号"小引"，就有如此言说："现经四方探访，欲求一谙习英汉文义之人，专司此篇纂辑，尚未获遘，仍翘首以俟其人。"③ 事实上，在墨海书馆工作的黄亚胜、王韬、何进善等中国人，都以某种形式参与了杂志工作。曾于1840年进入马礼逊学校、1847年又随传教士布朗（S. R. Brown）赴美留学一年的黄亚胜，"汉语能力较好，实际上承担了《遐迩贯珍》的报道、英文翻译、印刷业务"④。由此可见，中国文人润饰该首译诗也实在是很正常的事。译诗又呈现出了典雅的风格，一般传教士在翻译中也难以独自达到这种效果。《遐迩贯珍》的大部分文章不刊作者名，其他又无确实的证据，译诗《自咏目盲》的译者、润色者究竟为谁，暂时还难下定论。不过有一点却是十分明确：此时期译诗必须经由传教士引入，并在其主导下方可译出、刊载并传播。

较之《东西洋考每月统记传》的叙述，以及威妥玛、董恂等人约在1864年译出的《人生颂》⑤，此处的译介更为明确而又详细地介绍了弥尔顿这位西方诗人，并译出其诗作一首。在中西文学交流历程中，它显然具

---

① 沈国威：《〈遐迩贯珍〉解题》，［日］松浦章、［日］内田庆市、沈国威编著《〈遐迩贯珍〉——附解题·索引》，上海辞书出版社2005年版，第95、96页。
② 沈弘、郭晖：《最早的汉译英诗应是弥尔顿的〈论失明〉》，《国外文学》2005年第2期。
③ 《序言》，《遐迩贯珍》1854年第1号，1854年8月1日。
④ 沈国威：《〈遐迩贯珍〉解题》，［日］松浦章、［日］内田庆市、沈国威编著《〈遐迩贯珍〉——附解题·索引》，上海辞书出版社2005年版，第95页。
⑤ 钱锺书：《七缀集》，生活·读书·新知三联书店2003年版，第134页。

有了可贵价值。此前的文学史、翻译史都没能发现该诗,因而有研究者认为这"必将改写国内外现有的所有中国翻译史"。① 同样应该强调的地方还有,此篇译介融合了宗教意图、中国诗作形式、西方诗作内容等因素,而且包含了翻译意识、翻译策略以及期刊叙述等问题。总之,早期西诗译介的历史形态,在《遐迩贯珍》中得到了一次有力显现。

第四节 《六合丛谈》的"西学说"与西诗知识

"《六合丛谈》之前传教士主编的中文报刊,在宣扬基督教的同时多少都带有一些介绍西洋文化的目的。但是对于西洋古典作系统的介绍则是从《六合丛谈》开始的。"② 八耳俊文在分析《六合丛谈》的"科学传道"时,对多期刊载的"西学说"给予了如此评说。英国传教士艾约瑟撰述的"西学说"栏目,若将署名蒋敦复、实际上"也应该是与艾约瑟合作"的《海外异人传 该撒》计算在内③,文章多达14篇。该栏目集中于古希腊、古罗马时期,对荷马、维吉尔等诗人,埃斯库罗斯、阿里斯多芬等戏剧家作了介绍,还涉及西方风俗礼教、笔墨纸张历史等内容。对诗歌、戏剧、哲学等类知识的介绍,使之成了早期传教士在人文知识译介方面最为突出的代表。集中于文学内容的篇章,仅《希腊诗人略说》一文就介绍了15位作家,且简要评述了他们的著述。④《罗马诗人略说》一文,对罗马的文化传承与发展,以及各时期的作家作品也有简明清晰的评说。再加之其他文章介绍,整个"西学说"可谓勾勒了一部古希腊罗马文学简史,为中国读者展开了一幅较为全面的异域文学画面。尽管该栏目一

---

① 沈弘、郭晖:《最早的汉译英诗应是弥尔顿的〈论失明〉》,《国外文学》2005年第2期。
② [日]八耳俊文:《在自然神学与自然科学之间——〈六合丛谈〉的科学传道》,沈国威编著《六合丛谈——附解题·索引》,上海辞书出版社2006年版,第120页。
③ 沈国威:《解题——作为近代东西(欧、中、日)文化交流史研究史料的〈六合丛谈〉》,《六合丛谈——附解题·索引》,上海辞书出版社2006年版,第27页。
④ 此文所涉作家的原名字样,顺序如下:和马、海修达、撒夫、亚拉改阿斯、西磨尼代、以古斯、罗基里代斯、宾大尔、亚那格来恩、爱西古罗、娑福格里斯、欧里比代娑、阿利斯多法尼、梅南特尔、德论低乌斯。《希腊诗人略说》,《六合丛谈》第3号,咸丰丁巳年三月朔日。

年后因刊物停刊而结束①，但是它仍大大推动了西方文学的汉译进程。

一 《六合丛谈》的西学知识刊载

赖德烈曾指出，两次鸦片战争期间新教传教士"依然极为重视文字材料的散发"，因为"中国比起以往来显得更易接近；但是，正如我们所说的，华夏依然远远未足够开放，文字出版物依旧是接触绝大多数华人的唯一途径"。②这些文字材料大部分为宗教内容，但西学知识在其中也占据了一席位置。1844年至1860年，设立于香港、广州、福州、上海等地的传教士出版机构，较多地印行了译介西学知识的中文书刊。它们在整个出版物中，所占的比例甚至超过了三分之一。③整个传教士出版机构对西学知识的重视，也成为了影响《六合丛谈》刊载内容的一个重要因素。如同郭实腊的《东西洋考每月统记传》，"技艺、科学与准则"等内容也受到了《六合丛谈》的重视。

在第一次鸦片战争之后，上海逐渐取代了香港的重要地位，成了中英贸易的重心，英国货物进口的78.8%，中国货物出口的60%完成于此。④在取得通商口岸的传教权之后，多位传教士纷纷抵达上海，将之作为了一个重要的活动据点。1856年5月《遐迩贯珍》于香港停刊，理雅各在英文告知中说道："该出版物的停刊，不应被视为是一个失败。相反，它的历史，足以鼓励那些有能力、有意愿、有时间的人们，采取期刊的方式，去努力把中国人从冷漠中唤醒，去传播世界历史经验和西方知识积累。"⑤

---

① 《六合丛谈》创刊于咸丰丁巳年正月朔日（1857年1月26日），停刊于咸丰戊午年五月朔日（1858年6月11日）。
② ［美］赖德烈：《基督教在华传教史》，雷立柏等译，（香港）道风出版社2009年版，第230页。
③ 熊月之：《新教传教士早期中文书刊出版》，见汪家熔辑注《中国出版史料·近代部分》，湖北教育出版社、山东教育出版社2004年版，第260—305页。
④ 陈镐汶：《从〈遐迩贯珍〉到〈六合丛谈〉》，《新闻与传播研究》1993年第2期。
⑤ 原文："The publication there is not to be considered as a failure. On the contrary, its history furnishes encouragement to parties who have ability, the desire, and the necessary time to attempt, by means of periodical works, to stir the Chinese mind from its apathy, and circulate among the people the lessons of universal history and the accumulations of Western knowledge."《遐迩贯珍》1856年第5号，1856年5月1日。

半年之后的 1857 年 1 月 26 日，《六合丛谈》由英国传教士伟烈亚力创办于上海，并由麦都思等人在上海建立的墨海书馆出版刊行。它也正是作为后继者，承续了理雅各所表达的意愿。

新教传教士对西学知识的重视，在《六合丛谈》的篇幅上就得到了反映。天文、地理、历史、人文、通商、新闻、进出口货单等，在其中占据了显要位置。有论者统计，总共 15 期刊物为 238 页，非宗教内容为 170.5 页，宗教内容为 59.5 页。[①] 虽然也有韦廉臣（Alexander Williamson）所撰、总名为"真道实证"的系列布道文章[②]，以及其他一些宗教内容，但此类文字在刊物中并不占主要地位。以介绍西方人文知识为主的"西学说"栏目，前后连载多达十次，篇幅上就并不逊色于"真道实证"。随意查看两期刊物的篇幅分配，也可见出"西学说"与整个期刊世俗性、知识性特征的一致：

表 1　　　　　　　　　　"西学说"栏目比较

第一号		第七号	
目录	原刊页码	目录	原刊页码
小引	1—2	六月历	1
地理（地球形式大率论）	3—4	地理海洋论	2—3
希腊为西国文学之祖	4—6	西学说西国文具	3—4
约书略说	6—8	真道实证 上帝无不在 上帝无不知	4—6
泰西近事纪要	8—11	华英通商事略（续六号）	6—7
印度近事	11	马达加斯加岛传教述略	8—9
金陵近事	11—12	造表新法　地志新书　戒烟新书	10—12
粤省近事述略	12—14	泰西近事述略	12—14，15
月历	14	印度近事	16
进口货单	15	进口货单	14—15
出口货单	16	出口货单	14—15
银票单　水脚单	16	银票单　水脚单	17

[①] 沈国威：《解题——作为近代东西（欧、中、日）文化交流史研究史料的〈六合丛谈〉》，上海辞书出版社 2006 年版，第 24 页。

[②] "真道实证"从第 2 期开始连载至 11 期，因韦廉臣生病离华方才停止，其中仅第 6 期改为他所作的《格物穷理论》。

除开篇幅上的这种差别,《六合丛谈》在介绍科技、人文等西学知识之时,也极力强调了它们的重要性。在创刊号的"小引"中,伟烈亚力极力称赞"西人之学",为"精益求精,超前轶古,启名哲未言之奥,辟造化未泄之奇"。他"略举其纲",述及了"化学"、"察地之学"、"鸟兽草木之学"、"测天之学"、"电气之学"、"重学流质数端,以及听视诸学"等方面。在结尾处,他如此强调:"疆域虽有攸别,学问要贵相知。圣人不能无过,愚者尚有一得。以中外之大,其所见所知,岂无短长优绌之分哉?若以此书而互相效教也,尤予之所深幸也夫。"这也正呼应了《遐迩贯珍》告止时所表示的西学传播愿望。当然,这些知识侧重与教义宣扬也并不矛盾。只不过,伟烈亚力在突出宗教意义之时,也尽力将之与世俗知识结合了起来。在"小引"中,他就称新旧约书为"上下数千年间,治乱兴废之事,靡不悉举"之圣经,明显将世俗兴废之事附于了其中。他还试图对此作出实证:"浏览古今,援考史册,知圣经所言,若和符节",故而"今于是书中亦当详论之"。但是,整个刊物中的大量世俗知识译介,毕竟在形式和内容上都与教义宣扬有了很大不同。

如此一来,该刊也会再次面对这样的问题:世俗性知识出自于传教士之手,刊载于传教士期刊,由传教差会机构发行,它又要怎样才能获得充分的存在理由?这不仅关涉传教士世俗活动的正当与否,而且涉及西学知识在整个文字活动中的必要与否。伟烈亚力在《六合丛谈》"小引"中,对此明确给出了解答。"凡此地球中生成之庶彙,由于上帝所造,而考察之名理,亦由于上帝所界,故而当敬事上帝。"又应该怎样来敬事上帝呢?除开"普天之下,咸当敬畏,率土之滨,并宜尊崇"的直接要求,人们还应"知其聪明权力无限无量,盖明其末,必探其本,穷其流,必溯其源也","自宜阐发奥旨,藉以显厥荣光","是则所望于格物名流也"。[①] 如此一来,探究上帝所造世界的奥妙名理,也就成为了一种崇信上帝的表现。尽管这种认识并非每个传教士都认可,但与16—19世纪新教神学的发展方向却是大致吻合。在理性主义、科学主义以及工业革命影响之下,

---

① [英]伟烈亚力:《六合丛谈小引》,《六合丛谈》第1号,咸丰丁巳年正月朔日。

新教逐渐呈现出了理性化、社会化以及调和自然科学的趋势。既然世界由上帝创造并赐予,人类就应该去认识其规律和秩序,这也是人对上帝应尽的"天职"。[1] 这种观念,为传教士的世俗知识译介提供了神学依据,也为"西学说"的出现带来了更多可能。

撰有大量宣教文章的传教士韦廉臣,对世俗性知识也同样给予了强调。他的"真道实证"系列文章采用了自然神学观念,将世间万物的构造机理及运行秩序视为了上帝的制造和安排。在他的意识中,"上帝必有"、"上帝惟一",故而人当敬事上帝,且人心之诚伪"上帝悉知之,无丝毫可假也"。[2] 在"真道实证"连载中,韦廉臣还插入《格物穷理论》一文,专门论述了近代科学的重要,且完全不谈基督教义。该文开篇即有此说:"国之强盛由于民,民之强盛由于心,心之强盛由于格物穷理"。接下来,文章列出多例"昔"、"今"对比,层层演述了科学给西方社会带来的积极作用。韦廉臣由此还批评中国人:"乃以有用之心思,埋没于无用之八股。稍有志者,但知从事于诗古文,矜才使气,空言无补。"在文章结尾处,他还呼吁华人倘若"舍彼就此,人人用心格致,取西国已知之理,用为前导,精益求精,如此名理日出,准之制器尚象,以足国强兵,其益岂浅尠哉?"韦廉臣认为华人应效仿西方,应该鼓励探索、传扬新理:"上为之倡,下必乐从,如此十年,而国不富强者,无是理也。"[3] 这些西学知识介绍,甚至为1863年韦廉臣再次来华时撰写《格物探源》一书奠定了基础。此书后来在《教会新报》、《万国公报》上连载,1876年又由上海美华书院出版,在中国、日本都产生了很大影响。[4] 有研究者就认为,韦廉臣这种有关科技重要性的阐述,为当时的国人带来了一种全新观念。如李善兰、冯桂芬等知识分子,就很快接受了这种思想。他们作为幕僚,又

---

[1] 参见〔美〕G. F. 穆尔《基督教简史》第十一章"近代的趋势",商务印书馆2010年版,第295—303页;又见王立新《美国传教士与晚清中国现代化》,天津人民出版社2008年版,第3页。

[2] 〔英〕韦廉臣:《上帝莫测》,《六合丛谈》第4号,咸丁巳年四月朔日。

[3] 〔英〕韦廉臣:《格物穷理论》,《六合丛谈》第6号,咸丰丁巳闰五月朔日(1857年6月22日)。

[4] 沈国威:《解题——作为近代东西(欧、中、日)文化交流史研究史料的〈六合丛谈〉》,上海辞书出版社2006年版,第25页。

将之传给了幕主曾国藩、李鸿章等人。这一思想由此成了晚清自强运动的重要思想来源。①

可以说，这些文章和观念进一步突出了《六合丛谈》的世俗性、知识性，从而也为"西学说"连载提供了更多空间。

二 "西学说"的西诗知识与艾约瑟的译介取向

"西学说"集中于古希腊罗马范围，在篇章上显示出如下顺序：先是总体性的《希腊为西国文学之祖》，接着是花开两枝的《希腊诗人略说》、《罗马诗人略说》，再是单个代表的介绍，如《基改罗传》（西塞罗）、《百拉多传》（柏拉图）、《和马传》（荷马）等。艾约瑟这种择取和安排，是否也包含了深层的原因和意图？刊于第1号的《希腊为西国文学之祖》，开篇即强调古希腊、古罗马为西方各国文明之始源："天人理数，文学彬彬，其始皆祖于希腊"，后世"列邦童幼"、"入学鼓箧"，都"必先读希腊罗马之书"，"习其诗古文辞"。② 在艾约瑟看来，要让中国人了解西方文明，必须先从介绍古希腊、罗马这一源头开始。在《六合丛谈》第2卷第1号的《小引》中，伟烈亚力对已连载九期的"西学说"也作了如此解说："言乎人事，则文学为先。中国素称文墨渊薮，于他邦之好学，亦必乐闻。西国童儒，入学鼓箧，即习古诗文辞，风雅名流，类能吟咏。艾君约瑟，追溯其始，言皆祖于希腊，因作西学说，以是知此学之兴非朝夕矣。"③ 古希腊、古罗马文学的历史与厚重，正是艾约瑟极力要呈现的内容。在他的译介中，当然包含了改变国人观念以便更好传播教义的意图，但文学知识同时也得到了较为明显的呈现。

对文学知识的侧重，与译介者的个人兴趣也有着密切关系。在艾约瑟曾接受的学校教育中，古希腊、古罗马知识占据了重要位置。艾约瑟1823

---

① 王杨宗：《〈六合丛谈〉所介绍的西方科学知识及其在清末的影响》，沈国威编著《六合丛谈——附解题·索引》，上海辞书出版社2006年版，第143页。
② [英]艾约瑟：《希腊为西国文学之祖》，《六合丛谈》第1号，咸丰丁巳正月朔日。
③ [英]伟烈亚力：《小引》，《六合丛谈》第2卷第1号，咸丰戊午年正月朔日（1858年2月14日）。

年出生于英格兰一个牧师家庭,从小就受到宗教和世俗知识的双重熏陶。19世纪30年代,托马斯·阿诺德(Dr. Thomas Arnold)在英国公立学校推行教育改革,但并没有否定文艺复兴以来学习古希腊、古罗马古典知识的传统。阿诺德明确表示:"希腊罗马的精神是我们自身建立的精神基础","亚里士多德、柏拉图、修昔底德、西塞罗、塔西佗最不合适被称为古代作家,他们本质上是我们国家的朋友,是同时代的人"。在他管理下的拉格比学校,每周28小时45分钟的必修科目中,古典语就占了17小时45分钟,以古希腊、古罗马为主的历史、地理课程时间占了3小时15分钟。① 这一时期的艾约瑟正接受小学、中学教育,至1840年他进入了伦敦大学学习。由此推知他曾接触大量古希腊、古罗马文学知识,应该也是较为可信。这种教育经历,极有可能为"西学说"带来了相应的知识储备。1885年艾约瑟编译完成《西学启蒙十六种》,其中包含的古希腊、古罗马知识,也很有可能是在此时期就打下了基础。侧重文学知识的另一个原因在于,艾约瑟1848年入华即对语言文字表现出了浓烈兴趣。他以英文或译或著完成了多本有关中国语言的著作,如 *Chinese Conversations*(汉语会话集,1852年),*A Grammar of Colloquial Chinese*(as exhibited in the Shanghai Dialect,上海口语语法,1853年),*A Grammer of the Chinese Colloquial Language*(commonly called the Mandarin Dialect,官话口语语法,1857年)。② 这种兴趣和关注,反过来也极有可能推动艾约瑟去关注西方文学知识的译介。事实上,他后来也的确多处译介了西方文学内容,后文将要述及的《西学略述》即是显明一例。

较之《东西洋考每月统记传》、《遐迩贯珍》中的西诗译介,艾约瑟的"西学说"更多呈现了西方文学知识。《希腊为西国文学之祖》、《罗马诗人略说》、《基改罗传》、《和马传》、《士居提代传》(修昔底德)等篇,几乎全文不出现教义内容。在《希腊诗人略说》中,艾约瑟也只是在文末

---

① 转引自[日]八耳俊文《在自然神学与自然科学之间——〈六合丛谈〉的科学传道》,见沈国威编著《六合丛谈——附解题·索引》,上海辞书出版社2006年版,第120—121页。
② [英]伟烈亚力:《1867年以前来华基督教传教士列传及著作目录》,倪文君译,广西师范大学出版社2011年版,第197页。

表示一点遗憾,指出当其时耶稣尚未降世,故而"用以导人崇敬天父者鲜"。在介绍柏拉图关于灵魂与身体的观念时,也只是提及"上帝"、"真福"等词,并没作过多的宗教阐释。他还将柏拉图关于灵魂的言说,与修身、治国等现实需要结合了起来。① 就算是涉及宗教内容的《阿他挪修遗札》(今译亚大纳西)、《叙利亚文圣教古书》,艾约瑟也是侧重于其中的历史、语言等知识。不过,同样需要明确指出的是,这些内容的出现一定程度上也是经过了宗教意识筛选。艾约瑟并没有介绍古希腊文学中的理性和抗争,因为这些方面与基督教的虔信、隐忍、救赎等并不吻合。早在1818年,马礼逊就表示了类似看法:"我希望欧洲的基督徒学者们应该停止过度崇拜古希腊和古罗马了,因为他们的著作充满了傲慢、复仇和邪恶。"② 作为传教士的艾约瑟,自然也会认识到这些不合教义的地方。

在直接呈现西方文学知识时,艾约瑟似乎也有意考虑了中国读者的接受。在"西学说"的行文中,他不时插入了解释语句,或将西方知识直接比附于中国读者熟悉的内容。如《希腊为西国文学之祖》谈及荷马史诗,即言:"唐杜甫作诗关系国事,谓之诗史。西国则真有诗史也。"谈荷马史诗"以字音短长相间为步,五步成句"的节奏,将之解释为"犹中国之论平仄也"。《希腊诗人略说》谈及阿拿克莱翁"善言儿女情私,及男女燕会之事",则比之为"如中国香奁体"。涉及人物年代,艾约瑟也往往以中国年号表示,如"当中国姬周中叶"、"中国周孝王时人也"、"生于前汉武帝元封六年"等。这些文字显然带给了中国读者一种熟悉的自我时空感。值得注意的还有,在介绍异域文学知识时艾约瑟引入了较多的中国文化元素。在思想内容方面,他在不少地方甚至有意突出了一种中国化取向。如介绍荷马史诗,除开使用"金戈铁马,笔势粗豪"、"玉帛衣冠,文法秀润"等典型的中国文辞之外③,还评说其诗"足以见人心之邪正,

---

① [英]艾约瑟:《百拉多传》,《六合丛谈》第11号,咸丰丁巳年十月朔日(1857年11月16日)。

② 1818年12月9日,马礼逊致克罗尼的信,《马礼逊回忆录》,广西师范大学出版社2004年版,第143页。

③ [英]艾约瑟:《和马传》,《六合丛谈》第12号,咸丰丁巳年十一月朔日。

世风之美恶,山川景物之奇怪美丽"。① 如此取意,大有"兴观群怨"中"观"的中国诗学意味。又如《希腊诗人略说》介绍"正风俗而端人心"的戏剧,评说阿里斯托芬的"著诗十一种",也使用了"讥刺名流,志存风厉"的言辞。在介绍罗马诗人的创作时,也将维吉尔比为"中国之李杜","其性情爱雅恶俗,文理精致,一无语病"。贺拉斯的短诗,也是"讥时论世,暗含讽刺"。诸如此类评说,表现出了一种中国文人熟悉的"诗教"观念。在介绍古希腊书院之时,艾约瑟也称其"讲道授徒,习文章、辞令、义理之学"②,似乎也是借用了桐城派考据、义理、辞章的说法。

三 "西学说"的西诗译介意义

《希腊诗人略说》一文在介绍古希腊的戏剧之后,还有如下颇有意味的文字:"考中国传奇曲本,盛于元代。然人皆以为无足轻重,理学名儒,且屏而不谈。而毛氏所刊六才子书,词采斐然,可歌可泣,何莫非劝惩之一端?西人著书,惟论其才调优长,词意温雅而已。或喜作曲,或喜作诗,或喜作史,皆任其性之所近,情之所钟。性情既真,然后发为文章,可以立说于天下,使读之者色然而喜,聆之者跃然而心服也。"③ 此等说法,似乎针对中国文人轻视戏剧之类作品有所不满。因而艾约瑟有意表明,西方的各类文学形式,如诗如曲如史,都各个平等,只要"性情既真,然后发为文章"即可。这种文体平等的观念,以及对"性情既真"的强调,相较于晚清的文学观念变动以及现代新文学的文体解放,不正有着先声意义?韦廉臣强调科技之重要,呼吁华人"用心格致"以图富强,于当时国人来说是一种全新观念。艾约瑟的文学体类平等,于晚清时期又何尝不是一种全新观念?时人留下的相关记载甚少,因此很难界定这些观念的具体影响。但它们至少在间接的层面上,具有了触动中国文学思维和

---

① [英]艾约瑟:《希腊诗人略说》,《六合丛谈》第3号,咸丰丁巳三月朔日。
② [英]艾约瑟:《希腊为西国文学之祖》,《六合丛谈》1857年1月26日第1号,咸丰丁巳正月朔日。
③ [英]艾约瑟:《希腊诗人略说》,《六合丛谈》1857年3月26日第3号。

结构的可能，从而也带上了一缕现代意识。

综观之，艾约瑟"西学说"对古希腊、古罗马诗人诗作的介绍，主要是集中于文学知识呈现，而大大减淡了传教士文字中惯有的宗教色彩。它不仅以连续的篇章，较为全面地展示了一段西方文学历史，而且详细介绍了其中的代表：荷马及荷马史诗。在具体叙述中，西诗的"音步"知识也被介绍到了中国："句六步，步或三字，或两字，以声之长短为节。前四步，一长声，二短声，或二长声。第五步一长二短，第六步二长"，此后希腊罗马"作诗步法准此"。①

不过，随着《六合丛谈》一年之后停刊，这种译介也不得不中断下来。据沈国威分析，停刊的决定出自当时影响力最大的传教士慕维廉，而不是其他研究者所认为的经费问题。麦都思 1856 年 9 月 10 日离华归国，慕维廉接替他开始主持墨海书馆事务。他还兼任上海布教所的干事和会计，实际上控制了《六合丛谈》的编辑和发行。慕维廉虽然并不否定传教士的办刊活动，但他认为杂志之类的出版物，如果不能实现传教目的，也就没有存在的必要。在《六合丛谈》停刊后，慕维廉就有如此说法："扶植或教授科学的各种知识，从某种意义上来说是一件愉快而且有益的事情。不过，这并不是推进福音传播的直接工作。而且对信仰坚定、能力优异的传教士来说，这并不是必不可少的东西。"② 此后，他对日益增多、兴趣却只在西学知识的中国士人，也是十分不满："这里的人们总的说来缺乏对基督教的兴趣。虽然对我们的科学书非常崇拜，不过无心皈依我们的宗教体系，而始终不假思索地坚持他们自己的道德和功利原则。"③ 据沈国威推测，慕维廉主持下的墨海书馆，在 1858 年年初之前就已决定了不再刊行布教之

---

① ［英］艾约瑟：《和马传》，《六合丛谈》第 12 号，咸丰丁巳年十一月朔日。
② 慕维廉 1858 年 7 月 29 日信件，《教务杂志》1858 年 11 月，第 244 页。转引自沈国威《解题——作为近代东西（欧、中、日）文化交流史研究史料的〈六合丛谈〉》，上海辞书出版社 2006 年版，第 35 页。
③ ［英］慕维廉：*China and the Gospel*, London, 1870 年版，第 193—194 页。转引自沈国威《解题——作为近代东西（欧、中、日）文化交流史研究史料的〈六合丛谈〉》，上海辞书出版社 2006 年版，第 15 页。

外的书刊。可见,该时期传教士的知识译介,最终因为"传教"这一主导意识而受到了限制。这也进一步表明,早期的西诗译介在文学知识与传教意识之间,有着既合作又冲突的纠葛关系。

余 论

从《东西洋考每月统记传》到《六合丛谈》,出现于期刊中的早期西诗译介,内容并不算丰富。在刊载形式上,它们也显得较为零散。艾约瑟的"西学说"对古希腊罗马诗人诗作的介绍倒是较为集中,却也因停刊不得不很快中断。也许正是这一原因,加之史料长时间难以见到,使得研究者并没有给以它们应有的重视。此前提说稍多的,也只在于弥尔顿的《自咏目盲》,因为它占据的时间点的确容易引起注意。但是,这种状况并不能否定早期西诗译介的复杂形态和历史价值。

这些译介出自多位传教士之手,刊载于多种期刊,成了早期入华新教传教士的一种有意行为。传教士的翻译意图,以及所遭遇的具体语境,使之往往超越了文本的字面显现,包含了丰富的译介问题。如前文所述,《东西洋考每月统记传》将西方诗人诗作,置于了非"蛮夷"的自我证明之中。其中译介强调西诗较之中国"相埒无少逊",华人不知吟咏的原因只在翻译不得之;《遐迩贯珍》整个刊物表现出的自信,也进入了弥尔顿的译介之中。文章称弥尔顿诗"前无古后无今",并择取一首以中国诗作形式译出,在翻译方式上成了早期西诗汉译的典型;在《六合丛谈》对西学知识的侧重中,艾约瑟集中介绍了古希腊、古罗马的诗人诗作,对荷马更是作了长篇介绍,呈现了较为丰富的西诗知识。这一行为,也正为新教神学观念趋向世俗化、理性化的一种表现。

在宗教意图与知识呈现之间,诗歌译介成了多种问题的交接点。各个传教差会及其宣教意图,作为"赞助人"(patronage)和"意识形态"(ideology)规范着传教士的在华活动。"伦敦传教会所规划的目标,是要把基督的福音传给各国的异教徒,使他们能抛弃撒旦而归向上帝。"① 此种目标,显然也正是大多数入华传教士不可动摇的中心。出于虔诚的宗教信仰和宣道热情,传教士相信基督教"是唯一全方位适应全世界灵性生活的宗教",它"可以无与伦比地取代任何其他宗教"。② 强烈的、坚定的传教意图,成为了促发、控制其他活动的主导因素。语言学习、办刊著述、西学译介等活动,大多数时候都归属于这一中心意图,从而成了文字传教、科学传教的表现方式。西诗译介在整体上自然也被纳入其中,在内容择取和叙述方面受到了影响。期刊中的教义文章,也容易将西诗译介的旨意导向教义范围,或者说将这些内容涵盖在间接的教义宣扬之中。但是,对这种传教意图如果只作出负面或单一的理解,却也并不符合历史事实。这一意图虽然带来限制,客观上却也成了西诗译介的一种动力。它促成了传教士对这种译介方式的注意,荷马、弥尔顿等诗人及其诗作,由此才呈现到了中国读者面前。可以说,传教意图发挥了既限制又促进的作用,它并非只有单一的影响。

更为重要的问题在于,很长一段时间内传教士不得不首先证明"西方"的合法性。在这种证明之中,西学知识成了一种直观的、直接的证据。在自然神学观念的影响下,很大一部分新教传教士都将探索和传播世俗知识,视为了理解上帝的一种方式。各种中文期刊也注重了西学知识的译介,形成了较为明显的世俗性、知识性取向。也恰恰是在这些期刊之中,传教士的西诗译介得到了较为直观的呈现。介绍荷马、弥尔顿及其他诗人,其突出的意义就在于向中国人士表明了西方诗歌的存在。尽管晚清文人整体上态度较为冷淡,但在中国近现代文学的转型历程中,这种西诗译介显然带来了一种异域参照,或者说有利于形成一种自我反观的可能。与此同时,它们又明显包含了译入语的诗学因素,在形式、韵律,甚至诗教观念方面,表现出了明显的中国色彩。这种状况又成为了两类诗歌碰

---

① [英]马礼逊:《中国传教差会创立 15 周年的回顾——致伦敦传教会司库汉基先生的报告》,《马礼逊回忆录》,顾长声译,广西师范大学出版社 2004 年版,第 202 页。
② [英]米怜:《新教在华传教前十年回顾》,北京外国语大学中国海外汉学研究中心翻译组译,大象出版社 2008 年版,第 1 页。

撞、交融,甚至是相互妥协的结果。可以说,中西文化交流这种世界性、整体性的大历史,在西诗译介中获得了细节性的具体显现。而且,这些译介甚至还隐约地包含了如此有趣的现象:传教士主动地、不时地对自己的位置和视角作出微妙调换,转而采取了中国的诗学观念、文辞语句来展现西方诗歌内容,尽管这之中不无策略的意味。

宗教意图、西学知识传播以及中国诗作规范,在早期的西诗译介中发挥了重要影响。法国学者埃斯卡皮(Robert Escarpit),曾提出翻译的"创造性背叛"一说。他认为翻译将作品置入了另外的参照体系,赋予了它一副崭新的面貌,使之与读者产生了更为广泛的交流,从而给予了它第二次生命。[①]由此看来,在不同的文化语境和接受心态面前,翻译者的意图很有可能被搁置,或者只实现了部分。对于翻译意图来说,这的确也构成了一种"背叛"。上述西诗译介的出现,虽然并非都背叛了传教意图,但它们一定程度上也越出了传教意图的束缚,呈现出了较为多样的文学知识。还应该注意的是,在新教的神学观念中通向目标的手段可以多样化,入华传教士在翻译中自然也可采取不同的做法。在教义宣扬与知识译介上,或者在两者的结合程度上,他们都可以作出一些不同的侧重。这样一些因素和问题,也使得早期的西诗译介并非只有表面上那样简单。

总之,新教传教士作为一种外来势力入华,将包括西诗在内的西方文明也带入了中国。他们的早期西诗译介,尽管包含了多种意图和变化,但的确有利于中国文人视野扩展。不妨再看一则故事:

1839年,二十八岁的进士李致祥成了林则徐的助手。通过事务往来,他与居住在广州洋行的美国传教士伯驾(Peter Parker)、京威廉及其女儿苏珊建立了密切关系。有一次,李致祥正与苏珊交谈,伯驾手拿一本书推门进来。他因阅读中国的《诗经》,想要李致祥为他讲译。于是,李致祥为二人讲解了《诗经》的主要内容,并且翻译了《关雎》、《泽陂》、《月

[①] [法]埃斯卡皮:《文学社会学》,王美华、于沛译,安徽文艺出版社1987年版,第137—138页。

出》等篇章。随后，他请教了他们一个问题：在英国的诗人中有哪些著名作品？苏珊答道："当然有。现代诗人威廉·沃兹沃斯所作的《水仙》。"在了解该诗内容后，李致祥又问："那么英国历史上又有哪些著名的诗人呢？"伯驾回答道："在英国文化中，有莎士比亚的第十八首十四行诗，《能否把你比作夏日璀璨》，以及"另一首由克利斯朵夫·马罗所作的《热烈的牧人情歌》，也是同一类的情诗。"苏珊也提到了乔叟的"特罗勒斯的情歌"。①

该故事见于美籍华人李士风的《晚清华洋录：美国传教士、满大人和李家的故事》一书。作者根据祖上遗存下来的史料，撰叙了1839—1911年李家经历的事迹。李致祥，即作者曾祖父。书中的以上故事，细节上可能存在一定虚构。但是，当时比较开通的中国知识分子，与西方传教士及其他人士往来，相互带着好奇心去了解对方的文学诗作，这应该也是一种历史事实。尽管晚清文人整体上轻视西方文学，但在日常交往中出现这方面的交流，也是极为可能。

一边是战火，一边是爱情。苏珊与李致祥二人1840年喜结连理，共叙了也许是第一则晚清官员与美国传教士之间的婚恋佳话。

---

① [美] 多米尼克·士风·李：《晚清华洋录：美国传教士、满大人和李家的故事》，上海人民出版社2004年版，第20—25页。

第二章 传教士西诗译介的个案考析

"一八五八年和一八六〇年的条约革命性地改变了传教士们和华籍基督徒们的处境,使得教会士的大规模扩展成为可能。首先,由于更多城市的开放,传教士有了更多的居住地,并且传教士有可能把传教活动扩展至周边的乡村。新教第一次有了机会真正接触向内远至汉口、向北远至牛庄的广大地区,即华夏和华人的主体。"① 战争加条约的方式,使得传教士明确获得了进入中国内地的传教权力。1861年,伦敦传教会杨格非(Griffith John)在汉口设立了传教点,随后还进入四川、湖南等地活动。同年,艾约瑟北上天津、北京等处,并在1863年获得了常驻北京的许可。其他差会也陆续进入内地,大大拓展了传教范围。如美国长老会的狄考文(Calvin W. Mateer),1863年就到山东登州一带传教,英国浸礼会李提摩太1870年到了烟台、青州等地布道。权力和空间扩展,使得新教传教士的文字布道变得更为自由。《中国教会新报》、《万国公报》、《小孩月报》、《益智新录》、《格致汇编》、《中西闻见录》、《鄁山使者》、《中西教会报》、《尚贤堂月报》等一批新教刊物,先后出现在上海、北京、福州等地。这些刊物也为西诗译介带来更多空间,并使其内容和叙述变得更为丰富。

传教士在译介中的内容择取与叙述方式,虽然只是历史细节的表现,但背后无疑关联着多种影响因素。正如赖德烈所指出,新教在19世纪下半叶的传教方法,"基本上是一八五六年以前所用方法的发展与延伸。工作的重点仍然是通过宣讲福音、个人接触以及出版印刷来传播基督信仰,

---

① [美]赖德烈:《基督教在华传教史》,雷立柏等译,(香港)道风出版社2009年版,第239页。

仍然是培养华人基督徒团体，促进他们成熟。其他一些继承的主要努力方向还包括：教育、医药、著书和分发书籍"①。在这种"发展和延续"之中，传教士的西学知识译介也变得更为丰富。新教神学观念所包含的世俗性、社会化趋势，仍然是传教士大量进行西学译介的重要原因。与此同时，清廷在惨痛的战败教训之后兴起了洋务运动，产生了对西学知识的急切需求。"以中国之伦常名教为原本，辅以诸国富强之术"的"中体西用"思想②，使得师夷长技以自强求富的做法，一时得到了中国社会较为普遍的关注。部分传教士身上所显现的西学知识和译介功能，使得他们与社会上层人士，以及知识群体有了更为紧密的联系。如美国传教士丁韪良，即因1863—1865年翻译《万国公法》而受清廷重视，从而长期被聘为京师同文馆负责人，后来还成为京师大学堂的西文总教习；英国传教士李提摩太，也因其丰富的西学知识和社会活动，而与李鸿章、张之洞、康有为、梁启超等人交往甚殷。

整个历史语境将西学知识译介置于了重要地位，作为译介者的传教士，他们在社会结构中的位置也得到了提升。这也恰好成了促进传教士作出更多西学译介的动力，因为加大与上层人士及知识群体的接触，有利于他们在华影响的进一步扩大。不管是为了宣扬基督教义，还是为了提升在华地位，获得这些人士的认同都是极为必要的。韦廉臣、林乐知等传教士1887年组织了同文书会，张之洞等人随后给予重视。这一事件在传教士后来的叙述中，就获得了如此意义："官僚中最有能干，最有权力的代表，却完全趋向于传道者，以求他们的帮助，去教育后起的官僚。由此可以证明传教的工作的道德与价值。"③ 综上可见，当西学知识译介受到传教士进一步重视时，西诗译介也就有可能分享同样的语境，从而变得更为丰富，包含更为多样的问题。

---

① ［美］赖德烈：《基督教在华传教史》，雷立柏等译，（香港）道风出版社2009年版，第356页。

② 冯桂芬：《采西学议》，《校邠庐抗议》，中州古籍出版社1998年版，第211页。

③ ［英］莫安仁：《广学会过去的工作与其影响中国文化之势力》，载《广学会五十周纪念短讯》第二期，上海广学会1937年版，第11页。

不过，面对整个文人阶层的传统诗文习尚，以及整个社会自强求富的功利意图，传教士的西诗译介仍然只能处于边缘位置，而不可能成为文学进程的中心事件。传教士译诗的整体命运，似乎也由此被决定。等到清末国人期刊勃兴，国人翻译活动大量出现，传教士的译介也就只能从这种边缘位置黯然淡出。当整个西学译介的主体变为中国人后，传教士在这方面的作用也就越发微弱了。所以朱维铮指出，在清末《时务报》盛行的两年里，《万国公报》在清帝国改革思潮中的向导作用几乎一度丧失。[①] 而 1907 年 12 月《万国公报》的终刊，更是标志着传教士刊物对中国社会失去了重要影响。传教士此后的西诗译介，也就只能更多地局限于圣诗、圣经诗歌的范围了。

当然，这种状况也并不否认该阶段西诗译介的存在。相较于此前刊物上的篇章，1860 年之后的传教士西诗译介遭遇了不同语境，呈现了更为丰富的形态。艾约瑟对 18 世纪英国诗人威廉·柯珀的译介，以及他在《西学略述》中对西方诗歌的介绍，1897 年英国传教士沙光亮翻译美国诗歌《人生颂》，1898 年李提摩太全译蒲伯的《天伦诗》等，都是该时期突出的传教士西诗译介个案。这些个案此前很少受研究者注意，有的甚至一直不曾被发现。于此，它们首先就具有了重要的史料价值。在特定的社会语境中，单一的译介行为往往具有极为丰富的文学社会学意义。当个案与个案关联，传教士西诗译介的整体性在一定程度上也就得到了显现。翻译文学自身的发展变化，以及中国文学现代性意识的朦胧兴起，都可在这些译介里见出一些印迹。

第一节 艾约瑟与《孤岛望乡诗》的汉译

1879 年 12 月 13 日，《万国公报》"杂事"栏刊出英国传教士艾约瑟所译《孤岛望乡诗》一文，副标题为"大英诗人縠伯尔原作"。[②] 该文不

[①] 朱维铮：《导言》，见李天纲编校《万国公报文选》，生活·读书·新知三联书店 1998 年版，第 28 页。

[②] ［英］艾约瑟译：《孤岛望乡诗》，《万国公报》1879 年第 568 期。

仅译出长篇诗作,且加上了包含一则故事的引言。随后,在 1880 年 1 月 3 日该刊又登载了艾约瑟所作的长文《大英诗人觳伯尔伟廉传略》。① 前文标出"艾约瑟译",后文直接署为"艾约瑟",两文相互配合,较为全面地呈现了一个名为"觳伯尔"的西方诗人,和一首题为"孤岛望乡诗"的西方诗歌。较之 1854 年《遐迩贯珍》中的弥尔顿及《自咏目盲》,以及 1857 年《遐迩贯珍》所刊的《和马传》,此处内容更见丰富,叙述方式也远为复杂。但是,在有关晚近中国翻译文学的研究著述中,至今尚未有论者发现该译介的存在。那么,这样一些问题就会提出:"觳伯尔"为何许人,有关他的译介有着何种面貌?艾约瑟在翻译中注重了什么信息,融入了什么样的因素?在传教士的西诗译介历程中,此一诗一传有着怎样的位置和意义?在此,不妨先从一个看似不相关、曾出现于中国现代文学史上的西方诗人说起。

一 威廉·柯珀在近现代文学中的出现

威廉·柯珀(William Cowper,1731—1800),被称为 18 世纪英国浪漫主义诗歌先行者。他在西方一直享有盛名,在多种文学史里都有一席位置。② 尽管"Cowper"有着多种译法,这一名字在中国现代文学中却并不陌生。③ 1916 年 12 月刘半农在《新青年》上发表"灵霞馆笔记",在介绍拜伦时有如此一笔:"英国近世文士,以书札为世所称者,首推威廉高伯,Milliam Cowper(生一七三一年,卒一八〇〇年,亦工诗,以翻译希腊荷马 Homer 诗集得名)。"④ 梁遇春 1929 年在致石民的一封信中,也以"Cowper"的轶事为例,来表达自己替人上课时"如临死刑"般的心情:

弟近来替人教四小时作文,每次上课,如临死刑,昔 CowPer

---

① [英]艾约瑟:《大英诗人觳伯尔伟廉传略》,《万国公报》1880 年第 571 期。
② [英]艾弗·埃文斯:《英国文学简史》,蔡文显译,人民文学出版社 1984 年版;[苏]阿尼克斯特:《英国文学史纲》,戴镏龄等译,人民文学出版社 1980 年版,都有叙述该诗人。
③ Cowper 之名,译名有高伯、考柏、古柏、柯伯、库珀等。此处采用《不列颠简明百科全书》词条"柯珀"的译法(中国大百科全书出版社 2005 年版,第 863 页)。
④ 刘半农:《拜轮遗事》,《新青年》1916 年第 2 卷第 4 号。

因友人荐彼为议院中书记，但须试验一下，彼一面怕考试，一面又觉友人盛意难却，想到没有法子，顿萌短见，拿根绳子上吊去了，后来被女房东救活。弟现常有 Cowper 同类之心情，做教员是现在中国智识阶级唯一路子，弟又这样畏讲台如猛虎，既无 Poetical halo 围在四旁，像精神的悲哀那样，还可慰情，只是死板板地压在心上，真是无话可说。①

1940 年 4 月，庄杰所译的"短札三则"发表于《中国文艺》，其三即为"威廉·考伯（W. Cowper）"谈论创作"约翰·吉耳宾"的一封书信。② 几处言说都附出了诗人英文名，因而很容易查知其人即为英国诗人威廉·柯珀。创作成就与生平事迹出现于多位作家笔下，自然也表明其人在中国现代文学中为人所知。

庄杰所谈"约翰·吉耳宾"的创作，实为威廉·柯珀的叙事长诗《布贩约翰·基尔平的趣事》（The Diverting of John Gilpin, Linen Draper）。商务印书馆 1935 年出版的辜鸿铭译：《华英合璧：痴汉骑马歌》，即为该诗的完整汉译。但这首诗进入中国的历史，并非从 1935 年才开始。施蛰存就认为辜鸿铭翻译此诗，早在 1900 年代就有了初版本。③ 黄兴涛编辑《辜鸿铭文集》时，也认为该诗最早应出版于 1905—1910 年。④ 辜鸿铭对这首诗的翻译很早就受到了苏曼殊、伍光建、王森然等人赞誉。苏曼殊十分赞赏辜鸿铭的翻译，谓之"辞气相副"。⑤ 伍光建认为，"用五言古体译此诗，把诗人的风趣和诗中主角布贩子的天真烂漫，特别是他那股痴呆味儿都译出了，读来十分亲切"⑥。王森然更是认为，该首译诗"即在中国

---

① 李冰封整理：《梁遇春致石民信四十一封》（十），《新文学史料》1995 年第 4 期。Cowper 写法，引文如此。
② 庄杰译：《短札三则》，《中国文艺》1940 年第 2 卷第 2 期。约翰·吉耳宾（John Gilpin），即为《痴汉骑马歌》主人公。
③ 施蛰存：《中国近代文学大系·翻译文学集》导言，上海书店出版社 1990 年版，第 11—12 页。
④ 黄兴涛编：《辜鸿铭文集》，海南出版社 1996 年版，第 240 页。
⑤ 苏曼殊：《与高天梅书》，《苏曼殊全集》卷一，中国书店 1985 年版，第 226 页。
⑥ 转引自马祖毅《中国翻译简史》（上），湖北教育出版社 1999 年版，第 785 页。

古诗中,亦属少见"。① 这些评说表明,这位诗人此时期已为我国学人所知。研究者目前关注到的威廉·柯珀诗作翻译,追溯的时间也几乎全在1905年前后。这似乎使人容易产生如此印象,即威廉·柯珀进入中国的时间无早于此者。实际上,在1814年由传教士马礼逊编译完成的《养心神诗》中,威廉·柯珀的诗作就已得到了汉译。马礼逊的助手米怜在回忆中即指出,《养心神诗》包含了由考珀(William Cowper)、牛顿(John Newton)合撰的《欧尼赞美诗》。② 他的言说十分简略,原文又长时间没有翻译为中文,故而很少有研究者注意。

那么,在马礼逊翻译之后,在辜鸿铭翻译之前,是否还存在其他的威廉·柯珀译介?

如前文所述,《万国公报》所刊《孤岛望乡诗》、《大英诗人毂伯尔伟廉传略》,两篇文章集中译介了名为"毂伯尔"的英国诗人。"毂伯尔",与"柯珀"、"考珀"的发音似乎相近,所涉内容与威廉·柯珀似乎也有关联。若是两个名字实为一人,威廉·柯珀的汉译将会又多一例。且看艾约瑟"传略"开篇:"毂伯尔伟廉,英国伦敦城北伯尔革含斯的得人也,生于一千七百三十一年",结尾处又说其"一千八百年始卒"。前后时间,正与刘半农"灵霞馆笔记"所注"Cowper"的生卒年相同。艾约瑟还叙述毂伯尔的诗名之盛,称其"更善尺牍",曾"译名士和美尔诗以英言",以及"为议政院供事,司录纪诸事"等。"和美尔"一词,定为荷马英文名 Homer 的音译,这也正应和了刘半农后来的介绍。再看"毂伯尔"的其他信息,与梁遇春、庄杰等人的叙述也是恰相吻合。再查考威廉·柯珀的生平事迹,这位英国浪漫主义诗歌先行者,正有着忧郁自杀、译荷马诗、擅长书信诸种行迹。③ 由此可以断定,此处所说"毂伯尔",实为诗人威廉·柯珀。

"毂伯尔"之名,在艾约瑟的《孤岛望乡诗》一文中,除直接出现于

---

① 王森然:《近代二十家评传》,书目文献出版社1987年版,第101页。
② [英]米怜:《新教在华传教前十年回顾》,北京外国语大学中国海外汉学研究中心翻译组译,大象出版社2008年版,第58页。
③ [英]德拉布尔(Drabble, M.)编:《牛津英国文学词典》第6版,外语教学与研究出版社2005年版,第240—241页。

副标题之外，在正文里仅出现有一次，不过是用来表明译诗原是由他所作，现将"译于左"。后一篇文章《大英诗人縠伯尔伟廉传略》，也未标出诗人的英文名。这使得后来的读者，很难一下将他与威廉·柯珀关联起来。而且，"縠伯尔"这种译名此后不再出现，史料本身又是难得一见，研究者也就难免会一直忽略了这两篇文章，从而无从辨析其他问题。不过，弄清这些问题，不仅可以更好地了解威廉·柯珀的汉译历史，而且还能以此为线索进一步认识晚近中国的翻译文学形态。该诗人在现代文学中的历史延续，其实也反过来烘托了"縠伯尔"的译介意义。

二 艾约瑟译介叙述中的故事、诗及教义

《孤岛望乡诗》、《大英诗人縠伯尔伟廉传略》，两文刊载时间上仅隔20来天。前者1071字，后者为1489字，集中介绍同一位外国诗人，这在早期的西诗译介历史中实在是难能可贵。此前的《东西洋考每月统记传》、《遐迩贯珍》等刊物，以及《六合丛谈》连载的艾约瑟"西学说"，虽然明确介绍到西方诗人诗作信息，但篇章大都零散简短，字数往往不过三五百。《和马传》篇幅算是较长，也只有900余字。可以说，在艾约瑟的威廉·柯珀译介之前，似乎还没有如此篇幅的同类文章出现。这种篇幅上的突出，也决定了艾约瑟的译介应占据一席重要位置。

在《孤岛望乡诗》中，艾约瑟的叙述显得较为复杂，这一点首先就值得注意。在开篇小引中，他先是用特别客观的口吻简要叙述了一则旧闻。他以此表明，后面的文字只是转录自他人日记：

> 英国苏格兰人赛拉基尔格阿里散德[①]，生于一千六百七十六年，操舟为业。因于太平洋舟次与舟主不睦，被放于孤岛。舟主与书数卷，及测量日月方位之器，及刀一、斧一、釜一，并火枪药弹数事，扬帆而去。赛被放独处岛上，时一千七百零四年九月也。逾四年四月，有他英舟至，乃载之归。舟人日记中录赛居岛之状，备志于左。

[①] 赛拉基尔格阿里散德，即 Alexcmder Selkirk，现一般译作"塞尔柯克"。

艾约瑟以寥寥数语叙述赛拉基尔格的遭遇，指出其人生于1676年，被置岛上为1704年。这一故事，与英国小说《鲁滨孙漂流记》的原型正相吻合。1704年时，苏格兰水手塞尔柯克与船长发生争吵，被弃荒岛，四年后才获救回国。这一真实事件在当时颇受关注，英国作家笛福由此获得灵感，于1719年完成了风靡文坛的《鲁滨孙漂流记》。不过，故事是否属实，日记是否真有，在艾约瑟的中文叙述里并不见得重要。假托他人笔记来虚构故事，对于中国读者来说并不见得陌生。倒是艾约瑟的这种叙述方式十分特别，它将文章其他内容归入了"舟人日记"，使之呈现出了一种近乎客观事实的意味。

在接下来的日记转述中，艾约瑟也有意保持了一种客观语调。对塞氏的具体遭遇和感受，他并无明显的评说议论，表面上的确是停留在了"备志于左"的状态。塞氏初至岛上，免不了一番"孤影彷徨"、"忧心惴惴"。但正如文本所述，"久之渐觉无恐"，感受"别有一番风味"。伐木结庐，追猎牛羊，过起了半原始生活，虽有惊险，却不无乐趣。甚而在获救之时，其人还"弗欲食"、"弗欲饮"、"似若舟中人世不若岛中之乐者"。在塞氏获救之后二十年，英人舟过孤岛，捕获山羊一只，塞氏当年所为"其破耳者宛然在焉"。如此讲述一则传奇故事，似乎只是为了引起读者兴趣，别无其他深意。至此，日记叙述与艾约瑟的小引前后结合，共同维持了一种叙述上的客观，或者说一种纯粹的故事感。

随后，文章以如此一笔来引出译诗："诗人毂伯尔伟廉赋诗七章，以纪其事，译于左。"在文字排列形式上，艾约瑟也并没有将"赋诗"之事与日记内容分开，他只是将译诗全文提高了两格而已。这似乎造成了理解上的歧义："赋诗"既可以是日记本身的记载，也可以是日记之外的内容。如此一来，艾约瑟的小引叙述，包含了舟人的日记叙述，日记叙述似乎又包含了威廉·柯珀的赋诗纪事，或者说艾约瑟的叙述只是在客观地转录舟人日记、赋诗纪事。这样，全文形成了三重叙事视角，艾约瑟自己只是站在了最外一层，也是最为"客观"的一层。

这样的叙述设置，使得《孤岛望乡诗》为何出现于此，为何采取此种翻译形式等问题，与艾约瑟似乎拉开了距离，没有了直接关系。艾约瑟仅仅成了一个"客观"的转录者，文中内容与之大有不相干的意味。不过，

第二章　传教士西诗译介的个案考析　75

艾约瑟难道真正做到了置身事外，这种"客观"没有隐含其他的意图？显然，以何种形式来汉译诗作，在翻译中改变哪些内容，选用什么样的词语，这些问题都并非日记和威廉·柯珀所能决定。艾约瑟表面的"客观"，以及有意设置的转述方式，其实很难将自己的身影隔离在外。

毂伯尔视角下的《孤岛望乡诗》，第一、第二章叙述了独处孤岛时的寂寞感受，后面几章叙述对故乡亲友的浓浓思恋。现将译诗与原文一并列出：

孤岛萧然独启目，此乡属我争者孰。
海滨之内周山麓，飞鸟木石我豕鹿。
昔人曾喜隐山林，我居山林何穷蹙。
愿于城市为贫民，慵享富贵于山谷。

嗟嗟此乡惟我独，胡以一人为人族。
宾来客去久无闻，海水声惊流洄澓。
默然忽言复愕然，此君何人音甚熟。
逍遥瞥见鹿豕游，不识人故鲜觳觫。

友爱亲恩孝与睦，人生良能本性淑。
何时振翼若鸠飞，重飞乐国获嘉福。
乐吾所乐释茕茕，圣道真理同习读。
老吾老兮师所长，幼吾幼兮重乐育。

圣道若金堪饱腹，世福乌足拟天禄。
荒岛难瞻拜主堂，巉岩怪石心空肃。
钟声疾徐永无声，乐事难喜哀难哭。
记得故乡礼拜钟，抑扬声里人相逐。

风兮何事吹舻舳，以予为载太相蹙。
波涛澎湃苦飘飙，吹吾绝蠛邻蛇蚣。

海水茫茫望故乡，其能为我吹信复。
但得家人识我存，虽不归亦解频顾。

海风疾兮若转柚，予心忧兮转更速。
山日高兮光相暴，予之思兮光尤倏。
故国遥兮胡已归，吁嗟心动如地缩。
拭目复见岛光寒，离人若醒还愁恧。

海鸟飞归栖巢木，山兽入穴咸藏伏。
夕阳已坠物冥冥，嗟我孤客应觅屋。
营窟结草以为庐，主恩何处不锡仆。
愁人忆主即增安，默默心祷敢怨讟。①

VERSES

SUPPOSED TO BE WRITTEN BY ALEXANDER SELKIRK, DURING HIS SOLITARY ABORAD IN THE ISLAND OF JUAN FERNANDEZ

[Written (?). Published 1782. There is a Ms. copy in the British Museum, not in Cowper's handwriting; another among the Ash Mss.]

I AM monarch of all I survey,
My right there in none to dispute;
From the centre all round to the sea,
I am lord of the fowl and the brute.
Oh, solitude! Where are the charms
That sages have seen in thy face?

---

① [英] 艾约瑟译：《孤岛望乡诗》，《万国公报》1879 年第 568 期（台北华文书局影印本 1968 年版，第 6894—6896 页）。

Better dwell in the midst of alarms,
Than reign in this horrible place.

I am out of humanity's reach,
I must finish my journey alone,
Never hear the sweet music of speech;
I start at the sound of my own.
The beasts, that roam over the plain,
My form with indifference see;
They are so unacquainted with man,
Their tameness is shocking to me.

Society, friendship, and love,
Divinely bestow'd upon man,
Oh, had I the wings of a dove,
How soon would I taste you again!
My sorrows I then might assuage
In the ways of religion and truth,
Might learn from the wisdom of age,
And be cheer'd by the sallies of youth.

Religion! What treasure untold
Resides in that heavenly word!
More precious than silver and gold,
Or all that this earth can afford.
But the sound of the church-going bell
These vallies and rocks never heard,
Ne'er sigh'd at the sound of a knell,
Or smil'd when a sabbath appear'd.

Ye winds, that have made me your sport,
Convey to this desolate shore
Some cordial endearing report
Of a land I shall visit no more.
My friends, do they now and then send
A wish or a thought after me?
O tell me I yet have a friend,
Though a friend I am never to see.

How fleet is a glance of the mind!
Compar'd with the speed of its flight,
The tempest itself lags behind,
And the swift wing's arrows of its flight.
When I think of my own native land,
In a moment I seem to be there;
But alas! recollection at hand
Soon hurries me back to despair.

But the sea-fowl is gone to her nest,
The beast is laid down in his lair,
Ev'n here is a season of rest,
And I to my cabin repair.
There is mercy in every place;
And mercy, encouraging thought!
Gives even affliction a grace,
And reconciles man to his lot. ①

---

① *The Poetical Works of William Cowper*, Edited by H. S. Milford, Fourth Edition, London: Oxford University Press, 1934.

耐人寻味的是，塞氏岛上的"别有一番风味"在译诗中不再出现，倒是故事中所无的"圣道"、"真理"、"礼拜"、"钟声"、"主恩"等词汇频频登场，呈现了浓郁的宗教意识。如第四节诗句"圣道若金堪饱腹"、"荒岛难瞻拜主堂"、"记得故乡礼拜钟，抑扬声里人相逐"，显然是将荒岛苦难、故乡思念，与宗教信仰明确融合在了一起。译诗结尾："营窟结草以为庐，主恩何处不锡仆。愁人忆主即增安，默默心祷敢怨讟"，主恩无处不在、信主得救的宗教思想读来也是了然。如此结束全文，故事中的传奇塞氏形象也就脱胎换骨，变为了虔诚的祷告者。他的苦难与得救，都在对上帝的信仰之中寻到了安放之处。艾约瑟前文叙述的"客观"，在此也明确归入了基督教义的颂赞之中。

纵观全文，《孤岛望乡诗》的这种宗教意蕴，显然将所有的叙述都包括了进来。日记中的故事最终获得了意义升华，并与艾约瑟的小引有了直接关联。在译诗选择和翻译之中呈现出的强烈"主观"，成了一种瓦解"客观"叙述的反向力量。为什么选择这样一首诗，或者说为什么选择包含这样一首诗的日记，使得艾约瑟的"客观"岌岌可危了。原本一层包含一层的叙述视角，因为译诗表现出的教义宣扬意图，又不得不一层反转了一层。其实，艾约瑟在设置叙述视角之时，字面上已然显露出了一些破绽。如果说"赋诗七章"来自"乃载之归"的"舟人日记"，那么在故事传开之前"彀伯尔"何从赋诗？舟人日记又何从知道此后必定有人要"赋诗七章"？将两者搁置一起，形式和叙述上不加区分，其实正是叙述者浓重的主观意图使然。艾约瑟显然是为了避免直接的教义呈现，转而借助了"故事"和"客观"来吸引读者兴趣，使之自然而然地走到教义面前来。

但是，艾约瑟的译介若停留于此，作出《孤岛望乡诗》的彀伯尔究有何特别，读者还不得而知。传奇故事占据的篇幅又超过了译诗，这一定程度上也可能损伤宣教的效果。因而，艾约瑟意犹未尽，随后作出了《大英诗人彀伯尔伟廉传略》，并立即加以刊载，以与前文声气相应。传略直接署名"艾约瑟"，其叙述自然可以跳出"译"所需要的那种"客观"，从而在内容择取和议论评说中，可以更为直接地显露真实意图，或者展开其他内容。

传略先是介绍彀伯尔的家世及其幼年丧母之痛，又叙述其"嗜诗赋，喜吟咏",性情忧郁、体弱多病、几自觅死、痛苦不堪之事。当他"偶读耶稣教圣书,始知耶稣福音乃上帝锡恩世人,蒙福人能与主复活,方可平安"。遭遇重重苦难的诗人,最终在上帝这里寻到了真意,"由是感而信主","著教会中颂赞之诗,会中谱以宫商,多捧读珍重之"。艾约瑟还择取毂伯尔的创作进行了概述,如"上帝圣旨,奇妙之极,行事人难测度;脚踏沧海,不留踪迹,御风临万国。见四十一篇","又上帝圣书何等奇妙,圣神默示所成;万理显明,如灯普照,引我身到天城。见九十九篇",并夸赞"原稿西文慷慨淋漓,动人感畏"。威廉·柯珀出生于牧师家庭,自身敏感忧郁,多与教会人士往来,其诗作的确包含了浓郁的宗教意蕴。他1779年与人合作的《阿尼颂诗》,1785年所作的长诗《任务》等,都是十分注重宣扬基督教义,充满了对神圣上帝的赞美。① 艾约瑟在文中表示,将这些内容"译为华之俗言",意图在于"欲人便于习诵"。可见,威廉·柯珀的宗教信仰和宗教诗作,才是艾约瑟行文择取的重点所在。

与此同时,《万国公报》也为艾约瑟的宣教意图提供了展现空间。《万国公报》于1874年9月5日由《教会新报》更名而成,而《教会新报》前身为1868年9月5日创刊于上海的《中国教会新报》。这几次易名表明了刊物的非宗教化发展,但宗教内容也一直存在其中。《中国教会新报》的创刊意图,创办者美国传教士林乐知言说得十分明白:"俾中国十八省教会中人,同气连枝,共相亲爱。每礼拜发给新闻一次,使共见共识,虽隔万里之远,如在咫尺之间";"况外教人亦可看此新报,见其真据,必肯相信进教。如大众同发热心,行此新报,不独教会易于兴旺,而益处言之不尽也。"② 更名为《万国公报》时,刊物也刊出文字表明:"本刊是为推广与泰西各国有关的地理、历史、文明、政治、宗教、科学、艺术、工业及一般进步知识的期刊。"③ 其中"所录教会各件者,欲有意于世人罪恶得救魂灵也","教会信息"栏的内容"大半由各处各会寄来,

---

① 孙建主编:《英国文学辞典·作家与作品》,复旦大学出版社2005年版,第243—244页。
② 无标题,文尾署"林乐知启"。见《教会新报》第1号,《教会新报》影印本(一),(台北)京华书局1968年版,第8页。
③ 转引自赵晓兰、吴潮《传教士中文报刊史》,复旦大学出版社2011年版,第166页。

或以受洗者多同归真道，或以信教者少而望祷求，或以生死关情，或望魂灵得救，心心劝善，步步登天。即或因教受人之窘逐毒害，亦应和平忍耐，祈神感化恶心，方为教体"。① 艾约瑟为《万国公报》的主要撰稿人，在大量发表译介西学知识的文章时，在文学内容中注重到教义的宣扬，与其传教士的身份也正相吻合。此前在《六合丛谈》刊发"西学说"时，艾约瑟也撰有《论内省之学》一文，宣扬了悔罪得救的教义。②

综上所述，将《万国公报》里的两文视为艾约瑟的特意安排，的确具有了充足理由。由此，《孤岛望乡诗》的翻译意图，在传略的直接叙述中得到了进一步的显现。详细介绍威廉·柯珀这一诗人，也与《孤岛望乡诗》的宗教意蕴保持了一致。艾约瑟的传教士身份和宣教意识，也再次体现在了这种译介之中。

三 传教意图融合与诗作的译介策略

艾约瑟为英国伦敦传教会传教士，1848 年入华担任该会驻沪代理人，随后成为墨海书馆主要负责人之一。1860 年后又北上烟台、天津、北京等地传教。1880 年脱离伦敦传教会，担任中国海关翻译，1905 年逝世于上海。其人在华生活长达半个世纪，有着十分突出的汉文修养，留下了数量颇丰的中文著述。早在 1856 年，郭嵩焘参观墨海书馆即知道艾约瑟，并在日记中赞其"学问尤粹然"。③ 1857 年《六合丛谈》第 10 号所刊《新出书籍》一文，在介绍艾约瑟的语言学新著时，也称其已"居中国九年，于音韵之学，穷流溯源，辨之綦精。凡士自各省来者，无不延接讨论"，故而"于中国声音之理，博考而详，探讨于古书者久，故得自立一说"。④ 他的《华语考原》一文在《格致汇编》上连载⑤，论述中国语言学问题之

---

① 《本报现更名曰万国公报》，《教会新报》影印本（六），（台北）京华书局 1968 年版，第 3295—3296 页。
② ［英］艾约瑟：《论内省之学》，《六合丛谈》第 2 卷第 1 号，咸丰戊午年正月朔日。
③ 郭嵩焘：《郭嵩焘日记》，湖南人民出版社 1981 年版，第 33 页。
④ 《新出书籍》，《六合丛谈》1857 年第 1 卷第 10 号。
⑤ ［英］艾约瑟：《华语考原》，连载于《格致汇编》第五年第 1—4 卷，1890 年春、夏、秋、冬号。

详之精，以致《教务杂志》的评说称其足以让中国知识分子感到惭愧。①在中国语言研究之外，艾约瑟十分注重西方科技、经济等知识的介绍。他曾与李善兰等人合译《重学》、《植物学》等，独自编译《富国养民策》等书，在《万国公报》、《中西闻见录》等刊物上发表了多篇科技性文章。如前文所述，《六合丛谈》也连载了他介绍古希腊、古罗马文学知识的"西学说"。

但是，这些方面并没有掩盖艾约瑟的传教士身份及其传教意图。自1848年入华，他便积极展开了传教活动，到多个地方去努力宣扬教义。对宗教的虔信，甚至使他人生的最后四年，在重病加身的情况下，仍然照例坚持前往教堂布道。在文字著述方面，除开积极参与《圣经》翻译事务，他依凭良好的汉文能力还撰译了大量宗教读物，如《中西通书》、《孝事天父论》、《三德论》、《释教正谬》、《耶稣教略》等，在《小孩月报》等处也发表不少宗教内容文章。早在1852年，艾约瑟即在一篇英文文章中说："迄今为止，在有才能的中国人的帮助下，用地道的中国语言出版欧洲译著的努力，是绝对不应该忘记的。如果过去可以作为未来的标准，那么这样的努力经过更好的导向，就能为基督教在知识界的影响开辟道路。如果知识界不相信我们的优越性，那么一切企图将是徒劳。"② 这种"优越性"的指向，使艾约瑟的知识译介同时成了一种传教策略和传教方式。在努力汉译西方著述的行为中，也始终有一个为基督教开辟道路的目的。尽管在中西文化的交流历程中，这些内容往往也具有客观的知识价值。

传播基督信仰与译介西方文明，在艾约瑟这里得到了很好结合。两方面同时展开或者交融一起，也正是来华传教士在遭遇清廷禁令和社会拒斥之时采取的一种传教策略。如前文所述，早在第一次鸦片战争之前马礼逊等人就表现出了这种意识，他们定期发行中文出版物，就是要"将一般知识的普及与传教结合起来"。③ 传教士后来创办中文刊物，如《东西洋考

---

① 邹振环：《西方传教士与晚清西史东渐——以1815至1900年西方历史译著的传播与影响为中心》，上海古籍出版社2007年版，第222页。

② Joseph Edkins, *On the Introduction of European Astronomy by the Jesuits*, Peking. North-China Herald, Oct. 30, 1852.

③ 转引自沈国威《题解——作为近代东西（欧、中、日）文化交流史研究史料的〈六合丛谈〉》，《六合丛谈》影印本，上海辞书出版社2006年版，第4页。

每月统记传》、《六合丛谈》等，刊载了较多的西学译介文章。其中也包含着引起中国知识分子兴趣，使他们认可整个西方文化体系，进而推动在华传教事业的意图。正如卓南生所说，"这些介绍西洋文明和欧美各国情况的文章，目的无非是要显示西洋文明与西方国家制度的优越性，从而改变中国人对外国和外国人的印象"。① 艾约瑟对西方文学知识的译介，整体上无疑也可归属于这样的意识和行为。

艾约瑟详细介绍威廉·柯珀，并以饱含宗教意蕴的译诗来结尾，再次表明了文学知识译介与传教意图的结合。正是因为这种结合，艾约瑟在译介中作出了颇有意味的叙述和改写。不过，有一点于此不妨先行表明，这些叙述和改写在一定程度上也逸出了传教意图，表明了传教士译诗的复杂性。

为了使读者产生兴趣并最终接近基督教义，艾约瑟不仅采用了传奇故事的叙述方式，而且多处迎合了中国的传统文化心理。在《大英诗人毂伯尔伟廉传略》中，艾约瑟开篇就择出"孝"这一文化因素，着力强调诗人的"性至孝"：

> 毂伯尔伟廉，英国伦敦城北伯尔革含斯的得人也，生于一千七百三十一年。父为其地牧师，族中多世禄者。性至孝，而母恩尤切切于衷。母殁五十年，于咸家得母遗容，哀慕弥殷，作哭母诗，载全集中，为集中之不可多得者。致书于表妹，略云：兄自不闻母之謦欬，计五十载矣。兹获瞻遗像，中心哀慕，迫切之状，若母氏昔日抱持我之时也。展谒尽礼，而孺慕难离，恭悬诸寝室，俾夙兴启目即瞻，而夜昧梦魂依恋也。云云。②

如此孝顺的行为，显然正中儒家文化熏陶下的读者心理。由此出发，再介绍诗人的其他思想，也就更有可能获得读者认同。这种引入方

---

① ［新加坡］卓南生：《中国近代报业史 1815—1874》，中国社会科学出版社 2002 年版，第 76 页。
② ［英］艾约瑟：《大英诗人毂伯尔威廉传略》，《万国公报》1880 年第 571 期。

式,与《孤岛望乡诗》的故事性引文,正有着相似的叙述策略,它们同样是指向了更为深层的宣教意图。在诗作翻译中,艾约瑟也采用了符合中国文化习惯的七言诗和诗词用语。译诗题名"孤岛望乡诗",明显是借用中国诗作惯有的羁旅思乡元素,以引起读者的情感共鸣。而原诗题目仅为"VERSES",标明是"诗、诗节、韵文",根本无从见出"望乡"之意。

艾约瑟有意遵守了中国诗歌的规则,这与刊物中其他汉文诗作的出现可能也有关系。《教会新报》与《万国公报》都刊有不少中国教友的诗作,其内容多为崇信颂主,或与传教士相逢别离的抒怀。1873年艾约瑟中途归国,信教人士即作大量赠别诗,如"恭送约瑟艾牧师大人回国口占俚言诗律赠行志感即请"、"恭呈艾老夫子大人七律四章"等刊于《教会新报》。其中一首,将艾约瑟的在华活动融入了整齐的律诗之中:"西域贤才中国居,风霜劳碌廿年余。丹忱勇往传真道,慧性详参译圣书。妙算天文探宿海,精求地理度坤舆。明宫有分仁应得,教友同心颂不虚。"① 艾约瑟作为刊物撰稿人,在他汉译西方诗作之时,自然也可能受到刊物里汉文诗作形式的影响。他所译的《孤岛望乡诗》共七节,每节八句,与威廉·柯珀原诗的结构一致。七言古体与原诗较为整齐的形式,也算是相差不远。在韵律方面,原诗大致为 ABAB 式,但各节并不完全一致。其中既出现有换韵,也存在不押韵的地方。而译诗基本上是全篇押"u"韵,偶句的韵脚更是严格限定为"u",如第一节就分别以"孰"、"鹿"、"麈"、"谷"为韵脚,其第一、第三句韵脚也为"目"、"麓"。这些地方,其实也表明了艾约瑟对中国诗歌韵律传统的注重。

在诗句顺序及内容表述上,艾约瑟更是多处作了变动,使得译诗在宣扬基督教义之时也呈现出了中国诗作韵味。译诗第一节最后两句"愿于城市为贫民,慵享富贵于山谷",与原文"Better dwell in the midst of alarms, / Than reign in this horrible place(宁愿生活在烦忧之中,也不愿来统治这可怕之地)"对照,可谓诗意更浓。但"城市"、"贫民","富

----

① 伦敦会教友北京人英石筠:《恭送艾牧师返国诗》,《教会新报》1873 年第 242 期。

贵"、"山谷"明显为发挥之词,带上了"隐居"与"入世"的文化意味,原诗那种痛苦的现实感被隔离了出去。第二节前两句,"I am out of humanity's reach,／I must finish my journey alone(我在人类能到达的地方之外,我必须结束这孤独的旅程)",译文却为"嗟嗟此乡惟我独,胡以一人为人族",后一句的意义显然多了出来,而且将原诗的决绝语气转为了反问。随后两句变化更大,"Never hear the sweet music of speech；／I start at the sound of my own",原意为"从没听到甜美的人言,我被自己的声音惊吓",变为了"默然忽言复愕然,此君何人音甚熟",明显增添了具体的情境设想。第三节的最后两句,化用《孟子》"老吾老以及人之老,幼吾幼以及人之幼"之言,将"可以学习于智慧的老者,受激励于年轻人的冲劲"的原意,译为了"老吾老兮师所长,幼吾幼兮重乐育"。在宗教寓意最为突出的第四节,诗句顺序也是大有改变。若勉为对应,原诗第三、第四句所说"比金银更为珍贵,也不是世间能够提供",变为了此节首二句:"圣道若金堪饱腹,世福乌足拟天禄"。原诗首句:"Religion! What treasure untold／ Resides in that heavenly word!",只能说同样是简化在了译诗的首二句之中。如此变动之后,译诗比原文少了两句,为了保持形式上的整齐,艾约瑟不得不在此节最后凭空添出了"记得故乡礼拜钟,抑扬声里人相逐"两句。从这些改写看来,在小引和日记的叙述之后,艾约瑟的"主观"实在是没能继续隐藏下去。

在1886年出版的《西学略述》中,艾约瑟专门辟出一节论说"翻译"。他认为,翻译不可"谨依原文字句",因为那样会造成"文理不通,亦且读难成句",以此来翻译诗歌"其难尤倍"。[①] 可见,就是在翻译技巧层面,艾约瑟也并不赞同亦步亦趋的做法,而是更倾向于不失原文之意的增减颠倒。这种变动意识,其实普遍存在于早期西诗译介之中,在清朝士人的译诗里也显露无遗。如董恂译朗费罗诗歌《人生颂》,即是根据英国公使威妥玛"有章无韵"的底本,"裁以七言绝句"而成。[②] 紧随《孤岛

---

① [英]艾约瑟:《西学略述》,《西学启蒙十六种》,上海图书集成印书局1898年版。
② 钱锺书:《七级集》,生活·读书·新知三联书店2003年版,第134页。

望乡诗》一文,《万国公报》刊有《英国教士请作圣大卫诗篇诗词启》。该文"恭请中国各圣教会中之牧师教师教友","将圣大卫诗篇按章作成中国诗式,或五言七言绝句律句古风排律,或词或赋"。① 其中言说,也正表明将译诗变为"中国诗式"这一做法,在当时之普遍。

也正是这些变动,使得《孤岛望乡诗》具有了较为丰富的中国文化色彩,从而有可能与宗教意识一起分享读者注意力。这种色彩甚而有可能与塞氏的传奇故事一起,在阅读中造成喧宾夺主的效果。也即是说,传教意图需要并促成了这些译介变化,但这些改变一定程度上又越出了传教意图。艾约瑟对威廉·柯珀的译介,由此也成了一个包含故事、译诗及传教意图的融合体。与此后的几处威廉·柯珀译介相比,这里的两篇文章甚至表现出了更为复杂的面貌。正如李奭学在分析晚明传教士引入的伊索寓言时所认为,这些翻译"结果通常演为文学史上的正面贡献"②,此处的威廉·柯珀译介也具有了如此可能。它的叙述方式、故事内容、文化色彩,都不无促进文学交流的意义。宣教意图与文学译介相互交融,这种普遍存在于传教士西诗译介中的现象,于此也得到了复杂显现。

第二节 《西学略述》中的西诗译介

1880 年,艾约瑟接受清廷海关总税务司赫德的聘请,担任海关翻译,并接受了将"泰西新出学塾适用诸书"译为华文的任务。至 1885 年,"西学启蒙十六种"丛书告成,艾约瑟于自序中言:

> 抵今五载,得脱告成,十有六帙。而其中之博考简收者一,曰西学略述。依诸原本者十五,曰格致总学启蒙,曰地志启蒙,曰地理质学启蒙,曰地学启蒙,曰植物学启蒙,曰身理启蒙,曰动物学启蒙,曰化学启蒙,曰格致质学启蒙,曰天文启蒙,曰富国养民策,曰辨学

---

① 《英国教士请作圣大卫诗篇诗词启》,《万国公报》1879 年第 568 期。
② 李奭学:《中国晚明与欧洲文学:明末耶稣会古典型证道故事考诠》,(台北)联经出版公司 2005 年版,第 85 页。

启蒙,曰希腊志略,曰罗马志略,曰欧洲史略。①

李鸿章为之作序,也称"此书十六种,即麻密纶大书院原本也"。丛书的内容来自约翰·爱德华·葛林(John Edward Green)所编"历史与文学基本读物系列"(the Series of History and Literature Primers),"麻密纶"即原出版者英国伦敦麦克米伦公司(Macmillan & Co. of London)。② 由十六种图书的书名及原本的性质,即可见出艾约瑟于此集中介绍了各门西学知识,明确表现出了"启蒙"晚清中国的意图。

一 社会需求对《西学略述》的知识导向

艾约瑟的西学知识译介,显然受到了整个社会语境和丛书出发点的影响。面对晚清洋务运动对西方科学长技的强烈需求,不管是出于一种传教策略,还是为了获取更多的有利地位,传教士在中文书刊里都大量译介了西学知识。1878年,慕维廉就明确谈到了这一点:

> 曷言乎著书也,泰西士人,勤学好问,渊博非常,来寓中国,习土音,学华文,无日敢怠。不几载,精通言语文字,爰注各种书籍,如天文、地理、格致、性理、医学、算术等书,共五十一种。考究精详,译成行市,足以嘉惠后学,扩充新学。每书一出,购者纷纷。始焉茫然,继焉豁然,终焉恍然。所谓人莫不饮食也,鲜能知味矣。华士细加探索,寻彼书中之妙理,颇觉实获我心。且有日报,新闻纸馆,万国之事如在一室之间。阅报者,心窃喜之。此中华前所未有者三也。③

据1899年出版的徐惟则《东西学书录》所载,19世纪共出介绍西学

---

① [英]艾约瑟:《叙》,《西学略述》,上海盈记书庄藏板,光绪戊戌八月仿泰西法石印(1898)。
② 邹振环:《西方传教士与晚清西史东渐——以1815至1900年西方历史译著的传播与影响为中心》,上海古籍出版社2007年版,第225页。
③ [英]慕维廉:《论中华今有之事》,《万国公报》1878年第515期。

之书 571 种，其中西人译著（大部分是与华人合作的）462 种，所占比例为 81%。① 所谓西人或泰西人士，实际上大多为来华传教士，如林乐知、丁韪良、艾约瑟、李提摩太等。在清廷开办同文馆（1862）、上海广方言馆（1863）等机构之后，以传教士为主的来华西人也参与创办了以西学为主要学习内容的新式学校。在 1875 年前后，该类学校就达 800 所，学生人数约 2 万，至 1899 年增至 2000 所，学生约有 4 万人，为同时期洋务运动的展开提供了有利条件。容闳、马建忠、伍廷芳等后来颇有成就的人物，都在这些学校接受过教育。② 这种状况，使得整个社会产生了急切而又巨大的西学需求。提供适当的教学内容，也成了在华人士急欲进行的工作。1877 年，"益智书会"（The School and Text-book Series Committee）在第一次传教士大会召开期间形成，以便为教会学校学生编撰合适的教科书。在 1890 年第二次在华传教士大会上，该会改组为 Educational Association of China，仍沿用"益智书会"这一中文名，职责也包含了教材的编写和出版。③

海关总税务司英国人赫德，委托艾约瑟翻译西学启蒙丛书，也正有着适应晚清社会需求的意图。赫德自 1863 年开始主持中国海关，大量参与中国军事、政治、经济、外交以及文化、教育事务。洋务派开办的新教育，经费就多来自赫德主持的海关，教师也多由其介绍。④ 引入教材性的西学知识图书，于赫德来说也正是应有之意。艾约瑟在丛书的自序中就表明，图书发起为"总税务司赫君，择授以泰西新出学塾适用诸书，俾于公牍之暇译以华文"。李鸿章为丛书所作的序，也有如此认识："余自治兵，讫于建节，迭任南北洋大臣。往在江表，就制造局，译刊西学书大小数十种。既来畿甸，创设各学堂，延西国教习，以诲良家子弟之聪颖者。涂径渐辟，风气渐开，近复有博文书院之设。而赫君之书适来，深喜其有契余

---

① 转引自袁伟时《晚清大变局中的思潮与人物》，海天出版社 1992 年版，第 152 页。
② 同上书，第 151 页。
③ "益智书会"，1902 年改名"中国学塾会"，1905 年改名"中国教育会"，1916 年改名"中国基督教教育会"。王树槐：《基督教与清季中国的教育与社会》，广西师范大学出版社 2011 年版，第 52 页。
④ 陈景磐编著：《中国近代教育史》，人民教育出版社 1983 年版，第 83 页。

意,而又当其时也。"① 除此之外,傅兰雅在此时期也组织了一套新式教科书"格致须知",包括《天文须知》、《地理须知》、《地学须知》、《电学须知》、《化学须知》、《重学须知》、《气学须知》等多种。该丛书盛行三十余年,至1904年清廷实行新学制,其中大部分还被采为教科书。由此看来,整个社会语境以及具体的赞助者,都成了传教士西学译介的促进原因。

在西方文学译介方面,艾约瑟此前连载于《六合丛谈》的"西学说",已然包含较多西诗内容,在《万国公报》上对威廉·柯珀的译介,也显示出了较强的文学色彩。在译介西学丛书时再次引入西方文学知识,对于艾约瑟来说也应该是很自然的事。丛书第一种《西学略述》共分十卷,依次为"训蒙"、"方言"、"教会"、"文学"、"理学"、"史学"、"天文"、"经济"、"工艺"、"航海"。其中明确设有"文学"一卷,包含了较多的西方诗歌内容。在自序中艾约瑟指出《西学略述》的内容为"博考简收",这其实表明译介者于其中融入了主观的择取和呈现。在刊于《西学略述》卷首的自序中,艾约瑟开篇即有如此言说:

> 名世者圣,称述者贤。所以启迪生民,嘉惠后学,事虽创,若仍旧言,历久而愈新。此大地有国,莫不皆然者也。至于代变时迁,一兴一革,来今往古,有异有同,倘勿溯其源,更孰悉其委?且欲得其才后日,惟务求善教于兹时。迩者中西敦睦,不限舟车,商使互通,无分畛域,故得交相,择购利生。致治之书,咸译以本国文字,藉便披研,盖亦借助他山之一道也。②

序尾也表明其意图在于,"若夫即指见月,举隅反三,是则有望于学者矣"。这种意图自然是吻合了整个社会语境,也影响到了西诗内容的译介。

---

① 李鸿章序,《西学略述》,上海盈记书庄藏板1898年版。
② [英]艾约瑟:《叙》,《西学略述》,上海盈记书庄藏板1898年版。此文曾以《西学略述自识》为名,刊于《万国公报》1889年6月。只是文中"一兴一革"写为"一兴一荜","倘勿"写为"倘弗"。

二　西诗译介的"博考简收"与文学呈现

有关西诗内容，《西学略述》的第二卷在介绍西方语法、词性等知识之时，就从语言学角度提及西方诗歌的韵律："言诗，则皆有酌押韵脚，部分长短，音别清浊之等第也。"① 集中于介绍西方文学知识的第四卷，不少篇章在标题上就与诗歌相关，甚而直接表明谈说的是诗歌韵律、诗歌种类等知识。该"文学"卷在篇幅上并不逊色于《西学略述》其余九卷，又为对西诗内容的集中介绍，在全书中它无疑占据了重要位置。兹将全部篇目列出：

1. 西诗考原；2. 希腊学传至罗马；3. 欧洲诗文创始旧约；4. 词曲；5. 口辩学；6. 古今诗分有韵无韵；7. 伊底罗诗；8. 哀诗原；9. 希腊士人奉九女神；10. 闺秀诗原；11. 论说；12. 野史；13. 长诗盛行考；14. 近世词曲考；15. 印售新闻纸考；16. 德国诗学；17. 翻译；18. 评论。

由此可见，该处译介已超出了此前"西学说"的古希腊罗马范围：所涉时间延至近代，国别明确扩及德国；在文类上，戏剧、辩论、论说、野史、评论等都有出现；在诗歌方面，除开韵律知识，"伊底罗诗"、"哀诗"、"闺秀诗"、"长诗"、"诗学"等类别也得了介绍。不过，古希腊、古罗马诗作内容仍然占据了很大部分。这表明艾约瑟的西诗译介，前后有着一种连贯性。称"泰西各国惟希腊国风为最盛"，荷马史诗"其言多奇诡，而义皆终归于正"，以及希腊七城"争言所居之城，为和美耳之故里"②，与此前"西学说"所言"泰西各国，天人理数，文学彬彬，其始皆祖于希腊"、"足以见人心之邪正"、"其地有七城，争传为和马生地"等③，在用词取

---

① ［英］艾约瑟：《西学略述》，《西学启蒙十六种》，上海盈记书庄藏板1898年版。
② ［英］艾约瑟：《西诗考原》，《西学略述》卷四，上海盈记书庄藏板1898年版。
③ 见［英］艾约瑟《希腊为西国文学之祖》、《希腊诗人略说》、《和马传》等篇，《六合丛谈》第1、3、12号。

意上都是十分相近。艾约瑟显然借用自己之前的撰述，并稍加改变或发挥，将之融入了新的篇章。曾于"西学说"里出现的荷马、萨福、维吉尔等诗人，于此也再次得到介绍，尽管其名字写法稍有差异。此外，米罗敦（弥尔顿）、德尼逊（丁尼生）、丹低（但丁）、勒星（莱辛）、世落耳（席勒）、哥底（歌德）等诗人及其诗作，也得到了简要的评说。这些内容，的确显示出了该书"博考简收"的韵味。艾约瑟于此，似乎在向中国士人尽力展示整个西方文学的成绩和魅力。

值得强调的是，这里的西方诗歌译介呈现了更为单纯的文学性质。与弥尔顿《自咏目盲》、威廉·柯珀《孤岛望乡诗》的译介不同，这里叙述几乎不谈宗教，而是集中于评说具体内容和艺术特征。有的篇章甚至会加入动人的故事传说，以为其增彩。如《闺秀诗原》介绍萨福，先称"其诗皆思致缠绵，情意真挚，易于使人兴感，允足为小诗之冠"。然后引出别家评说："评者咸谓其音节和平，如味之有甘，理旨条畅，如清水中鱼头之历历可数也。"如此赞语，如此作喻，读者定然不难感知萨福诗作的魅力存在。但叙述者似乎意犹未尽，还加上一段诗人因爱情而投水自杀的传闻："旧传撒弗，后因爱悦一人，而不见答，恚由高崖自投于水而死。"虽又言"然书传不载，疑好事者之所为也"，但引出此种传说显然有助于凸显诗人的个性魅力。该文结尾还有如此惋惜："惟惜其诗多散失，不然，则昔希腊妇女之性情装饰，皆必有可征者在。"① 又如《长诗盛行考》一篇，介绍但丁的《神曲》、弥尔顿的《失乐园》，称但丁"深明世故，兼善立言。所著长诗一集，中分三卷，上卷地狱，中卷炼狱，下卷天堂。其诗皆佳，而于描写绝望人之自怨自尤如晨钟时，凡旅客舟人，同得猛觉，其或欣或感之情，更为淋漓尽致"。介绍弥尔顿的《失乐园》，先叙其创作经过："当其一二卷告成而丧明，余皆彼所口述，而倩其儿女代书之也。"再叙述其内容："合上下诸卷，则皆详咏亚当被逐，出离乐园之事。大意言，亚当犯罪，出离乐园皆由于撒但。撒但本为天使，缘罪被逐于帝。乃聚诸被逐天使于地狱，议复此怨。嗣相与泄言于亚当夏娃，诱使犯

---

① ［英］艾约瑟：《闺秀诗原》，《西学略述》卷四，上海盈记书庄藏板1898年版。

罪，而被逐也。"该文结尾，还引用中国典故，再次突出两诗人的影响："近泰西各国人，咸重此丹低与米勒敦之诗，每一捧诵，皆不啻子之闻韶，三月不复知肉味矣。"① 较之《东西洋考每月统记传》、《遐迩贯珍》的相关文字，此处对弥尔顿及《失乐园》的介绍，显然也是详细、准确得多。

不论是时间跨度，还是国别范围，艾约瑟的译介都大大作了扩展。他以专篇文章介绍德国近代诗歌，对歌德、席勒等人做了较为详细的评说。"德国诗学，近百十年间，方大著名于欧洲。初德人勒星，始以诗名，兼擅词曲。"选择德国启蒙运动时期的文学来谈，并从民族文学奠基人莱辛开始，这也反映出译介者的确是具有相关的知识修养。《德国诗学》接下来介绍席勒："世落耳尤喜描写古人忠孝义烈之事，所著词曲，如铺演创立瑞士国时最著英名之威廉德勒遗迹诸书，均历历如绘，闻者莫不兴起，是以德人皆爱披读。"其中所涉作品，正是席勒的著名诗剧《威廉·退尔》。对于成就最为突出的歌德，艾约瑟用了更多笔墨："至于哥底，素称博学，其诗虽较晚出，而名则高驾出于勒、世二人之上。当其幼时，即爱习音乐、绘画、格致、方言诸文艺。长而愈精，所著之缶斯德一书，最为著名。其大意乃讬言有一少年，始而癖爱博异，是究是求，嗣乃改弦易辙，日惟恣情纵欲，而沉溺于逸乐中也。"结尾还有如此文字："哥底寿逾八十，遇后进有所函问，辄手自裁答，无少厌倦。德国文学之盛，实多出于其诱掖之功。"② 这里所言"缶斯德"，显然正为歌德诗剧《浮士德》。

在艾约瑟的译介之前，驻德公使李凤苞在1878年11月29日的日记中曾提到了"果次"（歌德）、"昔勒"（席勒）。钱锺书据此认为，"历来中国著作提起歌德，这是第一次"③。不过，该事件的发生十分偶然，李凤苞留下的文字也实在简略。他虽然提到了作品《完舍》（今译《少年维

---

① ［英］艾约瑟：《长诗盛行考》，《西学略述》卷四，上海盈记书庄藏板1898年版。
② ［英］艾约瑟：《德国诗学》，《西学略述》卷四，上海盈记书庄藏板1898年版。
③ 钱锺书：《汉译第一首英语诗〈人生颂〉及有关二三事》，《国外文学》1982年第1期。另有论者认为，李凤苞在德国与文人墨客往来，他对歌德的记录并非纯属偶然。见吴晓樵《对民国时期留德学人的强光聚焦——叶隽〈另一种西学〉读后》，《北大德国研究》第2卷，北京大学出版社2006年版。

特的烦恼》），重点却只在歌德、席勒的生平，而不在其文学创作。至于《威廉·退尔》和《浮士德》两部作品，其他中文撰述里似乎也无更早于艾约瑟在这里的译介。① 由此看来，《德国诗学》极有可能是这两部作品的首次介绍。

艾约瑟在西方文学、中国文学、语言研究方面都有着较好修养，他是"拥有文学学士、神学博士头衔的博学之士"。② 早在撰著"西学说"时，他就表现出了对西方文学及中国典籍的熟悉，不时将古希腊、古罗马诗人诗作与李白、杜甫以及香奁体、六才子书等作比。他的《西学略述》也表现出了对西诗艺术的注重，不少篇章，专门介绍到了西方诗歌韵律、体式等知识。详述西诗韵律的《古今诗分有韵无韵》一文，即可谓之一代表：

> 昔犹太、希腊、罗马诸国之诗，率不押韵，非若近日泰西诗之多作韵语也。然至希腊罗马之时，诗句长短，已有定式。如和美耳及威耳吉利诸人，其诗每句分六部，每部作二节三节不等。若第一、二、三、四诸部，其间或二长，或一长二短，尽可随意参错。至于第五部，则一长二短，第六部则二长。千篇一律，不容谬误。若夫词曲中之科白，则每句六部，每部皆一短二长。以一句言，其二节、六节、十节，皆为歌音重顿之处。今之泰西诗人无师古者，故各国新出之诗，其格式皆多至十数，每句或八节，或十节，或十二节，或十四节不等，而末复多协以韵，取悦人耳。

其中所论述的"部"、"节"，无疑正是现今所称的"音步"、"音节"。荷马、维吉尔之诗"每句分六部，每部作二节三节不等"，其意即是每句分为六个音步，每个音步包含两个或三个音节。据笔者所见的有限

---

① 如卫茂平《德语文学汉译史考辨：晚清和民国时期》（上海外语教育出版社2004年版）、叶隽《德语文学研究与现代中国》（北京大学出版社2008年版）、顾正祥编著《歌德汉译与研究总目（1878—2008）》（中央编译出版社2009年版），叙述《威廉·退尔》、《浮士德》的汉译，都不提及艾约瑟，也无早于此者。

② 沈国威：《解题——作为近代东西（欧、中、日）文化交流史研究史料的〈六合丛谈〉》，《六合丛谈——附解题·索引》，上海辞书出版社2006年版，第32页。

史料，这无疑是继"西学说"之后，有关西诗节奏、韵律等知识的最为详细的介绍。由此也许可以说，将西诗"步"（音步）、"节"（音节）概念介绍到中国的第一人，就是传教士艾约瑟。长短参错、节数不等的西诗韵律，以及"无师古者"的"新出之诗"，显然有可能为中国读者带来一种新异印象，有助于他们了解异域文学的特征。

此外，艾约瑟又专篇介绍了"伊底罗诗"，其中还含有十四行诗知识：

> 伊底罗义近于诗之有赋，故凡咏人咏物，言景言情，以及题墓志哀诸诗，胥归此类。泰西盛行十四句之诗，而意大利与西班牙，以及英人尤喜为之。如今著名于英国之牧童歌、四季诗、女师诗，及礼拜六晚农夫归家之状，生民流落荒寂无人之村，诸篇什并久见重于世外。又有著名诗人米罗敦所作之忧喜二诗，尤为脍炙人口。近英国诗家名德尼逊者，遵伊底罗体成诗一部，名曰古帝王伊底罗。其书一出，时人即无不争先睹为快。

据艾约瑟所述，"伊底罗"应为"Idyll"之音译，意指田园诗，或牧歌，或类似较短篇幅史诗的叙事诗。"咏人咏物，言景言情"，以及所列牧童歌、四季诗等，倒正与"Idyll"体的意指吻合。弥尔顿的"忧喜二诗"，即 Il Penseroso（沉思颂）与 L'Allegro（欢乐颂）。而德尼逊（丁尼生）所作 Idylls of the king（今译为《亚瑟王之死》，或《国王之歌》），无疑正是这里所说的"古帝王伊底罗"。可以肯定，艾约瑟在此以"伊底罗"之名，明确将这一诗体介绍到了中国。盛行于泰西的"十四句之诗"，现在称为"十四行诗"。《遐迩贯珍》译介弥尔顿时，曾在英文目录中标出"sonnet"，此处明确译为"十四句之诗"，并言意大利、西班牙、英人喜为之，这也算是对该种诗体更为直接的介绍。

艾约瑟还介绍了另一诗体，即"哀诗"。该诗体"创自希腊"，"多悼亡人之作，或伤情于殡殓之间，或感怀于墟墓之祭"，其部、节都有定式。艾约瑟还评说其艺术感染力："昔希腊拉丁之人，多有由为哀诗而著名者。今读其诗，率皆使人能恋能恐，能愤能慕，或长歌以当泣，或三复而兴嗟。凡勒诸墓石之诗，皆取此法为之，以其感人尤易而且深也。"① 他介绍给中国读者的，显然是西方的哀歌（elegy）。在《希腊士人奉九女神》一文中，艾约瑟还叙述了九位"慕赛"，即现在所称的缪斯女神。②

三 "即指见月"与"有望于学者"的译介意义

也许正是为了应和"英人艾约瑟自识"的"即指见月，举隅反三"用意，"西学启蒙十六种"的其他译介，也不时重视到了诗歌内容。如《希腊志略》第一卷"溯希腊人初始"，就专以第六节"和美耳诗"详细介绍了《荷马史诗》的内容及其历史背景。在行文中，艾约瑟还作出了评说："伊利亚德，所吟咏者，为希人攻取德罗亚城，所行英武豪强各情事也。""伊利亚德诗，会集战事，如悬图画。俄低西诗，俱俄都叟家事，并其遨游海外，遭逢奇异事时，所受诸苦。率为往古希人，充船主水手，浮游外洋回归，而张大其说，故为若等骇人听闻之离奇事也。和美耳诗，所吟咏者虽非实事，然观其书，可赖以知赋其诗时，希人曩所有之风土人情，厉行持家诸事也。"③ 因该书重点在希腊历史，文章随后转为了解说"和美耳诗，道及民事处极少"的原因及其他内容。但此文继"西学说"的《和马传》，再次将荷马史诗这一经典展现在了中国读者面前。在《罗马志略》卷九第四节的"著书名儒"中，维吉尔、贺拉斯等诗人也得到了比较完整的介绍。

该文还叙述了罗马开国君主奥古斯都的影响："盖奥古斯都最喜文士，故常与诗人往来，且恒勉之著作，垂名后世。故至今泰西诸人，凡兴言前世文学之盛，必曰：如奥古斯都世也。"④ 这些篇章的重心虽然并

---

① ［英］艾约瑟：《哀诗原》，《西学略述》卷四，上海盈记书庄藏板1898年版。
② ［英］艾约瑟：《希腊士人奉九女神》，《西学略述》卷四，上海盈记书庄藏板1898年版。正为标题"士"错为"土"字。
③ ［英］艾约瑟：《和美耳诗》，《希腊志略》卷一，上海盈记书庄藏板1898年版。
④ 《著书名儒》，《罗马志略》卷九，上海盈记书庄藏板1898年版。

不在诗作艺术方面，但却因全书整体的知识取向，赋予了其中内容明确的文学属性。

"西学启蒙十六种"1886年由总税务司署出版之后，又有多种重印本出现①，引起了清廷上层及知识群体的高度重视。曾纪泽为之作序，赞曰："今阅此十六种，探骊得珠，剖璞呈玉，遴择之当，实获我心。虽曰发蒙之书，浅近易知，究其所谓深远者，第于精微条目益加详尽焉耳，实未出此书所纪范围之外举浅近而深远寓焉，讵非涉海之帆楫，烛暗之灯炬欤！"②梁启超也言："税务司所译《西学启蒙十六种》，中有数种，为他书所未道及者，如《希腊志略》、《罗马志略》、《辨学启蒙》、《富国养民策》，皆特佳之书也。其《西学略述》一种，言希腊昔贤性理词章之学，足以考西学之所自出，而教之流派，亦颇详焉。"③1898年黄庆澄的《中西普通书目表》，1902年徐维则、顾燮光的《增版东西学书录》等，对该套丛书也是大加赞赏，视之为西方佳作，学习西学之门径。蔡元培1898年12月13日购得此套丛书，随后将其中多种推荐为杭州东湖书院的课本。④丛书由重臣、名人作序，其他著述又多加推崇，可见它在清末的确是大受欢迎。包含于《西学略述》中的西诗内容，也必然会在一定范围得到传播。1896年梁启超在《读西学书法》中，就已指出《西学略述》包含有"词章之学"。1898年孙宝瑄的日记也有记载："晡归，观《西学略述》，启蒙十六种之一也。中多载西学派别源流，如谓文字之祖于非尼基，轮回说之本于埃及，诗学始于和美耳威耳吉利。"⑤这些例证文字，并不意味着中国的传统诗作规范受了多大冲击，但无疑表明书中的西诗内容一定程度上已是为人所知。

---

① 如1896年上海著易堂书局本，1898年上海盈记书庄16册本，1898年上海图书集成书局16册本。
② 曾纪泽序，《西学略述》，上海盈记书庄藏板1898年版。
③ 梁启超：《读西学书法》，《〈饮冰室合集〉集外文》（下），北京大学出版社2005年版，第1167页。
④ 朱有瓛主编：《中国近代学制史料》（第一辑下），华东师范大学出版社1986年版，第302—305页。
⑤ 孙宝瑄：《忘山庐日记》（上），光绪二十四年（1898）正月初四日，上海古籍出版社1983年版，第164页。

在整个近现代翻译文学史中，艾约瑟的《西学略述》的确具有了较为突出的意义。它的内容涵括较广，既包含了古希腊、古罗马诗家，又介绍了但丁、弥尔顿、歌德、席勒、丁尼生等诗人，对《荷马史诗》、《神曲》、《浮士德》、《威廉·退尔》等作品也有简要评说。其中部分内容在此前的中文著述不见记录，显然为第一次输入中国。尤其值得注意的是，艾约瑟对西诗的类别和韵律知识也作了较为详细的介绍。这一点实在是难得，因为它在介绍诗人诗作的基础上，进入了更为抽象的诗学理论层面。总之，艾约瑟于此凸显的文学属性、知识属性，极为有利于中国人士进一步认识西方诗歌世界。

这种性质的译介，与艾约瑟的传教士身份是否有所不合？1880年艾约瑟接受赫德聘请，即脱离了伦敦传教会，这是否又意味着他不再是一位传教士？从传教差会脱离出来，在具体行动上无疑会获得更多自由。但是，艾约瑟并没有改变他的传教士身份，也没有脱离传教事务。其实，部分来华传教士在晚清语境中获得了双重身份，他们既是传教的使者，又是西学知识的传播者。这种状况当然会带给他们一些矛盾，因为世俗性的知识活动并非全体传教士都能认可。《六合丛谈》的停刊，以及1877年5月第一次在华基督教传教士大会上出现的争论[①]，都表明传教士对西学译介也有不同的看法。不过，新教神学的社会化、理性化趋向，以及入华传教士对晚清社会的了解，又很容易使他们把西学知识与传教布道结合在一起。

如前文所述，在《六合丛谈》连载"西学说"之时，艾约瑟同样撰译有大量宗教读物，如《孝事天父论》（1854年）、《三德论》（1856年）、《释教正谬》（1857年）、《耶稣教略》（1858年）等。[②] 在接受"西学启蒙"译介任务的1880年，艾约瑟在《小孩月报》上还发表了《马知主日》、《幼孩尊主》、《幼女爱主》等文章，意图培养儿童的基督信仰。如《幼女爱主》一文，内容甚至不无夸张：一四岁小女孩得到一本闲书，却

---

① 赵晓兰、吴潮：《传教士中文报刊史》，复旦大学出版社2011年版，第207页。
② ［英］伟烈亚力：《1867年以前来华基督教传教士列传及著作目录》，倪文君译，广西师范大学出版社2011年版，第194—195页。

为"这书中没有讲论上帝的事情"而疑惑,"脸上很觉忧愁,出了房门,把那闲书扔在地下就走开了"①。叙述者的传教士身份,于此暴露无遗了。在"西学启蒙十六种"里,其实也存在一些宗教知识。《西学略述》第三卷"教会",即包括"主理世界真帝"、"开教诸圣"、"诸教圣书"、"灵魂不死"、"末日复生"、"耶稣教分东西"、"西教复分为二"、"礼拜"等篇章,第六卷"史学"也有"天主教权势盛衰始末"等内容。只不过这些文字偏重于介绍知识,因而叙述时显得较为客观,并没有去直接宣扬基督教义。在1905年去世之前,艾约瑟仍然积极进行着宣教布道的工作。1888年在北京的一次宣讲中,他还有如此展望:"从传教士的立场上来看,基督教下个世纪要取得成功的话,我们或许希望看到全体基督教徒十倍的工作。"②1891年他又撰写了《论波斯教始末》,刊于《中西教会报》第1、第2期,以致该报主编林乐知赞之为"使人人皆知,拜偶像之教流传中国之缘由"。③

艾约瑟进入中国,其实一开始就遵从了"学术传教"的策略,而且成为了这方面的突出代表。他较为深入地研究了中国语言、典籍、佛教等,以便能够更好了解中国社会。教义宣扬和知识传播于他都十分重要,在这两方面他也做出了实际贡献。经传教士之手的西学知识传播,往往包含了传教意图,但它们也带给了中国社会积极的意义。对于中国人士来说,接受其中的西学知识,而过滤掉其中的传教意图,的确也是十分常见的做法。因此,《西学略述》里的西诗介绍,以及"西学启蒙十六种"的知识呈现,也可以理解为是中西文学交流,或者说整个西学东渐中的积极事件。注重其积极的一面,显然也更符合艾约瑟所言的"有望于学者",由此也能更好理解翻译接受中存在的过滤现象。其实,入华传教士的文化活动本就不宜只作单一理解。将之仅仅视为传教表现,或者全部归入"殖民侵略",显然都会忽视知识传播中包含的客观价值。

---

① [英]艾约瑟:《幼女爱主》,《小孩月报》1880年第五卷第10期。
② The Gospel in All Lands, 1888:453,转引自吴霞《英国伦敦会传教士艾约瑟研究》,福建师范大学硕士学位论文,2005年,第35页。
③ [美]林乐知:《中西教会报特立之故》,《中西教会报》第3册,1891年4月。

第三节　沙光亮与《人生颂》的复译

　　钱锺书在《汉译第一首英语诗〈人生颂〉及有关二三事》一文中考证，约在1864年英国公使威妥玛用他那有章无韵、长短不齐的中文，汉译了朗费罗的诗作《人生颂》。总理各国事务衙门大臣董恂又据之"裁以七言绝句"，从而让此诗成了"破天荒最早译成汉语的英语诗歌"。① 直至2005年，有人发现1854年《遐迩贯珍》刊有弥尔顿的《论失明》，称之为"最早的汉译英诗"②，钱先生的"第一说"才让了位置出来。不过，这是把考察时间往前推。钱先生当时的论说，理所当然选择的是向后看。他在《小方壶斋舆地丛钞》发现了作于1882年的《舟行纪略》，其中有"也许是中国有关朗费罗最早的文评"。但是，这一文评并没有提及《人生颂》。钱先生还让读者"对读"一下1906年林纾《海外轩渠录》的序文，和出洋外交官张德彝前一年的日记，看看两人谁比较了解西洋文学。这似乎表明，他论说的范围已延后至该时期。遗憾的是，至此仍没见到更多的《人生颂》译介。如此一来，该诗在晚清的汉译似乎孤独地停留在了1864年。

　　1982年，钱锺书的文章在《国外文学》上再次发表时，题下加了解说："这原是我三十三年发表过的一篇用英语写的文章；我当时计划一本论述晚清输入西洋文学的小书，那一篇是里面的片段。北京大学张隆溪同志也建议把它译为中文。根据原来的大意，我改写成这个中文本。"③ 该文同时发表于香港的《抖擞》，随后又被《新华文摘》转载，在多个版本的钱锺书著述里也有收录。一百多年前发生的旧事能够广为学界所知，其途径原来如此。钱先生在文章中还指出，"中国书籍里关于朗费罗和《人生颂》的最早文献"为1872年方濬师的《蕉轩随录》。其中有《长友诗》

---

①　钱锺书：《七缀集》，生活·读书·新知三联书店2003年版，第134页。
②　沈弘、郭晖：《最早的汉译英诗应是弥尔顿的〈论失明〉》，《国外文学》2005年第2期。周振鹤《比钱说第一首还早的汉译英诗》，《文汇报》2005年4月25日，对此也有论说。
③　钱锺书：《汉译第一首英语诗〈人生颂〉及有关二三事》，《国外文学》1982年第1期。有少数学者一直将1982年误为了钱锺书写作该文的时间。

一条较详细地评说了此事，且列有威妥玛和董恂的两种译文。除此之外，钱先生似乎没有注意到其他文献对《人生颂》的记录。

　　就在《蕉轩随录》之后一年，《万国公报》的前身《教会新报》①，在第263期的"杂事近闻"栏，刊有一篇名为"英国驻中国威钦差妥玛译西国名士诗"的文章，内容即为《人生颂》。②只不过译文并非威妥玛的原文，而是董恂改译之后的文字。与《蕉轩随录》1872年的刻本对照，《教会新报》上的诗作仅一字有异："千秋万代远蜚声"的"代"，后者写为了"岁"。再与钱锺书文章中列出的诗句相比，差异有两处："欲问失帆谁挽救，沙洲遗迹可追求"，《教会新报》上"帆"为"风"，"追"为"探"，却都吻合《蕉轩随录》的文字。耐人寻味的是，《教会新报》刊出此诗，虽直接题名"威钦差妥玛译西国名士诗"，采取的却是四句一节、每节隔开的竖排形式，内容也实为董恂改译的"七言绝句"。这一点，也证明当时西人的确是主动遵守了中国的诗歌规范。要不然，他为何不拿出自家那"句数或多或少"的译诗？

　　《教会新报》再次刊出译诗，表明《人生颂》在晚清并非仅在一处出现。而且，钱先生可能也没读到1897年《中西教会报》所刊的《大美龙飞罗先生爱惜光阴诗》。否则，他早为1864年的汉译《人生颂》找到了后继者，不知又要做出何等妙趣横生的文章来。

一　史料"难得一见"与既有叙述

　　1897年10月《中西教会报》第34册刊载一首译诗③，题为《大美龙飞罗先生爱惜光阴诗》（以下简称《光阴诗》），署名"沙光亮口译、叶仿

---

　　① 1868年9月5日《中国教会新报》由林乐知在上海创办，至1872年8月31日改名《教会新报》，1874年9月5日改名《万国公报》。
　　② 《英国驻中国威钦差妥玛译西国名士诗》，《教会新报》1873年第263期。（台北）京华书局1968年版，第2842—2843页。
　　③ 《中西教会报》，1891年创刊于上海，美国传教士林乐知主编。1893年12月后停刊，1895年1月复刊，卷期另起。此后，美国卫理、高葆真、华立熙、莫安仁、季理斐等先后任主编。1912年1月改名《教会公报》。见《中国近代期刊篇录汇录》第一卷，上海人民出版社1965年版1980年修订，第433页。

村笔记"。生逢风雨飘摇的清朝末年,如此小事,自然难以引起时人多大注意。再加之历史的尘埃无声无息地掩盖了过往痕迹,百余年后的今天,这首译诗的确已是难得一见。郭长海先生1996年时就认为,"直到现在为止,人们还是从目录学的角度认识到它的存在"①。事实也正如此,时至今日,提及该诗的几处著述,似乎仍无缘睹其真容,在叙述中留下较多模糊之处。

上海图书馆1965年编定的《中国近代期刊篇目汇录·第一集》,可能是现今能查到录有该诗信息的最早资料。该目录将之记为《美国龙飞罗先生爱惜光阴诗》,署名为"[英]沙光亮口译,叶仿村笔记",与原文字面上有出入。据上海图书馆馆藏胶片显示,目录中该诗题目也为"大美龙飞罗先生爱惜光阴诗",只是没有直接的署名。这里的不同,不知是编者参见了不同版本,还是抄写时出现了疏漏。

1989年连燕堂在《近代的诗歌翻译》一文中,引述了钱锺书对威妥玛、董恂汉译朗费罗《人生颂》的论述之后写道:"1897年10月出版的《中西教会报》第34册,刊有《美国龙飞罗先生爱惜光阴诗》,署[英]沙光亮口译,叶仿村笔记。"② 这与上海图书馆所编目录写法一致,不知是否是直接受了它的影响。连先生还敏锐地发现,该诗与安徽休宁人黄寿曾的《寄傲盦遗集》所录《白羽红么曲》同为朗费罗诗,龙飞罗即朗费罗。他还指出后者即今人所译的《箭与歌》,两诗的翻译"都并非是受了董恂的影响"。遗憾的是,连先生既没有列出《光阴诗》诗句,也没明确表示读过原文,这倒让后来者仍无法见到该诗原貌,更不能判断《光阴诗》为朗费罗哪首作品。

1994年《外国文学研究》第2期发表的程翔章文章《近代翻译诗歌论略》,也简略提及《中西教会报》刊载《光阴诗》一事。其题目中的国别仍为"美国",而非原文的"大美",署名字样也和上海图书馆目录,以及连燕堂的文章相同,照样有原文并不存在的"[英]"字。随后,郭

---

① 郭长海:《试论中国近代的译诗》,《社会科学战线》1996年第3期。
② 见《中国近代文学百题》,中国国际广播出版社1989年版,第365页。

长海在《试论中国近代的译诗》一文中,将该诗题目简写成了《爱惜光阴诗》,并颠倒口译者、笔记者的位置,写成"叶仿村口译,沙光亮笔录",原文"笔记"也变为了"笔录"。看来,史料的难得一见,使得《光阴诗》的信息的确不易把握准确。

郭长海的文章,随后明显影响到了《中国近代翻译文学概论》一书对《光阴诗》的叙述。在提到《光阴诗》时,该书作者用脚注形式,十分严谨地标明信息来自郭长海文章。但由于印刷问题,这里的表述变为了"叶仿村、沙光亮最早译了他的《爱情光阴诗》(1897)"。[1] 原题之中的"爱惜"二字,被误排成"爱情",实在是容易产生误解。

近来有两篇博士学位论文,也涉及一点《光阴诗》信息。谢向红2006年完成的《美国诗歌对"五四"新诗的影响》,有如此一笔:"1897年叶仿村、沙光亮翻译了朗费罗的《爱惜光阴诗》。"其说法可能是受郭长海文章影响,仍然将"叶"排在前、"沙"置于后。邓庆周2007年的《外国诗歌译介对中国新诗发生的影响研究》一文,附录有《外国诗歌在中国的译介大事年表(1852—1927年)》,其中一条:"龙飞罗(朗费罗)的《爱惜光阴诗》由沙光亮口译、叶仿村笔录,载1897年10月《中西教会报》第34册。"《光阴诗》的题目,也与郭长海文章的简写相同,原文"笔记"一词在此也依然为"笔录",但口译者、笔记者的位置倒是回到了原来位置。看来,以上两位研究者可能也没有读到《光阴诗》原文。

除此之外,中国期刊全文数据库包含有《光阴诗》信息的文章,数量也很少,且没有与原文一致的说法,有的甚至一再将题目误写为《爱情光阴诗》。现今已有的其他翻译文学史著,也大多不提及该诗,列出详细信息的更是绝无。《光阴诗》的"难得一见",的确让研究者难识其庐山真面目,它自身也就只能长时间地局限在"目录学的角度"了。如此状况,是否真正意味着这首译诗只能湮没于历史尘埃,一直停留在有限的目录学位置呢?事实上,该诗全貌已可得见,且同样属于传教士的译诗范围,包含了值得思考的问题。

---

[1] 郭延礼:《中国近代翻译文学概论》,湖北教育出版社1998年版,第96页。

二 《大美龙飞罗先生爱惜光阴诗》的复译与变化

翻阅美国传教士林乐知 1891 年创刊于上海的《中西教会报》，至 1897 年 10 月第 34 册，赫然就见到了《大美龙飞罗先生爱惜光阴诗》。标题、署名、正文历历在目，该诗终于可以真面示人。现依照原样将内容抄录如下，只将原文竖排变为横排，繁体变为简体，且"穿戴"了现代标点。如此，该诗题目自然可以变得准确，口译、笔记者也再不会轻易坐错位置，"爱情"也应该回到"爱惜"的位置了。

休和我诉声音凄痛，
今生不过空虚梦。
须知打盹与死相同，
似是而非事常众。

今生属实今生率真，
尽头路不是荒坟。
物从土灭物从土生，
未曾论到人灵魂。

不独安乐也非忧愁，
此道非我命不犹。
只行事使我明日够，
比今日格外进求。

知识无穷年华易暮，
我心虽雄坚且固。
但如灵鼓震动形模，
领众吊客上坟墓。

宽阔世界征战沙场,
浮生如兵宿道旁。
不可像那哑兽被赶,
须当阵上作忠良。

勿倚将来景况可爱,
往不咎任死互埋。
今日独行切勿延挨,
心在胸神在上界。

伟人行为提醒我侪,
能使我一生可爱。
去世也留胜迹下来,
仿佛沙滩脚踪载。

踪迹恐另有人瞥见,
过此时日洋最险。
船碰沉沦水手可怜,
幸观足疾愁才敛。

竭力尽心理当快赶,
寸心有志何惧哉。
努力争先稳步天街,
学习劳苦和忍耐。[1]

此诗究竟为美国人朗费罗的哪首诗作? 1864 年的汉译《人生颂》, 因为

---

[1] 沙光亮口译, 叶仿村笔记:《大美龙飞罗先生爱惜光阴诗》,《中西教会报》复刊第 34 册, 1897 年 10 月。

有钱锺书大名鼎鼎的发掘,以及他妙趣横生、旁征博引的论述,所以在后来的著述中得到了相当重视,并一再被复述。相反,这些著述提及《光阴诗》时全将之视为配角,只是表明1864年后朗费罗的诗也偶有人注意而已。而且,他们显然是区别看待了《光阴诗》与《人生颂》,在叙述中暗示两者各不相同。这不禁会引人疑问,这真的是两首不同的朗费罗诗作吗?

细读《光阴诗》,却兀自有着似曾相识之感。其开端两句,"休和我诉声音凄痛,今生不过空虚梦",与威妥玛1864年"词意格格不吐"、"生硬以至晦涩"的译文的前两句"勿以忧时言,人生若虚梦",意义倒是不无相近。再对照《人生颂》原文前两句,这不正是对之不够准确的汉译?次第读之,略加对照,不难见出《光阴诗》与英文《人生颂》意思大致相当,且与董恂的译诗以及英文原诗的句数相同,都为36行。到最后,《光阴诗》"努力争先稳步天街,学习劳苦和忍耐"两句,与英文"Still achieving, still pursuing, /Learn to labor and to wait",表意也仍然大致相同。至此,可以放心大胆地说,《光阴诗》就是朗费罗的《人生颂》。继"长友诗"之后,《人生颂》又变为了《大美龙飞罗先生爱惜光阴诗》,在晚清得到了一次明确的复译。为便于对照,兹将英文原诗附上:

> Tell me not, in mournful numbers,
> Life is but an empty dream!
> For the soul is dead that slumbers,
> And things are not what they seem.
>
> Life is real! Life is earnest!
> And the grave is not its goal;
> Dust thou art, to dust returnest,
> Was not spoken of the soul.
>
> Not enjoyment, and not sorrow,

Is our destined end or way;
But to act, that each to-morrow
Find us farther than to-day.

Art is long, and Time is fleeting,
And our hearts, though stout and brave,
Still, like muffled drums, are beating
Funeral marches to the grave.

In the world's broad field of battle,
In the bivouac of Life,
Be not like dumb, driven cattle!
Be a hero in the strife!

Trust no Future, howe'er pleasant!
Let the dead Past bury its dead!
Act, —act in the living Present!
Heart within, and God o'erhead!

Lives of great men all remind us
We can make our lives sublime,
And, departing, leave behind us
Footprints on the sand of time; —

Footprints, that perhaps another,
Sailing o'er life's solemn main,
A forlorn and shipwrecked brother,
Seeing, shall take heart again.
Let us, then, be up and doing,

With a heart for any fate;
Still achieving, still pursuing,
Learn to labor and to wait. ①

汉译《光阴诗》形式上大致齐整，但句与句之间的字数并不相等：单句都为八字，双句又为七字。八言诗本来就十分少见，何况还有七言交错其中？这种排列，使得全诗形式稍有错落，但与传统诗作形式有了明显不同。相较而言，译诗形式与原诗每两行之间的错落，倒是显得更为相似。看来，不管是口译者还是笔记者，都没有严格按照传统的诗歌形式来翻译。而且，这里的汉译诗句读来，也有不甚清楚的地方。开端两句似乎就有歧义："休和我诉声音凄痛，今生不过空虚梦"，是将后一句理解为"诉"的内容，还是理解为是在表示"休和我诉"的理由？杨德豫将此译为"不要在哀伤的诗句里告诉我：'人生不过是一场幻梦'！"② 两相比较，前者似乎多有省略，且表述上不无混乱之感。第三句"似是而非事常众"，也多出了原文"And things are not what they seem"（事物的真相与表面不同）所含意思。读完全诗，不难发现译文有些地方比较粗糙和模糊。如"踪迹恐另有人瞥见，过此时日洋最险。船碰沉沦水手可怜，幸观足疾愁才敛"几句，读来简直有点不知所云。杨德豫的译文就清晰得多："也许我们有一个兄弟／航行在庄严的人生大海，／遇险沉了船，绝望的时刻，／会看到这脚印而振作起来。"可见，《光阴诗》的翻译，有些地方实在是不怎么样。按照钱锺书评威妥玛译《人生颂》的说法，这里同样是存在了"生硬以至晦涩"。

《光阴诗》的汉译是否也有特别之处呢？钱锺书指出威妥玛翻译《人生颂》之时，词汇不够，汉语表达能力很差，将"Art is long, and Time is fleeting"一句译为了"作事需时惜时飞去"，董恂又将之发挥为"无术挥戈学鲁阳"，与原文更是不合。《光阴诗》将此句译为"知识无穷年华易

---

① *The Complete Poetical Works of Henry Wadsworth Longfellow*, Boston and New York, Houghton, Mifflin and Company, 1900, pp. 2 - 3.
② ［美］朗费罗：《朗费罗诗选》，杨德豫译，人民文学出版社1985年版，第3页。

暮"，与杨德豫所译"智艺无穷，时光飞逝"倒是十分切近，"年华易暮"也颇能传达原诗意趣。"不可像那哑兽被赶，须当阵上作忠良"两句，读来也算明白清晰，表现出了口语化的色彩。这倒避免了钱锺书所指出的威妥玛的"不妥"，以及董恂把原意"一扫而光"的毛病。最后一句"学习劳苦和忍耐"，也可以说是对"Learn to labor and to wait"较为准确的直译。此外，"未曾论到人灵魂"、"能使我一生可爱"、"竭力尽心理当快赶"等处，读来也实在是浅显易懂。看来，《光阴诗》译文也有理解较为准确，表达得明白清晰的地方。

　　在译诗的韵律方面，译者其实也是有所注意。《人生颂》原诗四行一节，押韵多为 ABAB 式，每节换韵。译成的《光阴诗》也是每四行为一押韵单元，每单元押韵为 ABAB 式。就连今天看来韵母有所不同的"真"与"生"、"坟"与"魂"、"场"与"赶"、"赶"与"街"等处，在查对译者当时所处地域（论述见后文）的方言之后，也不难发现它们极为合韵。此地不分鼻音韵尾 n 和 ng，故"真"与"生"、"场"与"赶"韵母相同；"un"发音为"uen"，故"魂"与"坟"也同韵；无 an 韵母，故"赶"与"街"押韵相近。① 这种注重诗作韵律的意识，甚而影响到了某些诗句的表述，让"似是而非事常众"、"幸观足疾愁才敛"等处读来不无别扭之感。既有的诗歌韵律传统，虽并没有严格束缚这里的翻译，但对译者还是有所影响。加之诗作形式大体整齐，这首译诗显然也仍属于旧体范围。但是，相较于其他严格按照传统诗作形式来翻译西诗的做法，该处翻译又显示出了一些自由风格。其形式、语言、节奏都有参差错落之处，与形式整饬、格律讲究、平仄严谨的传统诗歌，还是有着较多的不一致。较之董恂的《人生颂》译文，除开几处模糊的地方，该译诗的确浅白易懂得多。

　　董恂 1864 年将《人生颂》译为整齐的七言诗体，钱锺书评其"还能符合旧日作诗的起码条件"，也算是"文理通，平仄调"。此前，传教士刊物《遐迩贯珍》1854 年所刊的弥尔顿《自咏目盲》，也为四言诗体，形式严整，语言典雅。从这方面来看，《光阴诗》的译者似乎还没有那般翻

---

　　① 参见《六合县志》方言部分，中华书局 1991 年版，第 679—687 页。

译水平，其遣词用语、平仄韵律，都远远说不上典雅谨严，反而是出现了一些文理不通、平仄不合的现象。不过，这首译诗整体上俗白浅显，带有一种较为明显的口语色彩，这倒使之具有了另外的积极意义。

三 译者考证与翻译意识及其影响

在《中西教会报》中，《光阴诗》的译者直接标为"沙光亮口述，叶仿村笔记"，这两人的身份至今无人注意，稍有涉及的叙述也只是沿袭了《中国近代期刊篇目汇录》的说法。其实，这两位译者的大致身份，并不难确定。在能查到的《中西教会报》中，出现二人名字的文章还有几处：最早为1892年第16册所刊《中国自行教会论》，署名"沙光亮"，此外无其他信息；1893年12月登载的《除鸦片烟害论》一文，署名"西沙光亮，华达贯吾"；1896年9月登载的《孤子堂学生信稿并序》一文，署名为"大英国沙光亮"；1896年12月登载的《醒教喻》，又署"英教士沙光亮著"；1897年10月《中西教会报》在刊出《光阴诗》之后，接着又登载了二人合译的《全心归主》一诗，署名"沙普照口述，叶仿村笔记"。由"光亮"到"普照"，旨意相近，想来这位外来传教士不仅取了汉名，还按照中国人的习惯有了同义反复的字"普照"，两者都包含了浓郁的宗教寓意。

据上海图书馆所编的目录，1898年3月《中西教会报》39册有《印度教贵妇进教说序》一文，署名"（英）滁州堂沙冯氏口译，六合县叶方春笔述"。再查1998年修订出版的《滁州市志》，"沙光亮"之名也被提及。该书称他为南京基督教会传教士，1887年与路光邦一起到滁州租屋传教，却因百姓反对未成。1889年1月，二人再次来滁，租得房屋开堂传道，是为滁州基督教会传入之始。与随后到来的几位传教士一起，他们开办了小学校，成立了戒毒会和天足会，以西药治疗病症，并编排说唱圣经教义的册子，以图吸引百姓信教。但传教效果并不理想，至1897年他们才有34名教友。[①] 这里所说的"滁州堂"，想来应是沙光亮所在的滁州

---

① 滁州市地方志编纂委员会编：《滁州市志》，方志出版社1998年版，第904页。

基督教堂。但是，查阅《近代来华外国人名辞典》、《从马礼逊到司徒雷登——来华新教传教士评传》等资料①，却没能发现"沙光亮"一条，或发音相近的中文人名。再查询他处，如《全国报刊索引》编辑部推出的"晚清期刊全文数据库"，也没能发现他的名字在其他刊物中出现。由此推想，该人应为一位较普通的英国传教士，不过是在《中西教会报》上发表了几篇文章，而且中文也不是太好。

在《光阴诗》中担任"笔记"的"叶仿村"，有几处署名也显露了他的一些信息。《印度教贵妇进教说序》的署名，就包含有"六合县叶方春笔述"字样。1900年2月《中西教会报》刊载的文章《救世圣教论略》，署名也为"棠城叶仿村"。六合县在今江苏西南部，古有棠邑之称，"棠城"应该正是此地。在此县方言中，"春"与"村"发音几无区别，"叶方春"与"叶仿村"完全有可能为同一人。"叶方春"能够与"滁州堂沙冯氏"合译文章，这也增加了他就是与沙光亮合译《光阴诗》的"叶仿村"的可能。在《孤子堂学生信稿并序》中，沙光亮曾叙述"前岁回国省亲，两经大美，岳家小住"一事，看来其妻也非华人。推想起来，这里的沙冯氏，要么为沙光亮男扮了女装，要么是其妻到中国姓了冯，但都表明"叶方春"与沙光亮有所关联。若"叶仿村"、"叶方春"为不同之人，那么两人身处同一小县，名字发音又是如此相同，又同时与沙光亮或其身边的沙冯氏合译文章，难道不是过分地巧合？

从叶仿村宣传教义的文章来看，他与传教活动关系较为紧密，应为一基督信徒。1991年修订出版的《六合县志》记载："清光绪二十四年（1898年）基督教始传入六合，首任牧师为美国人沙各亮（译音）。"② 这里误将英人沙光亮记为了美国人，1898年这一时间也有待确证，但能见出沙光亮此时期的确到过六合一带传教。六合与滁州相距不远，"棠城叶仿村"与滁州堂沙光亮二人的合译，在地理空间上也是极为可能。不过，叶仿村看来也不是什么文人名士，在《中西教会报》露了下面，就不再有迹

---

① 前者1981年由中国社会科学出版社出版。后者为顾长声著，上海书店出版社2005年出版。
② 江苏省六合县志编纂委员会编：《六合县志》，中华书局1991年版，第671页。

可寻。查《六合县志》"人物篇"及其他资料,也寻之不得。从《光阴诗》译文以及《救世圣教论略》的文笔来看,叶仿村的诗文水平也不见得有多高超。

那么,《光阴诗》整体风格上俗白浅显的倾向,究竟只是译者诗文水平不高造成,还是包含了其他缘由?

传教士傅兰雅对晚清时期中西译者的翻译合作,曾有如此描述:"西人先熟览胸中而书理已明,则与华士同译,乃以西书之义,逐句读成华语,华士以笔述之;若有难言处,则与华士斟酌何法可用;若华士有不明处,则讲明之;译后,华士将初稿改正润色,令合于中国文法。"① 沙、叶二人合译诗歌,大致不出这种方式,但却并没有较好地"合于中国文法"。从当时文人士子中寻求一润色高手,应该并不是困难之事。1891年《以诗谈道(并序)》一文刊于《中西教会报》,所包含的几首悟道诗作,就显出了作者较好的诗文功底。其中之一:"窃谈浮生若梦中,须从梦里辨非濛。迷途急返终无误,大道前行即有功。去伪存诚循本分,黜邪屏恶悉真衷。蛟龙涸辙何甘困,待际风云入九宫。"② 谈的虽是劝善除恶的老话,读来却也别有一番韵味。要是为了"文法",找该作者来做翻译的合伙人,定然可以做出一番较为典雅的中文诗来。

如此看来,《光阴诗》的译文,不会是因没有润笔高手而不得不如此,这之中肯定包含了其他原因。1891年2月,主编林乐知在代为发刊词的《中西教会报弁言》中,强调该刊是要使"天下一道同风,咸归大道",故而"斯报所载,语不欲过文,期于明理,词不厌详晰,期于晓众,俾令贤愚,共喻童叟,共知觉世牖民,实阴助上帝传道于天下"③。在此般意图和要求影响下,整个刊物的语言的确较为浅白。1891年第3册"林乐知口译、任申甫笔述"的《全信得救》一文,就有如此开篇:"美国有一教师,一日在堂讲书,四方来听者甚多。"全篇行文,几与现代白话相去

---

① [英]傅兰雅:《江南制造总局翻译西书事略》(1880年),见罗新璋编《翻译论集》,商务印书馆1984年版,第219—210页。
② 钟清源:《以诗谈道(并序)》,《中西教会报》第5册,1891年6月。
③ [美]林乐知:《中西教会报弁言》,《中西教会报》第1册,1891年2月。

不远,却同样是由中西人合译而成。在1896年9月所刊的《孤子堂学生信稿并序》中,沙光亮直接引述了几名美国儿童写给中国人的信。第一封为小女孩马大利所写:"请告诉中国的男孩女孩有一个七岁小姑娘应许为他们做祷告。"其他几封都使用了如此语言,相较于当今口语,这几乎也没有多大区别。看来,沙、叶二人翻译《光阴诗》之时,明显有着合于《中西教会报》语言要求的主观意识。

这种语言意识在传教士的中文期刊里,并非到了《中西教会报》时才被提出。1815年于马六甲创刊的《察世俗每月统记传》,其序言就表示:"贫穷与作工者多,而得闲少。志虽于道但读不得多书,一次不过读数条。因此察世俗书之每篇必不可长,也必不可难明白。"① 既然要让普通人接受,文章语言也就需要明白易懂才好。但是,随着武力侵略和条约签订,本以为打开了中国大门的传教士,却遭遇了深厚文化传统的抵触。在很长一段时间内,他们不得不证明自身的文化修养和文明程度,以去除他们在中国人心目中的"蛮夷"印象。因而,1833年广州创刊的《东西洋考每月统记传》、1853年香港创办的《遐迩贯珍》、1857年于上海出现的《六合丛谈》等传教士所办刊物,大多篇幅都采用了符合中国读书人阅读习惯的文言形式,以减轻宣传教义时遭遇的阻力。正如德国传教士花之安(Ernest Faber)所说,"传福音于中国,必摭采中国圣贤之籍以引喻而申说,曲证而旁通"②,这些刊物里的文章往往引用儒家经典,以示自己的言说有中国圣人可证明。不过,传教士在编译大量西学著述之时,并没有忘记他们的传道目的,为了吸引更多人士,尤其是占绝大比例的下层社会民众来接受教义,他们又不得不对行文语言的接受效果加以注意。

在有意模仿中国传统文学规范的同时,传教士的语言在整体上也逐渐发生了变化。有研究者指出,他们的语言"既不同于纯正的文言,也不是

---

① [英]米怜:《察世俗每月统记传序》,影印件,见卓南生《中国近代报业发展史:1815—1874》(增订版),中国社会科学出版社2002年版,第218页。另,汪家熔辑录《中国出版史料(近代部分)》第一卷(山东教育出版社、湖北教育出版社2004年版)也辑录有该序,但将"作工"排为了"工作"。杨勇文章《〈察世俗每月统记传·序〉常见引文勘正与分析》(《西北农林科技大学学报》2006年第4期),也指出了该问题。

② [德]花之安:《性海渊源·自序》,《万国公报》第53册,1893年6月。

第二章 传教士西诗译介的个案考析　113

白话小说中的古代白话","总的看来,传教士文章少用典,格式也比较自由灵活"。① 据韩南统计,19世纪传教士所作具有"小说"特征的叙述文本有 20 多部,它们"一般是用白话(普通话或者方言)写的",较为明白易懂。② 这些语言表现,与传教士在社会文化结构中的位置变动,其实有一定关系。洋务运动兴起,西学大受重视,传教士在文化心态上也由最初的寻求认可,逐渐转向了更多的审视和批评。在整个知识结构中,西学知识的传播以及传教士在译介中不可替代的作用,使得他们在文化心理上的压力大大减轻。美国传教士狄考文 1881 年批判中国的教育问题,就指出"中国之话不入文,而文不归话,已非学问便利之门"。③ 就在《光阴诗》译出前两年,傅兰雅在《万国公报》等处登载广告"求著时新小说启",指出当时积弊最重大者有三,其一便为"时文"。他对征文语言提出了明确要求:"辞句以浅明为要,语言以趣雅为宗,虽妇人幼子,皆能得而明之。"④ 1896 年 3 月,他又于《中西教会报》刊出《时新小说出案启》,再次强调了文章语言:"虽妇人孺子亦可观感而化,故用意务求雅趣,出语以期显明,述事须近情理,描摹要臻恳至,如此以成,人易为感,心易为动,风俗之变当可由此一新。"⑤

《中西教会报》正处于这种语言意识变动之中,它不仅较多地采用了浅显化的语言,还刊文批评文墨之邦"字奥文深,与言语相去甚远,则人不难于道理,而难于文字"。⑥ 如此看来,其中的《光阴诗》汉译不仅吻合了整个刊物的语言要求,还与整个传教士的语言意识和传教意图有了深层联系。在这样的历程中,这一译诗事件的意义显然不只于目录学,它同时成了传教策略的一种显现,也成为传教意图影响文学语言的一个例证。

---

　① 何绍斌:《越界与想象——晚清新教传教士译介史》,上海三联书店 2008 年版,第 266—277 页。
　② [美]韩南:《中国近代小说的兴起》,徐侠译,上海教育出版社 2004 年版,第 68、71 页。
　③ [美]狄考文:《振兴学校论》,《万国公报》1881 年 8 月 27 日第 653 卷。
　④ [英]傅兰雅:《求著时新小说启》,《万国公报》第 77 册,1895 年 6 月。启事曾在 1895 年 5 月 25 日《申报》刊出,前后共 5 次。1895 年 6 月又刊在《万国公报》和教务杂志(*Chinese Recorder*),7 月刊在《中西教会报》,另有英文广告。
　⑤ [英]傅兰雅:《时新小说出案启》,《中西教会报》复刊第 15 册,1896 年 3 月。
　⑥ 长老会友谷山人:《易字通音以申教化说》,《中西教会报》第 16 册,1892 年 5 月。

从沙光亮的角度来看,翻译此诗也正符合其传教意图。从他著述的几篇文章来看,此人的确是一位虔诚的布道者。在《醒教喻》一文中,他叙述自己传教"已历十余寒暑",并举出言不及义的例子来吸引世人信仰上帝,强调"不进天堂,即下地狱,人而无信,悔之晚矣"。① 在《除鸦片烟害论》中,他甚至认为欲除鸦片之害,只要"遵上帝旨意,蒙上帝辅助"即可。② 与《光阴诗》同时发表的译诗《全心归主》,更是表示出他对上帝的无尽信仰。该诗错落着九言、七言、十言、八言诗句,几乎不符合传统的形式要求,语言上也显得更为俗白。其第一节如下:

恐不派我游万水千山　　亦不派过海漂洋
也并不派往征战沙场　　主不命行此三样
倘若主用细声呼我往　　走那未曾知的场
主挽我手我答对嘹亮　　我必走你所指路上
我必走你爱主所指路上　或过高山中原海洋
我必说你爱主所指言上　我必行你所指事上③

第二、第三节还有"我必应你福音美旨趣"、"我行你旨意虔心虔意"等类似句子,并在结尾重复了第一节的最后四句,使全诗真正表现出了"全心归主"的信仰。采用的语言较之《光阴诗》更为浅白,这明显是要让更多民众读懂。由此也可见出,传教意图和语言意识在沙光亮的翻译中,的确是得到了很好的结合。

朗费罗的《人生颂》呈现出一种珍惜时日、积极行动的心态,这与沙光亮在《醒教喻》中"死难逆料,何悔改不自今始耶"的劝谕,有着较为一致的精神导向。《人生颂》原题中的"Psalm",本来就有着"赞美诗、圣诗、圣歌"的意义。"Heart within, and God o'erhead"一句,也表现出对神灵之意的尊重,《光阴诗》也正好译为了"心在胸神在上界"。

---

① 沙光亮:《醒教喻》,《中西教会报》复刊第24册,1896年12月。
② 西沙光亮、华达贯吾:《除鸦片烟害论》,《中西教会报》第35册,1893年12月。
③ 沙普照口述,叶仿村笔记:《全心归主》,《中西教会报》复刊第34册,1897年10月。

19世纪朗费罗名声如日中天，其诗作被译成20多国文字广泛传播。在美国已有两次省亲经历的沙光亮，定然会熟知这位诗人的美名。加之《人生颂》又较吻合传教意图，对此作出翻译并刊登于中文刊物，也就是十分自然的事了。不过，沙光亮显然并不愿将此译成典雅平稳的中国诗。只要能传达出一种积极信仰，而且让"神在上界"，社会下层群众能读懂，他也就不再追求深奥的遣词造句。从1887年他到滁州一带传教开始，至翻译《光阴诗》时已逾十年，在与一般民众的接触中，他自然更清楚他们的文化水平。他的合作者叶仿村，自身诗文水平不见得高超，推测起来也是教徒，可能也并没有通过译诗来显摆自己诗作能力的意思。

与1864年威妥玛、董恂所译的《人生颂》相比较，《光阴诗》虽然也经过了华士润饰，但其中意识已有很大不同。占据主导地位的已不是董恂这样的官员文人，而是传教士和信徒，他们的意图不是"同文远被"，或如钱锺书指出的"引诱和鼓励外国人来学中国语文，接受中国文化"，而是"期于晓众，俾令贤愚，共喻童叟"。尽管背后有着传教意图，但语言上浅显俗白的趋向，使之的确更易为一般读者接受。1897年前后，严复译《天演论》，林纾译《巴黎茶花女遗事》，裘廷梁著《论白话为维新之本》，时代风潮激荡，社会意识正处巨变之中。结合这样的文化语境来思考，《光阴诗》无疑也具有了积极的意义。它在形式上的变动，尤其是语言上的浅白化，都构成了松动传统诗作规范的积极因素。相较于之后白话新诗的兴起，它似乎也具有了一种朦胧的超前意味。

在西诗汉译的整个历程中，继钱锺书发现的《人生颂》之后，名为《大美龙飞罗先生爱惜光阴诗》的这一译本，也理应占有明确的位置，而不是只居于目录学的角落，或完全处于被忽视的状态。鲁迅1935年在谈论文学翻译的复译时，认为"即使已有好译本，复译也还是必要的"，"取旧译的长处，再加上自己的新心得，这才会成功一种近于完全的定本。但因言语跟着时代的变化，将来还可以有新的复译本的，七八次何足为奇，何况中国其实也没有译过七八次的作品"。[①] 英国传教士沙光亮1897

---

① 鲁迅：《非有复译不可》，《且介亭杂文二集》，人民文学出版社1993年版，第58—59页。

年的《人生颂》译本，也可谓已然进入西方文学的"复译"。

第四节　李提摩太与《天伦诗》的汉译

此诗乃英国著名诗人璞拍所作。璞君于一千六百八十八年（即康熙二十六年）生于英国伦敦京城，卒于一千七百四十四年，一生耽习吟咏，著述甚多。当一千七百十九年，时璞君三十有一龄，有英国大臣名博林波者，嘱璞君撰天伦诗以训世，专咏天人相关之妙理。诗分四章，章各数节，条目详明，词旨深远，刊行之后，脍炙人口。余藏是编，数年于兹，屡欲翻成华文藉质中国当世诸大吟坛，俾知泰西亦有诗学，不乏名流。惜乎南辕北辙，仆仆告劳，以致搁笔者久矣。延至今春，始于暇时，略一翻之。并嘱吴江任申甫随使点缀润色，仿照中国诗体，撰成四言韵文，五阅月而毕。窃谓翻书之事，难易不等，所最难达意者，厥惟西诗。西诗运典古奥，用喻精深，逐字翻之，委曲难明，反足以辜负作者一片救世婆心。兹将原书之可译者译之，其有中西词句，不能牵合者，改头换面，务将本意曲曲传出，不爽分毫，使人一目了然。明知笔墨烦冗，不暇致详，错谬殊多，惟望阅者观其大意，略其小疵。因文见道，同心救世，幸甚幸甚。书成将付剞劂，爰志数语于简端。[①]

1870年2月12日，属于英国浸礼会的传教士李提摩太抵达上海，开始了他那漫长的在华历程。在之后的第28个年头，他与中国人任廷旭合作，汉译了英国18世纪新古典主义诗人蒲伯的长诗《人论》（*An Essay on*

[①] 璞拍撰，英国李提摩太译，中国任廷旭笔述：《天伦诗》，上海广学会藏板、上海美华书馆1898年版。下文所引该译诗诗句，不再注明出处。另，刘树森《〈天伦诗〉与中译英国诗歌的发轫》一文，引用此段序言，诗人名直接写为"蒲柏"，"蒲君"，并指出《天伦诗》现藏于北京大学图书馆，"或许是当今海内外尚可目睹的孤本"。据笔者查阅北京大学藏本，原诗人名字并没有写为"蒲柏"。刘树森文章，见香港中文大学翻译系刊物《翻译学报》1998年第2期。

Man），并写下了如上序言。

该诗由上海广学会以单行本形式出版，题名《天伦诗》，原作者译为"璞拍"①，封面标明出版时间"救主一千八百九十八年"、"光绪二十四年岁次戊戌"。正如葛桂录所称，该诗为"迄今所见英国诗歌作品最早而完整的中文译本"②，全篇一万七千余字，包括了序言、目录、总论、章节等部分。在篇幅长度和结构完整性上，它都远远超出了此前的所有译诗。单从这一点来看，在近代中西文学交流历程中，《天伦诗》的翻译就应占据特殊的位置。已有几位研究者注意到该诗的重要性，如刘树森的《〈天伦诗〉与中译英国诗歌的发轫》、刘强的《翻译与改写：李提摩太中译〈天论诗〉研究》、何津的《论英汉诗歌翻译——亚历山大·蒲伯〈论人〉的个案研究》。胡淼森《失效的"西铎"——以李提摩太的宗教救华论为中心》一文的附录，对此也有一些简论。③ 不过，由于史料珍稀难见，研究者过去又不甚注意传教士译诗，译诗所处语境及其自身又较为复杂，所以不少问题也还需要深入思考。

实际上，序言所表现出的翻译意图，译诗的标题用语以及出版时间的标注，就已暗示出该诗包含着丰富的意义。作为个案性的译诗事件，它也许不能呈现直观的历史线索，或者说并不能纳入一个明确而又庞大的整体。但是，它在特殊语境里产生的关联和意义涵括，无疑又使之超出了"点"的限定。由此，究竟有着怎样的翻译形态，其中又融入了哪些因素，译者意图与历史语境有着怎样的纠葛等问题，也就具有了深入论述的必要。

一 "裨益于人而救世之弊"的译者意图与翻译行为

在《天伦诗序》中，李提摩太提到他与任廷旭的合译"五阅月而

---

① 诗人 A. Pope 译名此外有蒲柏、蒲伯等。英国安德鲁·桑德斯所著、谷启楠等人所译的《牛津简明英国文学史》，作"蒲伯"（人民文学出版社 2000 年版，第 421 页）。
② 葛桂录：《中英文学关系编年史》，上海三联书店 2004 年版，第 120 页。
③ 刘树森文章发表于香港中文大学翻译系所办刊物《翻译学报》（1998 年第 2 期）；刘强文章为 2006 年北京大学英语语言文学硕士学位论文，何津文章为 2007 年南昌大学英语语言文学硕士学位论文。胡淼森文章发表于《美术馆（现代性与中国美术）》（2006 年 B 辑，王璜生主编，上海书店出版社 2007 年版）。

毕",并注明字样:"光绪二十有四年岁次戊戌仲夏之月英国李提摩太识于上海广学会寓斋"。"仲夏之月"即农历五月,应为译诗的完成时间,其时清廷的维新运动也正步向高潮。李提摩太与维新人士康有为、梁启超等往来密切,不仅多次建言提出改革方案,且在此前就十分关注中国的社会状况。他曾结交李鸿章、张之洞等政要,并翻译、出版了大量中文著述。这些著述不仅包含传教内容,而且也有多种为世俗的西学知识。尤其是后者,使得李提摩太在西学传播、民智启蒙以及社会改革等方面,产生了较为积极的影响。从李提摩太连续的翻译活动来看,《天伦诗》这一汉译行为显然也是其中重要一环。从翻译事件所发生的具体时间来看,它在特别的历史时空中无疑又获得了更多隐喻意义。

在序言结尾,李提摩太自谓其翻译"笔墨烦冗,不暇致详,错谬殊多"。但是,这种谦虚并没有掩盖他"因文见道,同心救世"的最终目的。在他这里,"翻译"再次被纳入强烈的主观意图之中。在传教士的文字里,这也成为了一种较为普遍的现象。传教意图与具体的翻译往往是融合在一起的,前者带给后者超越字面的意义,后者成为前者的表现策略和方式。当然,需要注意的是,具体的翻译包含的意图往往不止一种,其中意图也并非只有单一表现。李提摩太的翻译活动,就正有着多样的意图表现。他在翻译中既表达了传教意图,又传播了晚清亟需的西学知识,并以此方式介入到了多个方面的社会生活。如此一来,若再以单一的意图来概括他的翻译,也就很难认识其中纠葛和变化。

在入华传教活动的早期,李提摩太对翻译的重要性就已有深刻的认识。只不过在这种认识中,翻译的内容侧重前后也发生了一些变化。在回忆录中,李提摩太曾列出1876年时他在山东青州的作息时间:

7:30—8:00am　　早餐;

8:00—8:30　　　祈祷;

8:30—10:00　　　英译汉;

10:00—12:30　　辅导有意皈依者,或讲道;

12:30—2:00pm　 巡视孤儿院,以首调唱法教孤儿唱歌;

2∶00—5∶00　　　　英译汉；
5∶00—7∶00　　　　处理杂务、散步、晚餐；
7∶00—8∶00　　　　阅读英文教会史；
8∶00—8∶20　　　　做中文祈祷；
8∶20—9∶00　　　　读培根散文和巴特诺讽刺诗；
9∶00—10∶00　　　与教师们谈话。①

也许这一时间表并非完全准确，但其中最为重要的信息还是一目了然。一天长达四个半小时的"英译汉"，表明了李提摩太对文字翻译活动的重视。在1875—1876年定居青州时，他一方面研习中国儒、佛、道各家经典，如《近思录》、《金刚经》等，一方面借用这些典籍里的宗教思想和词汇，用中文撰写了宣扬基督教义的《教义问答》。同时，他还翻译了一个宗教社团内部的《拯救之道》，以及泰勒（Jeremy Taylor）的《神圣生存》和弗朗西斯·索尔斯（Francis Sales）《虔敬人生》的第一部分等著述。在这些翻译中，他自言是"尽可能避免使用外国名字，因为中国人痛恨外国的事物，并且采取了我们的主诉诸良心的自省方法，而不是求诸于一个中国人所不熟悉的权威"。② 由此可见，此阶段长时间的"英译汉"，其内容无疑是集中在了宗教方面。由此也可以作出这样的推断：既然在宗教内容的翻译中，都尽量避免了中国人所不熟悉的权威，那么在其他世俗性的文字翻译中，更多采取适应中国文化语境的做法，也就很自然了。

李提摩太认为"文字"是最为广泛而有效的传教手段："别的方法可以使成千的人改变头脑，而文字宣传可以使成百万的人改变头脑。"③ 在传教过程中，他对文字活动的重视一直得到了延续，并且包含了多种表现形式。在1876—1878年的山东大旱灾荒中，李提摩太一面进行赈济活动，一面撰写、翻译并且散发了大量的宗教性小册子。如其所述，"引导人们

---

①　[英]李提摩太：《亲历晚清四十五年——李提摩太在华回忆录》，李宪堂、侯林莉译，天津人民出版社2005年版，第90—91页。

②　同上书，第68页。

③　江文汉：《广学会是怎样一个机构》，载《文史资料选辑》1980年第43辑，第7页。

转向上帝祈祷求雨的不仅仅有微不足道的海报,还有影响更深更广的宣传基督教的印刷小册子"。他送给灾民《教义问答》和《赞美诗》译本并要求他们背诵,还为其中的领导者"选编了《旧约》中的赞美诗和《新约》中的某些章节"。在组织人们学习基督教教义之时,奖励给优秀者的也是布道小册子和赞美诗。① 对赞美诗的重视与散发,当然并非出自文学交流意图,但也使得其中包含的文学因素一定范围内有了传播。那么,当某种西方文学内容适合传教需要之时,将之翻译并且传播开来,也就不再是纯粹的偶然事件了。

与此同时,李提摩太很快认识到了将西方文明与基督福音一起传播的必要。将二者融合一起,不仅可以从社会具体需求的角度来吸引中国人的注意力,而且可以促进知识阶层对基督教义的认同和接受。"我坚持认为,应当付出跟从事宗教事务同样多的努力去研究自然科学,因为自然科学处理的是上帝制订的法律。"因而,他认为驱除中国人迷信思想的最好途径,就是传授天文学、物理学、化学等自然科学知识,由此他还拟定了一套方案,针对中国人准备了一套知识教科书。在1877年写给英国浸礼会传教士协会的一封信中,他提出了教会帮助中国人的四条途径,其中有两条:"把基督教文明的真正原理传授给中国民众,包括医学、化学和矿物学、历史","引进新兴的工业技术"。② 这些言说,其实是将西方文明与"基督教文明"等同,从而为西学知识译介在神学上找到了支持。传教需要与西学知识传播的内在统一,也就为李提摩太参与社会事务、译介西学知识提供了一个重要理由。在1900年纽约举行的基督教大会上,他还如此强调:"基督教文字事业的范围应当和上帝的作为一样广阔,要和人们的需要相适应。"部分人士批评在华传教士的非宗教性书刊出版太多,李提摩太对此也给予了回答:"对一般性书籍比纯粹宗教性书籍出版更多的趋向所提出的任何批评,我们并不回避,因为究竟什么是神圣的,什么是世俗的这种细致的差别,我们并不重视。对上帝来说,一切服务工作都具有同

---

① [英]李提摩太:《亲历晚清四十五年——李提摩太在华回忆录》,李宪堂、侯林莉译,天津人民出版社2005年版,第86、103页。

② 同上书,第104页。

等的地位。只要我们所灌输的知识是正确的，谁能说这不符合基督教的实质呢？"①

将世俗知识体系与基督教信仰结合一起，这种做法其实早就受到了新教传教士的重视。米怜在入华之前就坚信基督教"可以无与伦比地取代任何其他宗教"，甚至与理性世界完全吻合，"尽管在一些特殊情况中，基督教的教义超越了目前正处于幼年时期人类的理解能力，但是却很适合于磨砺人类的心智，而且与健全的理性匹配得完美无瑕"。② 在华生活60余年的美国传教士丁韪良（William Alexander Parsons Martin），也有着相似认识。他认为地理、历史、天文、经济、社会等西方"实学"知识，可以为传播基督教扫清障碍："在皈依各民族的工作中，宗教与科学是，或者应当是彼此互相帮助的一对夫妻，上帝已经结成的，人们就不要分开"，"基督教是随着西方科学而来的，有了她（西方科学），这种灵性的力量便注定要使中国人的内在生活发生深刻的革命"。③ 1870年天津望海楼教案发生，起因之一即为民众轻信、误传传教士拐卖儿童、挖眼炼药等谣言。受到冲击的虽然主要是天主教，但新教传教士从中也吸取了教训。他们进一步认识到了西学知识传播的重要，先后成立了"在华实学传播会"、"益智书会"、"广学会"等机构，并出版了《中西闻见录》、《万国公报》等刊物。如1872年在北京组成的"在华实学传播会"，目的之一就在于消除中国人的迷信，"使大众的心灵熟悉这类变化的观念，引导中国人情愿承认它们而非反感，来为不可避免的革新作准备"④。

如此一来，教义宣扬与世俗知识传播，必然会发生更为紧密的结合。而且世俗知识的译介传播，也正好投合了晚清社会革新的急切需要。德国传教士花之安的《自西徂东》，美国传教士的《政要年鉴》、《中东战纪本

---

① 江文汉：《广学会是怎样一个机构》，载《文史资料选辑》1980年第43辑，第22、23页。
② ［英］米怜：《新教在华传教前十年回顾》，北京外国语大学中国海外汉学研究中心翻译组译，大象出版社2008年版，第1页。
③ ［美］丁韪良：《中国六十年记》，转引自王文兵《丁韪良与中国》，外语教学与研究出版社2008年版，第147、152页。
④ 转引自王文兵《丁韪良与中国》，外语教学与研究出版社2008年版，第193页。

末》,丁韪良的《万国公法》、《格物入门》,英国传教士艾约瑟的《西学启蒙十六种》等著译,都是沿着这种思路和意图运行,从而对晚清社会产生了积极影响。在这些具有远见、颇有著译能力、勤奋的传教士心目中,中国社会的多种问题也成为了需要主动关注的地方。李提摩太多次向晚清大员丁宝桢、曾国荃、李鸿章、左宗棠、张之洞等人,提出了开采矿产、修筑铁路、开办工业、引进现代教育等建议。在1880—1884年,他还花费巨资购买了"天文学、电学、化学、地理学、自然史、工程学、机械学类"等方面的西学书籍,以及"望远镜、显微镜、分光镜、手动发电机、各种化学电池"等仪器,并通过为官员、学者做演讲和实验的方式,来提高中国人的科技知识水平。① 在《万国公报》等处,李提摩太也发表大量译介西学知识的文章,并发起了"拟广学新题征著作以裨时局启"等活动。② 与此同时,李提摩太、丁韪良、林乐知等传教士与晚清统治阶层较为密切的关系,也使得他们进一步注意到了整个社会的需求,甚至有了不无主动迎合的心理和姿态。

在李提摩太这里,西学知识译介还与民众的思想启蒙联系了起来。从1891年接任广学会总干事之后,他对启蒙工作给予了更多重视。在他设想的工作方案中,诸如"设立奖金,授予中国人所写的、有关社会进步和民众启蒙的各种课题的优秀论文","呼吁、鼓励其他一些有益于民众启蒙的措施,如开办讲座,设立博物馆,阅览室"等举措,占据了较重分量。在当年的工作报告中,他就写道:"越来越多的人们意识到,帮助中国的最好方法,就是推进广学会所追求的启蒙工作。"③ 1892年他还写信给在中国的一些有名望的传教士,"向他们征求用于全面启蒙工作的最急需的著作的建议"④,

---

① [英]李提摩太:《亲历晚清四十五年——李提摩太在华回忆录》,李宪堂、侯林莉译,天津人民出版社2005年版,第137—138页。
② 上海广学会李提摩太:《拟广学新题征著作以裨时局启》,《万国公报》1894年8月第67册,第10—11页。
③ [英]李提摩太:《亲历晚清四十五年——李提摩太在华回忆录》,李宪堂、侯林莉译,天津人民出版社2005年版,第201页。
④ [英]苏慧廉:《李提摩太在中国》,关志远等译,广西师范大学出版社2007年版,第166页。

以便组织翻译为中文。此外他还多次表明，广学会的工作是要"遍采泰西有裨于国计民生之学，著为论说，勒为成书"①，"取一切可以救偏补弊之书，陆续刊印"②。由此可见，在李提摩太的著述活动中，民智启蒙的确有着较为重要的位置。赖德烈后来对李提摩太就有如此评说："他的主要目的不是将华人引入某个教会的行列之中，这样使其得救；他的目的更多是全面改造华人文化的方方面面，使千百万华人的生活更加富裕——经济上、思想上和灵性上给予新生命。"③

至于李提摩太考虑到的接受对象，显然包括了普通的中国读书阶层，而不仅仅是数量有限的精英群体。在以"广学会同人谨启"方式刊出的《广学会序》中，李提摩太就强调，广学会"其意要使各省文武、州县守备各官而上，又自各书院山长、学官及名下文人，深悉各国养民善法，然后愚民亦可由此渐开门径"。④ 在《广学会第七年综纪》所列"会章"的"立法"一条中，他作了更为明确的表述：

> 必先讲求华学，以期融会贯通，然后著译新书，可以裨益于人而救世之弊。著录报章，特供读书人阅看。别作一报，俾妇稚皆能领略。更作一初学之报，凡学塾中之蒙童，皆可披阅。翻刻有用各书籍，其但有西字者，为之翻译华文。拟在上海设一总局，专售本会书籍及一应报纸，别设子店于各省会，各大城镇及香港、新嘉坡、槟榔屿、爪亚、横滨等处，分售书籍报纸。⑤

由此可见，李提摩太针对不同层次的读者，提供了不同的书籍报章，

---

① 李提摩太述，铸铁盦主译：《广学会第六年纪要（附总帐）》，《万国公报》1894年1月第60册，第5页。
② 李提摩太述、沪蔡芝绂书：《广学会第七年综纪（一千八百九十三年十一月初一日起一千八百九十四年十月三十一日止）》，《万国公报》1895年2月第73册，第12页。
③ [美] 赖德烈：《基督教在华传教史》，雷立柏等译，（香港）道风出版社2009年版，第323—324页。
④ 广学会同人：《广学会序》，《万国公报》1892年2月第37册，第14页。
⑤ 李提摩太述、沪蔡芝绂书：《广学会第七年综纪（一千八百九十三年十一月初一日起一千八百九十四年十月三十一日止）》，《万国公报》1895年2月第73册，第12页。

而且对社会亟需的西学知识也有着积极的译介规划和传播措施。

在这种意识作用下,李提摩太于 1892 年开始翻译三年前刚于伦敦出版的、由麦肯齐(Robert Mackenzie)所著的《泰西新史揽要》(History of the Nineteenth Century)一书。他以《泰西近百年大事记》为名,将其内容连载于 1894 年的《万国公报》①,并于 1895 年出版单行本。在 1895 年 5 月所作的译本序中,李提摩太开篇即强调了翻译的意义:"此书为暗室之孤灯,迷津之片筏,详而译之,质而言之,又实救民之良药,保国之坚壁,疗贫之宝玉,而中华新世界之初桄也,非精兵亿万、战舰什百所可比拟也。"② 全书较为明晰地介绍了近代西方战事、科技、法制、教育等方面的变化革替,充满了强烈的进化论色彩。"诚新史而兼明镜之资"的该书,对于在甲午海战中惨败的清廷来说,的确具有以史为鉴、救民良药的象征意义。而且,清廷坚船利炮策略的失败,也使得李提摩太对民智启蒙给予了进一步重视。他在序言中不仅认为精兵战舰不可比拟该书精义,而且还指出兴国之道断不可少的四大端:"道德一也,学校二也,安民三也,养民四也。"③ 这些见解产生了强烈反响,以至于该书多次重版仍是销售一空。对此,李提摩太甚至称杭州一地"就有不少于六个盗版本"。④ 维新派人士也将之视为启蒙教科书,如康有为、梁启超等人都是大加赞赏。康有为还将之进呈清廷,引起了光绪帝的浓厚兴趣。从这一例子不难见出,李提摩太是有意以文字翻译的形式介入了中国维新运动。序中的如下言论,也正可谓明确一证:

> 光绪十八年揭来上海,亟思翻译华文以饷华人,爰访译书之有名者,闻蔡君芝绂于中外交涉之事久经参考,遂以礼聘之来。晴几雨

---

① [英]麦恳西:《泰西近百年大事记》,[英]李提摩太译,上海缕馨仙史蔡尔康录,连载于《万国公报》1894 年 3—9 月。

② [英]麦肯齐:《泰西新史揽要》,李提摩太、蔡尔康译,上海书店出版社 2002 年版,序言第 1 页。

③ 同上书,第 2 页。

④ [英]李提摩太:《亲历晚清四十五年——李提摩太在华回忆录》,李宪堂、侯林莉译,天津人民出版社 2005 年版,第 211 页。

窗，偶得暇晷，即共相与绅绎，迄今三载始克卒业，盖诚郑重乎其事也。至论劝令宦途士林中人，尽读新书以兴中国之策……①

从1891年起，李提摩太又展开了对西方文学的翻译。他将美国小说家贝拉米1888年出版的 Looking Backward：2000—1887，以《回头看纪略》为题简略译为中文，匿名连载于1891年12月至1892年4月的《万国公报》。至1894年，易名为《百年一觉》，由广学会在上海出版了单行本。该小说风靡一时，对康有为、谭嗣同等人的大同世界想象，以及1902年梁启超《新中国未来记》的构想，都产生了重要影响。这与小说本身的空想社会内容，以及李提摩太启蒙晚清社会的意图不无关系。在《回头看纪略》连载的开端，李提摩太就说："西国诸儒，因其书多叙养民新法，一如传体，故均喜阅而读之"，"今译是书，不能全叙，聊译大略于左"。② 这一说法，显然包含了以兹为鉴的用意。正如韩南所分析的，该小说与基督教原本关系不大，却如同《泰西新史揽要》的翻译一样，部分地实现了李提摩太的"大众启蒙"计划："他坚信在中国首先需要使知识分子投入社会改革，这比努力向百姓宣讲福音更为重要，这种信念使得他与同辈们不和。"这也使得他并没有重视小说内容的完整性，翻译只是由一回回简短的提要构成，甚至有"几乎称不上是译作"的意味。③ 在这里，原作结构和叙述视角都发生了变异，中国传统的章回形式被用来重新组织小说内容。这其实也表明，李提摩太是将文学翻译作为了实现"启蒙"意图的一个积极因素。

对宗教知识和世俗知识的并重，翻译与晚清社会现实、民智启蒙需求的结合，在李提摩太身上可谓得到了集中体现，并且具有了强烈的一贯性。也正是在这种趋势和延续之中，1898年的《天伦诗》汉译成为又一个接续性的事件。换句话说，作为单一的汉译事件，该诗的出现也

---

① ［英］麦肯齐：《泰西新史揽要》，李提摩太、蔡尔康译，上海书店出版社2002年版，序言第3页。
② ［英］李提摩太译：《回头看纪略》，《万国公报》1891年12月第35册。
③ ［美］韩南：《中国近代小说的兴起》，徐侠译，上海教育出版社2004年版，第96—97页。

许不无偶然。但是李提摩太在此时期作出的这种翻译选择，又会是一种必然。当然，从《天伦诗》自身所包含的寓意来看，它也具有了被选择的因素。也只有如此，它才可能进入李提摩太连续性的译介意识之中。

二 《人论》的"词旨深远"与被选择

汉译《天伦诗》的出现，在李提摩太的序言叙述中，的确显得不无预谋色彩，并承载了译者的良苦用心。李提摩太收藏此诗"数年于兹"，且"屡欲翻成华文"，"仆仆告劳"而未成。"今春"始得有时，方才与任廷旭一起经五个月时间而成，将之付与剞劂。用语虽然简短，却不难感受李提摩太对该诗钟情已是很久，以及他在译成之后的内心喜悦。那么，蒲伯在1733—1734年完成的该诗究竟具有何种魅力，以致让李提摩太要如此积极"翻成华文"？他称赞该诗"专咏天人相关之妙理"，"词旨深远"，"脍炙人口"，看来对原意也是颇为了解，尽管将创作时间误记为了1719年。那么，李提摩太在此前译介中已表露出的多种意图，在该次汉译里又得到了怎样的回应和表现？

蒲伯所生活的18世纪，被称为启蒙主义时代，或者理性时代。"理性"成为了时代的关键词，成为了衡量人类行为的一种重要尺度，它与平等、科学、秩序等观念一起被人们用来解释世界。经验主义哲学家约翰·洛克（John Locke）、科学家牛顿（Isaac Newton）等人的"理性"思想，对整个时代产生了巨大的影响。洛克在奠定其经验主义哲学创始人地位的巨著《人类理解论》中指出，人们可以通过实验或实践来认识世界，需要用理性思维来指导这些行为。他认为，人的理智认识是有限的，只有承认这种局限性的存在人们才能有所认识。牛顿在奠定其学术地位的第一部著作《自然哲学的数学原理》中，也力图把世间万物的机理都纳入统一的科学理论体系，表现出了对理性观察和理性思维的崇尚。[①] 在这些思想影响

---

① 吴景荣、刘意青主编：《英国十八世纪文学史》，外语教学与研究出版社2000年版，第72—86页。

之下，18 世纪的文学领域出现了新古典主义思潮，对理性、秩序、逻辑等观念作出了艺术诠释和展现。当然，这种理性意识和启蒙意识的出现，时空上与晚清时局都有着很大距离。但是，从晚清社会发展需求以及部分人士的意识变化来看，可能也正如李提摩太翻译《泰西新史揽要》时所表示，这些知识若能在文学翻译中得以表现和传播，也正可以起到兴国之策、救民良药的作用。

蒲伯作为 18 世纪的代表诗人，他接受了洛克、牛顿等人的思想，并在创作中给予了表现。《人论》一诗，正是他结合这些思想对人在宇宙中的地位，以及世界秩序作出的诗意诠释。该诗分为四章，采用诗札形式，从谈论宇宙开始，对人性、社会、道德和快乐等方面作了深刻论说。蒲伯认为世间万物各有其位置，它们从属于统一的秩序。人处于天使与野兽之间，只有安于自己的位置才能获得真正快乐。该诗第一章"从宇宙来论人的本性和地位"（Of the Nature and State of Man, With Respect to the University），其第一节的标题就为"That we can judge only with regard to our own system, being ignorant of the relation of systems and things"，李提摩太将之翻译为"论人但知日洲之事，而昧于此外各定星洲之事"。诗句表达的旨意，与洛克的理智局限性观念正相符合。在第一章结尾，蒲伯写下了如此名句：

> 整个自然都是艺术，不过你不领悟；
> 一切偶然都是规定，只是你没看清；
> 一切不协，是你不理解的和谐；
> 一切局部的祸，乃是全体的福；
> 人恨高傲，乃恨理智走错了道。
> 分明有一条真理：凡存在都合理。[1]

诗篇对秩序的强调以及"凡存在都合理"的哲理式总结，显然充满了

---

[1] 王佐良：《蒲柏与英雄双韵体诗歌》，见吴景荣、刘意青主编《英国十八世纪文学史》，外语教学与研究出版社 2000 年版，第 100 页。

洛克、牛顿等人思想的影子。他们所主张理性思维、秩序意识，对蒲伯等新古典主义作家的确产生了重要影响。

对世界秩序、人类自身位置、人性的"自爱"与"明理"等问题的认识，使得《人论》具有了思想启蒙色彩。对于十分了解晚清时局的李提摩太来说，这些知识显然正可作为民众启蒙的文化资源。其实，18 世纪带有启蒙色彩、注重理性的一些哲学观念，对新教传教士也产生了较为普遍的影响。如传教士丁韪良，在读书期间就已接受了正在美国传开的苏格兰常识哲学。在这一哲学体系中，常识即是理性的同义词。丁韪良入华之后，也充分注重了世俗科学知识的传播。[①] 李提摩太 20 来岁时就读于哈佛孚德（Havefordwest）神学院，也对世俗知识产生了浓厚兴趣。他怀着极大的热情参加课程改革的请愿，要求学习活的近代语言，学习包括印度、中国等在内的世界通史。他认为实用的现代科学知识，远比空泛的形而上学和神学研究更有意义。[②] 进入中国之后，他对大量科技知识的译介，以及在社会秩序、世界认识等方面给以政府官员的建言，都表明他的思想与《人论》意趣有了一定程度的吻合。1898 年前后，社会维新意识的兴起，也有力促进了李提摩太与《人论》的相遇。可以说，李提摩太在《天伦诗·序》中称赞该诗"条目详明，词旨深远"，并非是随意的点评，而是暗含了强烈的现实针对性。

需要指出的是，《人论》成为李提摩太的选择，也正如他的整个译介活动一样，并非只有单一意图。《人论》自身所包含的意蕴，也并非只在于对人类理性、秩序意识的肯定。蒲伯在诗歌中也表示了如此观念：世间秩序皆由上帝设置，一切井然有序，各得其宜；人类由上帝创造，理性和情欲也来自上帝安排，只有服从上帝，才能享有真福。这与李提摩太理解的基督教文明的含义，以及世俗知识都是上帝存在的显现等观念，在根本上是一致的。其实，这些观念的出现，也同样是受了洛克、牛顿等人自然神学思想的影响。洛克主张用理性思维来指导人类行为，但他又认为理性与上帝启示并不

[①] 王文兵:《丁韪良与中国》，外语教学与研究出版社 2008 年版，第 26 页。
[②] ［英］李提摩太:《亲历晚清四十五年——李提摩太在华回忆录》，李宪堂、侯林莉译，天津人民出版社 2005 年版，第 9 页。

矛盾。要遵循上帝的启示就必须要有理性的思维，理性是宗教信仰的基础。牛顿也把秩序井然的客观世界，视为上帝的创造物。自然神论的基本特点，就是要把自然理性确立为宗教信仰的基础，把上帝变成一个合乎理性的上帝。① 这也成为李提摩太等传教士积极译介世俗知识的一种理论支撑。

在自然神论的观念中，观察研究自然是体会上帝旨意的一种途径，自然界万物的活动和秩序，都是上帝存在的最好证明。而且，"17—18世纪英国和欧洲几乎所有提倡理性主义和启蒙意识的思想家都与自然神论有着某种内在的精神联系"②。对美国宗教思想有着重要影响的苏格兰常识哲学，也"因信仰外部世界的客观实在性以及由'因果'论推出'上帝'的存在而起到了支持正统神学的作用"③。18世纪尽管被称为理性时代，但它也是从以"神"为中心到以"人"为中心的时代过渡的最后阶段，人与神的联系、对立同时存在。这种状况深深地影响了西方18世纪的文学面貌，使斯特恩、菲尔丁、蒲伯等人的创作都包含了自然神论的思想。出生于天主教家庭的蒲伯，其创作主要发生在18世纪上半叶，他的《人论》表现出自然神论的思想也是较为自然的事。对于李提摩太来说，汉译《人论》这一行为，与他将基督文明等同西方文明的观念，也有了内在精神上的一致。在《天伦诗序》中他所强调的"因文见道"，其真实的意义最终也指向了基督教义。

除开以上因素，《人论》所含的"道德"意识，也成了李提摩太汉译时的一个侧重点。该诗开篇设置有一则"写作构想"（*The Design*），蒲伯于其中作了自我评说："如果我自认为该文有些价值的话，那就在于它穿行在那些看似对立的理论学说之间，略过那些晦涩难懂的术语，从而去建构一个适度而非不调合的、简略而非有缺陷的道德体系。"④ 在诗篇中他

---

① 赵林：《英国自然神论的兴衰》，见［美］格雷汉姆·沃林《自然神论和自然宗教原著选读》"代序"，李斯、许敏译，武汉大学出版社2007年版，第16页。
② 赵林：《英国自然神论的兴衰》，武汉大学出版社2007年版，第6页。
③ 王文兵：《丁韪良与中国》，外语教学与研究出版社2008年版，第27页。
④ 原文："If I could flatter myself that this Essay has any merit, it is in steering betwixt the extremes of doctrines seemingly opposite, in passing over terms utterly unintelligible and in forming a temperate, yet not inconsistent, and a short, yet not imperfect, system of ethics." *The Complete Poetical Works of Alexander Pope*, Edited by Bliss Perry, By Houghton, Mifflin and Company, 1903, p.137.

也一直强调人类应该遵循上帝创造的总体秩序,如此才能获得真正的幸福和道德。这里的"道德"又如何理解呢?自然神论认为道德是首要的教义,每个人心中都有扬善弃恶的基本原则,"理性不仅仅表现为亘古不变的自然法则,而且也表现为人心普遍存在的道德原则"①。在《人类理解论》中洛克也表示:"道德的原则需要人们经过推论、考察和运用才能发现它们的真实性和确切性","道德的真正根据只能是上帝的意志和法律",上帝将德性与公众幸福不可分割地联系在一起,使得道德的实行成为了维系社会的必要条件。②受到自然神论影响的《人论》,也正包含了这种道德含义。这也正是它在强调上帝安排世界之后,将自然之理、立国之基、社会政治等也纳入论述体系的原因。《人论》的"道德"与现实社会之间的关系,由此也变得更为紧密了。李提摩太显然是接受了这种"道德"观念,他在《泰西新史揽要》译本序中将"道德"视为断不可少的兴国之道。这里的"道德"也正是基督教义的表现,因为他同时表明兴国之道的最大端即为"泰西各国救世教",华人应该"深思而博考之"。③ 在《天伦诗》序言中,李提摩太强调蒲伯创作该诗是为了"训世,专咏天人相关之妙理",译本里也出现了如此诗句:"安分守道,皆享太平","惟有道者,天必福之","道德性情,相交益善。有道无欲,人事不兴","道德之始,情欲之终。善恶相杂,界限甚微"等。这里的"道德"并非仅仅是指人的行为规范,它同时指向了对上帝所创造的世界秩序的遵循,以及对上帝的信仰。

三 "仿照中国诗体"与"改头换面"的翻译改写

《人论》包含的多种意蕴,与李提摩太的翻译意图,不管是外在层面,还是内在层面,都有着重要的关联与契合。将之以《天伦诗》之名译出,

---

① 赵林:《英国自然神论的兴衰》,武汉大学出版社2007年版,第19页。
② [英]洛克:《人类理解论》,谭善明、徐文秀编译,陕西人民出版社2007年版,第27、31页。
③ [英]麦肯齐:《泰西新史揽要》,李提摩太、蔡尔康译,上海书店出版社2002年版,序言第2页。

也正是李提摩太多种意图影响的显现和结果。在《天伦诗序》中，李提摩太就表示此次翻译是为了"因文见道，同心救世"，而且屡欲将之译成华文，也是为了"藉质中国当世诸大吟坛，俾知泰西亦有诗学，不乏名流"。在不辜负"作者一片救世婆心"的同时，这似乎也使之明显地带有了中西文学交流的色彩。序言介绍蒲伯，称之为"英国著名诗人"，"一生耽习吟咏，著述甚多"，的确也是强调了此位泰西诗人在文学方面的重要性。

被置于如此重要位置的诗作，其艺术形式却并没有得到忠实再现。相反，请任廷旭来点缀润色，最终是要"仿照中国诗体，撰成四言韵文"。正如不少传教士入华之后改穿儒服，远道而来《人论》也穿戴上了"中国袍冠"。可是，这种有意识的改换，却又并不见得是模仿到家。除开序言、章节目录之外，《天伦诗》采用了传统的中国四言诗形式，但又没有认真对待平仄韵律。其语言读来较为浅显，诗句之间也无明显的韵律规则。有论者指出，该诗"采用文白相间的浅显语言，不叶韵，通过遣词造句、运用各种修辞方法以增删内容使行文明显具有口占与对话的风格"。① 这样看来，李提摩太似乎既没有重现原诗英雄双韵体形式，也没有真正遵守中国的诗作规范，而是只借用了一个外在的四言形式。不过，对于李提摩太来说，通过"嘱"任廷旭而译为这种形式，倒也使得译文趋近了原诗的简练风格。蒲伯在《人论》的写作构想中，有如下一番言说：

This I might have done in prose; but I chose verse, and even rhyme, for two reasons. The one will appear obvious; that principles, maxims, or precepts, so written, both strike the reader more strongly at first, and are more easily retained by him afterwards; the other may seem odd, but it is true: I found I could express them more shortly this way than in prose itself; and nothing is more certain than that much of the force as well as

---

① 刘树森：《〈天伦诗〉与中译英国诗歌的发轫》，《翻译学报》1998 年第 2 期。

grace of arguments or instructions depends on their conciseness. ①

在洛克、牛顿等人的观念中，受到推崇的是理性的观察和思维，而狂热激情和奇幻想象都遭遇了贬低。有论者指出："洛克和牛顿两位巨人对想象的贬低对 18 世纪诗歌发展有害无益，进一步促成了散文时代的发展，即便有诗，也多是'以文为诗'。"② 深受他们观念影响的蒲伯，其诗歌的确也多诉诸理性分析，带有了哲学的味道，其文字往往干净利落，通篇极为简练。因此，用简约古雅的四言诗形式来翻译《人论》，正可形成与之较为相近的整体风格。如包含名言"凡存在都合理"的第一章结尾，在《天伦诗》中就变为了此般诗句：

　　天机奥妙　非人所知
　　时运亦然　皆由前定
　　人不能察　惟天知之
　　万般人事　岂无乖戾
　　揆之天理　无伤太和
　　纵或有时　殃及一人
　　安知天心　非福于乐
　　人心虽傲　人性虽迷
　　惟有一端　昭示世人
　　皎如白日　世间万事
　　上帝主持　大中至正

---

① *The Complete Poetical Works of Alexander Pope*, Edited by Bliss Perry, By Houghton, Mifflin and Company, 1903, p. 137. 译文："我本可用散文来写，但我用了诗，还押了韵，是出于两个原因。一个是原理、箴言、格言之类用诗写更易打动读者，更能使他看了不忘。另一个原因是，我发现我用诗能比用散文写得更简短。有一点是肯定的，即讲道理或教训人要能做到有力而又文雅，文字非简练不可。在这里我如不简练，则容易细节谈得过多，显得枯燥，啰嗦；或者过分诗化，过分修饰，以至不够清楚，不够精确，常要打断说理的连贯性。"转引自吴景荣、刘意青主编《英国十八世纪文学史》，外语教学与研究出版社 2000 年版，第 101 页。

② 吴景荣、刘意青主编：《英国十八世纪文学史》，外语教学与研究出版社 2000 年版，第 85 页。

暂且不论其中的意义改变，的确可见诗句颇为简练，意蕴也十分深刻，与蒲伯原诗风格十分合拍。对于深受传统诗词熏染的中国士人来说，这种整齐端庄的四言形式，也许首先就可以带来一种好感。

早在入华传教初期，李提摩太翻译布教小册子，就尽量避免使用"外国名字"。这一做法在李提摩太的翻译活动中得到了延续，在《泰西新史揽要》的凡例中，他就有如此言说："是书所纪全系西事，在西人之习闻掌故者自各开卷了然，及传译华文，华人不免有隔膜处，故间采华事以相印证，原书则无是文也。"[①] 他还表示年月、度量、人地诸名等方面都已做了中国化处理，以便于华人更好阅读。在《天伦诗序》中他也表示，在"中西词句，不能牵合"之处，采取的是"改头换面"的做法，而且认为"逐字翻之"，诗歌意义反而会"委曲难明"。如其所说，译诗中的确出现了原诗所无的"秦代始皇"、"比之桀纣"、"轻如鸿毛"、"重如泰山"等句子，整体上也打乱了原诗顺序，重新组合为四言诗。但是，在李提摩太的自我言说中，他又十分强调翻译内容的忠实与准确。《泰西新史揽要》凡例有言："是书虽译作华文，而一字一句不敢意为增损，惟他中西文气之互异者，则于一节中有或前或后之别而已。"[②] 翻译《天伦诗》，也是要"务将本意曲曲传出，不爽分毫，使人一目了然"。如此看来，在李提摩太的意识中，似乎出现了一种重意义而轻形式的倾向。可是，意义与形式关联紧密，两者分开处理虽说可行，但两方面都必然会出现相应"增损"。李提摩太的《天伦诗》汉译，对原诗的简洁、深刻有所显现，"增损"变化之处却也的确不少。

蒲伯在《人论》中，采用了18世纪盛行于英国的"英雄双韵体"。这种诗体两行一组，互相押韵，故称"双韵体"，且每行五个音步，每步两个音节，一轻一重，能够形成整齐优美的风格。王佐良就认为该种诗体带给了《人论》不少好处："使它更工整，又使它更多变化，不仅每行之中必有一顿，而且往往每半行之中也有一顿，顿的位置不一，从而增加了

[①] [英] 麦肯齐：《泰西新史揽要》，李提摩太、蔡尔康译，上海书店出版社2002年版，序言第5页。

[②] 同上书，序言第6页。

各种音节配合与对照的机会；另外一个好处是能将重要的词放在顿前或顿后，取得额外的强调效果。"① 但是，《天伦诗》所采用的四言诗形，显然难以传达出这样的奥妙。全诗采用竖排，每列五句，依次排列，不仅原有的互相押韵变得十分模糊，就连两行一组的形式，也在对中国四言诗的模仿中消失了。如上面所举第一章结尾的诗句，就很难见出这些特征。不过，这倒也有一个好处，它使得全诗带上了一定的口语色彩，从而有利于具有阅读能力的一般民众接受。这也再次表明译者关注社会问题、注重民众启蒙的意图，对译文风格也产生了一定影响。

李提摩太强调"务将本意曲曲传出，不爽分毫"，在《天伦诗》中却并没有做到。译诗标题，就首当其冲表明了这点。An Essay On Man，字面上并无"天"或"伦"的意义，后来者也只是将之译为《人论》或《论人》。"天"、"道"、"上天"、"天道"、"天理"等词语，在中国文化中有着深刻意蕴。尽管不同时期的理解不尽相同，"天"、"人"关系却一直为儒家学说核心。"天"为"人"立法，"人性"源于"天道"，政治制度、纲常伦理都归结于"天"，修身养性以与天道相合，顺乎天应乎人等思想，都将天道与人生现实紧密结合在了一起。在社会关系中，"伦"、"伦理"也一直是占据支配地位的思想观念，它是行为道德的规范，维持了家国一体的整个社会秩序。《中庸》所言"君臣也，父子也，夫妇也，昆弟也，朋友之交也。五者，天下之达道也"，即为伦理的体现和至高追求。将《人论》原本简单的题目，与儒家文化体系中的"天"、"伦"对应，诗作显然也就会在译入语文化中获得正统地位，以及更为丰富的象征意义。

借用这些经典术语，自然会附带上术语背后的文化内涵。更何况面对的接受群体本身就浸染于这套文化体系，他们会习惯性地将这些术语纳入原有的理解范畴。因而，当李提摩太多处使用"天"、"道"、"德"、"圣人"等儒家经典术语时，原诗的意义无疑也就遭遇了明显改写。如出现于第一章"总论"部分的诗句，"我求圣人，畅论人生"、"我偕圣人，游览

---

① 吴景荣、刘意青主编：《英国十八世纪文学史》，外语教学与研究出版社2000年版，第94页。

宇宙",不仅在排列顺序上与原诗相去甚远,就是勉强寻找到对应诗句,两者表意上也有了显明差别。原诗第一句"Awake, my St. JOHN! Leave all meaner things"(醒来吧,我的圣·约翰!把一切俗事留给……)①,第五句"Expatiate free o'er all this scene of man"(畅谈这人类的场景),大致被糅合在了"我求圣人,畅论人生"之中。若将译诗每两句看成一组,那这两句也已是原诗第三组,前面还多出了原本所无的两组:"人生在世,如驹过隙。嗟彼世主,萦心细微。"第九、第十句:"Together let us beat this ample field, / Try what the open, what the covert yield."(让我们一起敲打这丰饶的大地,/探探那空旷处,那隐蔽处究竟是什么。)被译为"我偕圣人,游览宇宙",也显得太过简略。原诗所吁请的对象圣·约翰,在译诗中还直接变为了"圣人"。在中国语言文字中,"圣人"是儒家天人观念、人伦观念的集中体现者,它是指知行完备的至善之人,而并非基督宗教中追随上帝、拯救尘世的圣徒或殉道信徒。

入华已近30年、对中国文化十分熟悉的李提摩太,不可能不知道"圣人"与"约翰"之间的本质区别。即或这些词语并非李提摩太亲笔,而为"长于翻译"②的合作者任廷旭所为,它们最终也是得到了李提摩太的认可和支持。那么,仍然采用"圣人"以及类似的儒家术语,就很难不被理解为是一种对儒家文化传统的有意迎合。同样,"上帝"与"天"、"上天"等词语,对于李提摩太来说二者也许等同,但在汉语语境中后者总是会越出前者指涉,而将更多的传统文化观念融入。如第一章第二节结尾,即有如此诗句:

尊之若神,贱之如仆。
各当其用,皆由天定。

---

① 胡森森认为"St. John"指的"似乎是Bolingborke",即博林布鲁克(《天伦诗序》中称"英国大臣名博林波者")。《附录:李提摩太翻译的〈天伦诗〉》,王璜生主编《美术馆(现代性与中国美术)》2006年B辑,上海书店出版社2007年版。

② [日]森有礼编:《文学兴国策》序二,林乐知、任廷旭译,上海书店出版社2002年版,第5页。

非人自主，焉能预知。
人事不齐，天不任咎。
上帝造人，尽善尽美。
人之知识，各得其宜。
人之光阴，须臾俄顷。
人之佔地，不过立锥。
上天位置，人能当之。
或迟或早，于彼于此。
必得其福，今古相同。

其中所言的"天定"、"上天"，明显会使读者偏离对"上帝"的注意和理解。由此也可见出，译诗与儒家文化观念发生纠缠，明显带上了"中国化"色彩。

其实，"上帝"这一词语在《天伦诗》中也是多次出现。仅第一章就有此般诗句："上帝待人，大公至正"，"若在上帝，全能之主"，"上帝造人，尽善尽美"，"是乃上帝，爱世婆心"，"上帝爱之，使之盼望"，"上帝大智，创造万物"，"上帝创造，天地人物"，"上帝慈悲"，"一体之神，即是上帝"，"上帝主持，大公至正"等。不难看出，译诗包含了浓重的基督教意蕴，也多次强调了上帝造人、上帝救世等观念。只不过，这些诗句也总是穿插着容易引起混淆的"圣人"、"天帝"、"帝"等词语，以及一些具有强烈中国文化色彩的"改头换面"。如第二章第一节的标题，就出现了"人之质性中庸，才能有限"一句，大有融入"中庸"观念的意味。再如第一章第三节的"鸡犬同升，共享天福"，第十节的"顺天者福，逆天者灾"等句，也明显是化用了"鸡犬升天"以及"顺天者昌，逆天者亡"的说法。如此一来，《天伦诗》在传达原诗所含的理性思维、秩序意识的同时，也显现了传教布道的意图，而且与中国传统文化观念结合了起来。对于中国读者来说，既然天道与伦常秩序是应该完全接受的，那么诗中同样存在的上帝统辖之下世间万物平等、万物秩序相联的观念，也就不应该再显得那样陌生。对于李提摩太来说，这些知识的传播既有利于获得晚清士人认可，又有助于宣扬上帝造物、崇信得福的教义观念。

　　对于诗作翻译的难度，李提摩太也是深有感触。在译诗序言，他就指出西诗用典古奥，意喻精深，在翻译中为"最难达意者"。他也并没有采取亦步亦趋的做法，而是多处作了所谓"改头换面"的变动和发挥。这一点也成为《天伦诗》引人注目的地方，因为在意义不对等的背后其实是多种文化意识的交融和影响。李提摩太积极学习中文，阅读经典文献，勤于译介著述，与读书士人往来交往，这使得他在翻译《天伦诗》时无疑已具备了较好的汉文修养。再加之并没有直译或严格对等的翻译观念，又"嘱"中国文人任廷旭来"点缀润色"，《天伦诗》较之《人论》自然会有多样的改写变化。

　　第二章的第一节，在翻译改写方面就可谓显明一例。该节谈论的是人类认识有限，需要有自知之明。原诗句"爽脆、机智"，被王佐良认为是"用诗来谈论哲学而谈得如此娓娓动听"。[①] 现将其第 1—18 行的原文、吕千飞的现代译文，以及《天伦诗》译文，一并列出如下：

原诗：

> Know then thyself, presume not God to scan,
> The proper study of mankind is Man.
> Placed on this isthmus of a middle state,
> A being darkly wise and rudely great:
> With too much knowledge for the Sceptic side,
> With too much weakness for the Stoic's pride,
> He hangs between, in doubt to act or rest;
> In doubt to deem himself a God or Beast;
> In doubt his mind or body to prefer;
> Born but to die, and reas'ning but to err;

---

① 吴景荣、刘意青主编：《英国十八世纪文学史》，外语教学与研究出版社 2000 年版，第 100—101 页。

Alike in ignorance, his reason such,
Whether he thinks too little or too much;
Chaos of thought and passion, all confused;
Still by himself abused or disabused;
Created half to rise, and half to fall;
Great lord of all things, yet a prey to all;
Sole judge of truth, in endless error hurl'd;
The glory, jest, and riddle of the world![1]

吕千飞译文：

先了解自己吧，且莫狂妄地窥测上帝，
人的研究对象应该是人类自己。
他愚昧的聪明，拙劣的伟大，
位于中间状态的狭窄地岬：
他要怀疑一切，可是又知识过多，
他要坚毅奋发，可是又意志薄弱；
他悬挂中间，出处行藏，犹豫不定，
犹豫不定，是自视为神灵，还是畜生；
犹豫不定，是要灵魂，还是要肉体，
生来要死，依靠理性反而错误不已；
想得过多，想得过少，结果相同，
思想的道理都是同样的愚昧荒懵：
思想和感情，一切都庞杂混乱，
他仍放纵滥用，或先放纵而后收敛；
他生就的半要升天，半要入地；

---

[1] Alexander Pope, *The Complete Poetical Works of Alexander Pope*, Edited by Bliss Perry, By Houghton, Mifflin and Company, 1903, p. 142.

既是万物之主，又受万物奴役，

他是真理的唯一裁判，又不断错误迷离，

他是世上的荣耀、世上的笑柄、世上的谜。①

《天伦诗》译文：

天地万物　既然如此
人当自知　浅见薄识
断难测度　上帝之心
尘世中人　知识有限
充其力量　亦但知人
人之在世　如岛在洋
四围大水　一望渺茫
虽有智慧　不知者多
安能妄谈　世无主宰
虽有材能　不能者多
岂容自大　妄称造命
人生万事　执两用中
时行则行　时止则止
或尊如神　或贱如畜
或讲修心　或徇私欲
养生虽善　必罹死亡
明理虽深　反多错谬
不思必误　过虑亦愚
时而寡欲　时而多欲
太过不及　皆由自为
日进者半　日退者半

---

① 转引自王佐良《英国诗史》，译林出版社1997年版，第196—197页。

或进或退　惟人自作
或居至尊　为万物主
或处至愚　受万物害
万物真实　惟人察之
万事错误　惟人行之
或荣于时　或辱于世
隐秘奥妙　皆任所为

相较而言，吕千飞的译文在韵律、形式上，都更接近原诗所采用的英雄双韵体，只颠倒了第三、第四句的顺序。但是《天伦诗》的译文，就算将五句一列的排列方式重新变为两句一行，其诗句也多达28行。原诗两行一组、互相押韵的特征并没有得到表现，而且每组的句数也是多少不等。如原诗第一组两句，对应的却为"天地万物"至"亦但知人"十句，其中仅"人当自知"、"断难测度，上帝之心"、"亦但知人"为原文意义所有，其他六句都为译者添加。又如原诗第二组，言说人处于愚昧与聪明、伟大与拙劣之间，译文虽以两行来保持相近的形式，但却又大大改变了内容。具象化的"如岛在洋"、"一望渺茫"更易为中国读者明白，但却将原诗表述的矛盾，变为了茫然与孤独的感觉。再如原诗第七、第八句，言说人对自己究竟是行动还是不行动、究竟是自视神明还是自视野兽感到犹豫不决，译文却变为了三行，即"人生万事"至"或贱如畜"。"时行则行，时止则止"的译法，也丢失了原文"in doubt"的意味，"尊"、"贱"等词语也超越了原诗的表意。随后出现的中文词语，"修心"对"mind"，"养生"对"born"，"明理"对"reason"，"寡欲"对"disabused"，"多欲"对"abused"，其中意义要么为原文所无，要么是对原词作了过多发挥。望洋兴叹、修身养性、明理正法、寡欲清心等文化因素和词汇，显然是大大方方进入了译文，从而将原诗所述的上帝信仰之下的自我认识，与中国的处世、修养观念混合了起来。

更为明显的是，该节诗原来的标题为："The business of Man not to pry into God, but to study himself. His middle nature; his powers and failure, verse

1 to 19. The limits of his capacity, verse 19, etc"（人类要做的不应是揣测上帝，而应是研究自身。他的中间性质；他的力量和弱点；他能力的局限），在《天伦诗》中却变为了："论尽人事者，但能修己，不能测度上帝之心；人之质性中庸，才能有限。""修己"、"中庸"之说，显然是远远偏离了"study himself"、"middle nature"的原意。《论语·宪问》有言"修己以敬"，"修己以安人"，"修己以安百姓"。"修己"是儒家崇尚的一种行为准则，也是一种人生理想。至于"中庸"，如前文所述，它更是儒家崇高的道德理想和实践规范，而且包含了一套系统的思想观念。使用这些词语，必然会将译诗进一步置入中国文化体系，从而对原诗作出了更多改写。

在译诗结尾，李提摩太还增加了原本所无的"我咏天伦，作此诗歌"等诗句，假借诗人蒲伯的口吻来表达"非讲诗学，乃讲实学；非悦人心，乃化人心"的意图，以及"人生学问，第一功夫。全在知己，万事顺天"的深意。相较于原诗结尾所强调的"*Whatever is, is right*"、"*ourselves to know*"①，这里的译文明显是主观发挥。综上可见，李提摩太较为多样的翻译意图，在与《人论》所包含的意蕴相遇之后，使得《天伦诗》在晚清语境中获得了更为丰富的意义。它不仅能够表明"泰西亦有诗学"，以"精深"之意来影响读书阶层，而且能够以"因文见道，同心救世"的方式，在民众中来宣扬基督教义。它对原诗的改写，也明显是受到了译入语文化以及具体历史语境的规束和影响。

四 李提摩太译诗与"泰西亦有诗学"

李提摩太用四言诗形式、洋洋洒洒的篇幅来翻译蒲伯长诗《人论》，这一事件及译本明确成为了晚清中西文化碰撞与交融的一例重要显现。蒲伯第一次得到了较为完整的介绍，诗篇也以全貌的形式呈现在中国读者面前，且至今仍为唯一的中文全译本。如其序言所示，该诗也具有了"藉质中国当世诸大吟坛，俾知泰西亦有诗学，不乏名流"的作用。在此之前严复翻译的

---

① 斜体为原文所有。*The Complete Poetical Works of Alexander Pope*, Edited by Bliss Perry, By Houghton, Mifflin and Company, 1903, p. 155.

《天演论》，曾将《人论》第一章结尾六句，用五言诗形式译出。严复点出"往者朴伯以韵语赋《人道篇》数万言"①，但对诗人及诗篇无更多介绍。林乐知1896年发表《重袁私议以广见公论五》一文，开篇引用诗句"西国古诗曰：'除旧不容甘我后，布新未要占人先'"②，却并未道明为何人何作。据刘树森分析，林乐知大概是删除了英国《特报》原文所提及的诗人蒲伯之名，"以为一个陌生的异国诗人的名字对于晚清的读者无关紧要"，而只选取了《人论》中两句加以译出。③ 这些零星的翻译，表明《人论》并非只有李提摩太一人注意，也从侧面烘托了《天伦诗》汉译的价值。

  改变形式、增删内容的做法，在晚清时期的翻译中较为普遍。《天伦诗》的翻译，在这方面也可谓具有代表意义。由传教士翻译、撰述的几部重要著作，都表现出了相似于李提摩太的翻译意图和翻译方式。德国传教士花之安所著《自西徂东》④，其"自序"开篇即言是书"欲有以警醒中国之人也"，其"凡例"又强调："其中辩论皆以道理贯通之，不徒敷衍文字，实欲令雅俗共晓，不计文之工拙"，要求读者不可"徒涉猎文字"、"以词害意"。⑤ 林乐知所译《文学兴国策》，自序中也有如此言说："欲变文学之旧法，以明愚昧之人心，而成富强之国势，此《文学兴国策》之所为译也。"对于延请而来的笔述者任廷旭，林乐知评说其译文："能将当日作书者之高见特识曲曲传出，期于达意而止，不以富丽为工。"⑥ 这些说法，与李提摩太翻译《泰西新史揽要》时所表示的"救民之良药，保国之坚壁"，以及翻译《天伦诗》时所强调的

---

  ① [英] 赫胥黎：《天演论》，严复译，商务印书馆1981年版，第82页。严复译《天演论》，曾于1897年12月至1898年2月，刊于天津出版的《国闻汇编》，又于1898年由湖北沔阳卢氏慎始基斋私自木刻印行第一个通行本。
  ② 蔡芝绂：《重袁私议以广公论五（有叙）》，林荣章译，《万国公报》1896年12月第95卷，第18页。
  ③ 刘树森：《西方传教士与中国近代之英国文学翻译》，见汪义群主编《英美文学研究论丛》第二辑，上海外语教育出版社2001年版，第356页。
  ④ 《自西徂东》1882年8月至1883年7月多期刊载于《万国公报》，1884年在香港正式出版。
  ⑤ [德] 花之安：《自西徂东》，上海书店出版社2002年版，第1、5—6页。
  ⑥ [日] 森有礼编：《文学兴国策》，林乐知、任廷旭译，上海书店出版社2002年版，第3、5页。

"务将本意曲曲传出"、"改头换面"而非"逐字翻之",显然不无异曲同工之妙。他们都强调翻译内容的重要,表现出了与中国现实积极互动的意图。在具体翻译中,也并不愿采取逐字逐句的应对,而是多处作了改写变动。

《天伦诗》的翻译,显然是承续了传教士的一贯做法,并且将之传递给了后来的译者。在形式、内容上贴近译入语文化规范,在语言、术语上注重接受者习惯,采用增删、改写的方式来显现多种意图,诸如此类的策略和方式在晚清译介中都得到了表现。林纾等人的小说翻译,马君武等人的诗歌翻译,就包含了这样一些特征。而且,《天伦诗》采用四言诗形式却并不遵守韵律规则,采用文言语词却又带有一定的口语化,也进一步呈现了该时期译诗的过渡色彩。这些表现,也正应和了传教士进行的圣诗翻译。文言圣诗中出现的形式变异,以及白话翻译中的语言表现,与《天伦诗》汉译都有着相似之处。这一点在后文中会具体论述。

于此,似乎还有一处问题需要注意。在1916年完成的英文回忆录《亲历晚清四十五年》中,李提摩太并没有提起翻译《天伦诗》一事,也没有提及此前对《百年一觉》的翻译。他的朋友和同事苏慧廉,根据李提摩太回忆录以及两人的交往,所作的《李提摩太在中国》一书,也没有提及这些内容。为何会出现这种状况?是否意味着它们在李提摩太心中并不重要?推想起来,这里并不排除事后遗忘的可能,但可能与面对的接受对象不同更有关系。两书以英文完成,又出版于英国,针对的读者主要为西方人士。对于西方社会来说,李提摩太、苏慧廉的身份主要是传教士,而非西学译介者。他们的职责和使命都在传播基督教信仰。在叙述自己的在华活动时,虽然可以强调西学传播活动的重要,但不时表明自己的传教士身份,无疑也是较为适当的做法。在《亲历晚清四十五年》序言的开篇,李提摩太就有如此言说:"就像45年前我发现的那样,在中国的传教所面临的问题,不仅是如何拯救占人类四分之一的人的灵魂,而且还包括如何在年均四百万的死亡率下拯救他们的肉体,以及如何解放他们那比妇女的裹足更扭曲的心智。"他还表示,回忆录中的那些"陈年旧事",其意图在于"引导中国的精神领袖去一睹上帝之国的风景——同时昭示了它承诺此世的百倍福祉，以及未来世界里永生的欢欣"。① 如此一来，他在叙述中似乎是有意将一切活动纳入了传教范围。他在回忆录中提到的翻译活动，除开影响特别大的《泰西新史揽要》，其他内容也的确是集中在宗教方面。尽管对自己的西学知识译介，以及多样化的传教方式有意做了一些辩护，但不去提及在传教方面没有产生明显效果的文学翻译，似乎也是比较合适的做法。当然，如上文所述，从传教士的西诗译介以及整个中西文化的交流历程来看，李提摩太《天伦诗》汉译的意义，也并没有被否定。

余 论

艾约瑟、李提摩太以及其他传教士的译诗个案，在本质上都并非偶然事件。他们的翻译意图和表现，以及译本所处的社会语境，都表明了教义宣扬、西学译介以及文化交流等因素在其中有着复杂交织。这些个案的展开，也是与1860年后传教士的文学活动关联在一起的。韩南认为，19世纪出自新教传教士之手的中文小说数量不少，"特别是在城市中，它们足够满足读者的好奇心"。在"忽略难以计数的短篇小说，聚焦于长篇小说"的情况下，"现存"也仍有"二十多部这类作品"。② 其中的主要部分都出现于19世纪下半叶，米怜、郭实腊二人创作于此前的作品在该时期也有多次再版。宋莉华辑录的《西方来华传教士汉文小说书目简编》，虽只以单行本（有极少数为抄本）为对象，但"客观上以新教传教士小说居多"的篇目，也多出自于1860年之后。③ 由此看来，其他类型的文学作品数量也许不及小说，但无疑也会分享传教士对文学的重视，而呈现出数量增多的趋势。赖德烈曾指出，除开翻译《圣经》、撰述宣教册子之外，该时期传教士工作的重心还表现在了"编写与翻译学校教科书"，"编著一些文章与书籍，介绍西方思

---

① ［英］李提摩太：《亲历晚清四十五年——李提摩太在华回忆录·序言》，李宪堂、侯林莉译，天津人民出版社2005年版，第1页。
② ［美］韩南：《中国近代小说的兴起》，徐侠译，上海教育出版社2004年版，第68、72页。
③ 宋莉华：《传教士汉文小说研究》，上海古籍出版社2010年版，第249—375页。

想与知识的各种领域",以及"出版发行了许多期刊杂志"等方面。① 显然,在第二次鸦片战争之后,传教士获得了更多活动空间,对著述、翻译也给予了更多重视。传教士的西诗译介,由此也变得更为丰富。

除开以上代表性的译诗个案,传教士的西诗译介在当时期刊和著述中,还有着十分丰富的表现。据范约翰《中文报刊目录》所列,19世纪70—90年代中国境内的传教士报刊就有31家。汤因的统计又表明,1890—1900年新教创办的中文报刊又有22家。② 若将传教士译介的大量西学著述包括在内,该时期的西诗译介显然获得了更为广阔的刊载空间。由林乐知创办的《万国公报》,就多处介绍了西方的诗人诗作,以及与之有关的活动。如1889年11月"各国近事"栏所刊《诗人高寿》,就介绍了英国桂冠诗人(Poet Laureate)丁尼生。其文如下:

> 西廷向例,国家必择一善于吟咏之人养之以禄。盖道扬盛烈,鼓吹休明,亦不可少之事也。兹有英议院大臣名忒业生者,素工词翰,生平作诗篇甚多,英之诗人举无驾乎其上。故知英之语言文字者,即知有此人,英廷与之岁俸,亦一著作才也。兹闻其人今岁年已八十,可云高寿。③

以域外见闻的方式叙述英国诗人丁尼生,称赞其诗篇甚多,诗名大盛,以"桂冠诗人"获得年俸,且又高寿至此,这显然有利于引起中国读者注意,从而去了解更多的西方文学内容。

1892年11月李提摩太在《万国公报》"西国近事"栏,对英国威尔士人的文会活动,作了较为详细的介绍。"当中国前汉时,伟律时旧规,凡有名读书士子,每岁聚集一次,即由首事名流,商同出题,令人作诗,作文,作乐。以一年为期,届期纳卷。首事者分门公中评阅,主文者阅文,主诗者阅诗,主乐者阅乐。其中佳处,一一为之拈出,劣者亦然。又有

---

① [美]赖德烈:《基督教在华传教史》,雷立柏等译,(香港)道风出版社2009年版,第366—2372页。
② 转引自赵晓兰、吴潮《传教士中文报刊史》,复旦大学出版社2011年版,第5页。
③ [美]林乐知译:《诗人高寿》,《万国公报》复刊第10册,1889年11月。

总管，为之取定甲乙，若中国主考总裁官。然而与中国考试微异，则中国取中之额数颇多，而彼只取一二三等三名，给以奖赏，余均在不取之列。惟得奖励虽不甚丰，而得名至为荣显，不啻中国状元、榜眼、探花三鼎甲之及第，为众所尊敬。盖亦鼓励人文之良法也。"时至今日，此文会仍是大行，且"南北东西，周而复始"。随后，还加一则具体事例："据闻今岁，业在伟律时北海口举行，有侯爵某君，总司厥务。所用之文，半为伟律时古文，其卷美不胜收，所取一二三卷外，尤多珠玉。盖学校之博功名，只恃风簷寸晷，此则竭一年之长，故尤多佳制也。"① 此文虽无具体的诗人诗作，但将包含有诗歌创作的文学活动呈现于读者面前，自然也是有助于开阔视野。在介绍英国书籍出版之时，李提摩太还录有如下文字："诗赋歌曲类等书，计共二百二十七部"，"词章类书，计共一百三十九部"②。

再如"林乐知译文，蔡尔康拟稿"的《花伴诗魂》，重复刊载于1896年11月《万国公报》和1896年12月《中西教会报》两处，也以新闻叙述的方式介绍了英国诗人彭斯纪念会。文章所叙的浪漫文风，较之中国诗人的诗会活动，一点也不逊色：

> 英国多诗人，籍隶苏格兰之衰恩，其尤著者也。一篇跳出，万口飞吟，谱诸管弦，志和音雅。及其卒也，人共忆之。每当春花盛开，正值衰恩生日，寄情韵语之士，往往对花凭吊，泣下沾襟。今春衰恩百岁冥寿，侨居澳洲（即新金山）之苏人某，制就大花圈，外径英度四尺十寸，连叶厚二尺。将乘清明时节，仿驰驿之寒梅。顾念道阻且修，红紫芳菲，必共诗魂而憔悴，可奈何？既而别出心裁，浸花于水，藉制冰机器之力，成冰花球一规，计重英权二千五百磅。花面并结澳大利亚敬送字样，由轮船送至苏格兰。水暖冰融，花浓雪聚，咏把剑觅徐君之句，悬诸衰恩之坟前。韵事争传，奇芬并寿矣。③

---

① [英]李提摩太口译，江东袁竹手述：《鼓励人文》，《万国公报》复刊第46册，1892年11月。
② [英]李提摩太口译，江东老竹笔述：《新出书单》，《万国公报》复刊第54册，1893年7月。
③ [美]林乐知译文，蔡尔康拟稿：《花伴诗魂》，《万国公报》第94册，1896年11月。

这些介绍文字，以极为生动的细节将泰西诗人诗作的魅力，鲜活地呈现在了华人读者面前。采取新闻性、事件性的叙述方式，虽然并没有列出具体的诗作文本，却有利于读者获得一个广阔、丰富的西方诗坛印象。而且，也正是因为这种新闻性、事件性的栏目设置，这些译介更为客观地集中在了文学方面，而大大避免了教义的直接进入。如《诗人高寿》刊出之时，它所属的"各国近事"栏就明确表明，"以下新闻俱由西六七月各报中摘"。此外，叙述中不时出现的与中国文人活动的比附，也正如艾约瑟的介绍威廉·柯珀、李提摩太的译介蒲伯，都注重了读者所处的文化语境。对文学知识的客观呈现，在很大程度上也正同于《西学略述》的叙述，实质性地推动了西诗译介的进程。可以说，这些零散叙述，与前述的代表性个案联结在一起，以更为多样的方式进一步丰富了西诗译介的面貌。

在传教士的西学著述中，西诗译介也不时得以出现。如林乐知1896年翻译的《文学兴国策》，原书虽为日本人森有礼考察欧美时所编选，但也包含有西诗内容，甚至明确出现了一首译诗。该诗为美国政治家加非德（Jams Abram Garfield）对英国威廉·琼斯（William Jones）诗作的转引，而威廉之诗实为阿拉伯或波斯诗作的英译。[①] 诗作原出虽非西方，但经过几次转换，在林乐知的译文中却获得了纯粹的"西方"属性。诗前有言："二百年前，有英国著名诗人查威理曾作诗以明之，兹译其诗于下。"诗后又道："观于前诗之意，益可信兴学崇道之功效，不限于国权之有异也。无论君主、民主之国，其权力之盛衰皆以民人学问、道德之盛衰为衡。"[②] 对于当时华人读者来说，无从知晓该诗渊源，自然也会将之视为"英国著名诗人"之作了。全诗以骚体形式译出，句句以"兮"字结尾，既显得语势雄浑，情绪昂扬，又不无节奏鲜明、音韵铿锵的艺术魅力。这种表现与"长于翻译"的笔述者任廷旭自然不无关系，这也再次表明华人助手这一因素在翻译中的存在。当然，

---

① 卢明玉认为，这是威廉·琼斯及其诗作第一次译介入中国，学界以往忽视了这一点。卢明玉：《译与异——林乐知译述与西学传播》，首都经济贸易大学出版社2010年版，第139页。

② 森有礼编：《文学兴国策》，林乐知译，任廷旭笔述，上海书店出版社2002年版，第61—62页。

也正如前文提及，这样的翻译中占据主导地位的依然是传教士。该诗的翻译意图，也正与林乐知序言所表示的"明愚昧之人心"、"成富强之国势"相合，对它的择取与翻译无疑都是由林乐知来决定。兹引译诗如下，以见其貌：

国何为而设立兮？匪高城而厚垣兮，匪坚墙而吊桥兮，匪堞楼而望台兮。匪海港与大埠兮，仅风浪之可避兮。匪名器与冠服兮，仅启骄而长傲兮。舍大人其谁恃兮？权利超乎众物兮，如物之在林麓兮。才能超乎木石兮，惟大人之尽职兮。知本分而敢为兮，不为势力所夺兮。不为暴虐所缚兮，此为国所与立兮。有律法以为主兮，君与民其共守兮。群兴善而除恶兮，彼愁眉其可展兮。纷纭之散若雾兮，庶皇冕之有耀兮，威名振乎万方兮。

该书接下来继续论证兴民教育的重要性，在引弥尔顿之言语为例时，再一次介绍到了诗人弥尔顿："试观二百年前，英国有能诗之大臣名密理登者，曾论及文学曰：'欲使国人尽为能任公举之人，欲使所举之人尽为合于国用之人，舍文学其谁能之哉？夫文学，所以教人敦信、崇德、节用、守贞、安分、从俭、秉公也。'"[①]

在传教士的其他著述中，西诗内容也时有提及。如1903年由上海广学会刊印、李提摩太主编的《广学类编》（*Handy Cyclopedia*），其第一卷《泰

---

① 林乐知译，任廷旭笔述：《文学兴国策》，上海书店出版社2002年版，第65页。威廉·琼斯原题为 AN ODE IN IMITATION OF ALCAEUS，原文：What constitutes a state? /Not high-raised battlement or labored mound, /Thick wall or moated gated; /Not cities proud with spires and turrets crowned, /Not bays and broad-armed ports, / Where, laughing at the storm, rich navies ride; /Not starred and spangled courts, /Where low-browed baseness wafts perfume to pride. / No! men, high-minded men, /With powers as far above dull brutes endued/In forest, brake, or den, / As beasts excel cold rocks and brambles rude—/Men who their duties know, /But know their rights, and, knowing, dare maintain, /Prevent the long-aimed blow, /And crush the tyrant while they rend the chain. /These constitute a state; /And sovereign law, t hat State's collected will, /O'er thrones and globes elate, /Sits empress, crowning good, repressing ill. /Smit by her sacred frown, /The fiend, Dissension, like a vapor sinks; / And e'en the all-dazzling crown/Hides his faint rays, and at her bidding shrinks." 转引自卢明玉《译与异——林乐知译述与西学传播》，首都经济贸易大学出版社2010年版，第140—141页。

西历代名人传》就介绍到莎士比亚，称之为"诗中之王，亦为戏文中之大名家"。1904年英国传教士李思·伦白·约翰辑译的《万国通史》，其《英吉利卷》提及伊丽莎白时代的作家，也称莎士比亚为"最著名之诗人"，"瑰词异藻，声振金石，其集传诵至今，英人中鲜能出其右者"。① 1812—1929年担任《女铎报》第一任编辑的美国传教士亮乐月（Laura M. White），在该刊也发表有诗作《学校歌》、《原主发光》、《十架歌》、《歌颂耶和华》、《天使巡阅世界歌》、《毕业歌》、《爱国歌》、《父子惨遇歌》等，其中也包含翻译内容。② 另据刘树森的研究文章，1913年一位未署名的女传教士，还翻译了当代英国小说家、诗人吉卜林（Rudyard Kipling）的一首短诗，题为《若克辞》，发表于《尚贤堂纪事》。③ 这些文字大多较为零散、简略，但也是将期刊、著述这两种载体以及传教士的多种意图，再次引入了西诗译介。

作为重要的影响因素，表现在期刊著述中的主导意识变化，显然是融入了威廉·柯珀、丁尼生、彭斯以及"华尔得"、"墨勒"等人的译介中。④ 1874年《教会新报》更名为《万国公报》，主编林乐知曾言其益处："既可以邀王公巨卿之赏识，并可以入名门闺秀之清鉴，且可以助大富商贾之利益，更可以佐各匠农工之取资，益人实非浅鲜。"⑤ 较之前身《中国教会新报》、《教会新报》，更名后的刊物的确是大大减少了宗教内容，对西学知识、各国新闻作了多样化的介绍。朱维铮也曾指出，更改后的刊名更为"非宗教化"、"纯中国化"，这"无疑是在传递一个明白的信息，即未来的《万国公报》，将越出'宣教'的领域，更多地面向中国的公众，尤其是面向中国的士大夫"。⑥ 大量刊登科学、政治、历史、艺术

---

① 转引自葛桂录《中英文学关系编年史》，上海三联书店2004年版，第127、129—130页。
② 宋莉华：《传教士汉文小说研究》，上海古籍出版社2010年版，第186页。
③ 刘树森：《西方传教士与中国近代之英国文学翻译》，《英美文学研究论丛》第2辑，上海外语教育出版社2001年版，第362页。
④ "华尔得"出现于《女士著书》译文，林乐知口译，《万国公报》第45册，1892年5月；"墨勒"，出现于《著述助银》一文，林乐知述，东海居士译，《万国公报》第61册，1894年2月。
⑤ 《本报现更名曰万国公报》，《教会新报》第6册，（台北）京华书局影印1968年版，第3296页。
⑥ 朱维铮：《导言》，见李天纲编校《万国公报文选》，生活·读书·新知三联书店1998年版，第3页。

等西方知识，当然也为西诗呈现提供了更多可能。此后于 1887 年在上海成立的同文书会，虽曾以宗教书籍的出版为主要任务，但也没有忽视对西学知识的有关译介。该会更名广学会后，任总干事的李提摩太将西学知识提到了更为重要的位置。他认为应该将"五洲各国至善之法，尽行采择成书，以教授华人，听其择善而从"。他还将讲习的对象设为"凡中国各省官绅及候补人等，每省约以二千人上下为准"①，更为明确地注重了社会上层中的知识传播。1897 年《尚贤堂纪事》的前身《尚贤堂月报》创刊，李佳白表明其宗旨，也有"期乎扩充旧识，启迪新知"之说。② 林乐知、李提摩太等人的西学著述，也一再强调了"易不知而进于知，则救华之机全在此举"③，"今中国如欲变弱为强，先当变旧为新"④ 的观念。既然要使不知变为新知，当然也就有可能将西方文学知识纳入其中。事实上，艾约瑟、李提摩太、林乐知等人的相关译介，如前文所述，都已包含并且呈现了这些因素和意识。

　　传教士的宣教意图，在上述个案之外的译介中也同样有着丰富表现。《中国教会新报》、《教会新报》以及《中西教会报》等传教士刊物，都将宗教内容作为了一个重心。如《中国教会新报》刊载的内容，主要就为"中国基督事务，特别是阐扬教义，译述圣经故事，报道教会动态，以及辩难宗教问题"等。⑤ 改名为《教会新报》后，宗教内容虽有一定减少，但也仍是"事无论巨细，有关风俗人心者赠我必登，理无论精粗，可能挽回世道者示我必录"。⑥ 1891 年创办的《中西教会新报》，也自认为是"专论教会之事，能使以后遍天下圣教情形，大众咸知，实为教中大有益之事"，因而吁请在华传教士"著为宣扬圣道之各论，惠寄本馆"。⑦ 这种

---

① [英] 李提摩太：《分设广学会章程》，《万国公报》复刊第 39 册，1892 年 4 月。
② 《总署准美教士设尚贤堂批（附章程）》，《集成报》第 8 册，1897 年 7 月 14 日。
③ [英] 李提摩太：《序》，见《泰西新史揽要》，上海书店出版社 2002 年版，第 4 页。
④ [美] 林乐知：《序》，见《文学兴国策》，上海书店出版社 2002 年版，第 6 页。
⑤ 《影印〈教会新报〉〈万国公报〉缘起》，《教会新报》第 1 册，（台北）京华书局影印 1968 年版，第 1 页。
⑥ 《第四年期满结末一卷告白》，《教会新报》第 4 册，第 1962 页。
⑦ [美] 林乐知：《中西教会报特立之故》，《中西教会报》第 3 册，1891 年 4 月。

意识使得非宗教化较为突出的《万国公报》，在 1874 年更名以后，以及 1889 年的复刊中，也仍然包含了不少宗教内容。不少宗教圣诗，也不时出现在了这些期刊里。诸如"诗篇第六十七篇"、"诗篇三十九章十二节"、"诗篇四十篇十节"、"诗篇第二十三首衍义"、"赞美圣诗"等内容，就多处被介绍或翻译。①

期刊中的这些汉译圣诗，在语言、形式上都有多样表现。1879 年《小孩月报》第 8 期所刊美国传教士文璧所译的《赞美圣诗》，就采用了较为浅显的白话。其前三节如下：

我眼睛已经看见主的荣耀降在世
应古时间圣先知预言将要来的事
是大卫咨询来到败了撒但魔王势
圣徒高兴进步

诸异邦住在黑暗如同帕子蒙着脸
忽见有吉祥兆头东方明耀耀的显
远远的领路到了一个伯利恒客店
圣徒高兴进步

在加利利的海边困苦百姓见大光
瞎眼的看耳聋的听死去的再还阳
天父救世的恩典传到犹太国四方
圣徒高兴进步

该诗仍然注重尾韵，但用语浅白自由，诗句不无散文化倾向，形

---

① 《诗篇第六十七篇》，刊于《教会新报》1874 年第 286 期；"诗篇三十九章十二节"，刊于《万国公报》1877 年第 464 期；"诗篇四十篇十节"，[英] 李提摩太译，《中西教会报》1893 年第 35 期；《诗篇第二十三首衍义》，[美] 湛罗弼译，《真光月报》1903 年第 5 期；《赞美圣诗》，[美] 文璧译，《小孩月报》1879 年第 8 期。

式较之中国旧体也有明显变化。袁进就认为该诗更像是新文学里的诗歌，是一种"现代汉语诗律的尝试"，其欧化程度远超了此后胡适等人的新诗。① 这些特征的出现，与传教士针对儿童及一般群众的宣教策略有所关联。《小孩月报》的主办者美国长老会范约翰（John Marshall Willoughby Farnham），表明其办刊意图首先就在于"俾童子观之，一可渐悟天道"，刊载内容也包含"凡我圣经义塾诸生，如有新奇简介，合于圣道，足以启发童蒙者"，在语言方面更是强调"浅文叙事，辞达而已"。② 再如 1903 年《中西教会报》所刊的《译诗篇三十四篇（七至十七节未录）》，状貌又有不同，在句式、韵律方面都遵守了中国诗作规范：

> 我常赞上主，揄扬不可穷。
> 以之为依赖，荣耀何其充。
> 困苦之俦类，闻言有欣容。
> 尔曹乃良朋，与我生气同。
> 称主为大哉，名颂至尊崇。
> 祈求如此切，蒙主达入聪。
> 鄙人所畏惧，一概竟成空。
> 凡兹仰望主，得其烛照洪。
> 面貌方有光，羞耻何致蒙。
> 我亦曾贫乏，呼吁上主通。
> 蒙其垂下听，援于患难中。
> 内心有痛悔，圣驾近其躬。
> 义人遭多难，援救主之工。
> 惯于为恶者，命乃为恶终。
> 衔憾善良人，徒取罪戾凶。

---

① 袁进：《中国文学的近代变革》，广西师范大学出版社 2006 年版，第 81 页。
② ［美］范约翰：《小孩月报志异序》，《小孩月报志异》1875 年第 1 期。

事主为之仆，赎灵恩遇逢。

恃主而终身，不以罪律从。①

　　知识译介与宗教意图在此时期的传教士译介中，仍然是两种最为重要的影响因素。在艾约瑟、沙光亮、李提摩太等人的译诗中，两者都有着或隐或显的交织。这也再次表明，宣教意图在一定程度上成为西诗译介的促成因素。当然，它对西诗译介也带来了束缚，限定了译诗的内容选择。不过，在该时期的中西文学交流历程中，知识性的西诗译介明显增大了力度。荷马、弥尔顿等不仅再次得到了介绍，威廉·柯珀、席勒、歌德、丁尼生、莎士比亚、彭斯、朗费罗等一批诗人也出现在了读者面前。译介对象延伸至西方近代文学领域，且有部分内容出自德国和美国。西方诗歌理论也得到了注意，诸如长诗、悼亡诗、叙事诗等类别，以及节奏、韵律、句式、形式等知识，都得到了或详或略的展现。艾约瑟、李提摩太等人对诗歌翻译本身，也作出了思考。"凡翻译一道，首重明顺平易而不失原文之义"，"至若翻译诗歌其难尤倍"②，以及"中西词句，不能牵合者，改头换面，务将本意曲曲传出"，"所最难达意者，厥惟西诗"等认识，明显丰富了该时期的文学翻译理论。在近代中西文学的交流历程中，传教士的这些译介和认识，似乎也获得了一种先声意义。它们明显早于梁启超、马君武、苏曼殊等人的类似活动，不少内容在汉译历史中也是第一次出现。华人及后来译者对这些译介的接受情况是怎样的，因为留下的相关记载太少，史料本身又散佚严重，而很难得到具体说明。但是，在西学东渐的潮流中，他们无疑是在视野、意识、语境、方式等方面受了惠益，得到了一定的启示。

　　于此，不妨再看一例。由广学会编就的《广学会译著新书总目》，卷首有言："本会夙以振兴新学，开通民志为己任。创办以来，译印各书千百余种，此乃泰西名士奉为宝笈，人人必读之要书也。择其尤佳者，详录

---

① 《译诗篇三十四篇（七至十七节未录）》，《中西教会报》1903年复刊第93期。
② ［英］艾约瑟：《翻译》，《西学略述》卷四，上海盈记书庄藏板1898年版。

于后。"这"尤佳者"赫然就包括了《天伦诗》,且有如此介绍:"天伦诗孝提摩译任廷旭述旨四言韵语一册价洋一角。"①

由此文字踪迹,再结合广学会在清末产生的影响,也许可以推断:《天伦诗》不仅在广学会内部较受重视,在整个晚清社会也有一定传播,并且为积极求知于西学的知识分子所注意或了解。周作人文章中的一笔,也许正是这一推断的一点印证。1908年,周作人以"独应"为笔名,于《河南》杂志上发表《论文章之意义暨其使命因及中国近时论文之失》一文。在评说"文章之义"时,他举例道:"如朴伯Pope之天伦诗Essay on man,要亦自有华采,第若与弥耳敦Milton《失乐园》相形,则谓其不文,亦可也。"② 这里没有列出更多信息,也没其他的资料表明周作人一定是读了李提摩太的译诗。但是,直接以《天伦诗》为译名,如若不是纯粹巧合的话,那么李提摩太译诗的传播及其影响,也是难以排除的。此前艾约瑟《西学略述》中的西诗介绍,就曾在梁启超、孙宝瑄等人的著述中被明确提及和评说。这些例子,也证明了清末文人对传教士西诗译介的注意。那么,诸如周作人这样的知识青年注意到《天伦诗》,也并非不可能的事。当然,必须要承认的是,这方面的相关史料十分少见,很多问题暂时还难以展开。

在清末文人开始明确注重西方文学之时,传教士的西诗译介肯定会成为一种信息来源和影响因素。只不过,随着中国知识分子作出的译介越来越多,传教士在西学译介中的地位逐渐下降,这类西诗译介的影响也难以延续了。总之,这些译介在历史中也不无积极意义,这点同样不容否认。它们的出现和存在,至少包含了如同《万国公报》"西国近事"栏《李桃秋实》一文的寓意:

---

① 《广学会译著新书总目》,见北京图书馆出版社2003年编辑出版《近代译书目》,第667、709页。该书序言称《广学会译著新书目》为"清末铅印本,广学会编",但其中辑有《大同报》、《女铎报》两种,前者创刊于1904年2月29日,后者创刊于1912年4月。

② 独应:《论文章之意义暨其使命因及中国近时论文之失》,《河南》第4期,光绪三十四年四月五日。该文连载于《河南》第4、5期。

英境秋后，天气寒冷，草木凋零，从无桃李再花再实之事。不意料今秋，气候温暖，一似三春。所有李桃梅杏等树，不独着花，且复结子累累，亦一异也。传闻美国南境亦然。可见物妖不第中国，西国盖亦有之。①

---

① 林乐知口译，袁康笔述：《李桃秋实》，《万国公报》复刊第24册，1891年1月。

第三章　圣诗的汉译形态与历史意义

如果说期刊、著述中的西诗译介整体上还显得较为零散，那么入华新教传教士的西方圣诗汉译，则是通过大量的诗集形式，集中而又连续地呈现出了另一种西诗译介历程。其实，传教意图、译者身份与圣诗内容之间的紧密吻合，使得传教士在入华布道之始，就将这种翻译活动作为了重要的工作。

圣诗，又可称为赞美诗，它是基督教中颂赞上帝的诗歌，多以圣经内容为创作题材。早在1814年，马礼逊就明确译出了多首圣诗。其助手米怜有如此回忆："这些圣诗大部分是马礼逊先生译自苏格兰版本的《诗篇》和苏格兰国教会的圣诗，沃茨博士（Dr. Issac Watts）所著《圣诗》，以及由考珀（William Cowper）和牛顿（John Newton）所撰的《欧尼赞美诗》（Olney Hymns）。"① 这些译诗以《养心神诗》为名出版，是为"基督教来华后所印行之第一册圣诗集，为划时代之创举，具历史性意义，开后世圣诗集之先河"。② 该诗集收诗30首，译自英文的韵文诗篇，以及英国教会通用的颂诗，1822年时再次印行。

此后，多位新教传教士展开这种翻译活动，出版了大量圣诗集。如题名"养心神诗"的译本，在澳大利亚国家图书馆馆藏目录中就可见到1871年、1895年的两种厦门土白本。在台湾"信望爱信仰与圣经资源中心"所制作"珍本圣经数位典藏查询系统"，也能见到题名包含"养心神

---

① ［英］米怜：《新教在华传教前十年回顾》，北京外国语大学中国海外汉学研究中心翻译组译，大象出版社2008年版，第58页。
② 盛宣恩：《中国基督教圣诗史》，（香港）浸信会出版社2010年版，第7页。

诗"的圣诗集 7 种：《养心神诗》、《新增养心神诗》、《养心神诗新编》（1854 年）、《养心神诗新编》（增加部分）（1857 年）、《养心神诗琴谱》（1914 年）、《1873 年白话字养心神诗》、《1875 年养心神诗》。[①] 此外，1840 年麦都思在爪哇巴达维亚，也刊印了名为《养心神诗》的诗集，共计 46 页，诗 71 首，所译多为诗人 Isaac Watts 的作品，1856 年该诗集在上海再版。1840 年时，由怜牧师（Dr. Dean）编译的《祈祷神诗》在滨角城（今曼谷）出版，包括 32 首圣诗和一些祈祷文。1842 年，理雅各（James Legge）在马六甲出版《养心神诗》集，包含有 79 首圣诗，1852 年该书在香港再版，1862 年又得以修正，改名为《宗主诗章》出版，圣诗增至 85 首，颂文 7 篇。1860 年，伦敦会传教士湛约翰（John Chalmers）在广州出版圣诗集一本，书名同为《宗主诗章》，但内容大部分采用的是理雅各本圣诗，内有诗作 81 首，颂文 7 篇，皆配以琴谱，由是被认为中国教会圣诗集中最先附有琴谱的一本。[②] 盛宣恩据其搜集的资料，认为 1851—1870 年有 50 种以上不同种类的圣诗集在大陆出现。[③] 不过，这些译本大多是用土白方言写成，如上海土白、宁波土白、厦门土白等，是为了适应各地的传教需要而出现的。[④] 在 1870 年之后，以"颂主圣诗"、"赞神圣诗"等为名的圣诗译本也是不断出现和再版，如 1872 年英国传教士理约翰（Jonathan Lees）、艾约瑟译的《颂主圣诗》，1877 年倪维思（John L. Nevius）、狄考文译的《赞神圣诗》，1879 年英国理一视译的《圣教新歌》等。

许多西方诗人都曾创作大量的圣诗作品，如弥尔顿、伏尔泰、休谟、沃茨、柯珀等。姜建邦编译的《圣诗史话》一书，对此就多有介绍。[⑤] 据牛津大学出版的《圣歌集序文》统计，至 19 世纪末通用的赞美诗已达到了 40 万首之多。[⑥] 朱维之曾言："除《圣经》以外其次重要的基督教作

---

① "珍本圣经数位典藏查询系统"，http://cbol.fhl.net/new/ob.html。
② 黄素贞授意，邵逸民编：《中国教会的诗歌和绘画》，《金陵神学志》1950 年第 26 卷第 1、2 期合刊。
③ 盛宣恩：《中国基督教圣诗史》，（香港）浸信会出版社 2010 年版，第 18 页。
④ 刘丽霞：《中国基督教文学的历史存在》，社会科学文献出版社 2006 年版，第 58—61 页。
⑤ 参见姜建邦编译《圣诗史话》，中华浸会书局 1948 年版。
⑥ 转引自刘丽霞《中国基督教文学的历史存在》，社会科学文献出版社 2006 年版，第 58 页。

品，便算是圣歌了。圣歌文字一方面要浅显明白，老妪能解；一方面又要不失诗意，不致成为庸俗化的打油诗。丁尼生认为最不容易成功的一种诗体，就是圣歌。成功的圣歌名作，确是世界的瑰宝……"① 既然圣诗包含了丰富的文学性，在本质上也为西方文学之一种，那么传教士从晚清开始的圣诗汉译，也毫无疑问成为了西诗译介的重要表现。它同样包含了复杂的翻译文学问题，需要深入思考。从翻译文学角度审视传教士的圣诗翻译，在此前的相关研究中也还没有得到足够重视。

若更进一步，将这些圣诗翻译纳入近代中西文学交流历程，从整体性的历史背景和意识关联来审视，其中需要思考的问题也就更多。当然，这些翻译的意图十分明显，它们主要是为了适应在华传教需要。马礼逊对圣诗的翻译，就已然表明这点。1812年他编纂并出版《基督教新教教义问答》，就附加有诗篇、圣诗各两个短篇。② 在一封信中他提到，在布道结束前他与参加者都要"再作一次祷告，唱一段《诗篇》或《圣诗》"。③ 在去世前的最后一个礼拜日，他在宣道后与其助手梁阿发等人同唱的也是他"新近译好的圣诗《救主耶稣爱我魂》"。④ 对圣诗传教功能的注重，无疑是入华传教士的一种普遍意识。如丁韪良1854年在宁波一带传道，就采用宁波土语选译了大量《赞美诗》篇章，并于1857年将之出版。⑤ 这一点并不需要更多论说，在基督教活动中，颂唱圣诗本就是一个重要环节，这也是入华传教士大举翻译圣诗的直接原因。显然，更需要注意的问题在于，圣诗翻译在传教士的文字传教中究竟有着什么形态，其中包含了怎样的翻译策略？从中西文学交流的角度来看，这些翻译诗作又具有什么样的意义？只有这样来思考问题，才有可能更准确地理解这些圣诗翻译的

---

① 朱维之：《漫谈四十年来基督教文学在中国》，《金陵神学志》1950年第26卷第1、2期合刊。
② ［英］马礼逊夫人编：《马礼逊回忆录》，顾长声译，广西师范大学出版社2004年版，第71页。另见米怜《新教在华传教前十年回顾》，北京外国语大学中国海外汉学研究中心翻译组译，大象出版社2008年版，第42页。后者将书名译为《问答浅注耶稣教法》。
③ ［英］马礼逊夫人编：《马礼逊回忆录》，顾长声译，广西师范大学出版社2004年版，第86页。
④ ［英］麦沾恩：《中华最早的布道者梁发》，胡簪云译，《近代史资料》1979年第2期。
⑤ 王文兵：《丁韪良与中国》，外语教学与研究出版社2008年版，第38页。

历史意义，以及它们在整个西诗汉译历程中的位置。

需要首先表明的是，部分圣诗虽然有着原创作者，但在历史传播中它们往往获得了更多的通用性，从而将具体的作者信息推到了隐蔽位置。正如盛宣恩所说，教会人士认为"一首圣诗之产生，虽为某一个人之作品，实则该诗不单系代表作者个人心灵的呼声，为其个人属灵经验之结晶，是其受之于天的启示"。① 这也即是说，对于大多数接受者来说，圣诗作者并不是必不可少的部分。在以上提及的圣诗集汉译本中，原作者的信息就很少出现，诗篇大多处于匿名状态。而且，在翻译文学呈现出的形态中，原文也并不占据绝对的中心地位。在翻译文学研究"文化转向"的影响下，研究者审视的重心也逐渐从原文的意义再现，转向了翻译中的社会、历史、文化等问题。因此，本章将圣诗汉译更多纳入了译入语文化语境，从译诗形态、意识关联、历史意义等角度进行审视和思考。

第一节 第一本汉译圣诗集《养心神诗》的风格

马礼逊1814年编译完成的《养心神诗》，在新教传教士的圣诗汉译历史中占据了开端位置。它在形式上主动遵从中国诗作规范，语言上表现出了文言倾向，不少地方也具有一定的浅白化色彩。这两种倾向在此后的汉译圣诗集中，都得到了延续和丰富。

一 《养心神诗》的意图显现与翻译改写

《养心神诗》封面加有引语："庄子曰一日不念善诸恶自皆起。"卷内有《养心神诗序》：

> 世人的诗章歌曲之属，多为不正宗之意，有利于害人心，惟于养人心无益矣。兹余集诗数首，欲小补助人行善，致神原造天地万物者

---

① 盛宣恩：《中国基督教圣诗史》，（香港）浸信会出版社2010年版，第2页。

获尊荣，以救人也。①

全书27页，共收诗30首。该本随即影响到了另一种圣诗集《新增养心神诗》。正如"新增"二字所示，后者实为前本的扩展，序言也维持了原样。其不同之处在于封面去掉了庄子语录，设置了目录，且在目录中为每首诗作加了标题，在排版时将置于页面上部的解说，改为附在相应诗篇末尾。所录诗作也是在前30首的基础上，另外增添20首而成。据台湾赖永祥长老叙述，该本实由马礼逊助手米怜编印。② 谢林芳兰对此也有叙述："米怜还翻译诗歌，编集成册，称为《新增养心神诗》，于1821年出版。诗本共收集五十首诗歌，其中三十首来自马礼逊的《养心神诗》，其余的二十首是米怜新翻译的诗歌。"③ 两本诗集出现时间相距甚近，内容也多有重复，都为新教入华初期圣诗翻译的成果。

马礼逊本《养心神诗》的引语及短序，一开始就表明其中含有丰富意味。在封面引用中国经典语录，这种做法在1833年郭实腊创办的刊物《东西洋考每月统记传》中也有表现。如前文所述，郭实腊在刊物封面多处刊有"人无远虑必有近忧"、"皇天无亲惟德是依"、"好问则裕自用则小"等语句。④ 这之中其实包含的是消除文化阻力、增进中国读者认可的意图，它最终的目的是为宣扬教义而扩展空间。在该圣诗集序言中，行善救人的说法一定程度上也减淡了外来宗教的色彩，从而表现出更为普遍的道德取向，具有了相似于儒家诗教观念的意味。从翻译策略来看，这些做法在早期传教士刊物上的诗文译介中也得到了印证。它也使得圣诗汉译自

---

① [英]马礼逊：《养心神诗》，1814年。"珍本圣经数位典藏查询系统"所收录该本，无出版时间、地点、译者等信息。据苏精《马礼逊与中文印刷出版》[（台北）台湾学生书局2000年版]、谢林芳兰《华夏颂扬：华文赞美诗之研究》[（香港）浸信会出版社2011年版] 等著述，该本正为马礼逊1814年译本。国内图书馆对传教士中文著述收录有限，该本《养心神诗》及其他圣诗集都极为罕见。此处摘引的内容，都来自"珍本圣经数位典藏查询系统"所收录版本。

② 赖永祥：《第一本汉文圣诗册》，《台湾教会公报》"教会史话"栏2003年第2665期。转引自http://www.laijohn.com/book7/630.htm。

③ 谢林芳兰：《华夏颂扬：华文赞美诗之研究》（华文修订版），（香港）浸信会出版社2011年版，第30页。

④ 见爱汉者纂《东西洋考每月统记传》，1833—1838年各期封面。

身，包含了更为丰富的问题。

圣诗的翻译与出版，本质上是为了传教需要，译者的身份属性和最为根本的意图在这里保持了高度一致。米怜的相关评说就表明了这点："马礼逊先生的中文助手和他的儿子又将马礼逊散文体的中文译文改写为韵文。也许它们并不是优秀的诗歌作品，但它们包含弘扬基督教的精髓，并适合在聚会中和家庭里吟唱。"① 前文所举的《养心神诗序》，其意义重心就是落在了对上帝"尊荣"的颂赞之中，"养人心"、"救人"的功效最终也是来自上帝。其中30篇诗歌表现出的内容，无疑更是突出了宣扬教义的意图。如其"第一诗"，即有开门见山的表示：

> 行善修持品最高　随时检点用心劳
> 恶人道路休趋向　敬畏圣神莫侮辱
> 默想主神真律诚　免教魔鬼诱泥涂
> 从兹灵种载河畔　结实枝荣永不枯
> 为恶之人念弗良　譬风吹簸稻糠飏
> 罔知敬畏存修省　惟恋邪酗自损伤
> 安得超升长福地　终宜堕入杳冥场
> 主神在上常临格　报应分明万古扬

居于开篇位置，该首诗自然更多了一种代表性意义。在这里，行善弃恶、敬畏圣神的主题得到了明确强调。但是善恶报应的说法，显然是接续了封面引语，从而进一步接近了"庄子曰"的中国道德观念。它对七言诗歌形式的采用，也如前文所述的弥尔顿、威廉·柯珀译诗一样，是主动适应了中国的传统诗歌规范。这种意识和做法，也同样影响到了译诗的韵律表现。"高"与"劳"，"辱"与"涂"、"枯"，以及"飏"与"伤"、"场"、"扬"等，形成几组韵脚，使译诗具有了明显的韵律感。该诗集中的其他篇章，在

---

① [英]米怜：《新教在华传教前十年回顾》，北京外国语大学中国海外汉学研究中心翻译组译，大象出版社2008年版，第58页。

诗形、韵律、用语方面也一再呈现出了相同特征。除开"第二十七诗"为八言形式,其他采用的都是七言诗形。再如"第四诗"诗句"雪中送炭赠绵衣"、"第五诗"诗句"凡持斋戒必修身"、"第九诗"诗句"道传万国皆仁义"等,显然都是借用了一些中国文化术语。如此一来,在设定的读者面前,这些内容遭遇的阻力有可能减少,从而更有可能被接受。

其实,除开变为中国诗作形式之外,该"第一诗"也充分表明了圣诗翻译内容方面的改变。正如米怜对马礼逊本《养心神诗》的回忆,很多圣诗集都包含了圣经《诗篇》内容,例如1875年福州美华书局本《养心神诗》,就多处标明了"诗篇二十三篇"、"诗篇一百篇"之类字样。这里"第一诗",其实也正为圣经《诗篇》第一首的汉译。但是,译诗多处做了增删改动,从而带上了更多的中国诗作韵味。这首诗原文及现代译文如下:

1   Blessed is the man that walketh not in the counsel of the wicked,
    Nor standeth in the way of sinners,
    Nor sittedth in the seat of the scornful.

2   But his delight is in the law of the LORD;
    And in his law doth he meditate day and night.

3   And he shall be like a tree planted by the sreams of water,
    That bringeth forth its fruits in its season,
    Whose leaf also doth not wither;
    And whatsoever he doeth shall prosper.

4   The wicked are not so;
    But are like the chaff which the wind driveth away.

5   Therefore the wicked shall not stand in the judgement,
    Nor sinners in the congregation of the righteous.

6   For the LORD knoweth the way of the righteous:
    But the way of the Wicked shall perish. [1]

---

[1] *The Holy Bible* (*Rev. ed.*), The British and Foreign Bible Society, London, 1930, p. 363.

1　不从恶人的计谋,

　　不站罪人的道路,

　　不坐亵慢人的座位。

2　惟喜爱耶和华的律法,

　　昼夜思想,

　　这人便为有福。

3　他要像一棵树栽在溪水旁,

　　按时候结果子,

　　叶子也不枯干,

　　凡他所作的尽都顺利。

4　恶人并不是这样,

　　乃像糠秕被风吹散。

5　因此当审判的时候,恶人必站立不住,

　　罪人在义人的会中也是如此。

6　因为耶和华知道义人的道路,

　　恶人的道路却必灭亡。①

前后加以对照,不难见出"第一诗"在翻译中多处发生了改写。第一句"行善修持品最高　随时检点用心劳",明显是以意译方式对"Blessed"做了尽情发挥,且将之与"行善"观念结合了起来。"不从恶人的计谋"、"不坐亵慢人的座位"两句在译诗中被删除,只有"不站罪人的道路"一句的意思,被保留在了"恶人道路休趋向"中。这似乎正是为了保持七言汉诗的简洁特征,而去掉了原诗里意义相近的句子。十分有趣的是,原本所无的"敬畏圣神莫侮辱"一句添加到了这里,从而表现出了一种明显的现实针对性。在清廷及大部分人士对西方宗教的拒斥面前,新教传教士入华遭遇了重重阻碍。不仅马礼逊本人的活动大受限制,就是中国

----

①《圣经》,中国基督教三自爱国运动委员会、中国基督教协会2002年版,第512页。本版采用的是简化字与现代标点符号的和合本。

人与马礼逊接触都遭到清廷严禁,"印发中文的基督教书籍"更是"要被判死刑"①。这种现实遭遇明确插入了译诗之中,使得意义的增删改变成为了一种普遍的翻译现象。其后"免教魔鬼诱泥涂"一句,似为原诗第一句"不从恶人的计谋"的改写,却也可看成是增添的内容。"罔知敬畏存修省"至"终宜堕入杳冥场"四句,位置上勉强对应原诗的第5句,但内容上也发生了很大改变。"修省"一词读来另有寓意,带上了儒家修身养性、一日三省的意味。最后一句强调"报应分明"并突出"主神在上",也包含了融合本土道德观念以更好宣扬基督教义的深意。

二 "忠实"的翻译策略与中国文化认识

在《养心神诗》的翻译中似乎出现了一种矛盾:内容上马礼逊作了增删改变,有关言说中他又一再强调了"忠实"。1809年12月4日,他写信给伦敦传教会,对自己译出的部分《新约》篇章有如此说法:"这批译文,总的说来,我认为是忠实的,很好的。"伦敦传教会在回信中肯定了他的工作,认为他编译的中文字典和文法书不仅会对后来传教士极为有用,而且"更重要的在于,能够保证你翻译出令人满意的、忠实可信的整个圣经"。② 两方面的言说,都充分注重了译文的忠实性。尤其是后者,作为马礼逊入华及其翻译、出版活动的赞助者,它直接表述或暗示出的翻译要求,无疑具有决定性的影响作用。对于马礼逊来说,他不仅受命于这一机构进行圣经翻译,还必须从这里获得经济上的资助。从《马礼逊回忆录》刊出的书信、日记可以看到,他不仅多次向伦敦传教会汇报工作,寄送中文译本,还多次提出经济要求,说明印刷开支需求等情况。《圣经》是上帝的话语,神圣无误,不容译者改写,各个传教差会无疑都尊崇并强调了这点。由此见来,这种强大的控制力量以及心理认同,使得《圣经》

---

① 1812年4月2日,马礼逊写给伦敦传教会的信件。见[英]马礼逊夫人编《马礼逊回忆录》,顾长声译,广西师范大学出版社2004年版,第78页。

② 原文:"These are, I think, on the whole, faithful and good." p. 268;"and, what is of higher important, will best enable you to make an approved and faithful translation of the Holy Scriptures." Eliza Morrison compiled, *Memoirs of the Life and Labours of Robert Morrison*(影印本)Vol. I,大象出版社2008年版, pp. 304 – 305。

翻译在马礼逊虔诚的心灵中，似乎也理所当然地需要"忠实"了。在1814年寄给大英圣书公会的信中，他写道：

> 请容许我告诉你，我为这个世界完成的翻译（新约中文译本），还不算是一个最好的译本。有些句子不清楚，有些句子也许需要更好的译文，我想这可能是任何一个外国人在翻译过程中都会出现的问题，又尤其是圣经的翻译，不容许有任何译者的主观释义。所有了解我的人，都会相信我的意向是忠诚的，我已经尽了我的最大努力。①
> （括号内文字为引者所注）

可见，马礼逊在表示这种"忠诚"之时，也深深感受到了翻译的难度。在翻译文学性很强的《诗篇》时，他即有表示："我发现要把它译成中文是一件艰难的事。"② 在1819年写给伦敦传教会的报告中，他也以圣经翻译的难度来反驳针对他译文的批评意见："这项翻译工作是在遥远的中国，使用欧洲极少人懂得的最艰难的文字进行翻译的。如有人要对这部中译本圣经提出批评，请不要忘记这种困难。"③

那么，究竟应该怎样来理解这种"忠实"，以及它与《养心神诗》翻译之间的差异呢？这两者难道不存在矛盾之处？从马礼逊所说的圣经翻译"有些句子也许需要更好的译文"，以及他所表示的将在译完圣经之后与米怜一起重新校订，"以便在将来重印之前的一段时间内修正错误和不恰当的译文"来看④，他对圣经译文本身并不见得完全满意。那么，他所坚持的"忠实"以及这种翻译意识，所指向的可能主要是《圣经》的意义传

---

① 1814年1月11日，马礼逊致Joseph Tarn的信。Eilza Morrison compiled, *Memoirs of the Life and Labours of Robert Morrison*（影印本），Vol. I, p. 395.
② 1816年1月1日，马礼逊致伦敦传教会书记的信。见［英］马礼逊夫人编《马礼逊回忆录》，顾长声译，广西师范大学出版社2004年版，第123页。
③ 1819年11月25日，马礼逊寄给伦敦传教会的报告。见［英］马礼逊夫人编《马礼逊回忆录》，顾长声译，广西师范大学出版社2004年版，第154页。
④ 1817年11月24日，马礼逊致大英圣书公会的信。见［英］马礼逊夫人编《马礼逊回忆录》，顾长声译，广西师范大学出版社2004年版，第133页。

达，而并非是语句对等。在 1819 年谈论译者的职责时，马礼逊对意义"忠实"作了明确表述：

> 在翻译任何一本书时，译者的职责都是双重的。第一，必须准确理解原意，并领会原著的精神；第二，必须以忠实的、明白的、惯用的，如果他能够达到，还应该是典雅的译文，来表达原著的意义与精神……
> 我认为，千真万确的，第一职责远比第二职责重要。①

两条职责都在强调理解原著精神，可见马礼逊的"忠实"实质上指的就是原著的意义传达。那么，只要"原著的意义和精神"是准确的，语句的对等与否也就不再那样绝对了。这种观念主要来自马礼逊的圣经翻译，而同时期展开的《养心神诗》出现的诗句增删改变，也就并非是不可接受的事了。再加之圣诗翻译并不如《圣经》那样具有绝对的神圣地位，马礼逊对翻译的艰难又有着切身感受，翻译之中也就难以避免诗句形式、内容上出现更多变化。

除开翻译本身所具有的难度，以及两种语言之间的差异，译者的翻译意图和翻译策略毫无疑问发挥了更重要的影响。马礼逊编译《养心神诗》以及展开其他译介活动，都有着共同的意图："要感化中国人和所有讲中国话的人皈依基督教。"② 那么，究竟采用什么样的翻译策略才能更好实现这一意图，这显然成为了马礼逊入华不得不探索的问题。事实上，马礼逊的《养心神诗》既是新教传教士此种文字事业的开风气者，又在翻译策略、翻译意识等方面具有了深远意义。

---

① 1819 年 11 月 25 日，马礼逊寄给伦敦传教会的报告。原文："The duty of a translator of any book is two-fold, first, to comprehend accurately the sence, and to express in his version faithfully, perspicuously, and idiomatically (and, if he can attain it, elegantly), the sence and spirit of the original. … That the first is of more important than the second, is, I believe, ture." Eilza Morrison compiled, *Memoirs of the Life and Labours of Robert Morrison*（影印本），Vol. Ⅱ, p. 8.

② ［英］马礼逊夫人编：《马礼逊回忆录》，顾长声译，广西师范大学出版社 2004 年版，第 95 页。

《养心神诗》的译者虽然是外来传教士，采取的却是归化式的翻译方式。这种状况的形成，与马礼逊对中国文化的接触和认识也有着紧密关系。在学习中文的过程中，他大量阅读了儒家、道家经典，并对中国文化表现出了浓厚兴趣。至1809年时，他已"把孔夫子的《大学》、《中庸》和《论语》的一部分翻译成英文"。他称赞孔子是"一位智者和正直的人"，《四书》"是一部中华帝国最伟大的圣言书"。在他寄给伦敦传教会的大批中文书籍里，最多的也是"孔夫子的典籍、佛教的历史和其他中文书籍"。① 早在入华之前，马礼逊就有了如此观念："中国人当中有许多博学之士，他们绝不低下于我们，而是比我们更优秀。"② 在入华后进一步掌握中文且将部分典籍译为英文之后，他仍认为自己"对中国文学还没有真正入门，所知的仅有一小部分"，"对中国的经典文学作品仍然是知之甚少"③。这些做法和认识，虽然笼罩于传教意图之中，或者说是因传教而缘起，但综合起来看，它们也表明马礼逊对中国文化有了一定程度的接受。宗教意图虽然占据了主导地位，但翻译行为本身在文化交流中所带有的客观性，也不应置于完全被忽视的地位。既然接受对象设定为华人，接受语境中传统文化又十分强大，译者本身又受到了译入语文化影响，那么，在翻译中有意识地吸纳一些中国文化观念，也就会成为难以避免的做法。事实正是如此，马礼逊在《养心神诗》翻译中较好地借用了一些本土文化因素，并将此与基督教义结合了起来。如前文所述，译本的封面引语和卷首序言，就包含了道家的"念善"、儒家的"养心"等观念。再如"第十八诗"的诗句"日里太阳无击害，太阴非绝我余年"，"太阳"、"太阴"虽有实指对象，但在这里也带上了道家文化意味。

三　浅白化倾向与文言规范限制

　　在诗形、韵律、用语等方面接近文言旧体诗作之时，《养心神诗》的

---

① [英]马礼逊夫人编：《马礼逊回忆录》，顾长声译，广西师范大学出版社2004年版，第58、63、69页。
② 1804年11月18日，马礼逊致友人克罗尼的信。[英]马礼逊夫人编：《马礼逊回忆录》，顾长声译，广西师范大学出版社2004年版，第19页。
③ 同上书，第58页。

部分诗句又呈现出了俗白倾向。"第三诗"最后四句"忍耐几年暂苦难,我望得到天福岸。彼处故友复相逢,永远谈论且观看","第五诗"诗句"如若貌慈心里毒,虽能惑众最欺神",最后一首诗中"凡信耶稣善必成,坚持大节出真诚"等,对于具有阅读能力的一般读者来说,这些诗句都较为明白易懂。这种俗白特征,在其后麦都思、湛约翰等人的圣诗集翻译中,都有着不同程度的体现。将这种倾向作为一个整体,并置于晚清民初的接受语境来看,它们在近现代文学的语言变化历程中,也就占有不可忽视的地位。

马礼逊所设定的接受对象以及自身的文化意识,在这里都有着较为直接的影响。1807年马礼逊初至广州,对社会下层民众就有如此认识:"这里大部分的中国人不会说官话,也不识中国字。中国的穷人太多,但他们必须听得懂我讲的官话和所写的中文,我才能将基督的福音传给他们。"[①]在1808年1月7日的日记中,他也表示:"我仍应鼓起勇气,盼望将来能把圣经翻译成中文,好使庞大的中国中的数万万人能够阅读中文圣经,使他们得知救赎的奇妙。"[②] 既然把数量众多的社会下层视为影响对象,著述及翻译文字自然不可过分高深文雅。在马礼逊看来,"圣经的中译,如果仅仅为取悦于中国文人,用古文以展示译者的国学根底,就无异于埃及的祭司用象形文字所写的教义,只能使他们自己或一小部分创造象形文字的人才懂得其意义。"[③] 此外,他能够直接接触到的中国文人也是十分有限。与他一起参加礼拜、讨论基督教义的,仅限于他的中文老师和中国佣人,以及中国助手。这也成为《养心神诗》的翻译需要注意语言深浅程度的一个外在原因,因为马礼逊还没有可能将《养心神诗》之类的小册子传递给士大夫阶层。同时,马礼逊关于中国语言的认识,也表明他是有意识地偏向了普遍、俗白的一面。他认为,"中国的语言文字是活的,它是世

[①] 1807年11月4日,马礼逊致伦敦传教会司库的信。[英]马礼逊夫人编:《马礼逊回忆录》,顾长声译,广西师范大学出版社2004年版,第42页。

[②] [英]马礼逊夫人编:《马礼逊回忆录》,顾长声译,广西师范大学出版社2004年版,第45页。

[③] 1819年11月25日,马礼逊写给伦敦传教会的报告。[英]马礼逊夫人编:《马礼逊回忆录》,顾长声译,广西师范大学出版社2004年版,第154页。

界上最古老的语文之一，有三分之一的人类在使用它"。① 在谈论圣经翻译时，他表示："我宁愿采用通俗的文字，避免使用深奥罕见的典故"，"我倾向于采用中国人看作为俚俗的文字，不愿使用令读者无法看懂的文体。"② 尽管说这番话的时间晚于《养心神诗》翻译，与圣经的翻译实况也并不完全等同，但它还是再一次凸显了马礼逊在这方面的意识。为了更好感受这种特征，不妨再看看1812年马礼逊《问答浅注耶稣教法》的语言：

㈠问：原创造天地万物者，系谁乎？
答曰：原创造天地万物者，系止一真活神也。
㈡问：是止一真活神者之外，另有别神否也？
答曰：是止一真活神者之外，并无别神。
㈢问：人由何，而得知此情？
答曰：今人系由真神所传于古人之圣书，而得知之焉。
㈣问：是圣书叫得何名？
答曰：是圣书即系叫得为圣书者，因其书至宝故也。又圣书有两卷，第一卷名旧遗诏书，第二卷名新遗诏书。③

文中包含文言的词汇和句式，显示出受了当时书面语言规范的影响，以及马礼逊勤习中国经典的影子，但重复性的问答使表意较为清晰。对于具有阅读能力的一般读者，这些语句应是不难懂得。

值得注意的是，《问答浅注耶稣教法》最后两则竟与《养心神诗》"第二十七诗"、"第二十八诗"内容相同。差异只在于此处加上了标题"大五得王第一百诗"、"高百耳氏诗"，以及"其一"、"其二"之类序号，另有对"马奴耳"一词的一处解释。"大五得王"现作"大卫王"，

---

① 1818年12月9日，马礼逊致克罗尼信。[英]马礼逊夫人编：《马礼逊回忆录》，顾长声译，广西师范大学出版社2004年版，第143页。
② 1819年11月25日，马礼逊写给伦敦传教会的报告。[英]马礼逊夫人编：《马礼逊回忆录》，顾长声译，广西师范大学出版社2004年版，第154—155页。
③ [英]马礼逊：《问答浅注耶稣教法》，澳大利亚国家图书馆藏本标注为1812年。原书无著者、出版信息。

其诗实为《诗篇》第 100 篇"颂赞之诗";后者,实为 18 世纪英国诗人威廉·柯珀的诗篇《比音乐还美妙的声音》,出自他与人合著的诗集《欧尼赞美诗》。"高百耳"即为"Cowper"音译。① 威廉·柯珀诗作如下,原有符号一并列出,以便更好理解这一译诗事件:

其一　比乐之声音越美。在马奴耳名悦吾。(意系神偕我即指耶稣。)
我灵众望皆起由。乃其生十字架剖。
其二　其既来神使者颂。荣归与神在上天。
余求神解我舌。谁该比我愈颂言。
其三　夫主乃降而为人。以致守成天律例。
留血受难皆代我。我今舌岂不颂记。
其四　非勿颂我须赞来。虽余赞为贱不重。
如或有人弗愿颂。其石必将言语送。
其五　我救者藤牌。日光。牧者。兄。夫。及朋友。
各宝号归耶稣名。我将爱尔靡既茂。

这首诗和"大五得王第一百诗",读来都不太顺畅,语言运用上不如《养心神诗》的其他诗篇自然。可见马礼逊此时的译诗水平并不高,不过这也表明他已然具有了相应的译诗意识。另外,译诗也包含了一些较为浅显的诗句,如"比乐之声音越美"、"荣归与神在上天"、"谁该比我愈颂言"等。《养心神诗》后来照搬这些译文,也表明语言上的浅白化意识得到了承续。明确标出著者"高百耳"、"大五得王"之名,也算是对西方文学的一点明确介绍。威廉·柯珀诗作的汉译,应该也是以此为肇始。② 值得注意的地方还在于,正因为中文能力还不够,而且是最初尝试,该处诗句明显留下了外来的欧化印迹。这一点在当时不可能被接受,但在后来

---

① 米怜在回忆中提及《问答浅注耶稣教法》时,已指出两诗出处。见[英]米怜《新教在华传教前十年回顾》,北京外国语大学中国海外汉学研究中心翻译组译,大象出版社 2008 年版,第 128 页。
② 参见第二章第一节有关威廉·柯珀译介的论述。

的圣诗翻译中也仍有表现，而且成了促进现代新诗兴起的一种积极因素。

如此一来，这样的问题也就需要追问：既然《养心神诗》为传教需要，又是带有一定文学性的内容，那么它为何没有采用真正浅白的语言来翻译？思考这点，仍然要从占据主导地位的传统文化规范找原因。新教入华充分重视出版物的传教作用，这当然也推动了《养心神诗》之类小册子的大量印行。米怜曾道："用中文出版的书刊，也许要比任何别种文字更能有效地与中文读者沟通，因为中国能看书的人，其比例远比人类的其他民族大得多。"① 马礼逊也认为"中国的语言文字是活的"，"这是东方五个国家所共同使用的文字，有数以万计的原著都是用中文写的和出版的"②。他还有如此认识："中国人是一个驯服和通情达理的民族，他们一般都愿意接受劝告和教导，更尊重书籍。"③ 但是，在这些中文书籍以及中国人的"尊重"中，真正占据正统地位的语言却是历史久远的书面文言。马礼逊也明确感受到了这点：中国文人对俗语及白话写成的书是鄙视的，他们所青睐的是用深奥、典雅的古文写出来的著作。④

如上文所述，马礼逊在编译圣诗集小册子时，并没有将文人阶层作为影响的主要对象。但是他也知道，在整个社会结构中最具影响力的偏偏就是这一群体。学而优则仕，当这个群体中的一部分进入统治阶层后，他们也就拥有了更大的影响力。其他没有完全进入的，在文学语言上也保持了一致品好。鉴于这个群体所占据的位置，马礼逊曾表示："我希望用和平的方式去做。我们必须避免冒进"，"我们也期待着，这个人口众多的中国的统治者，最终能改变他们敌视基督教的政策"⑤。那么，究竟要怎样才能

---

① ［英］马礼逊夫人编：《马礼逊回忆录》，顾长声译，广西师范大学出版社2004年版，第135—136页。
② 1818年12月9日，马礼逊致克罗尼信。［英］马礼逊夫人编：《马礼逊回忆录》，顾长声译，广西师范大学出版社2004年版，第143页。
③ 1814年1月11日，马礼逊致大英圣书公会副书记泰尔的信。［英］马礼逊夫人编：《马礼逊回忆录》，顾长声译，广西师范大学出版社2004年版，第105页。
④ 1819年11月25日，马礼逊写给伦敦传教会的报告。［英］马礼逊夫人编：《马礼逊回忆录》，顾长声译，广西师范大学出版社2004年版，第154页。
⑤ 1817年2月24日，马礼逊致答应圣书公会的信。［英］马礼逊夫人编：《马礼逊回忆录》，顾长声译，广西师范大学出版社2004年版，第128—129页。

更好地做到这点？在马礼逊这里，"明达和典雅的译文"正不失为一种"避免冒进"的做法。而且，只要有机会，新教传教士就试图与文人阶层往来。在1814年5月28日的日记中，马礼逊就专门记载了一满人官员的来访。对方赠送了两本中文书，其一为该官员生日时朋友所作的颂诗。马礼逊在此接触到的，自然也是标准的文言诗词。因而，"处在对用任何方式输入基督教全都抱着明显的敌意的困境之下"①的传教士，在诗作翻译中也还难以形成明确的语言方向。译诗也只能是介于文言与俗话之间，或者在文言形式下表现出一定的浅白色彩。换句话说，这些小册子试图去影响社会下层民众，却又受到了主流文学规范的制约。书面语言的"优雅"取向，某些时候即使没有明确表现出来，对读者和译者的心理也已产生了影响。"在每一种优雅的文字中，利用该文字出版书刊以传播人类和神明的知识，对所有读者来说，都是明显有效的。"②米怜的如此言说，也即暗示了这点。

四　风格意义与米怜的应和

对于马礼逊所译的《养心神诗》，伟烈亚力曾指出："这些赞美诗先由马礼逊译成散文形式——基督教国家赞美诗的通常形式，再由其助手改写为韵文。"③在1814年6月17日的日记中，马礼逊也写道："今将圣诗与《诗篇》中文版付印。这些都是我从英文翻译成中文后，由我的中文老师高先生和他的儿子改编成歌词的。"在1815年1月9日的一封信中，他也再次表明，"译文改编成诗体是由高先生和他儿子写成的"。④这些言说既表明了中文助手的作用，也表明译诗包含了西方"散文形式"和中国"诗体"这两种因素。"诗体"显然会将译文导向文言诗歌风格，西方圣

---

① 1817年2月24日，马礼逊致答应圣书公会的信。[英] 马礼逊夫人编：《马礼逊回忆录》，顾长声译，广西师范大学出版社2004年版，第128页。

② [英] 马礼逊夫人编：《马礼逊回忆录》，顾长声译，广西师范大学出版社2004年版，第135—136页。

③ [英] 伟烈亚力：《1867年以前来华基督教传教士列传及著作目录》，倪文君译，广西师范大学出版社2011年版，第12—13页。

④ [英] 马礼逊夫人编：《马礼逊回忆录》，顾长声译，广西师范大学出版社2004年版，第110、120页。

诗的"通常形式"却会带来形式、语言上的一些新特征。事实上，两种诗作规范之间的交接，在后来的圣诗集翻译中也有着丰富表现。大体看来，马礼逊、麦都思、理雅各、湛约翰等人的译本呈现出了较为明显的文言风格，而养为霖、艾约瑟、狄考文、理一视等人的译本呈现出的是较为明显的白话色彩。

在晚清民初整个新教传教士的文字译介活动中，文言和白话这两种译诗风格的表现，当然不是绝对的。传教士的语言学习，毕竟有一个渐进过程。他们对中文的掌握，短时间内也难以达到精深程度。在不同境遇中，对翻译语言的选择和侧重也会有所不同。严格说来，这里所谓的两种风格只是指译文表现出的大致倾向，在具体译诗里它们往往并非水火不容，泾渭分明。而且，现在所理解的晚清"白话"，也只是一个宽泛概念。在研究者较为普遍的意识里，它包含了各地的方言土白和大部分地区通行的北京官话。这种理解注重的是其浅白倾向，以及它对书面语言的冲击和影响。①

马礼逊编译的《养心神诗》以及撰写的传教小册子，因为受译入语文化规范的制约而呈现出了文言风格，但在语言上同时也表现出了一定的浅白倾向。这种不无矛盾的状况，在他的助手米怜的撰述中也有了相应表现。在广州编写《救世者言行真史记》时，米怜从马礼逊所译的《新约》以及其他传教小册子中获得了极大帮助。但是，他又认为"这些书的文体和中国人自己的书一样艰涩难懂"，他是"因为事先了解了书的主题"才能"更为方便地阅读这些书籍，并更清楚地注意到其中的遣词造句和中国习语的特点"。这种说法，似乎又暗含了他对马礼逊语言的一些不满。米怜显然更倾向于浅显易懂的语言，在谈及《教义问答》等传教册子时，他强调的即是"风格平实，避免了一般翻译文体的僵硬"的优点。在辑录"恒河域外传道团成员所著

---

① 不少研究者在审视该时期文学语言时，将土白和官话视为了一种早期白话，如袁进《重新审视欧化白话文的起源——试论近代西方传教士对中国文学的影响》（《文学评论》2007年第1期）、李丹、张秀宁《作为现代白话文学源头之一的基督教东传》（《温州大学学报》2008年第3期）等文。

及印刷书籍目录"之后，他也明确表示："我们一致的目标是文章通俗易懂，而且打动人心——为普通民众写作，简明的风格最适合向他们训诫，也最适合于还没有完全掌握汉语的外国人。"① 他认为，只有"以清晰易懂的形式编写并印刷书籍，将其散发到民众手中"，这样才会对传教事业大有帮助。② 当他发现"中国下层社会的民众能够大致理解并经常感兴趣地阅读"《救世者言行真史记》时，他的心理感受也是"非常令人振奋"。

在1821年的《新增养心神诗》中，米怜所译的诗作也呈现出了浅白倾向。如第三十五诗："明明有福在天上，不求不受无所助。神本公义至恤怜，用心祈求自得救。"再如第四十三首包含的诗句："幼年说真是好儿，所言我就可信之。若是讲假惯说谎，虽说实话我也疑。"相较于马礼逊的《养心神诗》，这些诗句在语言的浅白上有过之而无不及。这也正应和了以上米怜有关著述语言的一些看法。这种做法和意识，一定程度上也是对马礼逊此前翻译尝试的继续。

不过，束缚着马礼逊的译入语文化规范，也使得米怜产生了如此认识："等到较为熟练地掌握这种语言时，最适合他们学习的文体则是那些学识渊博的当地人著作。"③ 这类当地人著作，采用的语言无疑是以雅驯为主要特征的文言。对此类著作加以学习的意识，也再一次表明他同样受到了马礼逊遭遇的制约。在谈论宗教书籍的编印时，米怜的以下言辞，也间接表现了他对译入语文化规范的主动适应：

> 在将基督教书籍送入中国分发时，非常重要的是它们的外观和制作方法要尽可能地避免"异邦"印象，并且要尽可能像是由中国人自己编写和印刷的中文书籍一样（除了内容）。如果这样，它们就能顺利通过海关，并进入书店，犹如从云端落下来似的；这些书籍在纸张、装订、排印、墨水上没有显示出任何差别，它们就不会被怀疑为

---

① ［英］米怜：《新教在华传教前十年回顾》，北京外国语大学中国海外汉学研究中心翻译组译，大象出版社2008年版，第133页。
② 同上书，第74—75页。
③ 同上书，第64页。

是异邦的书籍,直到人们阅读书的内容时才会有所发觉;甚至,除非书的风格极为粗陋,否则人们读了以后也许会认为这些书是到过海外旅行的中国人的作品。但是,如果它们的外观显出来自海外,或如果在某些方面偏离了中国书籍的常规,就会激起这个民族无处不在的嫉妒;而本来也许无声无息在这个国家迂回前进的真理,将被迫停止前行的脚步。①

尽管言说的对象并非是具体翻译,而且将文化上的拒斥简单理解为了整个民族的"嫉妒",但是尽量减少"异邦印象"以符合中国"常规"的意识,还是不难看出。这与造成译诗变化的原因有了根源上的一致,从而在本质上也表明了译入语文化规范的影响存在。

在形式、韵律以及对中国文化的融合方面,1821年米怜出版的《新增养心神诗》也可谓是对马礼逊译本的即时应和。米怜自己翻译的后20首诗作,前13首都采用了七言古体形式,而且对中国文化因素多有借鉴和融合。如第四十一首,即为显明一例:

  智愚贫富皆人焉　　那可轻人独自贤
  傲眼看人非善样　　神所恨恶此为先
  神造人舌使能言　　道达仁义说圣贤
  假言哄骗最恶事　　死后必定遭神谴

贫富贤愚之见,仁义圣贤之说,以及他处对"修身"、"仁义"、"上苍"、"乾坤"等词语的借用,都明显是结合了中国文化来宣扬基督教义的做法表现。对诗篇韵律的注重,也表现出了相似于马礼逊的意识。显然,两本早期圣诗集在风格上的近似,不仅仅是因为二人的关系密切,更是因为翻译意图、翻译策略以及译入语文化规范等因素的影响。

---

① [英]米怜:《新教在华传教前十年回顾》,北京外国语大学中国海外汉学研究中心翻译组译,大象出版社2008年版,第120页。

第二节　文言圣诗集的翻译形式与变异

　　传教士翻译的圣诗集，一部分因事实上的接受者主要为社会下层民众，其语言倾向了浅白化；另一部分为了靠近主流文化规范，从而获取更多的传播空间和接受认同，其语言又表现出了雅驯色彩。马礼逊次子马儒翰（John Robert Morrison）1835年的《续纂省身神诗》，麦都思1856年的《宗主诗篇》，理雅各1862年的《宗主诗章》，湛约翰1860年的《宗主诗章》以及1879年的《宗主新歌》等译本，主要采取了后一种做法，在形式和语言上都呈现出了本土色彩。但是，在这些文言圣诗集的翻译形式中，也出现了一些颇有意味的变异。在这些方面，麦都思的《宗主诗篇》可谓突出的代表。它所包含的译者意图、翻译方式，以及它与时代语境、接受对象之间的关联，都成为了文言圣诗集翻译里的重要问题。

一　麦都思本《宗主诗篇》的出现与风格特征

　　在麦都思的《宗主诗篇》出现之前，马儒翰于1835年在马六甲出版《续纂省身神诗》，收录有54首新译的圣诗。[①] 有研究者指出，"马儒翰采用律诗的结构，将欧美的诗歌翻译成华文。一首诗歌不论有几节，每一节总是翻译成八句，每一句有五个或七个字；每一节的第二、四、六、八等句的最后一个字一定要押韵"，他的译诗"尚称典雅，具可读性"[②]。这种翻译做法和风格，在麦都思的《宗主诗篇》中得到了更为突出的表现。

　　麦都思1817年7月抵达马六甲，开始与此地的中国传教差会创办者和负责人米怜一起工作。稍后，在米怜前往中国期间，他又承担了印刷

[①] 盛宣恩认为该本的前身，极有可能是1819年汤普逊（Thompson）在马来西亚编印的一本圣诗集。汤普逊本共发行三千册，书名却不详。盛宣恩：《中国基督教圣诗史》，（香港）浸信会出版社2010年版，第8页。

[②] 谢林芳兰：《华夏颂扬：华文赞美诗之研究》，（香港）浸信会出版社2011年版，第31页。

第三章 圣诗的汉译形态与历史意义 177

所、学校的事务和一般管理工作。① 他用大量时间学习汉语，且进展迅速，很快成为了重要的圣经汉译者。在1834年马礼逊去世之后，他与其他传教士一起着手修订马礼逊和米怜的圣经译本，形成了被称为"四人小组译本"的新译本。在1854年出版的、由英美传教差会联合翻译的"委办译本"《圣经》中，他更是发挥了主导作用。② 麦都思同时撰写了大量传教小册子，如《神理总论》（1833）、《福音调和》（1835）、《天理要论》（1844）、《真理通道》（1845）、《罗马书注解》（1857）等③，并于1853年在香港创办了中文刊物《遐迩贯珍》。有学者认为，麦都思是"来华传教士中名声最大、著述最多的一位，他用汉语、英语及马来语撰写的各种著述总数超过九十种"。④ 传教士的身份属性以及众多文字活动，显然为麦都思的圣诗翻译提供了动力和基础。马礼逊、米怜等人对圣诗的翻译，也极有可能通过相互接触而给麦都思以启发。

据赖永祥的"教会史话"记载，麦都思的圣诗翻译有如下一些具体表现：1838—1843年，他以"尚德者"为名出版《养心神诗》，有诗71首。此本于1856年在上海重印，改名《宗主诗篇》。1851年，麦都思另出版有一部《养心神诗》，共分两卷，有诗117首。⑤ 谢林芳兰也有如此叙述："麦都思使用笔名'尚德者'编译《养心神诗》诗本，于1838年在巴达维亚（Batavia）出版。诗本共有46页，七十一首诗歌，其中的六十首为以撒瓦兹（Isaac Watts）的诗歌，九首为约翰李彭（John Rippon）所作，一首选自《欧尼诗集》，另一首来源不详。这本诗

---

① ［英］米怜：《新教在华传教前十年回顾》，北京外国语大学中国海外汉学研究中心翻译组译，大象出版社2008年版，第90—91页。尤思德《和合本与中文圣经翻译》又称其到达时间为1817年6月，见该书第49页，（香港）国际圣经协会2002年版。
② 赵维本：《已经溯源——现代五大中文圣经翻译史》，（香港）中国神学研究院1993年版，第18—21页。
③ 以上诸种澳大利亚国家图书馆有藏。
④ 沈国威：《解题——作为近代东西（欧、中、日）文化交流史研究史料的〈六合丛谈〉》，《六合丛谈——附解题·索引》，上海辞书出版社2006年版，第7页。
⑤ 赖永祥：《开港前后的圣诗册》，《台湾教会公报》"教会史话"栏2003年第669期。http://www.laijohn.com/book7/631.htm。

本后来由王韬（1828—1897）增定至 77 页，于 1856 年在上海出版，改名为《宗主诗篇》。"①

澳大利亚国家图书馆藏有《宗主诗篇》一种，其馆藏目录明确标出著者为"Medhurst, Walter Henry"。但书中并无作者信息，也无序言之类说明。其封面倒是标了出版时间"耶稣降世壹仟捌佰五拾陆年"，以及"江苏松江上海墨海书馆印"字样。该本内容共 76 页，诗作 162 篇，与赖永祥等人说法不尽一致。但是，麦都思的其他著述也有并不标出著者，却为墨海书馆所刊印的。麦都思为墨海书馆创立者，长时间主持书馆事务，在此处出版有多种著述。将"墨海书馆印"162 篇本认定为麦都思所译，应该也是极为合理。再据熊月之所编《墨海书馆出版书目一览（1844—1860）》，麦都思 1856 年正出版有《宗主诗编》一种，为"1840 年版的改编本，只是页数为"77"。② 与澳大利亚国家图书馆本的"七十六"页相比，这极有可能是计入了封面页的缘故。书名上"篇"与"编"的差异，也可能是出自抄写之误。由此推测，162 篇本应该是麦都思所译，且极有可能为以上几种圣诗集的扩展，甚至有可能是包括 1851 年《养心神诗》在内的一种合集。

正是在该种经过多次再版、扩展之后的圣诗集中，麦都思译本的翻译风格得到了集中表现。其第一篇"论赞美上帝"，即为显明一例：

上篇
斯民在世实纷纭　当竭丹忱献上君
济济群灵咸感恩　喁喁万口尽欢欣
高穹神使称皇德　下士黎元仰帝勋
六合八荒胥叹美　讴歌我主要殷勤

---

① 谢林芳兰：《华夏颂扬：华文赞美诗之研究》，（香港）浸信会出版社 2011 年版，第 32 页。另外黄素贞也有相近说法，见《中国教会的诗歌和绘画》，《金陵神学志》1950 年第 26 卷第 1、2 期合刊。

② 熊月之编：《墨海书馆出版书目一览（1844—1860）》，见沈国威编著《六合丛谈——附解题·索引》，上海辞书出版社 2006 年版，第 245 页。

中篇
日轮朗洁耀乾坤　云汉横斜妙莫论
天象昭宣都景仰　真元创造必崇尊
阳光西下辉将匿　圆月初升夜已昏
星曜丽空齐祝颂　歌音竟夕自和温
下篇
众生虔听耳皆倾　音节谐和共发声
响韵悠扬通万籁　同心祈祷赞神京
为人秉性当灵警　事主由衷贵恪诚
唱和诗篇开慧悟　寅恭瞻礼气和平

　　该诗采用七言八句形式，不仅严整有加，而且语言典雅，词句精练，节奏也是十分合拍，整体上可谓韵致和谐。"斯民"、"丹忱"、"黎元"、"云汉"、"昭宣"等词语含蓄古雅，与俗白化的用语相去甚远。上篇隔句押韵，韵脚"un"、"in"，属于《佩文诗韵》中"上平"声第十二部"文"韵。中篇也是首句入韵，"坤"、"论"、"尊"、"昏"、"温"五处，都为"上平十三元"范围。下篇"eng"、"ing"，也是吻合"下平八庚"部。对于译诗的风格，《六合丛谈》所刊《麦都思行略》一文的有关评说，可谓早就点出了其中精妙："又作养心神诗，即英国会堂唱美上帝之诗，译以华文，谐声叶韵，音致抑扬，一如中国作诗体裁，后加删削，改名宗主诗篇，重刊于沪。"[①] "如中国作诗体裁"，自然是一眼可见。就算是"音致抑扬"的一面，也无须更多列举，上引诗篇就是明证。

二　"一如中国作诗体裁"及其形成

　　麦都思的语言能力和文学喜好，是形成《宗主诗篇》风格不可缺少的因素。1822 年，麦都思至噶罗巴（今雅加达），见"居民稠杂，中有闽

[①] 《麦都思行略》，《六合丛谈》1857 年第 1 卷第 4 期。

人,不下八万余",于是"乃学操闽音"。1843年年初到上海,他即"留意方言,以土白译诸书"。他先后学会了马来语、日语和汉语,还掌握了闽、沪等地方言,并用这些语言编译了多种著述。"通于各国典籍,多识好学,出其绪余,作中国、朝鲜、日本、英国字汇,字皆并列,览者了然",以至于"著述尚多,不能缕载"。麦都思离世之后,即得到了这样赞誉:"吾教中视之若干城,同会内仰之如山斗,至东方者,当以麦君为巨擘焉。"语言学习上的天赋,使得麦都思很好地掌握了中国语言。他不仅详阅中国典籍,早早得其崖略,知晓中国历史沿革并将之与西国比较,作出《东史记和合》等书,还"继作论语新纂,仿孔氏之例,而论耶稣圣理,若宋儒之语录"等。① 因而,再看上文摘引的诗篇,不难看出他对中国诗歌的形式、语言及其他特征都是十分了解,且有运用自如之势。若不去注意内容上的宗教性质,而将之视为一首成熟的中国旧体诗作,似乎也不为勉强。

"多识好学"的麦都思在修订马礼逊圣经译本时,对汉语已是颇有研究。德国学者尤思德对此有如此评说:"作为中国语文的主要特征,麦都思在他的小册子中列出了词组片语(phrase)和单音节词(monosyllables)的重要性,读者对词组片语会完全接受或彻底拒绝,而单音节词则不可以轻易地连接在一起,他也指出虚词和代名词是很少使用的",而且"圣经的翻译要遵循中文的写作风格,而不是洋人以提升中文为目标的方式"。这也即是说,麦都思在翻译中对译入语文化规范以及接受问题给予了更多考虑。如尤思德接下来所言,"透过这些原则,麦都思首次铺陈了这样的观念,认为圣经的翻译不是拘束在基础文本的文字上,而是取决于它在非基督教文化中的意义"②。如此一来,字面上的比附和忠实,在翻译中显然也就不再那么重要。在后来的圣经翻译中,麦都思对此也有明确表述:"大体上,那些以文字为准和以读者为准的修订之间甚少明显的差异。我们不用举例说明,我们的修订带有后者的特质",若在"执着于文字"便

---

① 《麦都思行略》,《六合丛谈》1857年第1卷第4期。
② [德]尤思德:《和合本与中文圣经翻译》,蔡锦图译,(香港)国际圣经出版协会2002年版,第54页。

会传达错误意思的地方,"我们就宁愿坚持意义多过文字"。①"以读者为准"的意识侧重,必然会导致翻译改写的发生。译文也会更为符合译入语文化规范,因为麦都思理解的"读者"主要是指文人学者。

《宗主诗篇》词句精练,音致抑扬,"一如中国作诗体裁",于上述言论中也找到了部分原因。但更需要注意的是,这些特征在本质上又关联了麦都思的如下看法。在致伦敦传教会的信中,麦都思列举了四类中文文体:古籍里的古旧文体,经典采用的文言文体,小说使用的自由文体,会话交谈的口语化文体。他选择第二类来翻译圣经:

> 第二类是文言体裁,用于撰写经典注疏,以及一切至少要求正确、得体和高雅却较为浅白的作品,如历史、道德哲学、政治经济、地理学、自然历史和医学著作。中国所有的教门在研讨教旨训诲神灵时,都是运用这种文体;故此,一切企图向中国介绍他们的宗教信仰的外国人,都会做相同的事;证之于犹太人、回教徒、景教徒和罗马天主教徒……事实上,<u>它是这种语言的高尚和端正的文体</u>,而且没有人认为自己的作品要得到大众垂青和仿效,而不用这类文体撰写。中国人惯于记诵,但他们却从不会想过要记诵任何不是以上述文体写作的东西。它的特质是力量和简洁,不过中文的简洁并不必然意味着晦涩不明;相反地,用字过多有时会使句子含糊不清,而且读者理解冗长的字句往往比简洁的字句更为困难。我们作为新约译本的委办,已经尽力使用一种学者喜爱的文体,既不会违反文人学者的良好品味,同时易被识字不多的人民大众所理解……②(下划线为原文所有)

在麦都思看来,文言体裁优势如此之多,中国人除此之外不会垂青和记诵,那么翻译中采取的语言文体也就非此不可。他还指出其他文体的不适,以便更好突出选择文言的正确性:古旧文体已不可能撰成译本;小说

---

① 1851年3月13日,麦都思等致伦敦传教会的信。转引自[德]尤思德《和合本与中文圣经翻译》,蔡锦图译,(香港)国际圣经出版协会2002年版,第86页。

② 同上书,第84—85页。

中出现的自由文体,严肃作者也不屑采用,"它不及经书典籍的庄严,而且假如以这类文体拟撰,则会损害作品的声誉,故此要避免之";至于浅白的会话语体,"我们没有留意到有任何其他道德或勉励性著作,是以这类口语体裁撰写的",因此也不可在译本中效仿。针对"应该采纳国内最贫穷和最弱势者所能理解的文体"的看法和做法,麦都思也认为不能"极端到认为我们应该牺牲高雅和得体"。①

似乎是为了避免在大众接受方面遭受指责,麦都思在叙述文言体裁的优点之时,又试图为文言添加上浅白性的特征。在他的表述中,该语体"高雅却较为浅白",能够受到"大众垂青和仿效",适合整个"中国人"记诵,而且包含着"力量和简洁",最终也是"易被识字不多的人民大众所理解"。这种说法,显然并不符合实际情形。不过,麦都思的意义指向本来也并不在语言是否真正浅白。他将"浅白"纳入择取理由之中,显然是在进一步维护选择文言的合理性。这种委婉的维护,也再次表明他所针对的读者主要为文人学者。正如尤思德所指出,麦都思等人试图在翻译中形成"可能影响文人学者的中国文学作品",他们"深植在早期耶稣会士的传统中","想通过与文人学者的接触,增加在中国的影响力"②。

另一个与译文风格相关的因素,在尤思德的评述中并没有展开,即麦都思等传教士与中国文人的交往。第一次鸦片战争之前,入华新教传教士限于澳门、广州一带,甚少接触中国文人。出现在马礼逊周边可称为文人的,仅有少数几位冒着风险受聘的中文教师。帮助校正和润色圣经译文的"重要助手"高先生,"大约已有45岁",却也仍是"一直在当塾师"。③与马礼逊、米怜二人关系紧密的传道者梁发,虽撰有十来种传教册子,却也是迟至十一岁才入了村塾,仅四年就转为造笔、雕版以求谋生。其文化修养,远不可能达到后来英国传教士麦沾恩所称道的,"对于中国古来丰

---

① 1851年3月13日,麦都思等致伦敦传教会的信。转引自[德]尤思德《和合本与中文圣经翻译》,蔡锦图译,(香港)国际圣经出版协会2002年版,第85页。

② [德]尤思德:《和合本与中文圣经翻译》,蔡锦图译,(香港)国际圣经出版协会2002年版,第86页。

③ 1812年10月11日,马礼逊日记。[英]马礼逊夫人编:《马礼逊回忆录》,顾长声译,广西师范大学出版社2004年版,第81页。

富的典籍就有了相当的涉猎"。① 马礼逊以东印度公司译员身份接触到的清廷官员,也是"极其傲慢、专横和喧嚷"。② 但是,在鸦片战争之后,麦都思等传教士"合法"进入广州、上海等城市。通过不平等条约,他们取得了在通商口岸"租赁民房,或租地自行建楼,并设立医馆、礼拜堂及殡葬之处"的权利,并且可以"延请中国各方士民等,教习各方语音,并帮办文墨事件","采买中国各项书籍"③。对于英、美、法强迫清廷签订的三个条约,美部会在《教士先驱报》上就认为:"这三个条约中的任何一个,都是一个进步,打破了长久以来封闭着这个广袤的国家的隔离墙。"④ 显然,殖民侵略造成的语境变化,也为传教士接触中国文人、认识他们的诗文习尚带来了更多机会。

　　1843年12月麦都思抵达上海,随后创办墨海书馆。该馆不仅以新异的印刷方式引起口岸文人注意,而且以独立于清廷的政治空间和经济优势,吸引了王韬、黄胜、李善兰、管嗣复、蒋敦复等中国文士加入共事。这批文人得风气之先,意识渐趋开放,又具有深厚的汉文功底,在传教士的翻译著述中的确起了重要的臂助作用。最为突出的王韬,即是"少承庭训,自九岁讫成童,毕读群经,旁涉诸史"⑤,1845年17岁应试昆山被圈一等,中过秀才,后虽连连败北于科举,其汉文修养却是极其精深。墨海书馆传教士的汉文著译,就多受了王韬润饰。有研究者认为,在1853—1856年的《遐迩贯珍》中,"来自上海的稿件,毫无例外都经历了他的润色。这应该是没有疑问的"⑥,1857—1858年的《六合丛谈》显得"辞藻华丽、格调高雅",王韬于其中也扮演了重要角色。⑦ 通过合作译述,伟烈

---

① [英]麦沾恩:《中华最早的布道者梁发》,胡簪云译,《近代史资料》1979年第2期。
② [英]马礼逊夫人编:《马礼逊回忆录》,顾长声译,广西师范大学出版社2004年版,第65页。
③ 《望厦条约》,1844年7月3日。见全国人大常委会办公厅研究室编《中国近代不平等条约汇要》,中国民主法制出版社1996年版,第21页。
④ 《教士先驱报》1846年第1期。转引自[美]雷孜智《千禧年的感召——美国第一位来华新教传教士裨治文传》,尹文涓译,广西师范大学出版社2008年版,第206页。
⑤ 王韬:《弢园文录外编》,卷十一,"弢园老民自传",中州古籍出版社1998年版,第386页。
⑥ 沈国威:《〈遐迩贯珍〉解题》,见[日]松浦章、[日]内田庆市、沈国威编著《〈遐迩贯珍〉——附解题·索引》,上海辞书出版社2005年版,第95页。
⑦ 沈国威:《解题——作为近代东西(欧、中、日)文化交流史研究史料的〈六合丛谈〉》,《六合丛谈——附解题·索引》,上海辞书出版社2006年版,第30页。

亚力、麦都思、艾约瑟等传教士与中国文士往来更多。如此既可获得更好的汉文帮助，又对文士阶层有了更深了解。在译入语文化中占据主导地位的文学品好和认同标准，也就更有可能影响传教士圣诗翻译的策略和方式。

王韬曾参与以麦都思为中心的"委办译本"圣经翻译。麦都思对王韬大加赞赏，认为他文风典雅，对整个译本影响甚大。① 慕维廉甚至认为，"委办译本"的风格"实际上就是这位较年青的中国学者的文笔"。后来成为美国圣经会驻华代理的海格思（Hykes）也认为，王韬的文笔风格是铭刻在了"委办译本"上。② 另有学者甚而直接认定，麦都思本《宗主诗篇》经过王韬润色成为了"一种全新创作"。③ 这些说法也许稍嫌夸张，因为整个翻译过程中占据主导的并不为王韬。翻译活动的发起、意图的设定以及内容和形式择取，最终都是出自传教士的决定。盛宣恩就指出，1900年前的中文圣诗集"选、译、编、印的一切实权均操在外国人的手里"。④ 润色这一具体行为，也总是处于传教士的赞助和监管之中。进行汉译活动的传教士，虽并不见得都有突出的汉文修养，但大多能够对译文作出批评和限制。杨格非在描述中文助手的作用时，就认为有的传教士即使自己不参与实际写作，他也"应当能够对他的学者的文字形成一种批评的意见。在反复阅读的过程中需要这种能力，这些都是必要的，为了结果能产生比传教士希望凭自己个人的能力能写出来的更具伟大价值的作品"。⑤

三 《宗主诗篇》的形式变化

麦都思《宗主诗篇》的翻译风格，正是受译者汉文能力、翻译策略，

---

① 1849年6月30日，麦都思致伦敦传教会信。见韩南《作为中国文学之〈圣经〉：麦都思、王韬与"〈圣经〉委办本"》，段怀清译，《浙江大学学报》（人文社会科学版）2010年第1期。王韬在"委办译本"中的作用，后面还有叙述。

② ［德］尤思德：《和合本与中文圣经翻译》，蔡锦图译，（香港）国际圣经出版协会2002年版，第83页。

③ ［美］韩南：《作为中国文学之〈圣经〉：麦都思、王韬与"〈圣经〉委办本"》，段怀清译，《浙江大学学报》（人文社会科学版）2010年第1期。

④ 盛宣恩：《中国基督教圣诗史》，（香港）浸信会出版社2010年版，第41页。

⑤ Robert Wardlaw Thompson, *Griffith John, The Story of Fifty Years in China*（纽约，1906）p. 228. 转引自［美］韩南《中国近代小说的兴起》，徐侠译，上海教育出版社2004年版，第70页。

以及中文助手润色等因素的影响而得以形成。除语言典雅、音韵抑扬之外，诗篇所采用的也主要为七言、五言古体形式。每首诗歌的章节，也因诗句的多少而采用了相似的划分方法。当整首诗为十六句时，就采用上、下篇的形式分开；为二十四句时，则分为上、中、下篇；或有更多，则使用"一篇"至"四篇"，或至"五篇"来区分。不过，也有部分诗篇超过八句时却并不分节，如第十二篇"论上帝之矜悯"为十二句，第三十四篇"论当拜上帝"为二十句，第一百零五篇"论世人忘上帝恩德"为十二句等。它们也并没有破坏形式的整齐，韵律上也仍符合了"排律"规范。① 这些特征，自然会增强诗作的本土化色彩，进一步应和麦都思的具体处境和翻译观念。但是，《宗主诗篇》中的不少诗歌在形式上也发生了变化。如八、六言间杂的形式，六、六、八、六为一节的形式，在中国诗作中都不常见。这似乎也表明，原诗并非都可以译成七言八句、五言八句的形式。

在1821年米怜编译出版的《新增养心神诗》中，第四十四至四十六诗就已采用了八言、六言间杂的句式，第四十七至五十诗又采用了六、六、八、六为一节的句式。如第四十八诗即为：

孝父母子辈然　　主与尔享高年
父辈亦当行尔慈恕　遵主之法为贤

这种形式变化，与西方圣诗具有的歌唱、乐律特征有着紧密关系。圣诗本质上为颂赞上帝之作，多数都可表现为歌唱形式。姜建邦曾指出："基督教固然有许多不能歌唱的诗（Poem），但产量最丰富的还是些可以唱的圣诗（或称颂诗），在英文里称（Hymn）"，"圣诗有两层的美：诗词的美和诗调的美。"② 苏格兰长老会杜嘉德（Cartairs Douglas）1868年于厦

---

① 律诗"以每首八句为基本形式（唐人有六句的律调诗，但极少。八句以上的成为长律或排律。唐代科举考试用五言六韵，计十二句，称为'试律诗'。清代科举考试用五言八韵，计十六句，称为'试帖诗'。一般的长律不限句数。）"见启功《诗文声律论稿》，中华书局1977年版，第13—14页。

② 姜建邦编译：《圣诗史话》"自序"，中华浸会书局1948年版。

门出版《养心诗调》，也明确列出了"八六言诗调"、"六六八六诗调"等类别。① 这种诗调形式，正属于西方圣诗的乐律表现。根据每行诗句的音节数量和规律，西方圣诗的乐律可以分为长、中、短三种：长乐律（Long Meter），每行有八个或以上音节；中乐律（Common Meter）最为流行，每四行的音节数为八、六、八、六方式；短乐律（Short Meter），每四行的音节数分别为六、六、八、六。圣诗在汉译之时，押韵方式可以与原诗有所不同，但乐律却应该保持一致，否则很难采用相同的曲调来颂唱。② 显然，出现于米怜译本及其他诗集中的诗形变化，都是因为受了圣诗歌唱乐律的影响。

对于中国读者来说，这些变化传递的却是新异的西方诗作特征。因为它们破坏了中国传统律诗的整齐规范，同时呈现了原诗较为自由的句式风格。麦都思的《宗主诗篇》就明确呈现出了这种意义，如其第二十五篇"论上帝拯救"即为一例：

> 大哉帝德普照万方　咸希恩赦免殃
> 广布福音宏施矜悯　救灵使享安康
> 尔历艰难克勤厥职　归沾帝座荣光
> 我主垂怜拭予涕泪　宠加慰藉无疆

竖行、整齐的排列方式，使之仍然明确有着"诗"的身份属性。也正如书名"宗主诗篇"所示，其内容被明确定为了"诗"。但是，对于中国文士或一般知晓中国诗作的读者来说，其相异之处也不难看出。该诗仍然押了"下平七阳"韵，但八言、六言交错的句式，与中国诗作常规并不吻合。按照既往的作诗习惯，此处诗句改为"大哉帝德照万方，咸希恩赦免遭殃"之类，也许更为合适。其中所用词语，如"普照"、"福音"、"安康"、"艰难"、"慰藉"等，都明显具有了双音节特征。相较于习惯单音

---

① ［英］杜嘉德：《养心诗调》，厦门，1868年。
② 何守诚编著：《圣诗学（启导本）》，（香港）基督教文艺出版社2002年版，第16—17页。

节词的中国诗作，这些词语似乎更多了一种叙述语气。此外，《宗主诗篇》的第三十、第五十、第八十九、第一百一十二篇等处，也采用了八言间杂六言的句式。由此也可见出，外来"诗篇"的不同特征，在这些细微之处得到了显露，尽管它们并不见得能被中国文人接受。

在这一方面，第九十一篇无疑更为特别。现依其原貌，改为横排如下：

三一帝天吾牧　　　惠爱时加抚育
主垂眷顾可望永生　岂慕世间庸福
赞美上主　　　　　夏理流雅
赞美上主　　　　　夏理流雅
赞美上主　　　　　夏理流雅　　　赞美上主

形式上的鲜明变化，显然不是因为译者的翻译能力有问题，而是因为该首诗作自身的表现不同于中国诗作规范。较为简略的形式，赞美之声的重复，与中国诗歌整体上的典雅含蓄，以及尽量避免重复用字的习惯，在此发生了显明冲突。这种例子在《宗主诗篇》中并不多见，但也呈现了较为重要的意义。因为它们表明，西诗在汉译里也存在不能被消融的自我特征。其中部分差异，在"诗"的名义之下，也同样进入了译入语文化语境之中。

此外，《宗主诗篇》第十、第二十六至第二十八、第四十七、第六十七至第六十九篇等处，都采用了中国传统诗作中较少出现的八言诗形。如第二十六篇"论上帝为万国君父"：

巍巍帝德至善至公　群生寅畏厥心相同
六合八荒尊为主宰　万邦兆姓视若儿童
竭力承欢凛循孝义　输诚祈祷务表精忠
拯救灵魂归依座右　免沉暗府永乐明宫①

---

① "凛循"疑为"禀循"之误。

除开形式整体、韵律明确之外，该诗的用语仍然具有"高尚和端正"的文言韵味。但是，在句式和词语音节上，它也表现出了欧化色彩。"巍巍帝德至善至公"、"六合八荒尊为主宰"等诗句，读来都具有了一种陈述语气。而且，更多的双音节词进入了这种八言形式，如"相同"、"主宰"、"儿童"、"精忠"、"灵魂"等，使得诗句呈现出了一些散文化特征。这与传统文言诗作以单音节词为主，全篇精练含蓄的风格的确有所不同。陈述句式、双音节以及多音节词的出现，显然更多显现了诗作的西方属性。

总之，麦都思本《宗主诗篇》整体上顺应了中国诗作形式，用语典雅合韵，表现出了以消解中西诗作差异来传播基督教义的意图。但是，其中不少细微之处，也显露了西方诗作的不同色彩。不管是从突出的中国诗作风格来看，还是从显露出的新异变化来思考，麦都思本《宗主诗篇》在圣诗翻译中都包含了丰富意义。对于中国文人来说，它虽然并没有产生明显的冲击影响，却也呈现了另一种诗作面貌，有可能为晚近诗歌转型提供多元的参照，或者说为促动新变带来了一种积极因素。在中国诗歌传统的形式、韵律规范面前，外来诗歌的新异特征如果能够得以展现，那么它就有可能给中国读者带来不同的审美体验，也有可能成为一种打破常规的力量。

四 其他文言圣诗集的语言与形式

在麦都思《宗主诗篇》之外，理雅各的《宗主诗章》、湛约翰的同名诗集以及《宗主新歌》等，在诗形、语言和韵律方面也表现出了相似特征。理雅各的译本，最早名为《养心神诗》，收诗27首，1842年时出版于马六甲。至1852年时该本又在香港再版，诗篇增至79首，另有"三一颂"7首；十年后该本再次修订出版，最终改名《宗主诗章》，收录圣诗85首，"三一颂"7首。[①] 理雅各由伦敦传教会派遣，1840年1月10日抵达马六甲，随即担任了英华书院院长，并于1843年将书院迁入香港，正式开始了他的在华活动。理雅各对中国文化有着浓厚兴趣，曾努力学习孔

---

① 谢林芳兰：《华夏颂扬：华文赞美诗之研究》，华文修订版，（香港）浸信会出版社2011年版，第34页；[英]伟烈亚力：《1867年以前来华基督教传教士列传及著作目录》，倪文君译，广西师范大学出版社2011年版，第123页。

子、孟子等中国经典文献，而且将《易经》、《书经》、《诗经》、《礼记》、《春秋》、《论语》、《大学》、《中庸》、《孟子》等经典译为了英文，在1861—1871年出版了八卷本英译《中国经典》。他对中国文化的注重以及在这方面的深厚修养，与麦都思有着较多相似，这显然也影响到了他的圣诗翻译风格。

理雅各的侄子对他有如此描述："他以中国人的文化和教育标准来要求、衡量他自己，这些标准是由他们自己所产生的智慧来制定和形成的。他知道，中国人愿意尊敬并给予荣誉的人，是所谓的 literati——'儒'或者'士'，于是乎，他进入这些儒或者士的领地，努力钻研那些形成了中国人古代文化传统的民族文献。"显然，理雅各对儒家典籍的注重和钻研，很容易使其在圣诗汉译中接受中国"标准"。在他看来，"一个西方人，并不是完全有资格承担他现在的传教士这个位置所要求的责任的，除非他已经完全掌握了中国人的古典典籍，而且，不仅如此，对他来说，还需要去考查认识中国古代圣贤的所有思想领域"。在一封谈及翻译活动的书信中，理雅各也曾表示："对于儒家经典，我已经具有足以胜任将其翻译成英文的中文学术水平，这是五到二十年辛勤钻研的结果。"① 五年至二十年的时间跨度，也表明这种钻研探索伴随了理雅各《养心神诗》至《宗主诗章》的修订、再版。根据理雅各的这些认识和行为，不难推断，他的圣诗汉译会主动采用中国诗作规范，并且在教义宣扬之时会借用中国典籍内容。事实上，在湛约翰的同名译诗集《宗主诗章》中，也可大致感受理雅各本的翻译风格，因为湛约翰本较多地收录了理雅各本的内容。

伦敦会传教士湛约翰，1860年在广州出版圣诗集《宗主诗章》，收诗81首，"三一颂"7首。十分有趣的是，其内容却是"尽量采用理雅各的颂诗而配以琴谱"。② 伟烈亚力早已指出，湛约翰本"几乎囊括了理雅各《养心神诗》（参见理雅各博士作品第2号）中所有的作品，并用欧洲记

---

① ［英］海伦·蔼蒂丝·理：《理雅各：传教士与学者》，段怀清、周俐玲译，见《朝觐东方：理雅各评传》，广西师范大学出版社2011年版，第511、510、518页。
② 黄素贞授意，邵逸民编：《中国教会的诗歌和绘画》，《金陵神学志》1950年第26卷第1、2期合刊。

谱法为之谱曲"。① 这至少表明，此时期两人的圣诗翻译观念趋同，否则后者也不至于要尽量采用前本的内容。湛约翰同样精通汉学，著作颇丰，而且与理雅各有着相似的中国文化认识。对于理雅各翻译的《中国经典》，他在写给理雅各的一封信中就表示："对于你正在从事的工作对传教士们的重要意义，我越来越有信心。我们一定要利用《中国经典》来作为基督徒水准的一个支点，而且，对于我们大多数人来说，这些经典不止是在它们自己的国家有效。我将给所有传教士规章引入这样一项条款：作为一个传教士，在没有努力弄明白他准备宣讲的内容中中国的诗人和哲学家已经就此表达过怎样的看法之前，不得就此内容予以宣讲。"② 从湛约翰的译本看来，其中大部分诗篇为七言八句的古体，这自然也间接地反映出了理雅各译本的风貌。从语言、韵律、诗形来看，其中诗篇的确具有了浓郁的文言旧体诗特征。兹引第二诗"论上帝永生"如下：

先乎万物至尊崇　　创造群伦妙化工
大气弥纶天地外　　圣神煦育水波中
尘寰到底终归尽　　帝寿无疆永不穷
主视千年如一日　　递推历代若相同③

值得指出的是，麦都思本第六篇也为"论上帝永生"，两处诗句竟然相差甚微。除开第一句、第五句麦都思本为"肇基万物至尊崇"、"兆民有数将归尽"之外，其余诗句却都相同。而且，这种诗篇上的相近还有着多例表现，如麦都思本第二篇"论万国宜颂上帝"与湛约翰本第十二诗，差别仅在"福音远播化君公"、"福音远播化王公"一处；第十篇"论上帝无形无所不在"与湛约翰本第三诗，差别只为"至尊色相莫能名"、

---

① [英] 伟烈亚力：《1867年以前来华基督教传教士列传及著作目录》，倪文君译，广西师范大学出版社2011年版，第226页。
② 转引自 [英] 海伦·蔼蒂丝·理《理雅各：传教士与学者》，段怀清、周俐玲译，见《朝觐东方：理雅各评传》，广西师范大学出版社2011年版，第520页。
③ [英] 湛约翰译：《宗主诗章》，惠爱医馆藏板1860年版。

"至尊色相渺难名"等少许地方。更有甚者,湛约翰本第六诗"论上帝无所不知"、第十诗"论上帝至公至义"、第六十篇"论上帝为万国君父"等,在麦都思译本中都可找到题目、内容完全一致的篇章。可见,湛约翰本不仅尽量采用了理雅各本内容,而且还收入了一些麦都思本的篇章。可以说,麦都思本《宗主诗篇》在文言圣诗集中的确有着重要影响,其翻译风格在别处得到了延续和回应。

除开七言古体之外,湛约翰《宗主诗章》也出现了八言、八言六言间杂的形式,句数上也有部分篇章为10、12、16、20句。这种变化与麦都思本《宗主诗篇》极为相似,对于中国读者同样不无新异。而且,该本第六十八至第七十一篇的句式,显得尤为特别。这四首诗作以六言句式为主,但第3句、第7句却又变为了八言。第七十篇"论勿复仇",全诗又为12句,增添第11句为八言:

  主犹赦罪赎愆
  人何报复缠绵
  民吾同胞命由天父
  岂容自擅威权
  是当贪忍仁恕
  中外一体无偏
  横逆相加则宜反已
  怨来德答为贤
  敌饥施与粒食
  仇渴给以甘泉
  红炭消金克刚妙法
  善能感恶亦然①

该诗在韵律上仍有注重,尾韵多为"an",但为八言的三句却并不符

---

① [英]湛约翰译:《宗主诗章》,惠爱医馆藏板1860年版。

合韵律要求。这虽然可以看成是由几首短乐律圣诗组成，但该诗形式为横排，也无分节。① 对于中国律诗的形式和韵律，这显然也构成了一种超越。这种例子表明，麦都思本没能掩盖的西方诗歌特征，在理雅各、湛约翰的笔下同样有所表露。尽管这些译本十分注重中国诗作规范，但西诗与中国传统诗作的差异，仍然不时显露了出来。由此也可以说，麦都思《宗主诗篇》第九十一篇的形式变化并非孤例，其丰富的意义在其他译本中也有表现。

1879年湛约翰又出版圣诗集《宗主新歌》，收诗18首，一并刊有曲谱，也是十分注重诗作韵律。② 《教务杂志》1879年曾刊文介绍该本《宗主新歌》，称赞其曲谱和诗词排印一起，形成了"适当的旋律"、"优美的风格"。③ 这种特征在该本诗篇中，的确有着突出表现。如第十三首的第三节，行尾字分别为"然"、"渊"、"健"、"痊"、"玷"、"贤"、"补"、"全"，除开"补"字，其余都连续押了"an"韵。尤其值得注意的是，除开少数诗篇为七言、八言，该本其他诗篇大都采用了形式较为自由、以"兮"为助词的骚体。且看第二章"余将主眷佑事普告尔"前两节：

为耶稣奋而起兮
尔十字架之兵
举高王旗旂旒兮
不容少减其荣
得胜以至得胜兮

---

① 该本诗篇全为横排，此几首诗作形式上也没有分节。
② 有研究者认为，湛约翰1879年将《宗主诗章》作了修订和扩充，增加了18首诗作，从而改名《宗主新歌》而出版［谢林芳兰：《华夏颂扬：华文赞美诗之研究》，（香港）浸信会出版社2011年版，第64页］。据澳大利图书馆藏本对照，两本内容、语言相差较大，其不同并非仅是修订扩展而成，且篇幅也不吻合。
③ 原文："This is a translation by Dr. Chalmers, of eighteen popular sacred songs, which are set to appropriate melodies. The music and the words are printed together; and the printing from blocks is very creditably done. The 'Gate Aiar,' 'Hold the Fort,' 'Rock of Ages,' and other popular songs are among the the number. We do not have much faith in singing Wun-li, but this can easily be rendered into colloquial. It is in excellent style. Copies can be had at form MYM3.50 to MYM6.00 per hundred, according to quality of the paper." *Chinese Recorder*, Vol. X, May-June, 1879, No. 3, pp. 240 – 241.

救主将引其军
致各仇敌克定兮
基督万君之君

为耶稣奋而起兮
尔听号角之声
即临大战勿止兮
乘君今日显荣
维人而事尔主兮
敌兵无数列阵
越险越刚允武兮
以力拒力而进①

全诗四节，长短有序，韵律谨严。单句以语气词"兮"来强化韵律，偶句几乎都为两两押韵。如第一首的偶句结尾韵部，就分别为"下平八庚"、"上平十二文"。全诗的句式和字数，也与"长太息以掩涕兮，哀民生之多艰"这一代表性的骚体结构极其相似。由此，译诗也呈现出了更为明显的抒情性和韵律感。

1890年，湛约翰又于香港出版了名为"圣经《诗篇》"（*A Specimen of Chinese Merrical Psalm*）的译本。内容为《圣经·诗篇》的第一至第二十三首，其中二十首采用了类似《九章·哀郢》的形式。湛约翰在诗集卷首，即以"九章哀郢曲"为名，列出了屈原的《九章·哀郢》和西晋潘岳的《射雉赋》。他还在英文中解说，这样做的意图正是要以此为范例，在翻译中"力图呈现出自由的韵律风格"。② 如《诗篇》中最为著名的第二十三篇《耶和华为我牧者》，湛约翰的译文即为：

---

① ［英］湛约翰：《宗主新歌》，广东伦敦教会藏板1879年版，第3—4页。
② ［英］湛约翰：*A Specimen of Chinese Merrical Psalm*，香港，1890年。

耶和华为我牧兮吾必无慌
使我伏青草苑兮引静水旁
苏吾魂之困倦兮我得安康
俾我行于义路兮其名遂彰
虽过死阴之谷兮亦不畏伤
盖牧与我同在兮慰以杖鞭
尔为我设筵席兮在吾敌前
曾以膏膏吾首兮杯满涓涓
我毕生得恩宠兮慈祥绵绵
将居耶和华室兮永远长年

与1879年《宗主新歌》中出现的骚体相同，这里的诗篇也有着优美的旋律。对骚体诗形的集中使用，使其表现出了更为明显的文言倾向。再加之用词典雅，湛约翰所采取的翻译策略与麦都思的相似，也实在不难看出。

值得指出的是，这些译本在呈现强烈的文言倾向时，其"中国作诗体裁"也并没能完全消融外来诗歌的特征。如前文所述，在句式、韵律、音节等方面，不少诗作里也出现了一些并不符合传统规范的变化。八言句式、双音节词的使用，以及模仿骚体而获得的形式自由，作为一种并不常见的特征也呈现在了晚清读者面前。正如《教务杂志》对湛约翰《宗主新歌》的评说，这些文言译诗也许并不适合歌唱，但它们却很容易转化为口语。[①] 少许文言倾向的译诗，就显露出了一种口语叙述的意味。只不过它们整体上并不突出，而且也没有足够的证据表明影响了晚清诗歌的发展。但是，在中西文化的碰撞和交流过程中，这些新异特征的出现，也许正属于破坏传统的一些细小裂纹。它们也总是关联了翻译意识、译入语文化规范等问题，并非毫无意义。

除上所述的译本之外，呈现出文言风格的圣诗集还有多种。如1851

---

① 宗主新歌：*Chinese Recorder*, Vol. X, May-June, 1879, No. 3, p. 240.

年黎力基（Rudolph Lechler）编译的《养心神诗》，1851年麦嘉缔（Divie Bethune McCartee）编译的《赞美诗》，1856年罗尔梯（Edward Clemens Lord）编译的《赞神乐章》、1861年慕维廉出版的《耶稣赞歌》等，都采用了"文理风格"翻译。① 而且，正如湛约翰对1863年英国循道会俾士（George Piercy）《歌颂诗章》的评说，这些译本"译词不是照字面翻译，歌词与华文的韵律也很接近"。② 相似的翻译策略和翻译方式，虽然并非都来自麦都思、理雅各译本的影响，但也表明主动适应译入语诗作规范的做法，在早期的译诗历史中形成了一种延续。这种做法，在中国人的译诗中也同样得到了印证。1864年董恂改译朗费罗诗《人生颂》，1873年王韬《普法战纪》所载译诗《法国国歌》等，都采用了严整的文言体例。再至清末，梁启超节译拜伦《端志安》，苏曼殊、马君武译拜伦诗作，民初叶中泠译雪莱《云之自质》，胡适译《哀希腊歌》等，或用律诗，或采歌行，或借骚体，却都为早期传教士已然采用过的方式。甚至在1931年广学会出版的《普天颂赞》圣诗集中，一些整齐入韵、带有文言色彩的篇章也仍然可以得见。③ 在类似风格的诗作翻译中，传教士显然已是棋先一步。

总之，麦都思《宗主诗篇》的"谐声叶韵，音致抑扬，一如中国作诗体裁"，以及其关联的主动适应策略和翻译方式，在传教士的西诗译介历程中的确具有了代表性意义。这类文言圣诗集，一方面形成了一种重要的译诗方式，包含了较多的翻译文学问题；另一方面也因没能完全掩盖的形式变异，一定程度上反映了译诗的"西方"面貌。

第三节 白话圣诗集的翻译形式与意义

在中国近代文学的转型历程里，白话圣诗译本也许包含了更多的积极

---

① 参见谢林芳兰《华夏颂扬——华文赞美诗之研究》，（香港）浸信会出版社2011年版，第46—77页。
② 同上书，第64页。
③ 如《万古磐石歌》第一节："万古磐石为我开，容我藏身在主怀；愿因主流水和血，洗我一生诸罪孽；使我免干主怒责，使我污浊成清洁。"见《普天颂赞》（数字谱节本），基督教联合出版社1943年版，第26—27页。

价值。有学者在"重新审视欧化白话文的起源"时认为:"如果我们不把'现代化'只看作'西化',并且我们需要对现有的'现代化'做出反思;那么,我们就应当对西方传教士开始的欧化白话文做出新的反思,重新思考全球化和殖民主义的特点,以及与之相关的文化现代化;重新思考和评价中国近代古今、中西、雅俗的三大矛盾冲突的背景与结果。"① 面对传教士圣诗翻译中的白话风格,要做出新的反思和审视,就需要思考这些译本的产生、面貌、关联意识和语境,以及它们在中西文化交流中的意义等问题。

在侵略战争和不平等条约的"保障"下,新教传教士"合法"进入沿海口岸和内陆各地,接触到了更多使用不同方言的社会民众。为了在相应区域更为有效地传播教义,传教士从19世纪中期开始修订、编译大量方言圣诗集。尽管这些译本有时会使用不同的方言词语,或为了表示地方发音而创造出今天不易识别的新字,但是除罗马字拼音译本外,它们书写表现上的差距并不大。1830年裨治文入华,在写给美部会的信件中就已认识到,粤语"与官话以及其他方言的区别只是发音不同,汉字的书写在各地都是一样的"。② 美国传教士司德敷(Milton Theobald Stauffer)在1922年主编出版的《中国基督教事业统计(1901—1920)中》,也有如此认识:"中国的各种方言毫无疑问是同出一源的,单音节,有相同的语法倾向,相同的思维方式。虽然不同方言的腔调和发音可以使不同地区的人语言不通,但只要稍加分析研究就会发现,即使差别最大的方言,其使用的大部分词汇发音都是相似的,这说明它们是同出一源的。这种情况使人们熟悉一种陌生方言比学习一种新的语言要容易得多。"③ 晚清使用最为广泛的官话,其实不过是中国北方与西南各省通用的一种"方言"。

由于传教士"编撰诗歌时必需要考虑到宣教地区一般民众的教育程度

---

① 袁进:《重新审视欧化白话文的起源——诗论近代西方传教对中国文学的影响》,《文学评论》2007年第1期。
② 《教士先驱报》1830年第9期。转引自〔美〕雷孜智《千禧年的感召——美国第一位来华新教传教士裨治文传》,尹文涓译,广西师范大学出版社2008年版,第58页。
③ 中华续行委办会调查特委会编:《中华归主:中国基督教事业统计(1901—1920)》,中国社会科学出版社1985年版,第20页。

与文化背景，多数要'量身订作'，配合大众的水准"①，这些方言圣诗译本在语言上，呈现出了更为明显的白话性质，在形式上也表现得更为自由。方言并不等于新文学时期的白话。但正如前文所述，研究者有关晚清白话的理解，往往都将方言著述包括了进去。因为这一概念的侧重点，在于词汇、句式、思维上表现出的口语特征，注重的是它们对于文言系统的冲击，以及它们与近代人生活的密切关系。

一 《养心神诗新编》的方言译诗

1814年马礼逊本圣诗集《养心神诗》、1821年米怜本《新增养心神诗》，在语言方面已包含了一定的浅白倾向。他们编撰的布道小册子，一定程度上也使用了浅显语词。但是19世纪中期以前，传教士的圣经和圣诗汉译所采用的语言，仍然是以文言为主。英国传教士海恩波认为其中原因有三："其一、基督教会中需要地方土语圣经的人很少；其二、国人学习文言的机会比学习土语为多，很难觅得译经人才；其三、读者者尽是文人，不会接纳以俗语写成的书籍。"② 这一状况在鸦片战争后发生了变化，更多具有浅白倾向的白话译本，经新教传教士之手译出。

在1856年麦都思本《宗主诗篇》刊印之前，出现有一种《养心神诗新编》。其封面标有"咸丰四年季春镌"、"蘩仔后花旗馆寓藏板"字样，卷首刊有"养心神诗新编读法论叙"：

养心神诗之作也，原为福音堂敬拜上帝，俾吾侪及期吟颂讲谢上帝之恩，以表明服事之者之诚心实意耳。但前日旧本虽有传教，而诵读之下，毋如人仅识其字，终不能得其义。夫既不得其义，则其中所有包含意思，皆未足通晓。故余乃本其义，而以白话土腔阐明其意思，又增以自成新编几首。庶几此后按期敬拜者，吟诸口自可悟于

---

① Samuel S. M. Cheung, *A Study of Christian Music in the People's Republic of China.* 转引自谢林芳兰《华夏颂扬——华文赞美诗之研究》，（香港）浸信会出版社2011年版，第46页。
② ［英］海恩波：《圣经与中华》，转引自赵维本《译经溯源——现代五大中文圣经翻译史》，（香港）中国神学研究院1993年版，第22页。

心,听诸耳亦能会其义。如保罗所谓,吾将以神祈祷,亦必使人明吾意,将以神颂诗,亦必使人达吾意。所患者土腔白话,未免无字为多,由是于无字的,姑用正字借其字义以代,边加小圈为别。读者若遇圈字,就字读字,若无圈者,将字解说白话吟下。音韵自无不叶,且其登堂礼拜,何患口吟而心不悟,耳听而意不会哉。抑以见颂祝上帝之恩,为有真矣。叙此以闻。①

诗集无译者署名,收诗13首,仅10页。据伟烈亚力记载,该本应出自伦敦传教会养为霖(William Young)之手,编译时间为1852年。1844至1854年,养为霖曾在厦门传教,之后转往澳大利亚。② 据此推断,此处的1854年当为刻板刊行年度。有研究者指出,该本为"华人教会有史以来第一本的厦门诗本",在厦门及附近教会传唱,部分内容还被后来多种诗本收录。③ 又据赖永祥叙述,此本屡有改订,1857年本就另增45首,每首加标题,删去原有解说;1872年、1875年又有福州美华书局本,共收诗59首,均加标题,原有13首顺序及内容保留,解说仍是省略,变化之处在于改名为《养心神诗》,原序变名"养心神诗序"。④ 从译诗内容来看,1854年本的大部分篇章都出自圣经《诗篇》,如第五至第七首、第十至第十三首,在1875年本中标题上就注明了"诗篇二十三篇"、"诗篇六十三篇"等字样。

上引"论叙"包含的语言意识,显然值得深入思考。它不仅对"前日旧本"深感不满,批评其"不能得其义"、"所有包含意思,皆未足通晓",而且还认为自家译本具有口吟而心悟、耳听而意会的优点。针对方

---

① 《养心神诗新编读法论叙》,《养心神诗新编》13首本,鳌仔后花旗馆寓藏板1854年版,第1页。
② "养为霖"又译作"杨"、"叶韩良",分别见[英]伟烈亚力《1867年以前来华基督教传教士列传及著作目录》,倪文君译,广西师范大学出版社2011年版,第72—74页;谢林芳兰《华夏颂扬:华文赞美诗之研究》,(香港)浸信会出版社2011年版,第50页。
③ 谢林芳兰:《华夏颂扬:华文赞美诗之研究》,(香港)浸信会出版社2011年版,第50页。
④ 赖永祥:《字变无圈读白话》,《台湾教会公报》"教会史话"栏1988年第1900期,见http://www.laijohn.com/BOOK1/026.htm。

第三章　圣诗的汉译形态与历史意义　199

言中存在的有音无字问题，它也提出了借正字来代替的解决办法。将"何患"一词置于结尾，更是表明编译者是信心十足，对自己的做法拿得很稳。相较于仅强调助善救人意图的马礼逊《养心神诗序》，该论叙包含的意味显然丰富得多。其中最具深意的地方，无疑是对浅白语言的肯定。这种意识形成，与译者注重的阅读对象有着莫大关系。如果说麦都思本《宗主诗篇》针对的主要是读书士人，所以使用了中国学者喜好的文体，那么，该本却明显是要面对一般社会民众，因而直接采用了"白话土腔"。

为了适合当地民众阅读，养为霖不仅使用了厦门土白，而且还借用简明官话在每首诗的抬头进行解说，并在借用官话字的地方加圈以表示。如序言所言"以白话土腔阐明其意思"，诗篇在翻译中也有意呈现出了浅白特征。不过，仔细读来，该本似乎并没有超越马礼逊等人的"前日旧本"。不妨以译诗第五首为例，来探析该本面貌和具体特征。

该诗内容为"诗篇二十三篇"，题头有解说："此一首是言牧者之善养羊，羊饥则率至草埔使与食，羊渴则率至溪水使与饮，遇猛兽则代赶。上帝之养人亦如之，所以保佑乎人，人则行之隐，祝福乎人，人则受之全。甚至被魔鬼迷在危地，而上帝亦无不复引善道，令人灵魂得脱地狱，而升天堂。上帝为牧如是，凡敬信者，可不一生颂赞之乎？"[①] 由此段文字看来，叙述者似乎并没有完全做到以白话土腔来阐明意思。频繁出现的"之"、"乎"，整体用语的精练，使之具有了一定的文言意味，一般读者不见得都能"口吟心悟"。其诗又如下：

上帝原本是我牧者　　与我逐项到额
安置在彼青草埔竖　　溪水清净堪食
因为魔鬼迷我灵魂　　有时去行失错
上帝显明慈悲大恩　　寻我赶紧再到
虽然行到死地所在　　我亦不使着惊
上帝保庇不能受害　　与我安稳去行

---

① 《养心神诗新编》13首本，蒙仔后花旗馆寓藏板1854年版，第4—5页。

上帝破开对敌之计　设筵保我性命
棹排满满无处可置　福气无欠一件
上帝款待如此之好　我心不敢忘恩
尽一世人行伊真道　时时刻刻来尊
遇着过往时日已到　我身一时气断
灵魂升到耶稣伊兜　永远在彼天堂

　　诗篇采用八言六言间杂句式，与麦都思本《宗主诗篇》做法相同。但这里似乎也有一种显明差别，即按照康熙年间官修《佩文韵府》来看，该诗并不押韵。若在传播中将之置于官话读者面前，它的韵律无疑会显得较为零乱。但十分有趣的是，译者在序言中又明确道出该本"音韵自无不叶"。译者采用的难道是另外的韵律？以上诗句韵脚，除开"到"、"恩"、"尊"三处已加圈表示"就字读字"，其余部分在闽南语中的读音，以罗马拼音表示则分别为：额"hiah"、食"liam"、错"chho"、惊"kiaN"、行"hang"、命"beng"、件"kiaN"、断"chih"、堂"tong"。如此读来，似乎也有押韵之感。① 译者采用的韵律出自当地"土腔白话"，这点当是可以断定。诗作语言虽为方言，遵守的却仍是中国诗作的韵律规则。整个译入语中的诗作规范，在方言圣诗译本中也是同样存在，只是其表现有所不同而已。

　　那么，这种方言圣诗翻译的意义又何在呢？将方言语音引入诗作，对于传统的诗作规范来说，似乎无形之中也构成了一种越出，或者说成为了一种新的语言与韵律尝试。这种尝试，其实在罗马字译本中有更为明显的表现。它们试图将诗歌导入拼音文字的书写体系，直观形式也有了长短不拘的意味。如笔者所见1871年、1895年厦门刊印的罗马字本《养心神诗》，形式、韵律的外在特征就不容忽视。兹节录1871年本第一首两节：

---

① 以上罗马拼音来自闽南语在线翻译，http：//www.laimn.cn。笔者相关知识有限，此处把握可能有不确之处。

3　Thó-tōe só siⁿ ê gō-kak,
　　Hoe-hn̂g chhiⁿ-chhùi ê chhiū-bàk,
　　Hái-lāi só ū ê hî-pih,
　　To sī Siōng-tè chòe ê mih.

4　Thiⁿ tiong só pe ê chiáu-chiah,
　　Siōng-tè chòng hō chiàh kàu-giáh;
　　Í-kip chi sòe ê thang-thōa,
　　Bô chhut Siōng-tè sim i-gōa.①

该诗应该也为七言古体，诗句字数相等，两两押韵，但语言形式上的确十分新异。这种译本最终并没有得到推广和延续，有研究者指出，"多数的知识分子并不欣赏与接纳使用罗马字母翻译或创作的书籍与诗歌"，其"理由是宣教士使用罗马字母拼出口语化的词句或通俗的方言，翻译出来的诗歌水准偏低，不适合在会众中使用"②。

由此也可感知，该种译本极可能具有明显的口语化、通俗化特征。在近代诗歌的转型历程中，这些特征不能说没有间接的积极意义。此类方言性质的译本至少表明，在现代新文学重视方言、俗语甚至鼓吹汉字罗马化之前，传教士译诗已出现了类似意识和尝试。这些尝试留下了大量文本，在一定区域内还曾获得民众接受。

《养心神诗新编》的诗篇内容，同样呈现出一种浅白倾向。"上帝显明慈悲大恩"、"我心不敢忘恩"、"时时刻刻来尊"等，读来几乎就为俗白口语，并且包含了更多的双音节词，以及更为明显的口语叙述色彩。在内容方面，该本也同样发生了增删改变现象。如译诗第十首：

　　我目仰望向天　　　　上帝所住所在

---

①　"Siōng-tè chhòng-chō bān mih"，《养心神诗》，厦门，1871 年。
②　谢林芳兰：《华夏颂扬：华文赞美诗之研究》，（香港）浸信会出版社 2011 年版，第 43 页。

上帝日冥无睡常醒	顾我至总无害
创造天地上帝	保我不止允当
早暗庇荫甚然好势	并无烦恼一项
上帝长长保庇	出入会得平安
此时以后与我无离	我心免惊患难

原诗为《诗篇》第 121 首,其内容并没有得到忠实传递。如第四句"Israel"(以色列)就变为了"我","The sun shall not smite thee by day, nor the moon by night"(白日太阳必不伤你,夜间月亮必不害你)一句,也仅在"早暗庇荫甚然好势"中有点影子。① 这种翻译做法,同样应和了前文所述马礼逊、麦都思等人的译本。其中原因也有两个方面:一为译者主动的文化适应策略,使得遵守译入语文化规范成了更好传播教义的方式;另一为中国诗作规范所产生的反作用,去掉了汉文译诗形式上的长短枝蔓,并规整了诗作意义的深浅程度。不过,也如麦都思的译本一样,在这些增删改变之中,外来诗歌的特征也时不时得以显露,更多的新异细节在中国读者面前呈现。

在 1854 年方言本《养心神诗新编》前后,还出现有广州、福州、宁波、上海等口岸方言译本多种。如 1854 年宾威廉(William C. Burns)《神诗合选》、1857 年施敦力亚历山大(Alexander Stronach)《养心神诗新编》、1859 年打马字(John Van Nest Talmage)《养心神诗》等多种福州话与厦门话圣诗译本,1851 年黎力基《养心神诗》、1861 年宾威廉《潮腔神诗》等多种广东一带的方言诗本,1851 年麦嘉缔《赞美诗》、1856 年罗尔梯《赞神乐章》等多种宁波话与杭州话诗本,以及 1855 年高第丕(Tarleton Perry Crawford)《赞神诗》、1858 年慕维廉《赞主诗歌》、1861 年蓝惠

---

① 在 1919 年的官话和合本圣经中,此诗译文为:"1 我要向山举目,我的帮助从何而来?/2 我的帮助从造天地的耶和华而来。/3 他必不叫你的脚摇动,保护你的必不打盹。/4 保护以色列的,也不打盹,也不睡觉。/5 保护你的是耶和华,耶和华在你右边荫庇你。/6 白日太阳必不伤你,夜间月亮必不害你。/7 耶和华要保护你,免受一切的灾害,他要保护你的性命。/8 你出你入,耶和华要保护你,从今时直到永远。"《新旧约全书(和合本)》,新、马、汶圣经公会 1985 年版,第 562 页。

廉（James W. Lambuth）《赞美圣诗》等多种上海话诗本。在第二次鸦片战争之后，类似的方言圣诗译本也有多种出现。[①] 这些诗本都采用汉字书写体系，较少出现因方言变换而不可阅读的地方。它们韵律上的方言尝试，形式上作出的改变，以及为满足方言读者所做的一些浅白处理，也使整个翻译呈现出了更为明显的白话倾向。如1877年的《福音赞美歌（苏州土白）》，即有如此诗句：

一　众人全好欢喜来　赞美主个大慈爱
　　俚个恩惠好到底　常常可以靠托俚

二　俚造太阳大亮光　照遍各处世界上
　　俚个恩惠好到底　常常可以靠托俚

三　天父发出大慈悲　可怜伍侬全犯罪
　　俚个恩惠好到底　常常可以靠托俚[②]

当该类浅白化、口语化、叙述性特征点滴汇聚，逐渐联络成势，其影响和价值也就不会只在于译本数量的增加了。可以说，在清末知识分子注重白话、兴起白话报刊之前的很长一段时间，传教士已作出了"以白话土腔阐明其意思"的翻译实践，并追求了"吟诸口自可悟于心，听诸耳亦能会其义"的传播效果。

二　"辞不求文，语期易解"：1872年本《颂主圣诗》的白话翻译

随着传教范围扩大，传教士对白话有了更深入的认识，并在翻译中给予了更多重视。1854年完成"委办译本"圣经翻译之后，麦都思与传教士施敦力约翰（John Stronach）合作，将新约部分修改成了南京官

[①] 谢林芳兰：《华夏颂扬：华文赞美诗之研究》，华文修订版，（香港）浸信会出版社2011年版，第49、62、67页。
[②] 《福音赞美歌（苏州土白）》，第十一首，1877年。

话。该本由此被称为"南京官话译本",在 1856 年、1869 年分别以五万册之数印行,1884 年又得到了大英圣书公会再次重印。"作为新教第一部官话译本",该本被视为"开路先锋的译本,深深影响后来的中文圣经翻译方向"。① 施约瑟(S. I. J. Schereschewsky)等传教士也于 1864 年组成委员会,以北京官话来翻译新约内容,并在 1872 年以合订一册的形式出版了"北京官话译本"。该本"差不多立即在帝国的一半地区取代了文理译本","并且在那时候开始就站稳了阵脚"。② 此后,这类白话性质的圣经译本接续出现,出版数量不断增加。③ 延续于其中的白话意识,在圣诗集翻译中也同样得到了表现。如 1871 年倪维思、狄考文本《赞神圣诗》,1872 年理约翰、艾约瑟本《颂主圣诗》,1879 年理一视本《圣教新歌》,以及 1886 年杨格非本《诗篇》等,都具有了更为突出的白话风格。

白话在圣经翻译里的成功运用,给圣诗翻译也带来了一种方向和信心。不少使用白话翻译圣诗的传教士,都或前或后参与过圣经翻译。这也意味着两种活动之间存在一种同构关系,它们拥有相同的历史语境和传教策略,并且表现出了相同的白话重视意识。在第二次鸦片战争之后,传教士进入北京和内地,采取什么样的文字才能获得更好的传教效果,成了他们积极思考的问题。北方官话在全国大多数地区通用,重视这一白话语言由此也成为必然之势。

1872 年,"英国理约翰、艾约瑟同译"的白话译本《颂主圣诗》刊行,收有译诗 266 篇,共分 20 章。封面所标"板存京都福音堂"字样,以及卷尾所附英文序言标明的"Tientsin"(即天津),表明其形成和传播范围都在北方官话区域。有研究者指出,"这本诗本相当受欢迎,除了伦敦传教会华北大会,长老会以及英国美以美会(Methodist New Connexion

---

① [德] 尤思德:《和合本与中文圣经翻译》,蔡锦图译,(香港)国际圣经出版协会 2002 年版,第 135 页。
② Wherry, John. *Historical Summary of the Different Versions of the Scriptures*. 转引自 [德] 尤思德《和合本与中文圣经翻译》,蔡锦图译,(香港)国际圣经出版协会 2002 年版,第 142 页。
③ 赵维本:《译经溯源——现代五大中文圣经翻译史》,(香港)中国神学研究院 1993 年版,第 24—25 页。

Missionary Society）所属的教会也使用这本诗本"。① 接受群体所在的地域文化语境，在翻译中显然再次发挥了重要影响。该本不少诗篇形式较为自由，语言也表现出了明显的白话风格。如标为"圣经选句"的第十九章，其中译文"我上帝向我们发怜悯的心/教清晨的日光从天上照临我们/住在幽暗死地的人有光照着他们/将我们领到平安的道路"，就可谓是显明例证。译者将此纳入书名所示的"圣诗"范围，且使之与其他诗篇一同出现，这至少暗示了一种诗歌观念上的微妙变化。换句话说，处于诗集中的这种散文化语句，客观上似乎也构成了对中国传统诗作观念的一种越出。

在诗篇形式方面，该本不再像文言译本那样以五、七言古体为主，而是转向了八言或八六言相间的形式，也有多首采用了六、六、八、六一节的形式。前文已有提及，这些形式容易包含更多双音节词，从而增强诗句的白话色彩。加之使用的又为北方官话，整个诗集的白话风格的确有了更为突出的表现。且看第一章"衍圣书诗篇"第一篇"诗篇之一　圣徒恶人之别"：

> 不走恶人道路　　不居轻慢座位
> 昼夜常思上帝法度　这人得福百倍
>
> 好比长青树木　　种在溪水之旁
> 按时结果十分满足　枝叶不干不黄
>
> 凡他所作所行　　每每如心如意
> 虽然天路有时不平　究是于他顺利
>
> 惟有作恶之人　　如同谷内粗糠
> 被风吹去四散无存　不能收入天仓

---

① 转引自谢林芳兰《华夏颂扬：华文赞美诗之研究》，（香港）浸信会出版社2011年版，第84页。

> 审判日期一来　　　善恶必分清楚
> 善者升天享福无涯　恶人永远受苦①

充溢其间的日常词汇和口语叙述，以及双音节词对单音节词的替代，使得诗篇在白话入诗上大大进了一步。有关韵律的注重，如每节一三句、二四句大致相合的尾韵，当然可以说是与传统诗作规范有一定关系，但似乎更是受了圣诗自身颂唱特征的影响。该诗本刊有两篇中文序言，第一篇有言："虽仍不免优孟衣冠，而试被之弦歌，则一唱三叹，沨沨移人，颂主之心，当有油然而生者矣。"② 第二篇开篇也明确道出："颂主圣诗二卷，圣教所译之乐歌也"，"况圣教来临，正宜四海同声，同歌帝德，又何必自狭小其教乎？此西诗所以译也"。③ 可见，用于歌唱正是译诗包含的一个目的。诗篇的韵律出现，一个重要原因即在于此，这与语言文体上的白话化并不矛盾。以今天的眼光来看，白话入诗也并非是对韵律的完全舍去，该时期也还不可能出现现代新诗声律上的那种自由。

译诗的白话倾向以及形式上的灵活，在该本多首诗作中都得到了表现。如第十四篇"诗篇八十四　圣殿光荣"，就有如此诗句：

> 雀鸟皆有家　　窝巢各一处
> 不拘到那里　　必回来居住
> 我魂要学雀鸟　将羽翼展开
> 就飞去见上帝　快乐免悲哀④

在总名为"孩儿诗"的第二十章，这些特征更是突出。该章由三部分组成：明确标为"孩儿诗"的第255篇至第261篇，标为"孩童诗"的

---

① 英国理约翰、艾约瑟同译：《颂主圣诗》，板存京都福音堂，同治十一年刊（1872），第1页。本章第一节已引出该诗原文。
② 同上书，"序"一。
③ 同上书，"序"二。
④ 所引诗句为该诗第二节。

第 262 篇至 265 篇，以及标为"续死亡诗"的最后一篇。如题名"孩儿诗"、"孩童诗"所示，诗作预设的阅读对象为儿童，其语言、形式也更为浅白、自由。兹引其一如下：

  当初犹太妇人　　抱小孩来到主门
  那时门徒极力拦拒　令他们速去
  他还没去耶稣已见　满心怜爱现于慈面
  可教小孩到我这里来

  因我爱收小孩　　常要抱着他在胸怀
  我愿作牧看这小羊　怎教他逃亡
  若是他们诚心归我　和我同活在天亦可
  可教小孩到我这里来

  耶稣恩典无穷　　最喜欢小孩相从
  还有无数小孩最苦　因不知救主
  慈悲救主容我祷告　快教他们听你说道
  可教小孩到我这里来

  我愿异邦族类　　都归附耶稣教会
  谨遵圣经预言之意　将偶像速弃
  求主宰天大光照下　彰显我主慈悲广大
  可教小孩到你这里来①

该诗每节七句，形式极为灵活，五言、六言、七言、八言、九言错杂，明确打破了传统诗作的整齐规范。在韵律方面，虽每两句尾韵大致相合，但

---

① 英国理约翰、艾约瑟同译：《颂主圣诗》，板存京都福音堂，同治十一年刊（1872），第二百五十六篇"勿禁之"。

却连连自由换韵。每节尾句以"来"字结束，也不参与前几句的尾韵规则。更有意义的地方在于，诗作表现出了明显的散文化特征，而且包含了多重的叙述视角转换。第一节的叙述者为作诗之人，他以旁观的角度叙述了小孩投主遭拒、耶稣见怜的事件。第二节的叙述者变为耶稣，"因我爱收小孩"一句引出了耶稣之"我"的爱怜。第三节、第四节的叙述视角，却又转回诗人的"我"，"慈悲救主容我祷告"、"彰显我主慈悲广大"。最后一句"可教小孩到你这里来"，将前三节的"我"变为"你"，更是表明了叙述者的位置变动。如此一来，叙述视角多次变化，细致的情节得到了铺展。再加之口语化的词汇和句式，该诗与传统文言诗作显然已是相去甚远。前面例举的诗作也包含有一定的叙事性质，但形式上的整齐限定了语言方面的口语化表现。该处的"孩儿诗"、"孩童诗"，却明确拆解了形式和韵律方面的束缚，表现出了更为自由的特征，读来也是浅白晓畅、清新自然。这使得它们在艺术上的表现，十分接近后来的五四白话新诗。因为原诗具有的艺术魅力，甚而可以说，这类译诗在白话入诗方面超越了五四初期的大部分新诗。

这种白话译诗的出现及其形态，不管在此后的叙述中被怎样掩盖，或者被赋予什么样的意义，其客观的历史存在和位置都不容否定。这也是认识传教士译诗，必须要再次明确的一点。只有在此基础上，翻译背后所关联的多种问题，尤其是其中的语言意识，它们所包含的意义才会得到深入认识。

在该本《颂主圣诗》序言中，浅白俗畅的白话受到了明确推崇。作序者不仅表明"辞不求文，语期易解"的总体要求，而且还设置了此般自问自答："或曰诗贵大雅，而此诗多俚句，何也？余应之曰：子不知三百篇，半系采于里巷之歌谣乎？缘日久年湮，方言屡变，后之读者，但钦其雅而忘其为俗。是编虽系颂主，意取通俗。是亦里巷歌谣之类耳，虽俚，庸何伤乎？"[①] 以诗三百作比，虽不免有依附经典的意味，但译者以白话为翻译语言的自信，较之此前诸本的确也大有增加。不过，白话的散文化、口

---

① 英国理约翰、艾约瑟同译：《颂主圣诗》，板存京都福音堂，同治十一年刊（1872），"序"一。

语化，与传统诗作规范的背离，也成了译者不得不一再解释的问题。而这些解说，恰好也显露出了翻译观念上的一些变动。

诗集的第一篇序言，开篇即道："人心有感则发为言，既发为言，则必有疾徐长短之节，清浊高下之音，此诗歌所由兴也。"强调的既然是此般意识，诗句的长短变化，韵律的灵活转换，也就可以说是译者的有意为之了。该序随后所谈论的诗歌之"道"，也暗含了消解传统规范、注重俗白自由的观念："然诗之为道，情真为至，而修辞次之。盖文生于情，情真则辞自工。"此处要翻译的诗作正是"情真"为重："泰西诸国崇拜上帝，素尚诗歌，旨深律细，而尤以情为宗，与中之三百篇，盖有异曲同工者。"① 这也即是说，文辞的典雅严整并非翻译的重心，"情真为至"的传达才为其主要目的。因而在言说翻译之难时，"词必求达意，意恐失真"就成为译者心目中的重中之重。如此一来，使用通俗达意的白话语言，其理由也就更为充分了。"情真为至，而修辞次之"的见解，与中国传统的诗作观念并不矛盾。但它在翻译之中出现，无疑就形成了一种挑战力量，大大推进了诗歌的散文化、白话化发展。因为它面对的修辞束缚，正是来自典雅的文言诗作规范。这样的新特征，也正是五四白话新诗明显区别于传统诗作的地方。而传教士的翻译尝试，在历史中又是棋先一步。

当然，传教士的这种白话译诗，毕竟仍是处于尝试阶段。在译入语中占据主导地位的文化规范，也限制了它的影响进一步扩大，译者的语言观念也难免仍有些模糊不清。在该本《颂主圣诗》，译诗虽用白话，序言却为文言。"语期易解"指向的是操白话的民众，甚至孩童，而序言解说面对的又是文人阶层，这似乎首先就形成了一种意图上的反差。再者，本意是要强调白话翻译的重要性，援引比附的却又为传统的诗篇以及雅俗观念，这未免又表明译者的自信并不是那样坚定。不过，这种两难境遇的感受，却也暗含了译者对翻译更为深入的认识。《颂主圣诗》是"再经寒暑，屡费推敲，凡数易稿，始为定本"，在作序者看来，其原因正在于翻译与创作相异："作，则我行我法，兴至笔随，自具天然风味。译，则循其文而不用其语，词必求

---

① 英国理约翰、艾约瑟同译：《颂主圣诗》，板存京都福音堂，同治十一年刊（1872），"序"一。

达，意恐失真。而原诗佳句如天造地设，稍更一字便失元神。故必谨摹原本，非同作者伸缩变化，尽由执笔者之意也。"而且中西诗作差异，更是增加了翻译难度："况泰西方言，迥异中土，更有难以笔墨形容者，又字以拘之，韵以限之，轻重高下以缚束之，执笔踌躇，动多掣肘。如是敷衍成篇，已属棘手，而犹欲揣声摹影，尽像穷神，虽不能与原作并驾齐驱，亦必求其神似而后已。似此诸难，当局者方能领略，难与局外言也。"① 由此也可看出，各种拘限缚束，反而使译者对中西诗作差异及翻译之难，有了更深的体会。何为译与作的区别，何为翻译的轻重，由此也明确引起了注意和思考。这对于晚清文学翻译观念的发展，自然也是意义重大。在落款为"竹楼氏张书序"的第二篇序里②，白话译诗之难进一步得到了论析：

> 译难，以官话译尤难，用东国之语言译西邦之歌颂，尤难之。难何？则诗以言志，兴之所至，随意而书。译则以我之形容效他人之啼笑，即之则泥，离之则失，貌合神离，是为偶像。此一难也。凡诗字欲新，而官话尚熟，句欲雅，而官话尚质。人取我弃，人弃我取。此二难也。若夫以东国之语言，译西邦之歌颂，则语异，声异，典故异，字数之多寡异。而欲我诗之神情意态，与彼诗无少异，正如东施心慕西施，不知已[己]貌不同而强欲效颦，匪惟不美，反失本来面目。此三难也。③

透过此般"三难"，可见作序者对白话文体已有一定认识，诗集浅白

---

① 英国理约翰、艾约瑟同译：《颂主圣诗》，板存京都福音堂，同治十一年刊（1872），"序"一。

② 从序中"此诗吾会向有刊本"、"久思补之，未遑及也。己巳春，公余无事，相聚商及此事，遂共披览旧文"等叙述看来，"竹楼氏张"应为教会中人，且为合译助手。1891年本《圣教诗歌》，署"英教师理一视选译"，卷尾所附英文序表明，其中国助手张金生之父曾协助翻译《颂主圣诗》："It is interesting to recall that his venerable father was my assistant in the preparation of the 颂主圣诗"。该英文序又言，张金生为近30年的忠实助手，且为其第一批学生之一。理一视英文署名为 JONATHAN LEES，正为此处的"理约翰"。1909年上海商务印书馆出《圣经翼》，署名为"（英）理一视翰辑；张逢源述"，也表明"理约翰"即"理一视"。1872年距离1891年有19年之久，那么张金生接触理约翰约在1860年代，其时其父正有可能为理约翰助手。此处"张氏"有可能为张金生之父。其他待考。

③ 英国理约翰、艾约瑟同译：《颂主圣诗》，板存京都福音堂，同治十一年刊（1872），"序"二。原文"巳"字，应为"己"。

化、口语化的原因,似乎也间接得到了解释。一方面,"与彼诗无少异"不可能,且那样做无异"强欲效颦"而"反失本来面目",那么在翻译中适当改写原诗内容,将重心置于意义传达,也就成为了不得不采取的做法。另一方面,根据实际需要而采用"人弃我取"的白话语词和句式,从而在一定程度上越出传统文言诗作的规范,也就会成为一种必然发生的翻译现象。

在卷尾所附英文序言中,这些方面也得到了明确表现。英文序言针对的读者主要为西方人士,尤以传教中使用诗集的来华传教士为中心,因此它在叙述之时不再承受雅俗观念的压力,也不再需要对语句的俚俗不断作出解释。该序言表示,译者花费的时间超过两年,每一行都经过了认真的检查。译者尽量不改变一些时日长久、传播广泛的诗篇,但他们"追求的目标是形成优美的中文赞美诗集,而不是完全屈从于英文的一种翻译",因而"诸如习语、韵律等形成的强烈需要,当然导致了很多不可避免的与原诗的差异,如同思维和表达上的改变一样"。如此一来,"尽管我们总是去尽力保持熟悉的、可贵的关联",但还是有一些中文译诗"与其说是对原诗的翻译,不如说只是其意义的转述","部分原本用英文写给孩童的诗篇,通过翻译也适合了一般大众使用"①。译者的重心在诗作意义传达,因而也就采取了适当改写的策略,呈现出了主动适应的文化心态。当这些观念结合"语期易解"、"意取通俗"的白话译诗之后,它也就会在语言、形式方面形成更多新变。

该本卷尾所附英文序言表明,诗集包含了传教士宾威廉所译《颂主圣诗》的一些篇章。② 中文前序也言,"此诗吾会向有刊本,卷分上下,下卷为惟廉宾君所译"。③ 其实,在该本 266 首诗歌中,有 103 首正是选自艾

---

① 原文为:"The object sought has been rather the production of good Chinese psalmody than a servile rendering of the English. The exigencies of idiom, rhyme & c. have, of course, led unavoidably to many variations from the original, alike in thought and expression. In a few cases (e, g, Nos. 13, 27, 139, 231), the Chinese hymn is not so much a translation as a representative of its English predecessor. Still, we have always striven to retain old and precious associations." "Some hymns which (like No. 71) were written in English for children, are here adapted for general use." 同上,卷末 ENGLISH PREFACE。

② "The hymns formerly contained in the 2nd part of the *Sung zhu Sheng Sz* [published by the late Rev. W. C. Burns] are here marked thus *"。同上,卷末 NOTE。

③ 英国理约翰、艾约瑟同译:《颂主圣诗》,板存京都福音堂,同治十一年刊(1872),"序"二。

约瑟与宾威廉 1862 年编译的《颂主圣诗》，其余才为理一视所译。理一视不断增订该本，于 1891 年又改名为《圣教诗歌》出版新本，诗篇增至 429 首，其中 348 首为他所译。1898 年时，他又再次修订诗本，诗篇增至 440 首，且"这本诗本共发送了两万多本，供不应求，深受信徒喜爱"。① 可见，1872 年本《颂主圣诗》这一白话译诗集并非处于孤立位置，而是与前后诸本有着承续关联。这种关联使得白话译诗成了一种普遍现象，也使得它们在近现代文学转型历程中，获得了更为突出的整体意义。

三 "务求与众和宜，俾得各各知晓"：其他白话圣诗集表现

在理一视、艾约瑟的白话译本《颂主圣诗》刊行前后，还有多种白话圣诗集出现。除开艾约瑟、宾威廉 1862 年的《颂主圣诗》，还有倪维思 1862 年的《颂扬真神歌》，倪维思与狄考文 1871 年的《赞神圣诗》，白汉理（Henry Blodget）、富善（Chauncey Goodrich）1872 年的《颂主诗歌》，狄就烈（Julia B. Mateer）1872 年的《圣诗谱：附乐法启蒙》，威廉史卡普罗（William Scarborough）1875 年的《颂扬主诗》，杨格非 1876 年的《颂主诗章》等。② 这些诗本在晚清时期多次修订再版，甚至在民初也仍然流传于教众。值得注意的是，不少版本或是直接选择编入，或是作出一定修改，都包含之前其他诗本一些内容。如 1877 年倪维思、狄考文编译出版的又一种《赞神圣诗》，卷尾所附英文序就表明，该本从上海刊印的《颂扬真神歌》，北京刊印的《颂主诗歌》、《颂主圣诗》中选择了不少篇章，并根据需要对其中部分作了一些变动。③ 根据出版信息可见，这里的《颂扬真神歌》显然为倪维思的 1862 年译本，后两种分别为白汉理、富善的 1872 年译本，艾约瑟、宾威廉的 1862 年译本。再如 1891 年理一视选译的《圣教诗歌》，其例言第一条即言："吾教曩用之颂主圣诗，原为系艾约瑟、理一视二先生所译，原诗计二百六十六章。今删去三十九章，重译者

---

① 谢林芳兰：《华夏颂扬：华文赞美诗之研究》，（香港）浸信会出版社 2011 年版，第 84 页。
② 同上书，第 80—81 页。
③ ［美］倪维思、狄考文：《赞神圣诗》，卷末 PREFACE，上海美华书院藏板 1877 年版。

二十章，新增者二百二章，余俱依原文更正，共得四百二十九章。"① 所述信息与艾约瑟、理约翰的1872年本正相吻合，两者之间承续关系显然可见。

在诗篇形式、语言方式、翻译意图等方面，这些白话译本表现出了大致相同的特征。它们同样面对着传统诗作规范的束缚，在翻译中同样发生了变异。至于其中因由，1877年"美国教士倪维思、狄考文撰"的《赞神圣诗序》，可谓作了十分详细的叙述。兹引全文如下：

> 凡人遇一书，必欲求其文字新奇。辞旨深邃者，始为之恣意徧观，否者置之高阁，以为平庸无深奇，不足观也，盖人之恒情则然耳。兹编即成，有或讥其语近鄙俚，不堪问世。余曰：然哉，然而不尽然也。诗以道性情，况乎其为颂主之诗，尤当本诸真性情以发之真，则无取于文饰其辞。大圭不琢，大羹不和，以言真也。且兹颂主之诗，原以备教中人之公用。而教中之人，男女老幼，有谙于学问者，有不谙于学问者。种种不等，使必争妍逞奇，务为粉饰，正恐歌咏于口者，或且蒙昧于心。以故措辞务求与众和宜，俾得各各知晓，非欲以矜尚学问也。或曰：业名为诗，自宜细按韵律，勿得任意私造式样，且多有不限于韵者，何故？余曰：兹诗悉用教中人歌唱合宜的辞调，调分各部，部非一部，自然调非一调。调部与中国诗样不同，以故诗亦各别。至于限韵，则有较中国诗为尤难者。盖措词须酌剂字之轻重，使与唱者声之高下迟速相宜。有时依韵，则不合于字之轻重，依字之轻重则不合于韵。于取舍两难之际，宁酌依字之轻重，不复沾沾求依于韵，盖不以辞害志也。至诗内所用典故，如迦南吗嗱等种种字样，非由杜撰，实皆出于教中圣经。好古者可考察而得之，其勿妄生诧异也可。且夫诗之为用也，亦大矣哉。世人作歌言志，或借以赞称人德，或借以勉励人善，或借以表明在己感恩之心。于今仰答上主，悉本此意，以形之词章，歌之讲坛，盖心之所志，诗则为之表

---

① "英教师士一视选译"：《圣教诗歌》"例言"，天津福音堂印1891年版。

明焉。表明之中，更寓激发之心，激发之中更寓变化之用，则矢口歌吟，固不第表明心志而已也。诸君子幸赐观览，切望细察以上所言，自能豁然心通。不然纵予音哓哓，能免人之视作废纸也耶？①

诗本为何"语近鄙俚"？其原因在于颂主之诗当"本诸真性情"，勿以"文饰其辞"，教中大众学问"种种不等"，故而措辞须得"与众合宜"，其最终目的都是为了"各各知晓"诗篇真意。十分有意思的是，译诗为何多有不限韵者，在这里也得到了深入认识。西方圣诗的声调轻重，与中文诗作韵律有所差别，虽翻译之中时有"取舍两难"，但翻译不可以辞害意，故而"不复沾沾求依于韵"。如此观念和做法，显然是明确冲击了中国诗作的韵律规范。此外，译者在该本所附英文序言中，也有自信说明："当改写显得必要时，我们对从他处汇集来的赞美诗，毫不犹豫地做了改写。大部分的改写，不是为了获得更好的韵律节奏，就是为了使其意义更容易被没有受过多少教育的民众所理解。这种争取被理解的意图占据着主导的地位，也决定了该诗集的文学面貌。对于大多数基督徒来说，情感上应有的质朴，较之可以满足中国文人嗜好的矫揉造作的文风，要重要得多。"② 既然如此，采用浅近易懂的"鄙俚"白话，以及"措辞务求与众和宜"、"不复沾沾求依于韵"的做法，也就成为了一种新的翻译观念表现。而且，这些特征也有利于新的白话诗歌观念形成，因为它们加大了消解传统诗作规范束缚的力度。

1879年，伦敦传教会的理一视又出版一种《圣教新歌》③，收诗41

---

① 美国教士倪维思、狄考文撰：《赞神圣诗序》，《赞神圣诗》，上海美华书院藏板1877年版。

② 原文："We have not hesitated to make alterations in hymns taken from other books when changes seemed desirable. Most of these changes have been made, either to secure better rhythm, or to make the meaning more easily understood by persons of limited education. The literary character of the book has been determined by a predominant desire to be understood, it being considered more important that the sentiment should be plain to the mass of our native Christians, than that the style should gratify the artificial taste of Chinese scholars." 同上，卷末PREFACE。

③ "英国理一视译"：《圣教新歌》，1879年。澳洲图书馆藏本，共64页，无出版地址、序言等信息。据正文所署"天津英国教士理一视著"，以及署名为"英教士理一视选译"的1891年本《圣教新歌》，封面所标"天津福音堂印"，该本也应为天津一带出本。

第三章　圣诗的汉译形态与历史意义　215

首，封面仅标"英国理一视译"。该本语言几乎全为浅显白话，且运用显得十分纯熟。其中诗句大多长短不拘，部分篇章几能混同于现代白话新诗。开卷第一篇诗作，虽仍为整齐八言，六句一节，两两大致押韵，但语言几乎为真正的白话。且看其前三节：

你看今日满城人士　　奔奔走走是为何事
如此匆忙如此拥挤　　请你众位细述底里
众人闻言低声告诉　　拿撒勒耶稣今过路

请问这位何方人氏　　素昧平生不知名字
不过一个寻常游客　　因何感动满城心热
众仍那样低声告诉　　拿撒勒耶稣今过路

就是从前那位救主　　忧心世道中年劳苦
无论走至何城何乡　　常有多人求治疾病
瞎子也喜听人告诉　　拿撒勒耶稣今过路①

第二篇诗作连排列形式也发生了变化，虽仍为习惯的纵式，但却变一般诗本的两句一列而为单独的一句一列：

凡人听见福音就当传闻
天上来的嘉音关系天下人
上帝施大仁慈给我开天门
凡欲入的就可入
无论谁肯来就可入天门
此乃上帝圣论必普告万人
听见且顺从的心里真有福

---

① "英国理一视译"：《圣教新歌》，1879 年。

凡欲入的就可入

凡欲得永生的别无他术
耶稣真是生门人必从此入
趁此尚有机会速求主救赎
凡欲入的就可入
叠句同上

该本译诗既有三字诗句，如"主在此"、"我最怕"、"是荆棘"等，又有口语化的"为我为我"、"那时再会"、"你还等甚"等，还掺杂了大量散文化句式，如"上帝既收我为他的儿子"，"你何必费力往远处/何必走千山万水"，"我虽然不知道天使的歌调/不知道他琴音何等的佳妙"，"我虽然不知道天家的情形/不知道在明宫如何呼我名"等。若不考虑内容上的宗教性质，这些诗句在用语、形式、韵律等方面的表现，较之于五四白话新诗一点也不逊色。

十分遗憾的是，这种语言、形式上突出的新变，在此后译本中没有得到进一步承续。因而从整体来看，该本《圣教新歌》只能算是传教士理约翰的一次大胆尝试，是白话译诗中极为突出的个案。1891年天津福音堂出版一种《圣教诗歌》，仍标明为"英教师理一视选译"，但其中白话译诗反而不如1879年本大胆。诗篇用语及形式，与前几种白话译本都差别不大。对于语言、韵律以及翻译中的改写，该本"序"与"例言"也有明确解说。仍然沿袭了浅俗传达真意、韵律以便传唱等说法："是编所译，悉本原文。然泰西文法迥异，中土译之之时，必当理其次序，顺其语气，务使神理毕呈，未敢刻舟求剑。间有用中华典故成语者，大抵以其适近原文，未敢勉强牵合。虽似乎优孟衣冠，难免贻讥大雅，然被之伶伦律吕，庶几有感同心"，"是编所译，重乎神味。盖诗本性情，语忌腐板，情之所至，能以通乎神明，格于上下"。此等论说表现的意识，与1872年《颂主圣诗》序言所示"情真为至"、"泰西方言，迥异中土"、"虽仍不免优孟衣冠，而试被之弦歌，则一唱三叹，沨沨移人"等，读来何其相似。对于翻译之难，1891年本也有如下认识："是编所译之诗，多系名作。其原诗佳处，如天造地设，稍一移易，便失元神。而中西文法又多枘凿，译时欲悉依原文，则语气难期圆熟。是编造句力求自然，谨避艰涩。间有语句较生者，大抵或系西国成语，或系圣经故实，乍见似觉费解，久用自必圆通。"① 这些言说及其所含意识，明显是承续了1872年本"辞不求文，语期易解"、不可"强欲效颦"等看法。

不过，有关翻译的语言、韵律，该本也有自家较为明确的言说。为何仍然采用浅白语言，例言专列一条释之如下："圣教中人，未必尽通文义。是编纯以浅俗之文，取其易解。然浅而忌乎泛，俗而避乎鄙，以期雅俗共赏，触目了然。"韵律为何相对自由，也有如此解说："是编用韵，皆本于五方元音。非第取其宽也，缘诗韵平声虽分上下，未判阴阳，如一东之东、同，一先之先、贤之类，又有同在一韵，北方读之而不同音者，如支之支、窥，十三元之元、尊等类。故斯编悉遵元音，间有未然者，或为原文所限，或为格调所拘，读者谅之。"这种韵律意识甚至限制了俗语使用，例言就有表示："间或偶用不甚通俗之字，大抵为韵所限耳。"当然，这里对韵律的注重，也同样是受到了原诗颂唱声调的影响。"例言"对此有言："圣诗原为谱之乐章，以便歌咏。其字句之轻重，必合音节之抑扬，大抵实字多重，虚字多轻，要字多重，闲字多轻。如'我的'二字，则'我'重'的'轻，'可喜'二字，则'可'轻而'喜'重也，余可类推。"②

另外，韵律意识的存在及表现，与中国助手发挥的作用似乎不无关联。1891年本《圣教诗歌》的中文序言，落款标为"英国理一视、天津张逢源同识"。在卷尾英文序言中，理一视也表明诗集翻译得到了"张金生"帮助。其人担任理一视助手已近30年，其父早年也曾协助编译1872年本《颂主圣诗》。③"张金生"者，即张逢源。早在1878年，《万国公

---

① "英教师理一视选译"：《圣教新歌》"例言"，天津福音堂印1891年版。
② 同上。
③ 原文："I wish here to express my gratitude to God for the valuable service which my Chinese fellow worker Mr. 张金生 has here been permitted to render to the Church. He was one of my first students, and has for nearly 30 Years been a faithful helper, but it is possible that in these pages he has done the noblest work of his life. It is interesting to recall that his venerable father was my assistant in the preparation of the 颂主圣诗 ." "英教师理一视选译"：《圣教新歌》，天津福音堂印1891年版，卷尾PREFACE。

报》发表《圣号辨》一文，署名即为"津门张逢源，字金生"。① 1881 年《益闻录》又发表有《天津新建养病院开院记》，署名"张逢源金生"。②《圣号辨》为参与"God"译名之争的一篇长文，共计九千余字，占了《万国公报》多页篇幅。其开篇文字为"予岂好辨哉？予不得已也。盖义不辨则不明，理不察则不精"，接下来又引经据典力证译名为"上帝"之好，言"考中国称天地之主宰，自唐虞三代以来，常称之曰上帝"。《天津新建养病院开院记》行笔亦是典雅文言，最后一句即为"是日主宾酬酢，极为欢洽，至起席回署，壁上洋钟，已铮然五响矣"。从此般行文看来，虽不可确知张金生文言修养至于何等，但不难推知他所受的传统教育程度也是不浅。再结合整个晚近中国文学习尚，认为张氏父子对传统诗作规范有着较好认识，这点应该也是极为可信。上述序言、例言的行文语词，以及其中所含韵律意识，很难说没有隐含同识者"天津张逢源"的影子。

　　新教传教士的诸多白话译本，出版之后都经过了修订再版。如理一视的《圣教诗歌》，在 1891 年之后即出现有 1899 年、1902 年、1908 年等印本。再如白汉理与富善的 1872 年本《颂主诗歌》，于 1900 年完成第二版增订，但义和团事发而稿件版本全毁，不得不推迟至 1907 年才得重新出版。1907 年本的"后序"即言明了此点："此书原板于庚子年毁矣，夫逾三载后，大家举定再印。而因书内有少用之陈诗，则定于四百首内可删去三十四，以新译之诗补之。"③ 1912 年该本又于日本横滨再出新版，诗句增删较多，且每首诗作配上了颂唱曲调。总体看来，清末及此后出现的传教士圣诗集，新译种类数量大有下降，更多的只是选编汇录前本，在此基础上作出增删变动。如 1901 年山东浸礼会传道部编译《颂主诗集》时，"编译的同工认为翻译成华文的诗歌已经不少，有些诗歌还有几个不同版本的译词"，因而他们参考不同版本择录了"当中最好的译词"。所参考的流行版本，就"计有白汉理与富善的《颂主诗歌》、理一视的《颂主圣

---

① 津门张逢源：《圣号辨》，《万国公报》1878 年第 483 期。
② 张逢源金生：《天津信件养病院开院记》，《益闻报》1881 年第 93 期。
③ ［美］白汉理、富善译：《颂主诗歌》，福音印刷合资会社铅板 1907 年版。

诗》、倪维思与狄考文的《赞神圣诗》、杨格非的《颂主诗章》、高第丕的《赞神诗》，以及内地会的《颂主圣歌》等"。① 这些译本在形式、语言、韵律等方面，也并没有进一步的尝试和创新，大多只是沿用了之前诸本的认识和做法。传教士的重心并不在凸显译诗的艺术价值，加之整个译入语境也还没有足够空间来接纳和促发白话诗作，这些圣诗翻译也必然会缺乏进一步拓展的力量。但是，也正如前文所述，在近现代文学转型历程中，白话圣诗集的翻译仍然是包含了积极意义。它们大量使用双音节词，不再具有严格的韵律平仄，不少诗作还使用了散文化的叙述句式。较之胡适等人的白话诗，它们"在白话文的运用上，似乎更加大胆，更加贴近普通百姓"。②

第四节 圣经诗歌汉译的语言表现：以《弓歌》为例

> 我们相信你能够继续留在广州而不致遭到反对，一直住到你能达到完全学会中文的目标。然后你可转到另一个方向使用你的中文知识做对世界广泛有益的事：一是你可编纂一部中文字典，要超过以前任何这类字典；二是你可把圣经翻译成中文，好使世界三分之一的人口，能够直接阅读中文圣经。③

这是1807年马礼逊离开英国之时，伦敦传教会下达给他的"书面指示"。入华之后马礼逊积极着手圣经汉译，在助手米怜的一同努力下，终至1823年于马六甲出版了以"神天圣书"为名的汉文圣经。此前一年，英国浸礼会传教士马士曼（Joshua Marshman）和助手拉沙（J. Lassar），也于印度出版了一部中文圣经。在这两种最早的中文全译本出现之后，新

---

① 谢林芳兰：《华夏颂扬：华文赞美诗之研究》，（香港）浸信会出版社2011年版，第98页。
② 袁进：《中国文学的近代变革》，广西师范大学出版社2006年版，第81页。
③ ［英］马礼逊夫人编：《马礼逊回忆录》，顾长声译，广西师范大学出版社2004年版，第25—26页。

教传教士陆续展开了圣经汉译活动。麦都思、裨治文、杨格非、施约瑟等一大批传教士参与其中，完成了多种风格的圣经译本。如马礼逊所接受的指示一样，这些活动首先是为了适应在华传教的需要。马士曼谈及圣经在印度的翻译情况，就曾表示："如果福音在那里深扎下根，它一定是通过《圣经》的翻译和把译本送到印度各部落人的手中，无论任何传教士多么辛苦，他传播真理仅靠生动语言，而没有写成的著作以供他们闲暇时阅读进入他们的大脑中，他常会被误解……而以任何方式出版的《圣经》……在他们中间传播，就会取得巨大的成果，尤其当地在阅读《圣经》时，也可以加深对主的印象。"① 类似意识，在入华新教传教士的头脑里，无疑也是同样存在。

同样值得重视的是，《圣经》包含了极为丰富的文学价值。《圣经》"确是一本有价值的大文学书，其故有三"：一为"他的内涵的兴趣"，"实为古代优美文学的重镇"，一为"他是一种单民族的文学"，一为它"是近代西洋文学两大根柢之一"。② 朱维之也曾指出，"圣经和希腊史诗，悲剧，同为欧美文学底源泉，好像国风和离骚为中国文学底渊源一样"，"圣经比起西洋各国各时代最伟大的作品来，其为杰作的杰作是很明显的了"。③ 另有论者还有如此评说，《圣经》是"充满哲理的基督教经典、记录古希伯来民族历史的珍贵文献、写作技巧高超的文学作品"，"作为一种'文化母体'，《圣经》既是生活和思想的'百科全书'，也是一个审美文化的资源库。"④ 诗歌在《圣经》中占据了重要篇幅，有学者就认为"基督教是诗歌的宗教"。⑤ 另有学者也指出，"希伯来是善于诗歌的民族，所以我们可以假定的说一句，在社会或家庭生活中，在平宁或战争中，无论什么能惹起他们深浓兴趣的，都发于各体的诗。他们必定，像别个古民族

---

① Joshua Marshman, *A Memoir of the Serampore Translations for 1813*, printed by J. G. Fuller, Kettering, 1815, pp. 3 – 4. 转引自谭树林《马礼逊与中西文化交流》，中国美术学院出版社 2004 年版，第 105 页。

② 英国 Prof. W. H. Hudson：《圣经之文学的研究》，汤澄波、叶启芳合译，见"小说月报丛刊第二十五种"《圣书与中国文学》，上海商务印书馆 1924 年版，第 20—21 页。

③ 朱维之：《基督教与文学》，青年协会书局 1941 年版，第 64、46 页。

④ 任东升：《圣经汉译文化研究》，湖北教育出版社 2007 年版，第 183 页。

⑤ 姜建邦编译：《圣诗史话》"自序"，中华浸会书局 1948 年版。

一样，有他们的战歌、民族歌、英雄事业的民歌、春天收获及采葡萄的歌、婚姻歌、挽歌：这种种的诗歌，实际上有许多可见之于旧约"。① 如《约伯记》、《诗篇》、《箴言》、《传道书》、《雅歌》、《耶利米哀歌》等，以及《民数记》中的《井之歌》(Song of the Well)、《士师记》中的《底波拉巴的歌》(Song of Deborah)、《撒母耳记下》中的《弓歌》(Song of the Bow)等名篇诗作，林林总总，几乎占了《旧约》三分之一篇幅。

不过，有一点需要首先指出。从1823年马礼逊本至1919年的官话和合本，圣经里的诗作都没有采取分行形式来排列。它们以竖排方式连接一起，又无明显韵脚，形式上很难看出是诗歌。严格按照晚清时期的文学观念来看，这些内容并不能称为"诗"。将之视为诗歌或西诗汉译，似乎带上了一种事后追认的意味。但是，它们在西方文化中的"诗歌"属性，在传教士心目中又是十分明确。如前文所述，传教士的圣诗汉译已包含有不少《诗篇》内容，《万国公报》、《小孩月报》等刊物也不时登载有《诗篇》的汉译。从这一角度来看，它们的诗歌属性在翻译中也得到了表现。因而包含于《圣经》的这些内容，同样是西诗汉译的一种表现。从本身的文学性质来看，它们也构成了传教士西诗汉译的一条重要演进线索。

一 新教传教士圣经诗歌的汉译历史

在19世纪之前，圣经诗歌的汉译数量较少，即或出现，它们在文学方面的表现和影响也是微乎其微。据徐宗泽《明清间耶稣会士译著提要》记载，意大利耶稣会传教士贺清泰（Louis de Poirot），曾于1803年用白话译出了《新约》以及《旧约》的部分内容，且附上了圣经汉译史上第一份由译者所作的序言："圣经之序"和"再序"。该译本取名《古新圣经》，包括《若伯经序》（《约伯记》）、《达味圣咏》（《诗篇》）、《撒落满之喻经》（《箴言》）、《智德之经》（《传道书》）等内容。在翻译中，贺清泰效法的是此前译者做法，"不按各人本国文章的文法，完全按着《圣

---

① 英国 Prof. W. H. Hudson：《圣经之文学的研究》，汤澄波、叶启芳合译，见《圣书与中国文学》，上海商务印书馆1924年版，第22—23页。

经》的本文本意，不图悦人听，惟图保存《圣经》的本文本意。"他还认为，译者只可"合对文本，全由不得人，或添或减，或改说法"，"总共紧要的是道理，贵重的是道理，至于说得体面，文法奇妙，与人真正善处有何裨益？"① 由此推想，其中诗歌部分的文学性可能也没得到明确表现。更何况梵蒂冈教廷闻知这种非常口语化的翻译之后，即刻下了禁止出版的命令，该本由此未获刊行，更不可能产生传播影响。② 此后的圣经诗歌汉译活动，在相关史料记载中极为罕见。英国传教士海恩波1934年所出 The Bible in China 一书，在叙述新教入华之前的《诗篇》及《圣经》的零星汉译时，也认为要等到新教传教士到来之后，这类翻译才会产生较大影响。③

随着新教传教士大举展开译经活动，圣经诗歌也以不同的形式呈现了出来。其中的《诗篇》部分，还以单行本形式多次得以发行。如1867年宾为霖根据希伯来文，采取较为浅显的北京官话，以四音步诗句形式译出的《诗篇》；1880年，传教士施约瑟使用半文半白的"浅文理"翻译的《诗篇》；1886年，英国传教士杨格非所译的《旧约诗篇》；1890年，英国传教士湛约翰自行出版的、用"九歌体"形式翻译的《诗篇》20首（诗篇1—19和23）；1908年，鲍康宁自行出版的白话诗韵体译本《诗篇精义》等。另外，据赵晓阳《哈佛燕京图书馆收藏的汉语〈圣经〉译本》一文，不同语言形式的《诗篇》、《雅歌》译本，至少还有如下数种：④

　　官话：《旧约诗篇》，1900年大美国圣经会印发。
　　上海土白：《Sing S》（《圣诗》），丁韪良，1857年，大美国圣经

---

① 徐宗泽：《明清间耶稣会士译著提要》，上海书店出版社2006年版，第15、16页。
② 该译本未获刊行，手稿抄本现存上海徐家汇藏书楼。[德]尤思德：《和合本与中文圣经翻译》，蔡锦图译，（香港）国际圣经出版协会2002年版，第16页。
③ [英]海恩波：《道在神州——圣经在中国的翻译与流传》，蔡锦图译，（香港）国际圣经协会2000年版，第1—59页。
④ 赵晓阳：《哈佛燕京图书馆收藏的汉语〈圣经〉译本》，上海图书馆历史文献研究所编《历史文献》第八辑，上海古籍出版社2004年版，第346—365页。

会；《旧约诗篇》，慕维廉，1882年，上海。①

福州土白：《诗篇全书》，S. F. 伍定（S. F. Woodin）翻译第1首至115首；伯特·波特·莱曼（Birt Peet Lyman）翻译116首至150首，1868年，福州美华书局。

福州土白罗马字译本：《Sī Piěng》（《诗篇》），1892年，福州大英国圣经会；《Sī Piěng》（《诗篇》），1902年，大英国圣经会。

兴化土白译本：《新约圣书》附诗篇，蒲鲁士，1912年，大美国圣经会，兴化实业教会出版社印刷（Hinghwa Industrial Mission Press）。

可以肯定的是，传教士译出的中文《诗篇》、《雅歌》，在近代远不止以上数种。只是限于资料散佚难寻，如今已难以给出准确的统计和叙述。在现代新文学时期，这些诗歌内容明确引起了国人兴趣，一批新文学作家认识到了它们的艺术价值和影响。1921年，许地山以白话翻译的《雅歌新译》，就在《生命》月刊第二卷的第四、第五期刊载。1930年，吴曙天重译的《雅歌》，也于上海北新书局出版。

多种圣经诗歌翻译的出现，不仅进一步丰富了近代翻译文学面貌，而且也关联了更多翻译文学问题。在圣经翻译中，出现了深文理、浅文理、官话三种主要的语言风格。② 圣经诗歌的汉译，由此也具有了较为多样的表现。不同语言风格的形成与译者的汉文能力有关，也与所预设的接受对象不同有着直接联系。而且，这也是与整个文学风尚及其变化联系在一起的。汉译的起因虽然是传教，但是因为圣经诗歌自身具有高度的艺术性，它们在翻译中也具有了超越传教意图的一面。传教士围绕翻译作出的讨论，也包含了不少有关中西诗作特征的认识。

---

① 王文兵认为，丁韪良此处所译采用的是宁波土语。见王文兵《丁韪良与中国》，外语教学与研究出版社2008年版，第38页。彭泽益的"汉译圣经简明表"，将该译本的书名译为《旧约书诗篇》，并注明为"The Psalms-selected"，"1857年宁波"，见彭泽益《洪秀全得〈劝世良言〉考证——兼论太平天国与基督教的关系》，《近代史研究》1998年第5期。

② "文理"（Wenli），在来华传教士这里，指古典中文。"深文理"（High Wenli）即文言，"浅文理"（Easy Wenli）即浅文言，指句式较为传统，语汇却用日常习见语的文体。"官话"（Mandarin），指清朝时期通行官方机构的北方方言。

二 圣经诗歌的文言翻译及其变化

《弓歌》(The Song of Bow)，为《旧约》中《撒母耳书（下）》第一章第19—27节的内容，叙述的是以色列旧主扫罗与儿子约拿单战败而亡，大卫闻此噩耗悲痛至极，作此哀歌以悼。全诗毫无宗教意味，读来"回肠荡气，感人肺腑"①，可谓圣经诗歌中杰出的代表之一。其艺术魅力，英国赫德森（Prof. W. H. Hudson）就认为："大卫对于扫罗及约拿单的悼文（撒母耳下一），完全不是宗教的诗歌，不过是美丽的个人的诔诗而已。"② 思考《弓歌》的汉译表现，显然不失为一种从翻译文学角度来探知圣经诗歌汉译形态及意义的可行方式。

该诗的汉译，是随着多种《旧约》译本而出现的，对其审视可以从1823年马礼逊的完整圣经译本开始。此前一年的马士曼译本，"产生于中国境外，而且缺乏汉语专家的帮助，不免相当粗糙"，也"从未得到过广泛的流通，只有早期的一些浸信会传教团使用过它"③，因而其中的《弓歌》翻译意义也并不突出。此后，包含《旧约》部分的重要圣经译本，大致出现有1854年的麦都思"委办译本"，1863年的"裨治文译本"（包含1862年译出的《旧约》，为美国圣经公会出版），1868年宁波出版的"高德译本"（《圣经新旧遗诏全书》），1875年浅文理"施约瑟本"《旧约》（美国圣经公会出版），1905年出版的"杨格非译本"（《旧约》部分只译至《雅歌》，苏格兰圣经公会出版），1919年出版的"文理和合译本"，以及影响最大的"官话和合译本"等。④ 此外，各地出现的方言译本，如1884年出版的福州话、厦门话全译本，1894年出版的广州话全译本，1908年出版的上海话全译本，1916年出版的客家话全译本等，也包含了《旧约》内容。这些译本不断重印，有的还多次修订。

---

① 梁工：《圣经文学导读》，漓江出版社1990年版，第177页。
② 英国 Prof. W. H. Hudson：《圣经之文学的研究》，汤澄波、叶启芳合译，见《小说月报丛刊第二十五种》《圣书与中国文学》，上海商务印书馆1924年版，第23—24页。
③ [美] 赖德烈：《基督教在华传教史》，雷立柏等译，（香港）道风出版社2009年版，第179—180页。
④ 参见 [英] 贾立言《汉文圣经译本小史》，冯雪冰译，上海广学会1934年版。

第三章　圣诗的汉译形态与历史意义　225

马礼逊与米怜所译的《旧约》，实际上完成于 1819 年。如前文所述，马礼逊的语言意识并不够清晰。他不赞同使用《四书》、《五经》那种典雅语言，认为那样只是在用古文展示译者的国学根底，只会取悦一小部分中国文人。但是，他也没有遵守"必须简明易懂，使一般的读者都能阅读"这一在他看来"应当遵循的原则"。① 《神天圣书》的译文，他的中文助手梁发就有如此看法："译文所采用之文体与本土方言相差太远，译者有时用字太多，有时用倒装之句法及不通用之词语，以致意义晦暗不明。圣经教训之本身已属深奥神秘，如再加以文体晦涩，则人更难明了其意义矣。"② 由此也可推知，其中《弓歌》的翻译必然也会呈现出强烈的早期译文色彩。且按原诗顺序，并录出原有标点、符号，引其译文如下③：

1：19　大五得曰、以色耳之美者、被杀在高处矣。大勇者如何倒哉。

1：20　勿说之于厄达矣。勿宣之于亚色其伦之街、恐腓利色氏亚之各女作喜矣。恐无周割辈之各女凯乐矣。

1：21　汝厄以勒波亚之各山岭欤、愿无何露、何雨、在汝上，又无献物之田焉。盖在汝上大勇者之干贱然被掷矣。即扫罗之干，犹若未以油受傅者焉。

1：22　盖若拿但只弓未背转离受杀者之血、及大勇者之肥肉矣。扫罗之剑未虚转回也。

1：23　扫罗及若拿但于其生焉甘而美矣、而于其死未别开矣。伊等快过于各鹰兮、能过于各狮兮。

1：24　以色耳之各女欤，哀哭扫罗矣。其曾穿汝以红衣、及另

---

①　[英] 马礼逊夫人编：《马礼逊回忆录》，顾长声译，广西师范大学出版社 2004 年版，第 154 页。
②　[英] 麦沾恩：《中华最早的布道者梁发》，胡簪云译，《近代史资料》1979 年第 2 期。
③　为行文方便，引文中数字序号为笔者所加。本章后文出现的类似序号，同此。

庆物、又以金饰汝辈之衣者也。

　　1:25　大勇者如何倒落于阵中哉。若拿但钬、尔被杀在尔之高处哉。

　　1:26　我弟兄若拿但钬、我为尔苦矣。尔甚美向我也。奇哉、尔之爱向我也。胜于妇女之爱也。

　　1:27　大勇者如何倒落哉、而军器败矣。①

　　译诗形式上与中国诗作相去甚远，表意也实在是有些"晦暗不明"。对于当时中国文人来说，这种翻译的确难以产生美感，更不可能被视为"诗"来接受。麦都思在后来的批评中，就描述了该本遭遇的尴尬："已经几年过去了，对于听到中国人说他们对我们现在这一《圣经》汉译本不大满意，我也已经习以为常。他们都认为我们这一本风格生硬、言辞粗鄙、句子过长、复杂难懂，而且其中有大量未经翻译的词语，在那些中国读者眼里，这一切都给他们一种外来蛮夷之印象：不少人在翻过一两页之后就将其扔到了一边。"② 但是，该本毕竟为后来的翻译奠定了基础，其中诗作无疑也成为了早期翻译尝试的代表。明显的欧化句式，如"被杀在高处"（lies slain on your heights）、"未以油受傅者"（not anointed with oil）、"其曾穿汝以红衣"（who clothed you in scarlet）等，虽然使得语句艰涩生硬，不像是中国话，却也算是明确表现了西诗不同于中国诗作的叙述方式。

　　在此后的文言圣经译本中，由于诉求对象主要设定为文人阶层，因而译者采用了较为典雅的语言。《弓歌》的翻译，也融入了中国文言诗作精练、典雅的特征。当然，在不同的译本中，它也有着不尽一致的表现：有的并没有采用诗体形式来对应，如1854年的麦都思"委办译本"；有的译本却采用了接近骚体的形式，如1863年的裨治文译本。麦

---

　　① 引文来自金陵协会神学院馆藏《神天圣书（载旧遗诏书兼新遗诏书）》。该诗英文附于下文。

　　② 转引自［美］韩南《作为中国文学之〈圣经〉：麦都思、王韬与"〈圣经〉委办本"》，段怀清译，《浙江大学学报》（人文社会科学版）2010年第1期。

都思本采用了较为标准的文言,因而又被称为深文理译本。有论者指出,该本"比其他任何《圣经》中文译本都要更为中国那些受过良好教育的知识阶层读者所接受",并且是"第一部以中国知识精英为诉求对象的《圣经》中译本"。①

麦都思相当重视中国文人的阅读习惯,并由此强调了意译方式的必要。他的译文,明显呈现出了本土化色彩。在1834年编译《福音调和》(Harmony of the Gospels)时,麦都思就曾"尝试一种全新的翻译风格,以便更适合中国人的阅读习惯"。在提交给伦敦传教会的报告中,他也表示:"(马礼逊)现如今已经长眠,作为对他的回报,不容那些婆婆妈妈的想法来干扰我们认真考虑如何将《圣经》翻译得更有文采,更为中国读者所接受。"② 在麦都思看来,圣经翻译应该做到"思想之原意得到准确表达,同时纯粹的中文风格也需要保留"。他认为,"中文是一种惯用语(成语)语言,而且词语中的习惯用语搭配现象要比其他语言都多得多"。在他的理解中,既然圣经公会要求《圣经》的出版必须"未经任何注释或评论",那么为了意义的准确表述,新的翻译就应该使用未经外国人修饰的中文对应词,而不是马礼逊那种为支持原文语序而过多地使用的虚词和关系从句。而且,翻译还应该同时注意中文的韵律节奏,注意"句子的对称"。③

与马礼逊本译文不同,"委办译本"的《弓歌》的确采用了典雅的中国文辞和语句,呈现了较为明显的文学性:

1:19 歌曰:以色列之麀(麀或曰显者),亡于崇坵,英武者其陨乎。

---

① [美]韩南《作为中国文学之〈圣经〉:麦都思、王韬与"〈圣经〉委办本"》,段怀清译,《浙江大学学报》(人文社会科学版)2010年第1期。
② 见麦都思1834年10月27日致伦敦传教会的报告。转引自[美]韩南《作为中国文学之〈圣经〉:麦都思、王韬与"〈圣经〉委办本"》,段怀清译,《浙江大学学报》(人文社会科学版)2010年第1期。
③ 转引自[美]韩南《作为中国文学之〈圣经〉:麦都思、王韬与"〈圣经〉委办本"》,段怀清译,《浙江大学学报》(人文社会科学版)2010年第1期。

1：20　毋播于迦特邑，毋扬于亚实基伦衢，恐非利士人之女，闻之欢然，恐未受割者之女，聆而欣喜。

1：21　扫罗素为英武，在吉破山遗弃其干，虽沐以膏，无异凡民，故愿在彼，露不零，雨不降，亦愿在彼田无所产，祭品不献。

1：22　约拿单执弓，往杀敌军，流其血而不却退。扫罗执剑，往击英武，剖其脂而不徒归。

1：23　扫罗及约拿单，生存之日，相爱相悦，虽至死亡，亦弗离逖。彼二人者疾于鹰，猛于狮。

1：24　以色列众女，当为扫罗哀哭，缘昔扫罗赠以艳丽绛衣，加以金饰文绣。

1：25　诸英武亡于行伍，约拿单死于崇垆。岂不哀哉。

1：26　约拿单我兄欤，昔使我悦乐，蒙其眷爱，迥异寻常，甚于妇女之爱我，今我为之痛心不已。呜呼哀哉。

1：27　英武其亡哉，战具其弃哉。①

译文富有文采，具有学者风格，较为适合中国文人的阅读习惯。尽管没有采用严整的诗歌形式，但译文多处注重了韵律以及上下句的对仗。第一句"鹰"、"垆"，第二句"邑"、"衢"、"女"、"喜"等处，都表现了大体一致的韵律。"乎"、"哉"、"呜呼哀哉"等词语，也增强了译诗的音韵和节奏。1：22不仅使用"却退"、"徒归"形成韵律的回旋，而且在句式上表现得十分工整。"约拿单"与"扫罗"，"执弓"与"执剑"，"流其血"与"剖其脂"等，都不无对仗的意味。"赠以艳丽绛衣，加以金饰文绣"等句，较之马礼逊本的确也显得自然、典雅得多。

麦都思的翻译观念和语言趋向，无疑是形成这种风格的主导因素。但作为中文助手的王韬，于此显然也发挥了重要影响。1849年参与圣经翻译的助手王昌桂去世，其子王韬继而开始协助麦都思翻译剩余部分。对于王韬的工作，麦都思曾有如此称赞：

---

① 《旧新约圣书》，Delegates' Version，British and Foreign Bible Society 1908年版，第425页。

他不仅在那些比其年长的助手中赢得了尊重,而且因为其勤勉习惯,还承担了大部分的前期工作,经过少许修订之后,这些一般都会为其同事借鉴采纳。就这样,他完成了新约教义部分和整部旧约。《约伯记》、《箴言》翻译中可以见到的那些优美表达,以及整个译本简洁流畅的文风,都要归功于王韬。①

在译本初步完成后,王韬"又受雇来修订所有的圣歌中译部分,并让这些圣歌译文文雅且富有诗意,不仅其译文形式不至于为那些文人雅士所排斥,而且就其教义而言,也不会为人所反感拒绝"。② 相较于马礼逊译本整体上的"风格生硬",经王韬润色的圣经诗歌显然雅驯得多,更为适合"文人学者的良好品好"。③ 上引的《弓歌》译文,就已然表明了这点。不过,麦都思的说法也暗示了一点,即翻译的主体是由传教士组成的,他们雇用王韬并"修订"其文字。王韬的参与虽然增强了译文的"高雅和得体",但决定译本风格的主导力量,仍旧只能是来自麦都思等人。

译文在某些地方也并没有忠实原文,而是加以了阐释和转化。如1:22一行,英文钦定本圣经的诗句为:"From the blood of the slain, from the fat of the mighty, /The bow of Jonathan turned not back, And the sword of Saul returned not empty."④ 两相对照,译文明显是作了拆分和重新组合,使约拿单、扫罗主导的两个诗句更好地对仗了起来,从而更有利于形成节奏的回旋,以及意义上的强调。"往杀敌军"、"往杀英武"两处,相对于英文

---

① 1849年6月30日,麦都思致伦敦传教会的信。转引自〔美〕韩南《作为中国文学之〈圣经〉:麦都思、王韬与"〈圣经〉委办本"》,段怀清译,《浙江大学学报》(人文社会科学版)2010年第1期。

② 1854年10月1日,麦都思致伦敦传教会的报告。转引自〔美〕韩南《作为中国文学之〈圣经〉:麦都思、王韬与"〈圣经〉委办本"》,段怀清译,《浙江大学学报》(人文社会科学版)2010年第1期。

③ 1851年3月13日,麦都思等致伦敦传教会的信。转引自〔德〕尤思德《和合本与中文圣经翻译》,蔡锦图译,(香港)国际圣经出版协会2002年版,第85页。

④ 钦定版圣经(King James Version of the Bible, KJV),由英王詹姆斯一世下令翻译,出版于1611年。不仅影响了随后多种英文版圣经,对英语文学的影响也是很大的。

"from"一词,其动作性也更为突出。这种翻译改写,也引起了不少传教士的批评。参与翻译1864年美国圣经公会出版的"裨治文译本"的克陛存(M. S. Culbertson),就表达了强烈的不满。在写给福州传教士的信中,他认为该本的词语、句子中的某些部分,甚至是整行句子都有漏译。① 费启鸿(George Field Fitch)后来在1885年8月的《教务杂志》中也表示:"就《圣经》这一新的文理译本而言,委办本的特点在于其优美的中文,不过也正是因为要实现这一目标而采取的自由式翻译,很多情况下,译文不过是对原文的释义而已。"② 贾立言的评说更为明确,他指出该本的翻译"有时候为顾全文体起见竟至牺牲了原文正确的意义,其中所用的名辞多近于中国哲学上的说法,而少合基督教教义的见解,有时候单是因为文笔的缘故,掩蔽了文字所含寓的真实意义"。③

这种"自由式翻译"形成的本土色彩,显然更有利于文人士子的接受。事实上,麦都思本在教会中通用多年,"在文字品味上比以往的任何一本都更胜一筹,而且至今(1928)仍在使用之中"④,"它的远播和典雅是不容争辩的"。⑤ 梁工曾分析圣经诗歌的特征,指出它与现代诗歌的基本区别在于,它不注意自身的音响韵律,不押尾韵,而是讲究诗行之间内容的对称、和谐,以及局部诗句文意的相对完整,形成了一种轻韵律、重逻辑的特征。⑥ 在委办译本的《弓歌》翻译中,这些特征在一定程度上似乎得到了改善。《弓歌》译作不仅讲究诗行对仗,还注重了全篇的节奏以及尾字的韵律,尽管它还不可能达到文言圣诗的那种严整。当然,也正如其他圣诗翻译一样,这之中也包含了译者观念、翻译策略、中文助手等复

---

① 这封信没有署名,存于美国海外传教会总会档案,裨治文《文论与通信》第2档案盒,案卷11,韩南认为应该是克陛存所写。见〔美〕韩南《作为中国文学之〈圣经〉:麦都思、王韬与"〈圣经〉委办本"》,段怀清译,《浙江大学学报》(人文社会科学版)2010年第1期。
② 转引自〔美〕韩南《作为中国文学之〈圣经〉:麦都思、王韬与"〈圣经〉委办本"》,段怀清译,《浙江大学学报》(人文社会科学版)2010年第1期。
③ 〔英〕贾立言:《汉文圣经译本小史》,冯雪冰译,上海广学会1934年版,第38页。
④ 〔美〕赖德烈:《基督教在华传教史》,雷立柏等译,(香港)道风出版社2009年版,第227页。
⑤ 〔美〕费正清编:《剑桥中国晚清史(1800—1911年)》(上卷),中国社会科学出版社1985年版,第593页。
⑥ 梁工:《圣经文学导读》,漓江出版社1990年版,第160—161页。

杂因素。

圣经诗歌翻译使用文言，自然也会融入一些传统诗作因素。对骚体用语的借用，就为这方面的明显例子。在1863年美国圣经公会出版的裨治文、克陛存译本《旧新约全书》中，《弓歌》的译文就变为了如下形式：

1：19　词曰：以色列之显者，见杀于崇邱兮，勇士竟倾仆哉！

1：20　毋告知于迦特邑，毋传之于亚实基伦之衢；恐非利士人之女忻喜，恐不受割礼之女凯乐兮。

1：21　吉破山欤，愿无雨无露，降于尔土，愿尔无有礼物之田。盖在彼勇士之干见弃，即扫罗之干，犹若其未受膏者然。

1：22　由于见杀者之血，由于勇士之脂，约拿单之弓不退，扫罗之剑不徒然而归兮。

1：23　扫罗与约拿单，生为可爱，为可悦，而死亦不分离。斯二人者，捷过于鹰，力过于狮兮。

1：24　以色列女欤，哀哭扫罗兮。彼曾以绛衣及嘉物衣尔，又以金饰饰尔之衣兮。

1：25　勇士而竟仆于阵中哉。约拿单欤，尔竟见杀于尔之崇邱兮。

1：26　我兄弟约拿单欤，我为尔而恸。尔见悦于我。异哉！尔之爱我也，甚于妇女之爱兮！

1：27　勇士，其仆矣哉！战具其坏矣哉！①

"欤"、"兮"、"哉"等词语重复出现，使译文具有了哀婉回复的韵律色彩。句子之间的对称也受到了重视，如1：20就以"毋"、"毋"、"恐"、"恐"为开头，并以"邑"、"衢"、"喜"、"兮"四字结尾，形成

---

①　裨治文、克陛存译本，《旧约全书》，江苏沪邑美华书馆活字版1863年。施蛰存主编《中国近代文学大系——翻译文学》（卷三），上海书店出版社1990年版，第95—96页，曾收录1896年福州美华书局本中的该诗，并将之有意编排为诗歌形式。但此时期圣经译本都标有诗句序号，且诗体没有分开排列。该诗在两个版本中，内容一致。

了更为整齐的韵律感。"由于"、"勇士"、"矣哉"等词连用，也获得了类似效果。也许正是针对麦都思本的本土文学色彩，这里的译文一定程度上保持了西诗的句子结构。由于在"委办译本"翻译过程中发生了分歧，裨治文、克陛存等人组成了新的翻译小组。他们认为麦都思译本有着"频繁的松散的转译"，内容也多有遗漏，因而明确不赞成其译文风格。① 裨治文、克陛存在新的译本中，以"对原文的忠实为主，宁愿牺牲辞藻的华丽"。② 从上引的《弓歌》译文，其实也可见出这些方面的变化。较之麦都思本，这里明显是更多注意了与英文诗句的对应。钦定本的 1∶21 句与译文对比，形式则为：Ye mountains of Gilboa（吉破山欤），Let there be no dew, neither let there be rain（愿无雨无露），upon you（降于尔上），nor fields of offerings（愿尔无有礼物之田），For there the shield of the mighty is vilely cast away（盖在彼勇士之干见弃），The shield of Saul（即扫罗之干），as though he had not been anointed with oil（犹若其未受膏者然）。不仅每句对应译出，就连词语的顺序也大致准确地表现出来了。正如惠志道（John Wherry）所认为，这本圣经对于"愿意求得圣经准确的精义"的神学生及传道者最有帮助，在原文意义的表达上"比前译诸本较为可靠"。③

这种忠实性，使得译文与当时的诗文规范发生了冲突，从而在重视文采的文人士子面前表现出了一种陌生感。惠志道就认为："正是因为这所谓忠实，对于一般不熟谙圣经及基督教作品的人，觉得晦涩难解，而在一些吟味文字的人定必觉得粗劣不文。"④ 对忠实的不同理解，使得裨治文译本不如委办译本那样优雅，但也更多地呈现了原诗的欧化句法。而且相较于马礼逊本，此处的译文也显得更为自然、成熟。只不过，这些特征还没有获得适宜的时机来扩大影响。从文学交流的角度来看，这种忠实在当

---

① ［美］韩南《作为中国文学之〈圣经〉：麦都思、王韬与"〈圣经〉委办本"》，段怀清译，《浙江大学学报》（人文社会科学版）2010 年第 1 期。
② 转引自赵维本《译经溯源——现代五大中文圣经翻译史》，（香港）福音证主协会 1993 年版，第 21 页。
③ 转引自［英］贾立言《汉文圣经译本小史》，冯雪冰译，上海广学会 1934 年版，第 41 页。
④ 同上书，第 40—41 页。

时也就部分地失去了价值。值得注意的是,赞助者的力量在这里同样发挥了不可忽视的作用。出于对美国传教士的支持,美华圣经会采用并推销了该译本,使得它在20世纪30年代之前,仍算是行销甚广。①

在文言圣经翻译中,"忠实"与"本土化"的做法处于交织状态,但后者更多时候占据了优势地位。本土化的语言表述和诗歌形式,频频出现于其他的诗作翻译之中。如麦都思"委办译本"的《诗篇》、《耶利米哀歌》等,就大量使用"兮"字结尾,形成了抑扬顿挫、音韵悠扬的韵律美感。"委办译本"《诗篇》的第23首,即有如此表现:

23:1　耶和华为牧兮,吾是以无匮乏兮
23:2　使我伏芳草之苑,引我至静水之溪
23:3　苏吾之困惫,导我于坦途,以副其仁慈兮
23:4　尔以杖扶我,蒙尔之佑,故游阴翳而不惊兮
23:5　尔为我肆筵设席,沐我以膏兮,予之罍盈兮,使敌之目睹兮
23:6　我得恩宠福祉,毕生靡穷兮,耶和华有室,爱居爱处,日久月长兮②

尽管没有分行的排列形式,但原文中"一"、"二"等序号的标出,也使得译诗进一步呈现了骚体的意味。在韵律方面,为了保持尾韵一致,在"兮"字没有出现的第二句,译者甚至还以"溪"字来作了替代。前文所述湛约翰1890年出版的《诗篇》,更是明确采用了骚体形式,如其中第十五篇:

谁得客耶和华幕兮何者堪居尔圣山
人履正直而行义兮心中语以实自闲
舌无谤弗害友朋兮不诬里邻以播讪

---

① [英]贾立言:《汉文圣经译本小史》,冯雪冰译,上海广学会1934年版,第41页。
② 委办译本:《旧新约圣书》,大美国圣经会印发1910年版,第526页。

目视肆恶为鄙类兮畏耶和华则尊班
许愿损己弗易志兮不出金以钓利还
不受贿以害无辜兮是人永稳免罹艰①

"兮"字成了全篇的结构枢纽和音韵中心，使得诗作形式整齐雅致，咏叹的韵味也有增强。全诗尾韵为"an"，与"兮"形成的音韵感结合一起，也形成了朗朗回复的韵律美感。湛约翰将原诗第四、第五句裁为三句，使整首诗作由原来的五句变为了六句，这也更符合了中国诗作的句数习惯。

即或没有采取传统诗形的其他文言译本，在词语对仗、诗句韵律等方面大多数也是有所注意。如1919年出版的文理和合本圣经，就将《弓歌》第22、第23句译为："饮见杀者之血，剖英武者之脂。约拿单之弓不却退，扫罗之剑不徒返。//扫罗及约拿单，生时相爱相悦，没时亦弗相离。二人疾于鹰，强于狮。"如此翻译，也较为接近文言诗作的行文习惯。总之，在圣经诗歌的文言翻译中，"委办译本"和裨治文、克陛存本的风格大致得到了延续。

三 圣经诗歌的白话翻译与意义

"我们完全不赞成他们所选择的译文风格，而且我们也坚信，大多数在华新教传教士对此也是不满意的。上帝福音应该是传给穷苦人的，故《圣经》必须用穷苦人易于接受的形式来翻译。"②曾参与"委办译本"翻译的美国北长老会传教士克陛存，后来明确表示了不同意见。由此也可见出，译本针对的接受对象不同，是译者调整策略、改变方式的重要影响因素。在1856年麦都思与施敦力以白话改写的"委办译本"《新约全书》出版之后③，以方言、白话为翻译语言的圣经译本逐渐增多。1860年之后传

---

① ［英］湛约翰译：*A Specimen of Chinese Merrical Psalm*，香港，1890年。
② ［美］韩南：《作为中国文学之〈圣经〉：麦都思、王韬与"〈圣经〉委办本"》，段怀清译，《浙江大学学报》（人文社会科学版）2010年第1期。
③ 该本的出版时间，一说1857年。见贾立言《汉文圣经译本小史》第65—66页的相关说法。

教士进入北方内陆区域，接触到了更多使用北方官话的中国民众，白话圣经翻译得到了更多重视。圣经诗歌由此也以白话形式，呈现出了丰富的形态。

在《神天圣书》形成之前，马礼逊曾考虑采用浅白语言。在经过"一段时间对究竟采用哪一种文体最适宜，感到犹豫不决"之后，马礼逊甚至一度准备采用口语化的文体，理由在于："（一）因为它更容易被平民百姓所明白；（二）因为当朗读它时，听众是清楚明了的，而深文言体裁则不然；中间文体虽然在会众中朗读也是清晰明了，却不如浅白文体那么容易理解；而且（三）因为讲道时可以逐字地引述出来，不用任何讲解会众都能明白。"但是，他最终选择的是他所理解的"中间文体"。① 《弓歌》的翻译于其中，也仍是以文言为重。

1856 年麦都思、施敦力以南京官话改译的《新约》出版，形成了"第一部国语的译本"。贾立言认为该本"似乎并没有很好的成绩"，他还引出了惠志道的类似评价："这文体虽然颇多成语，但并非是很好的作品，夹杂着地方的土语，并且牠的语法也有不庄重与不适宜之处。"但是，据文显理（G. H. Bondfield）所称，该本数年之间又"重版多次，销售甚广"。贾立言对这一点也作了肯定，认为"从牠重版多次的事实上可以看出口语圣经的译本如何为人民所需要"。事实上，白话译本随后的确是出现了多种。丁韪良、施约瑟等在北京译出的官话《新约》，1866 年出版后就"得到了很快的成功"。正如惠志道所言，"差不多在不久以后，国语新约译本在家庭，教室，礼拜堂，以及主日礼拜之时，夺取了文理圣经的地位，风靡半国"②。

以上出现的两种白话译本，内容都为《新约》部分。包含大量诗作的《旧约》白话译本，却是以 1874 年施约瑟一人之力完成的《旧约全书》为先。该本 1875 年由美华圣经会发行，1878 年大英圣书公会又将之与 1866 年的白话《新约》合为了圣经全书。"在多年之间，该册圣经通行中国"，《旧约》诗歌也以白话形式得到了集中传播。以致最终在官话和合

---

① 转引自［德］尤思德《和合本与中文圣经翻译》，蔡锦图译，（香港）国际圣经协会 2002 年版，第 22—23 页。
② ［英］贾立言：《汉文圣经译本小史》，冯雪冰译，上海广学会出版 1934 年版，第 64—66 页。

本中表现出了浓郁的文学魅力,对白话新诗发展产生了积极影响。在1874年施约瑟的白话旧约中,《弓歌》译文已然较为浅白,语句也是十分优美:

1:19　歌说:以色列美士仆倒山岗,可叹可惜英雄死亡。

1:20　不要报信在迦特城,不要传说在亚实基伦街市,恐怕非利士人的女子欢欣,惟恐不受割礼之人的女儿喜乐。

1:21　吉博山,愿你不蒙雨露降在你上,愿你无地生长五谷可献为礼,在那里英雄的盾牌被弃,扫罗的盾牌仿佛未曾用油涂抹。

1:22　约拿单的弓向被杀之人的血却不退,扫罗的刀向勇士的油不空回。

1:23　扫罗和约拿单活时相悦相爱,死时也不分离。他们比鹰更快,比狮子勇猛。

1:24　以色列的女子应该为扫罗哭号,他常将赤色华美衣服与你们穿用,常将黄金妆饰与你们佩戴。

1:25　可叹英雄仆倒在阵上,约拿单死亡在你自己的高岗。

1:26　我兄约拿单,我为你极其恸伤,我甚喜悦你,我爱你之爱甚奇异,比爱妇女之爱更甚。

1:27　可叹英雄死亡,战具损坏。①

诗句有着较为突出的口语化、散文化特征,对于使用白话或初具阅读能力的一般人来说,应该也是浅显易懂。若将第一句译文,与委办译本的"以色列之麀,亡于崇坵,英武者其陨乎"相比较,差别已是十分显明。再如"不要"与"毋"、"赤色华美衣服"与"艳丽绛衣"、"黄金妆饰"与"金饰文绣"、"高岗"与"崇坵"等用语比较,白话译诗的晓畅明白,也是越发清晰可见。该本的翻译风格,贾立言曾有称赞:"这册旧约译本,因译笔忠实,译文流畅,颇为著称。这本书的优美之处,不一而足,甚至

---

①　[美]施约瑟译:《旧约全书》,1874年版。中国国家图书馆胶片,内容从《创世纪》第23章开始,但此章模糊难辨,此前内容缺失,末尾也无出版时间。

丁韪良博士，系研究圣经的专家，在一八九九年也说：'这本书有独立的价值，而不易为别的译本所胜过。'"①

更为重要的在于，原诗所具有的平行句式（parallelism）和艺术美感，在这里也得到了较为充分的表现。如1：20中"不要"与"不要"、"恐"与"惟恐"，1：21中"愿你"、"愿你"句式的连用，以及首尾两句对"英雄死亡"的重复，都使之与单纯的口头白话有了区别。尽管这些篇章的内容都属于宗教，但它们的诗歌性质对于传教士来说并不陌生。英国罗伯特·洛斯（Robert Lowth）主教1753年完成《希伯来圣诗讲演集》，对圣经诗歌作出了"卓有成效的研究"，由此"希伯来诗歌以清晰的面目呈现于世"，使得人们对圣经诗歌的兴趣与日俱增。② 至1885年英文修订版《圣经》出版，明确采用了诗体形式来排列圣经中的诗歌。因而，即使晚清民初的中译本没有分行排列，传教士也应该清楚这些内容的诗歌属性。这些诗歌的魅力，在白话译本中也并非不能有所体现。相反，采用白话来翻译圣经诗歌，也正可谓诗歌翻译的一种新尝试。

施约瑟的传教经历及其重视白话的意识，是形成这种翻译风格的重要因素。在1859年通往上海的轮船上他开始学习中文，抵岸之后不久即可用文言来作文。1862年他被派往北京，去拓展美国传教差会在华北地区的传教事业。他发现占中国人口三分之二的官话地区，却没有完整的白话《圣经》通行。因而，他积极展开了相关的翻译活动，不仅自己"继续中国官话和书写文字的研读"③，还与英国传教士包约翰（John S. Bueden）合作，费时三年于1873年用白话译出了《公祷书》。1877年，在就任美国传教差会中国教区主教后，他结合个人的传教经验，力图"将中国官话为主要沟通语言的地区，作为圣公会在华重点发展的区域，并以北京为官话教域的枢纽"。④ 正是因为对这种语言的注重，他翻译的《旧约》及诗

---

① [英]贾立言：《汉文圣经译本小史》，冯雪冰译，上海广学会1934年版，第69页。
② 朱维之主编：《希伯来文化》，浙江人民出版社1988年版，第176页。
③ 施约瑟写给韦廉臣的报告。转引自林美玫《施约瑟主教与圣公会在华传教策略的调适——十九世纪中叶美国基督新教与中国文化的再接触与对话》，台湾《东华人文学报》2002年第4期。
④ 施约瑟写给韦廉臣的报告。转引自林美玫《施约瑟主教与圣公会在华传教策略的调适——十九世纪中叶美国基督新教与中国文化的再接触与对话》，台湾《东华人文学报》2002年第4期。

歌内容，呈现出了简洁、清晰的特征。当然，也正如施约瑟所强调，该本"译以官话"，"读者勿以浅显而藐视之"①，这种白话翻译产生的意义也不容忽视。有研究者将该本与1919年出版的官话和合本圣经对比，发现后者大量参考了施约瑟的白话《旧约》，而且施约瑟的译文"在概念和内在方面远远比'和合本'更忠实于原文，常将圣经经文的微妙之处翻译出来"。②显然，施约瑟译本为后来具有新文学性质的官话和合本翻译，打下了坚实基础。在现代白话诗歌及白话译诗明确出现之前，施约瑟的白话译本也可谓已然作出了相似尝试。

丁韪良对施约瑟的白话能力，有很高评价："当日说国语而能将成语应用自如的，没有别的人可以及得上他。"③但是，出自其手的白话译文显然仍不够成熟。"忠实"的追求也带来了过度的"欧化"句式，使不少地方读来有些拗口。如1：21 "Ye mountains of Gilboa, Let there be no dew nor rain upon you, neither fields of offerings"一句，就译为了"吉博山，愿你不蒙雨露降在你上，愿你无地生长五谷可献为礼"。1899年大英圣经公会出版的白话《旧约全书》，则变为了"愿吉博山，不蒙露零雨降"，为了能与"生长五谷"的性质对应起来，"地"也改为了"田"。再如1：22句"向被杀之人的血却不退"、"向勇士的油不空回"，后者也变为了"约拿单的弓不会退，必流敌人的血，扫罗的刀不空回，必剖勇士的油"。如此译文，确实顺畅清晰得多，也更好突出了诗作的对称美感。此外，1899年《旧约全书》还将"恐怕"、"惟恐"都变为"恐"，"甚奇异"变为"非常"，这些地方也表现出对白话的更好把握。④

施约瑟的《弓歌》译文，仍然包含了半文半白的词语，如"美士"、"仆倒"、"恸伤"等。在其他诗歌内容的译文中，"素昔"、"烦渴"、"烈

---

① 转引自任东升《圣经汉译文化研究》，湖北教育出版社2007年版，第171页。
② [以色列] 雅日芙喇鸥（Lihi Yariv-Laor）：《中文圣经翻译的语言学层面》，见蔡锦图编译《圣经与近代中国》，（香港）汉语圣经协会有限公司2003年版，第104页。
③ 转引自赵维本《译经溯源——现代五大中文圣经翻译史》，（香港）福音证主协会1993年版，第25页。
④ 圣书公会印发：《旧约全书（官话）》，1899年版。封面有英文标识：British and Foreign Bible Society, 1899。国家图书馆藏。

忿"、"磐石"、"挥弦"、"品箫"等词语，显然也是具有文言色彩。这可能是早期白话译本一个较为普遍的现象，惠志道对丁韪良、施约瑟等人合译的白话新约的称赞，就间接说明了这点："该译本的文笔挺拔，简洁，清晰，兼而有之。更能不着土语，而将一般的议论变成雅洁，却并无炫学之态。"① 显然，该时期白话进入翻译，还难免不带上文言的"雅洁"。习惯的文言用语及修辞方式，不时进入了传教士使用的白话之中。不能不提一笔的是，施约瑟后来在身患瘫痪、口舌四肢都失去效用、仅余一根手指可用的情况下，借助打字机，依靠自己坚韧不拔的毅力，于1902年又译毕并出版了"浅文理"圣经。其意图正在于形成一部更为通用的圣经译本，"既是在中国全地都可以明白的（不像官话），也被那些没有受过高深教育的人所能理解（不像文言文）"。其中所用文体，施约瑟自己形容为"不太深奥亦不太浅白"，"它是现代的书写文体"。② 据1913年"大美国圣经会"的重印本，《弓歌》译文也表现出了文白夹杂的特征，如其前几句："（十九）以色列显者、陨于崇丘、可叹英雄死亡、（二十）勿告于迦特邑、勿传于亚赛基伦衢、恐非利士之女、闻而欢欣、恐未受割礼者之女、聆而喜乐。"③

　　1890年新教在华传教士大会于上海召开，与会者制订了翻译一部统一的白话圣经的计划。狄考文、富善等人，组成了翻译委员会。几经人事变更，费时漫漫，终至于1919年出版了《官话和合本新旧约全书》，即一般所称"官话和合本"。此次翻译所依据蓝本为1885年的英文修订本圣经，该本明确开始以诗体形式来排列圣经诗歌内容，它的前身为"詹姆斯王译本"（The King James Version）。詹姆斯王译本，本就"尽量保持了原著的民间文学风格，又对原著作了不少加工润饰，显得既古朴典雅，又文采飞扬"。④ 这种原有的艺术特征，显然也影响了传教士笔下的译文风格。周

---

① ［英］贾立言：《汉文圣经译本小史》，冯雪冰译，上海广学会1934年版，第68页。
② ［德］尤思德：《和合本与中文圣经翻译》，蔡锦图译，（香港）国际圣经出版协会2002年版，第174—175页。
③ ［美］施约瑟译：《旧新约圣经》，大美国圣经会1913年版。
④ 梁工：《圣经文学导读》，漓江出版社1990年版，第388页。

作人就认为,这一"白话的译本实在很好,在文学也有很大的价值"。在论说新诗及短篇小说受"外国文学的感化而发生"时,周作人还指出:"希伯来古文学里的那些优美的牧歌(Eidyllid = Idylls)及恋爱诗等,在中国本来很少见,当然可以希望他帮助中国的新兴文学,衍出一种新体。"①官话和合本的诗歌翻译,的确表现出了"很大的文学价值",包含了新的文学因素。较之于此前的白话译本,《弓歌》译文不仅更为流畅,而且呈现出了新鲜文采:

1:19 歌中说:以色列啊,你尊荣者在山上被杀。大英雄何竟死亡!

1:20 不要在迦特报告,不要在亚实基伦街上传扬;免得非利士的女子欢乐,免得未受割礼之人的女子矜夸。

1:21 基利波山哪,愿你那里没有雨露,愿你田地无土产可作供物!因为英雄的盾牌,在那里被污丢弃。扫罗的盾牌,彷佛未曾抹油。

1:22 约拿单的弓箭,非流敌人的血不退缩;扫罗的刀剑,非剖勇士的油不收回。

1:23 扫罗和约拿单,活时相悦相爱,死时也不分离。他们比鹰更快,比狮子还强。

1:24 以色列的女子啊,当为扫罗哭号!他曾使你们穿朱红色的美衣,使你们衣服有黄金的妆饰。

1:25 英雄何竟在阵上仆倒!约拿单何竟在山上被杀!

1:26 我兄约拿单哪,我为你悲伤!我甚喜悦你!你向我发的爱情奇妙非常,过于妇女的爱情。

1:27 英雄何竟仆倒!战具何竟灭没!

全诗语气沉痛,饱含深情,传达了原作的强烈感染力。诗篇第一句就

---

① 周作人:《圣书与中国文学》,小说月报丛刊第二十五种,上海商务印书馆1924年版,第14页。

直接表达呼天抢地的悲痛，将"以色列"作为诉说对象，蕴含了整个民族的沉郁情感。"何竟"与"死亡"搭配，极力凸显"尊荣者"、"大英雄"阵亡带来的痛苦之深。1：25、1：27两句连连出现四次"何竟"，可谓将情感推至无以复加的地步。相较于修订本圣经中重复的"How are the mighty fallen"，译诗在这里可谓辞气相副，将"how"的强烈和多重意味表现了出来。而且，"何竟"后面句式相同，相较于英文"how"之后的"And"，更能增加回旋之感以及情感强度。译文还使用"说"、"啊"、"哪"等语气词，进一步表现了白话色彩，使诗作情感更为自然。此外，多个诗句开头的重复用语，也推动了内在情感节奏的变动。如1：20的"不要……，不要……；免得……，免得……"，以及之后的"愿……，愿……"，"非……，非……"，就具有了多重渲染的效果。

在诗意传达方面，官话和合本译文显得十分准确。兹将英文修订本圣经的英文诗句列出：

1：19 The glory, O Israel, is slain upon thy high places!
How are the mighty fallen!
1：20 Tell it not in Gath,
Published it not in the streets of Ashkelon;
Lest the daughters of the Philistines rejoice,
Lest the daughters of the uncircumcised triumph.
1：21 Ye mountains of Gilboa,
Let there be no dew nor rain upon you, neither fields of offerings;
For there the shield of the mighty was vilely cast away,
The bow of Saul, not anointed with oil.
1：22 From the blood of the slain, from the fat of the mighty,
The bow of Jonathan turned not back,
And the sword of Saul returned not empty.
1：23 Saul and Jonathan were lovely and pleasant in their lives,
And in their death they were not divided;

They were swifter than eagles,

They were stronger than lions.

1:24 Ye daughter of Israel, weep over Saul,

Who clothed you in scarlet delicately,

Who put ornaments of gold upon your apparel.

1:25 How are the mighty fallen in the midst of the battle!

Jonathan is slain upon thy high places.

1:26 I am distressed for thee, my brother Jonathan than:

Very pleasant hast thou been unto me:

Thy love to me was wonderful,

Passing the love of women.

1:27 How are the mighty fallen,

And the weapons of war perished!①

  译文"以色列啊"、"基利波山哪"、"以色列的女子啊",对英文中的语气词"O"、"Ye",都有准确表现,传达出了原诗的哀恸之感。1:21 使用"因为"一词,突出了诅咒"基利波山"的原因,也准确对应了"For",较之 1874 年本直接译为"在那里",显然顺畅得多。将"Let there"译为"愿你",不仅明确指出诅咒对象,而且准确对应了"there"。再如 1:26 的译文,"你向我发的爱情奇妙非常",清晰地表明"Thy love to me"的施动者和接受者,而避免了 1874 年施约瑟译文"我爱你之爱甚奇异",以及 1899 年官话《旧约全书》译文"我爱你之爱非常"② 的含糊。

  1918 年,旧约部分的主要译者富善再次强调了他的翻译原则:"(1)语言必须是真正口语化的(和我们的'英王詹姆斯圣经'一样),容易被所有能够阅读的人所明白;(2)语言必须是普遍通用而不是地区性的白话;

---

① *The Holy Bible*, The revised version, The British and Foreign Bible Society, London, 1930, p. 341.

② 《旧约全书:官话》,British and Foreign Bible Society, 1899 年。中国国家图书馆胶片标明"出版地不详"。

（3）文体虽然要浅白易明，却必须高雅简洁；（4）译文必须紧紧接近原文；（5）例证必须尽可能翻译（translated）而不是意译（paraphrased）出来。"① 如此前的多种译本翻译一样，忠实仍然占据不可偏废的位置。但是，该译本对文学性的重视也是较为突出。《新约》的主译者狄考文，在《官话圣经的风格》（The Style of the Mandarin Bible）一文中，也曾明确表述："文笔风格应清楚简单"，"文笔风格应是真正的中文。外国人所撰写或监督的官话往往在用字和习惯上，多少有些洋化"。② 在《新约》接受翻译委员会审阅之前的1905年，狄考文的呼吁更是表现出了对文辞的注重："我将要向委员会准备强烈要求更好的官话。我们一定不能将语言牺牲在直译的祭坛上。我们已经在这方面做了太多。我们最好是多用一些时间在最后的润饰上，让我们的作品无愧于我们所投入的一切努力。"③ 为了达到这种效果，圣经全书在1919年出版之前，各个部分内容都经过了多次修订。作为译者之一的美国传教士鹿依士（S. Lewis），在强调修订的必要时表明："原初的和合译本为求译文的准确，常致牺牲了文字的流利。及后，经过最后的覆阅时，觉得但须求意义的准确，而不必拘泥于文字，于是译者们就设法使译文能以简洁，清晰，流利，以求合于读者文字的兴味。"美国传教士芳泰瑞（Courtenay Fenn）也有如此评说："在文笔的华美与娴雅上，新译本与旧译本相较，显见高出不少；在文体的明显与清晰上更算是作了极大的进步；而在译文的正确上有无比的优胜。"④ 当然，完美的文学作品翻译更多只是一种虚构神话，或者说一种心理趋向而已。官话和合本的翻译，后来者也仍然会从中发现一些新的问题。⑤

---

① 《教务杂志》（The Chinese Recorder）1918年版，第49卷，第552—554页。译文转引自［德］尤思德《和合本与中文圣经翻译》，蔡锦图译，（香港）国际圣经出版协会2002年版，第326页。

② 《教务杂志》（The Chinese Recorder）1918年版，第31卷，第331—336页。译文转引自［德］尤思德《和合本与中文圣经翻译》，蔡锦图译，（香港）国际圣经出版协会2002年版，第325页。

③ 转引自［德］尤思德《和合本与中文圣经翻译》，蔡锦图译，（香港）国际圣经协会2002年版，第273页。

④ 转引自［英］贾立言《汉文圣经译本小史》，冯雪冰译，上海广学会1934年版，第74、78页。

⑤ 在后来的修订意见中，就有人指出其中有用字错误、字汇和语法文体不恰当之处。见赵维本《译经溯源——现代五大中文圣经翻译史》，（香港）福音证主协会1993年版，第47页。

在以上意识主导下，华人助手对白话译本的文学性表现，也产生了重要影响。为了追求译文的文学品位，尽量克服白话译经的困难，翻译委员会充分注重了华人作用。参与翻译的每位传教士，都至少有一名中国助手。张洗心、邹立文、王元德等人，曾协助狄考文领导的《新约》翻译，刘大成等人协助了富善领导的《旧约》翻译。富善对这些华人助手的才智有如此描述："邹立文先生……具有美好的灵性，分辨的才智，并且对语言有良好的领会。……王元德先生，他是一个热心、敏锐、长于逻辑思维的年青人，曾经阅读过以白话撰写的所有好书。王先生在句子的结构中，可以迅速地看到任何毛病，并且坚持更正。"[①] 1918年刘大成辞世，传教士在讣告中对他进行评价，就认为中文修订译本的不少篇幅，因他而得到了许多令人满意的措辞，文笔和词句也得到了普遍改善。[②] 实际上，在富善1908年开始担任的第二任翻译委员会主席期间，中国学者拥有了与传教士相等的投票权，有时甚至可以投票反对传教士的译文。

以《弓歌》一例来探究整个白话圣经诗歌的翻译，难免会忽略其他问题。但是，整体的翻译观念和形态，以及翻译方式，于此还是可以得到较为集中的反映。《弓歌》的白话翻译，既是承续了早期圣经诗歌翻译的忠实与文学意识，显示了历史的前后关联，又在白话译诗尝试中获得了新的成功，凸显出了新颖的文采风格。清末白话报刊兴起，中国知识分子给予了白话更多重视，这也为白话翻译营造了外部氛围和接受空间。当传教士不可动摇的宗教意图，遭遇整个文化语境的变化影响时，他们的翻译观念和翻译策略也必然会发生改变。虽然并不能简单从文言还是白话、意译还是直译等角度来判定翻译成功与否，但《弓歌》等翻译在白话入诗方面的成功尝试和丰富表现，还是为新文学的兴起和发展带来了积极影响。

在整个近现代文学转型历程中，白话从不登大雅之堂到渐受注意，终

[①] 转引自［德］尤思德《和合本与中文圣经翻译》，蔡锦图译，（香港）国际圣经协会2002年版，第262页。

[②] 任东升：《圣经汉译文化研究》，湖北教育出版社2007年版，第222页。

至占据了主导地位，这种变化也表现在了圣经诗歌的翻译中。作为另一条演进线索，圣经诗歌的白话翻译表现，虽因其宗教性质而限制了在文学发展方面的影响，但它至少作出了超前的历史尝试。在五四新文化运动之前，它们已完成了六十余年的白话翻译实践。可以说，这些译本不仅丰富了近代中国翻译文学的表现，而且成为了有着丰富意蕴的一种中西文化交流现象。贾立言就认为，白话译本"助长了中国近代文艺的振兴"，"作了一个伟大运动的先驱，而这运动在我们今日已结了美好的果实"。而且，"或者今日的一些国语文学家在不知不觉中也受了一些圣经译本的影响"。① 由此可见，传教士的宗教意图和取向，并不能完全遮蔽其中的文学性质，尤其是诗歌部分的艺术魅力。只不过，也正是因为宗教意图的笼罩，这些"诗歌"篇章很长一段时间内并没有得到国人重视。

余 论

"在基督教里研究圣诗，正如在文学的园地里研究诗歌（Poem）一样：是一件极美丽极可爱的工作。并且圣诗有两层的美：诗词的美和诗调的美。"② 姜建邦在《圣诗史话》自序中表达了如此看法。正如他认为"诗调是音乐家的工作"，因而在书中"注重的是诗词"一样，前文对圣诗集及圣经诗歌翻译的论述，也是将重点置于了诗作的表现及关联问题。值得再次强调的是，西方圣诗的长乐律、中乐律、短乐律等"诗调的美"，对该时期的圣诗的确产生了重要影响。在1814年编译完成的第一本圣诗集《养心神诗》中，八言译诗形式就有一例出现。随后，在1821年米怜本《新增养心神诗》，1856年麦都思本《宗主诗篇》，以及1872年理约翰、艾约瑟本《颂主圣诗》等诗集中，八六相间、六六八六一节等形式都得到了表现。传教士译者对圣诗颂唱功能的注重，使得这些形式长时期地延续了下来。广学会1936年出版的《普天颂赞》，就仍有大量诗句保持了

---

① ［英］贾立言：《汉文圣经译本小史》，冯雪冰译，上海广学会1934年版，第96页。
② 姜建邦：《圣诗史话》"自序"，中华浸会书局1946年版。

这样的特征。从翻译文学的角度来看，这些地方也呈现了诗作的西方色彩。它们在一定程度上，挑战并越出了整齐、封闭的传统规范。由此可以说"诗调的美"，也成为了影响圣诗汉译的一种间接因素。

除此之外还需要表明的是，在圣诗集、圣经的各种方言译本中，罗马字本其实也占据了一定分量。面对一些方言中有音无字的现象，以及识字水平不高的下层民众，传教士采用罗马字母来表示读音，有时还加上符号来标出声调的高低。据游汝杰搜集所见，在吴语、闽语、赣语、客家语、粤语几大类方言圣经译本中，罗马字本就达 243 种，占 40% 比例。[1] 在"中华续行委办会"1922 年出版的中国基督教事业统计中，1890—1920 年罗马字本《旧约全书》销售 18055 册，《新约全书》售出 57693 册，单卷本《圣经》销售数多达 96872 册。这里的数字还不包括《圣经》之外的文学书籍，而"这些文学书籍过去曾经在宁波、福州、厦门等地大量出版过"。[2] 在不识字的人群中，罗马字本曾有一段时间颇受欢迎。来自英国内地会的传教士路惠理（W. D. Rudland），1904 年曾有记述："台州是个多文盲的地方。当地基督徒很欢迎罗马字本，其中许多人，甚至老太太，都已经学会用罗马字拼写，并且可以自由通信或跟我们通信。"[3] 但是，这种译本最终没有得到国人支持。从清末开始国语统一运动推行，至 1913 年"读音统一会"又议定了国音字母，因此民初时期"一般的倾向是不再考虑罗马拼音，政府当局是鼓励使用注音字母的，同时要求在全国国立学校中学习国语，这意味着如果不是要把中国沿海地区的各种方言消灭掉的话，至少也是希望建立一种标准的国语，这种国语将通行于全国各地，使全国人都能说能懂"。[4] 再加之与汉语书写体系存在巨大差别，这种译

---

[1] 游汝杰：《西洋传教士汉语方言学著作书目考述》，黑龙江教育出版社 2002 年版，第 17、122—202 页。

[2] 中华续行委办会调查特委会编：《中华归主：中国基督教事业统计（一九〇一——九二〇）》，中国社会科学出版社 1985 年版，第 21—22 页。

[3] 转引自游汝杰《西洋传教士汉语方言学著作书目考述》，黑龙江教育出版社 2002 年版，第 18 页。

[4] 中华续行委办会调查特委会编：《中华归主：中国基督教事业统计（一九〇一——九二〇）》，中国社会科学出版社 1985 年版，第 22 页。

本的影响大大受到限制，它在翻译文学方面的意义，几乎也就只是归于了一种历史存在。

在圣诗集、圣经诗歌的翻译中，最具有代表性的无疑是文言和白话两种译本。文言译本大多借用律诗、骚体等形式，具有了"以中化西"的意味。华人助手虽然发挥了润饰作用，但促成这种表现的主导因素仍是来自传教士。译者的外来身份与译作的中国化特征，似乎构成了一种错位关系，本质上却又符合了新教传教士的文化适应策略。在19世纪中后期传教士的在华地位得到了一些改变，他们对中国社会的各个方面作出了更多批评，但诗歌翻译仍然保持了主动的本土化做法。这也成为了译入语文化规范在强大的外力侵入之时，产生的一种颇有意味的逆向反作用表现。而且，正是因为依然存在的传统规范，传教士在翻译方面才作出了更多的思考和尝试。"译以华文，谐声叶韵，音致抑扬，一如中国作诗体裁"①，成为了一种普遍的翻译方式。在他们看来，这样才可以避免作品水准流于低俗，才可能获得中国文人士子的接受，甚至"一般的民众也应该学习文理的中文，以便读经、阅读福音小册子与唱诗"②。与此同时，他们又认识到了翻译的难度，以及其中必然会出现的一些变化。"华文的韵律与英文是大不相同。将我们所熟悉的英文诗歌翻译成华文时，要使用带有深厚属灵意义又华丽的词藻，并且要全然的融入华文诗歌的意境，是多么的不容易啊！"③ 可以说，正是在这些翻译观念与具体策略影响下，文言圣诗集、圣经诗歌才构成了一种十分独特的翻译文学内容。

从整个近现代文学的转型来看，白话译本占据了更为突出的位置。在白话译本中，译者仍然注意了诗作韵律。这虽然也是传统诗作习尚的影响，但更为重要的原因来自于原诗本身的颂唱曲调，以及传教士在宣教中

---

①　《麦都思行略》，《六合丛谈》1857年第1卷第4期。
②　转引自谢林芳兰《华夏颂扬：华文赞美诗之研究》，（香港）浸信会出版社2011年版，第42页。
③　[美] 费启鸿（Fitch）：Hymns and Hymn-Books for the Chinese, *The Chinese Recoder*, October 1895, p.470。

的实际需要。1860 年湛约翰本《宗主诗章》明确标出琴谱，1877 年倪维思、狄考文本《赞神圣诗》每首诗下注明"中部"、"短部"、"快乐部"、"七部"等字样，以及 1922 年《协和颂主圣诗琴谱》每页多半篇幅为琴谱，它们在形式上明确强调了圣诗的颂唱功用。多种译本的序言，也表示了"被之弦歌"、"酌剂字之轻重，使与唱者声之高下迟速相宜"、"圣诗原为谱之乐章，以便歌咏"之类的意识。[①] 对于这种颂唱特征的强调，其用意当然不在诗作艺术本身，但译诗的表现却由此变得更为灵活。这使得译诗不仅对传统的声律限制有所突破，而且因为要满足唱诵的"疾速长短"、"清浊高下"，形式上也突破了一贯的整齐，而出现了长短伸缩的句式。颂唱意图对传统诗作规范的松动和越出，也为译诗带来了多音节、散文化等新的特征。

传教士的白话翻译，与他们入华之后对白话的接触和认识，自然是有着不可分割的关系。早在 1810 年，广东南海人高静亭就撰成《正音撮要》一书，是为"目前所能见到的最早的清代'正音运动'的课本"。[②] 高氏在序言中，从语言交流的角度对白话作了强调："正音者，俗所谓官话也。人无言，不足以发心之情，音不正，不足以达言之旨。"其中《论官话能通行》一节，描述"江南、浙江、河南、两湖地方"方言各异，但"行户买卖人都会说官话"，出入京城的街人更能"满嘴官话"。既然白话如此普及和重要，对于闽广两省"有作为的人，断然少不得的了"[③]。有学者指出，《正音撮要》目前能查考的晚清版本就有九种，它们"不仅在广东有广泛的影响，而且对来华传教士学习汉语也起到了相当重要的作用"。[④] 1846 年，英国传教士罗伯聃还将该书改译为英文，并附上了中文对照，以便西方来华人士学习。[⑤] 此外，19 世纪下半叶传教士对中国文言

[①] 分别引自 1872 年理约翰、艾约瑟译《颂主圣诗》"序"，1877 年倪维思、狄考文译《赞神圣诗》"序"，1891 年理一视选译《圣教诗歌》"例言"。
[②] 王为民：《〈正音撮要〉作者里籍与版本考论》，《古籍整理研究学刊》2006 年第 6 期。
[③] 静亭高氏：《正音集句序》，《正音撮要》，学华斋藏板 1834 年版，第 1、6 页。
[④] 王为民《〈正音撮要〉作者里籍与版本考论》，指出现在能查考的版本有 10 种，最后一种封面题有"民国九年校印"字样。
[⑤] 大清静亭高氏纂辑，大英罗伯聃译述：《正音撮要》，宁波华花圣经书房藏板 1846 年版。

的批评，对浅白语言的注重，也促进了他们的白话翻译。1881年，狄考文批评中国教育之弊，即指出中国文、话相隔，实非学问便利之门。① 1895年，傅兰雅刊出广告征求时新小说，也明确要求语言做到"虽妇人幼子，皆能得而明之"。② 他们的意图指向，虽不同于清末民初白话报刊的民智启蒙，但在思维方式、表现形式上却多有类似。传教士的其他白话著述及翻译，以及对白话的认识论说，显然也具有了为白话译诗塑造外部环境、培养接受群体，以及提供参照的作用。传教士的白话译诗，也总是受到传教意图和中国诗作规范的束缚，在这一时期它也难以产生更大的影响。在多种译本的前言、后记中，传教士总是会表明翻译出自传布教义、同声颂主之需，信众大多教育程度较低，翻译措辞必求和宜，以便各个知晓，"非欲以矜尚学问也"。③ 这几乎成为了白话译本出现的普遍理由，而且其中言词不时隐含了雅俗相别的观念。中国助手作为另一种存在因素，他们本身也受到了传统文化习尚的影响，这在一定程度上也不利于白话译本的展开。这些因素决定了白话译诗不可能更为快速、更为彻底地挣脱传统诗作规范，所以它们大多仍然保持了较为整齐的形式，以及大致相合的尾韵。随着梁启超、马君武、胡适、郭沫若等人的译诗活动展开，以及基督教本色化进程的加快，传教士的这类翻译也只能是越发失去了影响。

当然，大量白话译本的出现及其流传，本身就包含了积极的意义。它们至少表明，在五四新诗兴起之前，传教士译诗在词语音节、欧化句式、叙述语气等方面，已经作出了积极的尝试。只不过因为束缚之重，这些尝试没能进一步深入下去而已。值得再次强调的是，从马礼逊1814年本《养心神诗》开始，到杨格非、高葆真等人1894年合集的《颂主圣诗》④，再至1922年的《协和颂主圣诗琴谱》等，都明确采用了分句、分列的

---

① ［美］狄考文：《振兴学校论》，《万国公报》1881年8月27日第653卷。
② ［英］傅兰雅：《求著时新小说启》，《万国公报》第77册，1895年6月。启事曾在1895年5月25日《申报》上刊出，前后共5次。1895年6月又刊在《万国公报》和《教务杂志》（*The Chinese Recorder*），7月刊在《中西教会报》，另有英文广告。
③ 美国教士倪维思、狄考文撰：《赞神圣诗序》，《赞神圣诗》，上海美华书院藏板1877年版。
④ 汉口圣教书局印发：《颂主圣诗》，汉镇英汉书馆铅板1894年版。

"诗歌"排列形式。它们一般两句一列,有少数还变为了单句一列。单句一列,正为后来白话新诗在初期采用的形式。再加之诗句长短变化,以及语言的散文化倾向,中国传统诗作原本牢不可破的规范特征,在翻译中也逐渐遭遇了一些拆解。

第四章 "宗教"与"文学"的交集与分离

晚清民初新教传教士的西诗译介，整体上表现为两个方面：一为对西方诗人诗作的评介，一为对包含圣诗、圣经诗歌在内的西方诗歌的翻译。评介多出现于传教士的中文期刊与著述，其中不仅有客观的文学知识传递，也有着相应的艺术评价和中西文艺比较。在中文撰述、圣诗集序言中出现的评价性文字，对译者意图、翻译策略、翻译方式等有着较为直接的表述，甚至包含了对文学翻译本身的感受和思考。大量的诗作翻译，尝试着采取多种方式，表现出了不同的形式和风格倾向。在期刊、诗集、圣经中出现的翻译文本，无疑是多种因素共同作用的结果，背后显然关联了复杂的问题。

自马礼逊入华，多位新教传教士陆续参与了西诗译介活动。这在晚清历史中形成了特别的翻译文学轨迹，而且使这一历程自身也变得更为丰富和有趣。正如传教士的其他西学译介一样，西诗汉译也总是包含了知识层面的意义，又融入了传教布道的宗教意图。即或部分传教士积极介入社会世俗事务，其传教意图也总是或隐或显地存在其中。不过，这也形成了更为多样的入华传教士形象，其中既有郭实腊之类的侵略助推者，也有李提摩太式的改革促进者，以及艾约瑟、丁韪良之类的知识引介者。这些不同表现往往又会交融一起，出现在某一传教士的具体行为之中。因而，对传教士的认识若采取单一视角，往往也不足以深入认识问题。传教意图与文学知识的同时存在，既形成了传教士西诗译介的总体形态，又促成并约束了各种具体行为的展开。这似乎构成一种矛盾，但又反映了传教士在中西文化交流中的真实状态。

特殊的时期，特殊的译者，甚至是特殊的翻译内容，使得这一问题总是处于"宗教"与"文学"、"近代"与"现代"的纠葛之中。这既是传教士西诗译介所处的历史位置，也是其形态得以展开的场地，其意义得以生发和存在的结构空间。只不过，从整个近代文学转型发展来看，传教士西诗译介与"文学"、"现代"关联的一面，更容易获得后来者重视，也更容易显得意味深长。当然，如同上文已有的多次强调，传教士的西诗译介并非只有单一的含义。相反，正是包含其中的复杂纠葛、关联，使得翻译文学问题得到了进一步凸显。

第一节 "宗教"中的"文学"译介问题

> 翻译诗歌的人应该是一位经常被圣灵充满的诗人，因为只有诗人才能翻译其他诗人的作品。翻译诗歌的人不仅是个圣人，也是一位天才，因为要翻译如同跨越海峡那么广大的两种截然不同的语言，并且两者又是极为神圣、宝贵，与柔美的珠宝，翻译诗歌的人一定要衷心喜爱这两种语言。要仔细的研究中国的诗歌文学，并且了解其优点与有限之处……要深刻的了解，并且真心喜爱华语的发音和语法。也要有抒情的内涵，因此每次听到诗歌时，内心会受到感动，耳朵也能领受诗歌美妙的韵律。[1]

英国传教士康德霖（G. T. Candlin）评介理一视1891年的新版《圣教诗歌》，对译者的素质发表了如此看法。译者既要有深沉的宗教情怀，又要有相当的语言知识，而且对诗作还得有良好的艺术领悟，这成为了传教士的西诗汉译追求的一种理想。而且，为了更好地汉译西方圣诗，译者还需要"衷心"去掌握中国文化及其诗作规范。如此，宗教与文学似乎才可

---

[1] G. T. Candlin, Chinese Hymnody- (Rev. J. Lees) (圣教诗歌), *The Chinese Recorder*, April 1893, p.167. 译文引自谢林芳兰《华夏颂扬：华文赞美诗之研究》，（香港）浸信会出版社2011年版，第40页。

以完美结合在翻译之中，从而实现最终的翻译意图。当然，此处的看法还只是集中于译者角度，诗作规范、文化语境等问题还不及更多展开。事实上，整个传教士西诗汉译都强调了这些因素，并表现出了将它们紧密结合的意图和努力。

一　传教意图的影响

传教士的西诗译介，与他们入华的传教意图，以及西方各个传教差会的赞助目的，有着最为直接的关系。康德霖在称赞理一视时，即指出他"最大与最崇高的心愿，就是不辞辛苦地向中国的信徒介绍基督教的诗歌"。① 在 1872 年编译出版《颂主圣诗》之后，理一视不断增添内容，于 1891 年又增订成了《圣教诗歌》。可能是因为该本分量太沉，为当时收诗最多的圣诗集，在乡村不太好传播，理一视又从中挑选一百首印成了小本。至 1898 年，他又再一次修订《圣教诗歌》，将诗篇增至 440 首。从这一个案也可看出，本质上与宗教意图关联的译者热情，十分自然地进入了圣诗翻译活动之中。诸如《圣教诗歌》之类的汉译圣诗集，其诗作内容当然也会显现出对应的宗教属性。与此同时，在期刊、著述中出现的传教士译诗，内容上也大多具有了这样的取向。如前文所述，《遐迩贯珍》刊出的弥尔顿诗作，艾约瑟翻译的《孤岛望乡诗》等，即是如此。而且，这与弥尔顿、威廉·柯珀等诗人自身创作不少圣诗的事实，也是大有关联。择取并翻译符合教义的诗人诗作来宣扬基督教义，这本来就是入华传教士必然会采取的方式。马礼逊入华，在布道中安排听众颂唱汉译圣诗，如"圣诗《诗篇》第 149 篇所载的应当赞美耶和华上帝"②，即早已包含了此种意图。"新教在华早期活动的方式，在许多方面是行将发生的情形的缩影和预习。"③ 汉译并

---

①　G. T. Candlin, Chinese Hymnody-（Rev. J. Lees）（圣教诗歌），*The Chinese Recorder*，April 1893, p. 171. 转引自谢林芳兰《华夏颂扬：华文赞美诗之研究》，（香港）浸信会出版社 2011 年版，第 84 页。

②　[英] 马礼逊夫人编：《马礼逊回忆录》，顾长声译，广西师范大学出版社 2004 年版，第 107 页。

③　[美] 费正清编：《剑桥中国晚清史（1800—1911 年）》（上卷），中国社会科学出版社 1985 年版，第 590 页。

颂唱圣诗，在此后的教义宣扬中普遍存在，其核心意图当然是在宗教方面。

各个传教差会为了维护传教这一核心意图，对在华传教士的文字活动一直加以指导和监督。这种带有强制性的规范力量，以"意识形态"和"赞助者"的角色，在整体上发挥了至关重要的作用。如美部会传教士裨治文在广州创办的英文刊物《中国丛报》，就曾受到了相应的监管。该刊多载有关中国时局、社会、文化方面的文章，对鸦片贸易也多有批评指责。尽管"文章绝大多数为传教士所撰写，但是这份杂志还是因其学术价值和信息性——虽然其内容不免偏颇——而赢得了很高的声誉，从而成为关于东亚的各个领域的知识来源"①。但是，从1837年年底开始美部会就向传教士施加压力，要求他们不得参加非宗教性质的活动，并停止《中国丛报》的刊行。美部会强调："宣讲福音是最重要且花费最少的手段，因此必须全力以赴；必要的话，除发展新基督徒和能给基督教带来恒久影响的活动外，哪怕牺牲其他所有与此没有直接关系的活动也在所不惜。"②这种力量在后来《六合丛谈》的停刊中，也产生了重要影响。当时英国传教士慕维廉试图将该刊的编辑方针，拉回到直接传教布道的轨道。但他并没有获得预期效果，因而"停刊也就成了不得已的选择"③。19世纪下半叶，部分传教士进行的西学知识传播，仍然伴随着其他传教士的质疑或反对。针对狄考文在山东开办的学校，长老会中就有不同意见，"一些非常较真和自以为很聪明的人坚持认为对于一个被授予圣职的牧师来说，将精力投入到教育上是与派遣他出来的目的相违背的"④。当然，这些事例并不意味着传教士的西学译介完全受到了限制，而是表明由此形成的宣教意识，必然会进入译介之中并产生重要影响。

---

① [美]雷孜智：《千禧年的感召：美国第一位来华新教传教士裨治文传》，尹文涓译，广西师范大学出版社2008年版，第79页。

② 同上书，第168—169页。

③ 沈国威对此有相关分析，见《解题——作为近代东西（欧、中、日）文化交流史研究史料的〈六合丛谈〉》，上海辞书出版社2006年版，第32—35页。

④ [美]丹尼尔·费舍（Daniel W. Fisher）：《狄考文传：一位在中国山东生活了四十五年的传教士》，关志远等译，广西师范大学出版社2009年版，第80页。

二 译诗的文学表现

问题不止于此，更为值得思考的地方在于：在这些译者的相关叙述中，诗歌具有的文学性质究竟是怎样被纳入教义宣扬之中的？这也即是说，在必然存在的宗教意图中，译诗的艺术性得到了怎样的表现？在1891年理一视本《圣教诗歌》序言中，译者有如此言说："自圣教之兴也，泰西信士每以其爱主之诚，托诸吟咏，历代所积，充栋汗牛，将来化行普世，咸被救恩，自必四海同声，共歌帝德。当是时也，中华亦必发其讴歌，同声颂主。"因西方颂主之热忱，中国亦应同声，其逻辑并不能在"当是时也"的说法中得到证明，而是来自于开篇所言的基督降生之时，"天神来格，同唱圣歌，曰：上有荣光归于上帝，下有平安人尽蒙恩"。① "天神"赋予全体的同一性，被传教士理所当然地用在了中国人身上。其实，这与伟烈亚力《六合丛谈》"小引"的逻辑，并没有什么不同。伟烈亚力指出，"凡地球中生成之庶汇，由于上帝所造，而考察之名理，亦由于上帝所畀"，故当"敬事上帝"、"普天之下，咸当敬畏，率土之滨，并宜尊崇"。② 两种言说背后共同的支撑力量，都为上帝创世、主宰万物之说。只不过，伟烈亚力、艾约瑟等人将此导向了西学知识译介，再加之晚清社会的西学需求与之形成呼应，因而促成了一些知识性的西诗译介，如"西学说"、"西学略述"等；而理一视等人将此直接引向了圣诗翻译，将对象严格限定在了宗教范围之内，专以圣诗集、圣经译本的形式呈现了大量诗篇。

在此种话语逻辑中，《圣教诗歌序》接下来所作的对比显得极为自然。中国"时尚未至，颂主所需，尚属缺如"，即或有所出现，也仅为"早春梅花，一点初绽"。相反，"展颂泰西乐章，见其珠玉杂陈，锦绣罗列，如入宝山贝府，光怪陆离，目不暇给"。这种差距进而成了圣诗翻译的理由："因思圣会原属一家，无分畛域，虽西国之珍，何妨作东方之用？此圣教诗歌之所由译也。"③ 在1872年理一视、艾约瑟本《颂主圣诗》序中，也

---

① 英国理一视、天津张逢源同识：《颂主诗歌序》，《颂主诗歌》，天津福音堂印1891年版。
② [英]伟烈亚力：《六合丛谈小引》，《六合丛谈》第1号，咸丰丁巳年正月朔日。
③ 英国理一视、天津张逢源同识：《颂主诗歌序》，《颂主诗歌》，天津福音堂印1891年版。

早已存在相似之说:"泰西诸国崇拜上帝,素尚诗歌,旨深律细,而尤以性情为宗","西士宣教来东,不忍终秘,因译华文,公诸同好"。① 可见,在这种有无对比、中西同好的思维中,圣诗的文学属性也会随着教义宣扬而有所呈现。由此,诗作本身所具有的一些特征和魅力,也一同受到了译者注意。《圣教诗歌序》的如下说法,虽然没有直接言说圣诗的艺术性,但也不无间接的表露之意:"夫译诗之道,固当本乎原文,尤当追其神味。盖文生于情,未有情不真而词能工者。若译者失其髓液,徒存皮毛,犹之木偶刍灵,毫无生气,焉能感发人心,使其爱主之念油然而生哉?是以译诗者,固不可摹其神而遗其貌,尤不可泥其貌而失其神。必也形神两尽,斯为得之。"② 既然要形神俱尽,且需译出"髓液"、"生气",还须做到情真词工,那就很难说其中艺术性的一面没有得到注意。用"珠玉杂陈,锦绣罗列"一系列美辞来形容西方圣诗,其实也不无这种意味。在其他译本中,相似言说也不难得见。如 1872 年本《颂主圣诗》,在强调"文生于情,情真则辞工"之后解说译与作的差别,即称"原诗佳句,如天造地设,稍更一字便失元神"。③ 1891 年本《圣教诗歌》"例言",对此说法还作了原样照搬。可以肯定,宗教属性虽然限制了译诗范围,但在选择范围之内却并不否定,也没有忽视艺术性的一面。它们最终的落脚点虽然总在感发人心、同声颂主,但其中直接或间接的艺术性追求成为了一种普遍现象。

这一点在传教士的其他译介中,有着更为明显的表现。从《东西洋考每月统记传》到《万国公报》,再至李提摩太单行本《天伦诗》,或是强调对象为"显明诗人",或是赞之"欧罗巴诗书,万世之法程",或是叙述其人"嗜诗赋,喜吟咏",或意图证明"泰西亦有诗学,不乏名流",其实都包含了对艺术性一面的重视。这些译介甚至多有夸赞,将西诗作为了一种应对中国文人优越感的力量。如前文所述,其中包含了或隐或显的宗教意图,却也存在较为客观的文学知识性质。因而,威廉·柯珀历经痛

---

① 英国理约翰、艾约瑟同译:《颂主圣诗》,板存京都福音堂,同治十一年刊(1872)。
② 英国理一视、天津张逄源同识:《颂主诗歌序》,《颂主诗歌》,天津福音堂印 1891 年版。
③ 英国理约翰、艾约瑟同译:《颂主圣诗》,板存京都福音堂,同治十一年刊(1872),"序"一。

苦,"由是感而信主",却也佳作连连,诗友"无不叹其诗学之纯妙也"①;蒲伯的《天伦诗》既有"一片救世婆心",译之为了"因文见道,同心救世",却也是"词旨深远"、"脍炙人口",为"不乏名流"之明证。② 在这些译介中,艾约瑟对宗教典籍《旧约》的介绍,也可谓明确一例。在《西学略述》中,他的专文《欧洲诗文创始旧约》,将重心置于了《旧约》的文学表现与影响。文章叙述犹太国王大卫"才识英卓,兼善讽咏",所作诗歌可谓"别一诗派"。又言《约伯记》"首尾呼应,俨若一气呵成者",称其他"义多比兴,皆作夫妇相慕悦之辞,则如雅歌",诸先知书中的歌谣"以预言后世之祸福吉凶,几同目睹"。林林总总,以致"欧洲之诸著名诗文家,率多依傍旧约为蓝本也"。③ 再加之"伊底罗诗"、"哀诗原"、"闺秀诗原"等一同出现,《欧洲诗文创始旧约》偏向文学知识、文学历史的呈现,这一点也就是越发明显了。在中西文学交流中,这种译介无疑具有更为积极的意义,甚而造成了一种越出宗教的客观表现。对此,不必去否认译者的传教士身份属性,以及他同时进行的宗教内容撰著。这种文学知识译介表现,更耐人寻味的意义也并不在此,而在于身处普遍的宗教意识却呈现出了西方文学内容。

三 有关诗歌翻译的理解

在传教士的西诗译介中,对翻译本身的认识也有较为丰富的表现。可以说,在清末民初知识分子的类似意识出现之前,传教士在这方面已经作出了较多尝试和思考,形成了较为成熟的诗歌翻译观念。在1872年《颂主圣诗》序中,"译与作异"及翻译之难就得到了明确论析。翻译西诗"敷衍成篇,已属棘手","揣声摹影,尽像穷神,虽不能与原作并驾齐驱,亦必求其神似而后已",更是难以做到。如前文所述,"竹楼氏张"

---

① [英]艾约瑟:《大英诗人威廉觳伯尔传略》,《万国公报》1880年第571期。
② [英]李提摩太:《天伦诗序》,见璞拍撰、[英]李提摩太译,中国任廷旭笔述,《天伦诗》,上海广学会藏板、上海美华书馆刊印1898年版。
③ [英]艾约瑟:《欧洲诗文创始旧约》,见《西学略述》卷四,上海盈记书庄藏板1898年版。

序更是细细道出了翻译的"三难"。"具此三难而能惟妙惟肖,不即不离,譬之琴瑟,其声虽异,而悦耳则同焉"①,在译者看来"岂是编所敢望哉"的这种状态,无疑也是他们心目中的一种翻译理想。1891年本《圣教诗歌》序又有如此认识,译者既要"本乎原文",又要"追其神味",且"不可摹其神而遗其貌,尤不可泥其貌而失其神",最佳境界当为"形神两尽"。这种观念虽与教义传达的严肃性有关,却也具有独立的性质,因为它同样表现了对翻译理想的认识。

从1837年《东西洋考每月统记传》的"可恨翻译不得之",到1872年理一视的"不忍终秘,因译华文",再及1891年《圣教诗歌》的"西国之珍,何妨作东方之用",其中虽然一直有着"发其讴歌,同声颂主"的意图,却也包含了较为丰富的翻译观念。早年的马礼逊,就已指出译者职责有二:要准确理解原书的意义和精神;必须采取"诚信、明达和典雅的译文"。②在随后的圣经汉译中,多位传教士围绕忠实与改写问题作了讨论。他们或注重译笔的忠实,求得"准确的精义"③,"在一部神所默示的话语的译本中,一点也不会改动、增加、删除"④,或注重以读者为准,适应"文人学者的良好品味",当"照字面翻译"容易传达"错误意思的地方",就"宁愿坚持意义(sense)多过文字(letter)"。⑤这些认识和做法,也影响到了诗歌的翻译。相较而言,因诗歌更具文学性,而且包含了圣经之外的内容,传教士译者更多采用了意译的方式。只不过,就如同圣经翻译没有出现单一的直译、意译一样,圣经诗歌的翻译大多也是两者的混合。

将中国人不知晓西方诗作的原因归于"翻译不得之",用"详译于

---

① 英国理约翰、艾约瑟同译:《颂主圣诗》,板存京都福音堂,同治十一年刊(1872),"序"二。
② 1819年11月25日,马礼逊寄给伦敦传教会的报告。[英]马礼逊夫人编:《马礼逊回忆录》,顾长声译,广西师范大学出版社2004年版,第154页。
③ 贾立言对裨治文、克陛存1862年译本风格的评说,见《汉文圣经译本小史》,冯雪冰译,上海广学会1934年版,第40—41页。
④ 1851年4月3日,裨治文致美国圣经会的信。转引自[德]尤思德《和合本与中文圣经翻译》,蔡锦图译,(香港)国际圣经出版协会2002年版,第91页。
⑤ 麦都思的圣经翻译观念。见[德]尤思德《和合本与中文圣经翻译》,蔡锦图译,(香港)国际圣经出版协会2002年版,第85—86页。

左"引出弥尔顿《自咏目盲》，以"备志于左"录出威廉·柯珀《孤岛望乡诗》，几处文字对翻译都无相关解说。但语气似乎都表明是保持了客观，暗中不无自认的"忠实"意味。但也正如前文所析，其形式、内容多处都存在改写的现象，而且还融入了中国传统文化的意蕴。李提摩太译《天伦诗》，虽也明确强调要将原意传出，"不爽分毫"，最终却也是不免一番"改头换面"，甚而在结尾还意犹未尽地添了一段自家诗句。在诗歌翻译中做到"忠实"，对于译者来说的确是一件困难之事。如同上文所引的康德霖言说，中西语言有着"跨越海峡那么广大"的"截然不同"，译者也很难具备完成翻译所需的每一项质素。因而，在1872年本《颂主圣诗》中，译者强调"是编谨依原作，未敢蛇足"，却也认为"仍不免优孟衣冠"。"竹楼氏张"，更是指出中西诗句"语异、声异、典故异、字数之多寡异"，翻译切不可"如东施之心慕西施，不知己貌不同而强欲效颦"。①1891年本《圣教诗歌》"例言"，也有类似言说。所译虽"悉本原文"，但"泰西文化迥异"，汉译之时"必当理其次序，顺其语气，务使神理毕呈，未敢刻舟求剑"，其中"有用中华典故成语者"，也是"适近原文，未敢勉强牵合"，却也担心"似乎优孟衣冠，难免贻笑大雅"。②

艾约瑟在1886年出版的《西学略述》中撰有《翻译》一文，他的论说范围虽然并不专在诗歌，却也是有关诗歌翻译的一种代表性叙述：

> 凡人著作，要皆即其本国之言语文字而用之，故能脉络周通，辞句警炼。然天下之义理无穷，而一国之载籍难备，势不得不借助于他国有益之书。又苦其方言既异，字画亦殊，故复须兼深通彼我文义之士，一一译出，以公众览。但彼我文义，其中龃龉难合之处实多，是以翻译所成之书，皆不免有左支右吾之句也。佛教流行东土，其经皆本梵文，而各即所至之地，译以方言，以便使人传诵。近如耶稣教之新旧二约，已译有方言，二百余种。凡翻译一道，首重明顺平易，而

---

① 英国理约翰、艾约瑟同译：《颂主圣诗》，板存京都福音堂，同治十一年刊（1872），"序"。
② "英教师理一视选译"：《颂主诗歌》"例言"，天津福音堂印1891年版。

不失原文之义。有言翻译，皆宜谨依原文字句，而不可使少有增减颠倒者。若然，则非止文理不通，亦且读难成句，至若翻译诗歌，其难尤倍。①

彼此文义有别，翻译之中难免语句变化，但"原文之义"不可失。逐字逐句翻译，只可造成"文理不通"，以此译诗更是难行。是为艾约瑟言说之意。这与"理其次序，顺其语气，务使神理毕呈"，以及李提摩太所言"有中西词句，不能牵合者，改头换面，务将本意曲曲传出"，其中观念如出一辙。当这种意译成为传教士译诗的普遍做法之时，不少晚清文人进入翻译亦得出了类似看法。1896年梁启超在《变法通议》中，即有如此言说："凡译书者，将使人深知其意，苟其意靡失，虽取其文而删增之，颠倒之，未为害也。"在其1903年《新中国未来记》的"总批"中，也出现有如此文字："顾吾以为译文家言者，宜勿徒求诸字句之间，惟以不失其精神为第一义。不然，则诘曲为病，无复成其为文矣。"1901年，林纾在《黑奴吁天录》的序言中，言及"书中歌曲六七首"的翻译，也表示是"存其旨而易其辞，本意并不亡失"。② 两相比较，这些说法与传教士的观念正有着不少相似。尽管很难说后者受了前者多大影响，但在翻译实践中得出相似感受，采取相同做法，无疑也表明传教士的翻译认识具有先导价值。身份不同，视角不同，但在翻译中传教士与中国译者都面对了相似问题，产生了十分相近的认识。

与期刊、圣诗集里的译诗文本表现一致，传教士的这些言说肯定了意译的可取和必然。当然，形成这种意译观念最为重要的原因，并不在于翻译之难、语句之异，而在于中西诗作规范以及接受者阅读取向的不同。这些翻译观念的意义，也不在于字句是否对等、内容是否忠实，而在于通过改写融合并呈现出了译者意图与语境因素，从而形成了一种特殊的中西文化交流现象。这种现象并不单独表现于诗歌翻译，在传教士的小说翻译中

---

① ［英］艾约瑟：《翻译》，见《西学略述》卷四，上海盈记书庄藏板1898年版。
② 罗新璋编：《翻译论集》，商务印书馆1984年版，第130、134、163页。

也普遍存在。如1853年宾威廉所译《天路历程》，艾约瑟的《宾先生传》即认为："因中西方言不同，或读者不能识其寓言佳妙，则全译反恐失其真"，译者虽"才高笔大"，"惟各国方言译改，未免失庐山面目耳。"① 再如杨格非翻译《红侏儒传》，跋文也有表示："译以中国文字，其间或芟其冗烦，或润以华藻，推陈出新，翻波助澜，是脱胎于原本，非按字谨译也。阅是编者，谓之译可，谓之著可，谓之半译半著，亦无不可。"②

四 对中西诗歌差异的认识

传教士论说翻译之难，以及为何采取意译方式，都将中西诗作之间的差异作为了依凭理由之一。他们的意图并不在于集中讨论艺术，但却因"翻译"的扭结而感受到了中西诗作的不同。出现于传教士期刊、著述中的译介文字，就已然暗含了这种认识。载于《东西洋考每月统记传》的文章《诗》，简略叙述了中西诗作各自的成就，虽没有比较其中不同，却也言明"欧罗巴民讲异话，其诗书异类"。③《经书》一文，称"欧罗巴之辑文，与汉之修文不同"，必须自行新创，方可避人取笑。此说的比较对象，正是"汉人以古者之诗书足意"。④《遐迩贯珍》批评华人"彼涉拘滞，安于旧典"，《六合丛谈》指出文人只知"从事于诗古文，矜才使气"⑤，言语之间似乎也暗示了西方诗作方式、内容取向的不同。艾约瑟在"西学说"、《西学略述》中，也明确叙述了西方诗歌的一些特征，它们的音节、韵律、形式、类别等都异于中国诗歌。再如艾约瑟评说宾威廉翻译的《天路历程》，也有如此感叹："如华人西服，虽极于妆饰，亦不雅观。又若中

---

① ［英］艾约瑟：《宾先生传》，《教会新报》1873年第256期。（台北）京华书局1968年影印本，第2736页。该文从《教会新报》1871年第152期开始多期连载，于1873年第261期结束，共刊32次。

② 大英杨格非译，金陵沈子星书，《红侏儒传》，汉口圣教书局印发1882年版，第11页。该小说为英国循道会牧师马皆璧（Mark Guy Pearse）所作，1880年于伦敦出版。杨格非译文曾于《万国公报》1882年第716期、1882年第717期连载，但刊出之时"非按字谨译"一句排掉了"非"字。

③ 《诗》，《东西洋考每月统记传》，道光丁酉年正月。

④ 《经书》，《东西洋考每月统记传》，道光丁酉年二月。

⑤ 见《新年叩贺》（《遐迩贯珍》1855年第3号）、韦廉臣《格物穷理论》（《六合丛谈》1857年第4号）。

国名人诗赋,亦尝译以西国方言,读之失其本来意味。于以见方言译改,彼此一辙也。"①

在多种圣诗集译本序言中,中西诗歌的差异得到了更为明确的认识。1872 年本《颂主圣诗》之"序",论说译诗之难时即强调"泰西方言,迥异中土,更有难以笔墨形容者",中国诗作规范又"字以拘之,韵以限之,轻重高下以缚束之",故而翻译之时是"执笔踌躇,动多掣肘",几番周折方才迟迟定本。② 1891 年本《圣教诗歌》,其"例言"也有认识:"中西文法又多枘凿,译时欲悉依原文,则语气难期圆熟",而且西方圣诗"字句之轻重,必合音节之抑扬,大抵实字多重,虚字多轻,要字多重,闲字多轻"。③ 西诗有别于中国诗作的特征,较为明确地包含在了如此叙述中。1907 年,白汉理、富善增订的第二版《颂主诗歌》出版,其序言也道:"其诗翻入汉字,原有两难:一难,须合乎西国作诗字音之轻重,否则不能按西调歌唱;一难,须合乎中国之音韵平仄,否则不文雅。内中所载之诗歌,未免不能两全",故而"其不拘乎中国作诗之平仄,乃因限于西国唱法之轻重也"。④ 1911 年传教士闵伟(Wm. Munn)在文章中,更是引出了一种普遍看法:"以文理的风格翻译诗歌,有时为了要配合原来诗歌的韵律,往往无法顾及华文诗歌的规则。"⑤ 这些被直接或间接认识到的差异,随着翻译行为展开以及译本传播,也有可能展现在中国读者面前,从而有利于他们获得更为明确的西诗印象。

在译诗文本的多种表现之外,传教士译者对译诗行为本身的认识,以及有关中西诗作差异的评说,同样成为了晚清中西文学交流的重要内容。只不过,同样需要注意的是,对西诗艺术特征的认识和叙述,还不足以使译诗脱离译入语文化规范束缚,而真正成为一首"西诗"。传教士的相关叙述,意图也并不在于凸显这些差异,而在于以此解释翻译中为何存在不

---

① [英]艾约瑟:《宾先生传》,《教会新报》1873 年第 256 期。
② 英国理约翰、艾约瑟同译:《颂主圣诗》,板存京都福音堂,同治十一年刊(1872),"序"。
③ "英教师理一视选译":《圣教新歌》,"例言",天津福音堂印 1891 年版。
④ 《颂主诗歌》,福音印刷合资会社铅板 1907 年版。(国家图书馆藏本)
⑤ Wm. Munn, Chinese Hymnology, *The Chinese Recoder* 42 (December 1911): 703. 转引自谢林芳兰《华夏颂扬:华文赞美诗之研究》,(香港)浸信会出版社 2011 年版,第 42 页。

合华人阅读习惯的表现。对中西诗作差异的认识，最终也仍是融入到了这样的逻辑之中："斯编所载上帝造生之德，基督救赎之恩，以及天人感应，生死机关，莫不备具。中华人士苟能手各一编，吟咏玩味，自能触目感怀，日趋于善"，"亦必发其讴歌，同声颂主"。① 翻译之中采用传统文言、或方言土白，保持律诗形式，或句式参差变化，在传教士译者看来诗作的宗旨丝毫没有改变，都是指向了"信主之徒祈恩颂德，即藉此以鸣其爱主之衷"。②

五 两种主要的翻译风格表现

如前文所述，也正是在教义宣扬意图的主导下，传教士译者又因接受对象不同，而形成了不同的翻译风格。对于中国语言的分层现象，利玛窦早就有所认识："在风格和结构上，他们的书面语言与日常谈话中所用的语言差别很大，没有一本书是用口语写成的。一个作家用接近口语的体裁写书，将被认为是把他自己和他的书置于普通老百姓的水平。"③ 新教传教士入华，为了获得文人阶层接受，他们在翻译中一直重视了文言运用，从而使得译诗在形式和语言上都表现出了"本土化"特征。裨治文早就指出："新颖而有趣的思想，纯洁而崇高的情感，以及超越一切之上的神所揭示的庄严真理，如果能够以本土化的方式来正确表现，也许它们就会更具有魅力和能力去唤醒灵魂，去激荡热情，去纠正人们的判断，最终在整个帝国形成精神和道德上的革新。"④ 对于中国诗作规范，他也认识到："典雅的作品，都是由那些只能在古老的经典中找到的传统用语所构成。在他们的各种文学中，这一点是千真万确的存在！甚至诗歌，这种以自由和创新为荣的作品，也被这些坚硬的规则束缚着。诗人，或者任何类型的

---

① 英国理一视、天津张逢源同识：《颂主诗歌》，《颂主诗歌序》，天津福音堂印 1891 年版。
② 英国理约翰、艾约瑟同译：《颂主圣诗》，板存京都福音堂，同治十一年刊（1872），"序"。
③ ［意］利玛窦、［法］金尼阁：《利玛窦中国札记》（上），中华书局 1983 年版，第 27 页。
④ 原文："But if new and interesting thoughts, pure and elevated sentiments, and above the sublime truths of divine revelation are righty exhibited in a native costume, then they may have a charm and a power which will rouse the mind, sway the passions, correct the judgment, and eventually work a mental and moral revolution throughout the empire". The Chinese Language, *The Chinese Repository*, May 1834, p. 7.

作家，如果他胆敢脱离那些延续而下的、古老而受到尊重的固定规则，那么他就会被看做一个异端，他就会被宣告为是一个不孝忤逆的家伙！"① 马礼逊本《神天圣书》、《养心神诗》都采用了文言，麦都思本《宗主诗篇》更是形成了代表性的典雅风格。大多数译诗，包括出现于期刊著述中的诗篇，在形式和韵律方面都有意迎合了这种"本土化"。

同样是在宣教意图影响下，近代白话译诗具有另一种重要表现。在圣经翻译中，"最早之时，为了风尚所趋，将圣经译成文言文，即所谓文理译本，但是不久觉得这不能适合真切的需要，普通的人民教育程度浅薄，不能了解那样深刻的文字，而必须有一册能为普通一般的人诵读的圣经"②。因而，多种浅文理、官话土白译本渐次得以出现。这种翻译意识的变化，对传教士的圣诗汉译自然容易产生直接的影响。当然，促成白话圣经、白话圣诗出现的根本原因，是各种方言区域传教之时的"真切的需要"。倪维思、狄考文1877年本《赞神圣诗》序言所示，教中民众"有谙于学问者，有不谙于学问者，种种不等"，故而不可"争妍逞奇，务为粉饰"，译诗语词须得"与众合宜，俾得各各知晓"③，这与两人在山东登州一带接触大量下层民众即有直接关系。再如理一视1891年本《圣教诗歌》，序中所言"圣教中人，未必尽通文义"，因而"纯以浅俗之文，取其易解"，其中关系也是如此。在惯有的雅俗观念面前，传教士对于这种浅俗白话也有一定辩解。"浅而忌乎泛，俗而避乎鄙"，自然可以"雅俗共赏，触目了然"④，而且"意取通俗，是亦里巷歌谣之类耳，虽俚庸何伤乎？"⑤ 不少传教士由此还将语词的浅白，视为了优秀诗作的一个标准。

---

① 原文：Excellence in composition therefore consists in arranging anew those orthodox phrases which are to be found only in their ancient classics. This is true of all kinds of their literature. Even poetry, which delights in freedom and glories in invention, is bound down by these iron rules. Wo to the poet, or the writer of any description, who should dare to deviate from the beaten track which is pointed out to him by the worthies of antiquity! Such an one would be looked on as a heretic, and would be denounced as an unfilial and rebellious subject! The Chinese Language, *The Chinese Repository*, May 1834, pp. 6–7.

② [英]贾立言：《汉文圣经译本小史》，冯雪冰译，上海广学会1934年版，第51页。

③ 美国教士倪维思、狄考文撰：《赞神圣诗序》，《赞神圣诗》，上海美华书院藏板1877年版。

④ 英国理一视、天津张逢源同识：《颂主诗歌序》，《颂主诗歌》，天津福音堂印1891年版。

⑤ 英国理约翰、艾约瑟同译：《颂主圣诗》，板存京都福音堂，同治十一年刊（1872），"序"。

如美国公理会传教士富善即表示，"一首美好的诗歌，歌词要平易近人，让人一看就能明白"①。美国长老会传教士费启鸿，也强调了圣诗歌词应该口语化这一点。②

宾威廉对白话风格的注重，在此可谓显明一例。他1847年入华之后即刻苦学习汉文，"竭心力读汉书，夜以继日"③，"多年耳濡目染地生活在华人当中，对老百姓的语言有着非凡的理解和把握"，"最终，他的汉语说得相当流利，并且为英格兰长老会的数个在华事工中心奠定了基础。"④ 在最初的翻译中，他极力主张使用文言，并以之译出了班扬所著的宗教寓言小说《天路历程》的第一部分。但在稍后，他即转向了肯定白话翻译。"既在中国人中间工作，就应作成中国人的样式，住在他们中间，想他们所想的，讲他们所讲的，为的是要得着他们。"⑤ 至1865年，他又将《天路历程》用白话译出，并在序中给以解说："是书初系文语译成，高明之士，自能寻文按义，一目瞭然。而庸众之流，仅能识字，未能解理，仍非予与人为善之心也。缘此重按原文，译为官话，使有志行天路者，无论士民，咸能通晓。"⑥ 此外，他以福州、厦门一带方言编译出多种圣诗集，如《神诗合选》（1853）、《榕腔神诗》（1861）、《潮腔神诗》（1861）、《厦腔神诗》（1862）等。⑦ 这类白话性译诗无疑是传教意图主导下的产物，但它们进一步促成了白话翻译观念，形成了白话化、自由化的风格倾向。

---

① Chauncey Goodrich, Chinese Hymnology, *The Chinese Recorder*, May-June 1877, pp. 223 – 224. 转引自谢林芳兰《华夏颂扬：华文赞美诗之研究》，（香港）浸信会出版社2011年版，第87页。

② G. F. Fitch, Hymns and Hymn-Books for the Chinese, *The Chinese Recorder*, October 1895, p. 470. 转引自谢林芳兰《华夏颂扬：华文赞美诗之研究》，（香港）浸信会出版社2011年版，第39页。

③ 宾威廉1848年香港日记，见艾约瑟《宾先生传（第二十五次）》，《教会新报》（卷五），第2469页。

④ ［美］赖德烈：《基督教在华传教史》，雷立柏等译，（香港）道风出版社2009年版，第228、258页。

⑤ 转引自盛宣恩《中国基督教圣诗史》，（香港）浸信会出版社2010年版，第11—12页。

⑥ 宾威廉译：《天路历程》，官话本，上海美华书馆1865年版。转引自宋莉华《传教士汉文小说研究》，附录三"西方来华传教史汉文小说书目简编"，第325页。

⑦ 詹石窗、林安梧主编：《闽南宗教》，福州人民出版社2007年版，第216页。

期刊中出现的白话译诗，也仍然是处于"宗教"与"文学"的交集之间，并且呈现出了期刊的整体风格取向。范约翰在《小孩月报志异序》中写道："此报前次刊印，文理少加润饰。兹奉诸友来信，嘱余删去润饰，倘能译成官话更佳，以便小孩诵读。余亦深然之。今后浅文叙事，辞达而已。"① 故而，其中所刊圣诗，语言几乎都为白话。《大美龙飞罗先生爱惜光阴诗》出现于《中西教会报》，与林乐知所强调的"语不欲过文，期于明理，词不厌详晰，期于晓众"②，也是关系直接。整个白话译诗的存在，对于白话取得合法地位，以及白话新文学的兴起，都不无先导意义。正如袁进所说，"文本俱在，这是铁的历史事实"，"它们是中国近代最早的用外语改造汉语、用西方文学改造中国文学的白话作品"。③

尽管传教士的西诗译介包含根深蒂固的宗教意图，但文言、白话两种翻译风格的形成和演进，仍然将西诗内容及其新异之处给予了呈现。因为大量文本存在，两种风格都获得了较为明显的整体性，从而在晚清民初的中西文化交流历程中占据了一席特殊位置。忽视或者简化传教士的译诗历史，无疑只会带来认识的残缺和遗憾。事实上，除了圣诗与圣教诗歌的翻译展现，在西学译介导向下出现的西诗介绍，也呈现出了较为丰富的西方文学知识。存在于整个传教士译诗中的主动适应策略、知识传教方式，以及形式、语言、内容上的诸多变化，其实都成为了一种介于"宗教"与"文学"之间的文学交流表现。从翻译文学的角度来看，其中出现的翻译观念，表现出的诗作特征，以及采取的传播方式，都有利于晚清民初文学结构的变动。

第二节 传教士西诗译介的历史局限与意义

从新教传教士西诗译介所处的历史时段来看，它的意义在"近代"与"现代"之间似乎应该很容易得到解说，但事实并非如此。由于传教士身份与外来入侵势力之间的混杂，以及译介内容整体上表现出的宗教性质，

---

① [美] 范约翰：《小孩月报志异序》，《小孩月报志异》1875 年第 1 期。
② [美] 林乐知：《中西教会报弁言》，《中西教会报》第 1 册，1891 年 2 月。
③ 袁进：《从新教传教士的译诗看新诗形式的发端》，《复旦学报》2011 年第 4 期。

它们在接受语境中陷入了尴尬。占据主导地位的传统诗学规范，虽然最终在五四新文学的冲击之下走向了边缘，却并没有给这种传教士译介留下足够的伸展空间。而五四新文学兴起，因发起者大多能够直接接触西方文学资源，它也就很容易绕过传教士的文学译介。再加之除旧布新、自我尝试的思维和话语方式，近代文学历程整体上被划入了否定范围，传教士译诗也就只会包含其中了。因而，它的历史存在虽然不可否认，但影响和意义却不容易获得明确评说。对此，袁进就认为，"如何评价西方传教士的译诗？这是一个令人感到棘手的问题"，而且"真要证明西方传教士对中国诗人产生过怎样的影响，则又是一件非常困难的事情"。他还指出其中原因之一在于，学界长时期将译者非中国人作为了不予研究的理由，五四新文学作家也很少表明自己曾受过传教士译诗影响。① 以今天的眼光来看，这一研究对象当然应该得到重视，研究者也可以采取反问的方式来质疑对它的忽视。但是传教士译诗影响不明确，这点也实在难以否认。

一 传教士西诗译介的自我局限

"虽然人们通常都认为，19世纪下半期，新教传教士比天主教传教士更加关心文化和风俗变化等更为广泛的问题，但是要好好记住，他们只有很少一部分人才如此。不论新教和天主教，绝大多数的传教士都把吸收教徒作为他们鞠躬尽瘁的目标和日常的主要任务。"② 这种说法，对于理解传教士译介的意义也是一种间接警醒。传教布道的"主要任务"，一方面促发了来华传教士的译介活动；另一方面也束缚了这种活动的进一步展开。部分传教士以文字材料作为影响非基督徒的重要手段，"从更多的角度接触华人的生活，并且把西方文明更多的方面介绍给中国"③。但不同的意见同时存在，如美部会通讯秘书安德森就认为，"西方传教士囿于其

---

① 袁进：《从新教传教士的译诗看新诗形式的发端》，《复旦学报》2011年第4期。
② [美]费正清编：《剑桥中国晚清史（1800—1911年）》（上卷），中国社会科学出版社1985年版，第598页。
③ [美]赖德烈：《基督教在华传教史》，雷立柏等译，（香港）道风出版社2009年版，第233页。

文化背景，将基督教和'教育、社会秩序，以及规范的道德和行为方式'联系得过于紧密，乃至混为一谈了。他认为这种情况'削弱了他们对于福音的信心'。"对于传教士参与的各类世俗活动他越来越怀疑，甚至认为"他们所教授的知识大多与基督教的教义无关"。①

在大多数传教士心目中，著书立说之类的译介活动也不如直接的传教布道重要。狄考文积极参与译介、办学等活动，却也有如此看法："著书立说是传教工作的一个重要的组成部分，我认为丝毫都不能够轻视；但应该是在必要的时候，并且不可操之过急。相对于忙碌的福音传播工作而言，更轻松、而且是更惬意地坐在书房里从事语言文字的翻译或研究工作是具有一种诱惑力的。"② 言下之意，"语言文字的翻译"应该置于"忙碌的福音传播工作"之后。这一点在墨笃克的言说中，表现得更为明显："传布福音的努力可以分为四个大头：传道，教育，出版，医疗。在任何地方，传道都应该占据第一位。其他分支的相对重要性，根据情况不同而有所不同。"③ 在传教宗旨和各个差会的决定性影响之下，大部分传教士的工作重心并不在西诗译介，西诗译介的内容也只会集中在圣诗、圣经诗歌方面。当圣诗集基本上能够满足传教需要后，传教士在译诗形式、语言上的探索也就失去了动力。正如前文所述，进入20世纪之后新译的圣诗数量减少，诗集大多只是对以前版本的选编和细微改动。

另一个来自传教士自身的限制在于，大多数传教士并不具备康德霖所言的译诗能力。康德霖要求译者要衷心喜爱两种语言，"要仔细的研究中国的诗歌文学，并且了解其优点与有限之处"，还要具备"抒情的内涵"。④ 大多

---

① ［美］雷孜智：《千禧年的感召：美国第一位来华新教传教士裨治文传》，尹文涓译，广西师范大学出版社2008年版，第188页。

② ［美］丹尼尔·费舍：《狄考文传：一位在中国山东生活了四十五年的传教士》，关志远等译，广西师范大学出版社2009年版，第96页。

③ 原文："Evangelistic efforts may be ranged under four great heads: Preaching, Education, the Press, and Medical Missions. Everywhere, preaching should have the first place. The relative importance of the other branches varies according to circumstances." John Murdoch, *Report on Christian Literature in China, with a Catalogue of Pulications*, Shanghai, printed at the "Hoi-lee" Press, 1882, p. 2.

④ G. T. Candlin, Chinese Hymnody-(Rev. J. Lees)（圣教诗歌），*The Chinese Recorder*, April 1893: 167. 转引自谢林芳兰《华夏颂扬：华文赞美诗之研究》，（香港）浸信会出版社2011年版，第40页。

数传教士在中文学习中深感苦恼,这种要求于他们来说的确不易达到。裨治文在入华五年之后,还有如此表示:"要想做一些有益于中国人的事情,必须做到能流利地读写中文,这几乎需要付出全部的时间和精力。而我现在无法做到这点。"① 后来成为"在中国的外国人里说汉语的杰出代表",而且被推为官话和合本圣经翻译委员会主席的狄考文,对汉语学习之难也是深有感触:"学习汉语是一个漫长的过程。对于在汉语学习中从来都不会取得巨大的进展我一点儿都不感到奇怪。掌握这门语言是一项艰巨的任务,在能够使用它来工作之前需要付出一个人最大的精力。"② 在一般传教士的学习中,这种艰难只会更为普遍,更为沉重。1902年,狄考文为长老会差会部撰写了一篇文章《传教士和语言》,叙述了这样一个例子:"我听到有一个年轻的传教士在这个领域学习了几个星期或是几个月后说道:'我讨厌这种语言;谁能学会这些稀奇古怪、毫无意义的东西?'"③ 这种说法虽然遭到狄考文批评,却也间接表露了一般传教士的真实感受。

与此同时,部分具有翻译能力,且对诗歌翻译有兴趣的传教士,为了让译诗更适合中国读者口味,他们往往也需要延请汉文助手进行文字润饰。王韬在委办译本《圣经》、麦都思本《宗主诗篇》中的作用,就得到了传教士的认可。④ 张金生在1891年理一视本《圣教诗歌》中的存在,张洗心、邹立文、王元德等对官话和合本《圣经》的参与,都成为传教士在文字方面得到华人帮助的案例。由此也可以作出反观,尽管发挥主导作用的传教士有着较为突出的汉文能力,但并不是所有的译文他们都能做到典雅或晓畅。而且,正如盛宣恩所言,选、译、编、印的实权均操纵在传教士手里,中国助手的作用并不足以改变译文的整体风貌。美国传教士赛兆祥(Absalom Sydenstricker)有关中国助手的批评,也许能够表明他们长时间内的真正地位:

---

① [美]雷孜智:《千禧年的感召:美国第一位来华新教传教士裨治文传》,尹文涓译,广西师范大学出版社2008年版,第134页。
② [美]丹尼尔·费舍:《狄考文传:一位在中国山东生活了四十五年的传教士》,关志远等译,广西师范大学出版社2009年版,第65—66页。
③ 同上书,第65页。
④ 参见本书第四章第四节。

修订者坐在桌子旁，身边有他的中国抄写员（往往是受过外国人训练的人，或在传教士的学校，或以其他方式），告诉他要写下什么。这位文书通常在某种程度上是以外国观点阅读经文，而且渴望继续取悦他的雇主，他主要是作为他的仆人和誊抄员，没有胆量对他要抄写的洋化中文提出反对。这决不是虚构或夸大的描写。①

两种语言、两种诗歌之间存在的差异，在传教士主导的翻译之中并不能轻易消解，译文的语言表现无疑因此受到了影响。对于1900年后出版的基督教书籍，赖德烈就有十分准确的评价："尽管新教传教士的汉语基督教书籍大概比其他任何传教区的语种的基督教书籍更丰富、更多样化"，但是，"许多基督教书籍的文字功夫较次（inferior literary style），能够让新学生诚服于主的书籍也不够，而且，有能力写好这种书，又愿意把时间花在这上头的外国人和华人基督徒也不够"。② 王治心1940年完成的《中国基督教史纲》，对早期新教传教士译诗也有如此看法："礼拜的仪式，不过是唱诗祷告读经讲经而已。所唱的诗，都是从英文翻译的，而用外国的调子。在中国的习惯上，实在非常陌生，所以唱来不甚好听；同时，在翻译的词句上亦甚俚俗。"③ "文字功夫较次"的翻译，显然不适合有着良好诗文修养的文人，一般的群众以及新式学生也不会从中获得多少艺术美感。整个传教士译诗对中国读者的影响，自然也就会大打折扣。

二　西诗译介遭遇的文化抵抗

事实上，传教士汉文撰述的文字表现，一直就是中国文人极为轻视的对象。对于马礼逊本《神天圣书》，中国助手梁发就曾表示不满。他指出译文语言与本土方言相差太远，倒装句法与不通顺的词语晦涩难解。④ 麦

---

① 赛兆祥，Chinese Christians and Bible Study，Chinese Recorder 42，1912. 转引自［德］尤思德《和合本与中文圣经翻译》，蔡锦图译，（香港）国际圣经出版协会2002年版，第261—262页。
② ［美］赖德烈：《基督教在华传教史》，雷立柏等译，（香港）道风出版社2009年版，第551页。
③ 王治心：《中国基督教史纲》，上海古籍出版社2007年版，第219页。
④ ［英］麦沾恩：《中华最早的布道者梁发》，胡簪云译，《近代史资料》1979年第2期。麦

都思也认为，该本"风格生硬、言辞粗鄙、句子过长、复杂难懂"，在中国读者面前造成了"蛮夷印象"，因而他们在翻过一两页后就扔到了一边。① 其中的诗歌内容，以及此前的《养心神诗》，文字风格上也难脱这种印象。1844年在被迫签订《望厦条约》的过程中，钦差大臣耆英嘲讽伯驾、裨治文起草的条约，指斥的也是其"文义鄙俚，字句晦涩，其间疵类多端，殆难枚举"，以致他和其余官员在"文理难通之处，又不能不略加修饰，出以浅显，俾得了然无疑。"② 曾在上海墨海书馆协助麦都思从事文字润色工作的蒋敦复，在《拟与英国使臣威妥玛书》中对传教士也有如此看法："今之教士，……所论教事，荒谬浅陋，又不晓中国文义，不欲通人为之润色，开堂讲论，刺刺不休，如梦中呓，稍有知识者，闻之无不捧腹而笑。"③ 梁启超称赞艾约瑟《西学启蒙十六种》为"不可不读之书"，但也认为"译笔甚劣，繁芜佶屈，几不可读"。④ 类似看法的出现，与中国文士文化上的自我优越感大有关系。正如学界已有的普遍认识，晚清人士在西方"坚船利炮"面前不得不自愧不如，但在文章礼乐方面却仍是极为自信。郭嵩焘的言说，即为典型例子之一。他在出使之时感受到了西方富强，但对西方文化却不以为然："此间富强之基与政教精实严密，斐然可观；而文章礼乐不逮中华远甚。"⑤ 其他更为保守的传统士人，对于西方诗文自然更是瞧不上眼，这一点在此也无须赘述。事实上，面对中国文人阶层的这种优越心理，入华新教传教士一开始就力图予以扭转，兴办刊物、译介西学都包含有这样的目的。但效果并不明显，这种意识仍然长时期延续在了中国文士之间。

科恩在分析基督教在晚清遭遇的抵制之时，指出"基督教教义与儒家学说之间的差异"，以及鸦片战争之前即已存在的"中国人敌视基督教的长期传统"，是两个重要原因。再加之"传教加条约"不可否认的破坏

---

① 转引自［美］韩南《作为中国文学之〈圣经〉：麦都思、王韬与"〈圣经〉委办本"》，段怀清译，《浙江大学学报》（人文社会科学版）2010年第1期。
② 文庆等纂：《筹办夷务始末（道光朝）》，（台北）文海出版社1966年版，第5972页。
③ 转引自李炽昌、李天纲《关于严复翻译的〈马可福音〉》，《中华文史论丛》第64辑，上海古籍出版社2000年版，第51—75页。
④ 黎难秋主编：《中国科学翻译史料》，中国科学技术大学出版社1996年版，第641页。
⑤ 郭嵩焘：《伦敦与巴黎日记》，岳麓书社1984年版，第119页。

性,此起彼伏的教案以及教案之后对中国人的沉重惩罚,整个社会对基督教的敌视也就更容易形成。① 基督教东传与西方殖民扩张本就有着不可割裂的关联,不少传教士又直接参与了军事侵略,在与民众的接触中也不时动用武力和强权。狄考文在售书时,持枪应对"人们十分信任"的算命先生的攻击,即为一例。事情虽然得以平息,但"人们买书的热情显然受到了影响"。狄考文在日记中也认识到,"'洋鬼子!''洋鬼子!'这个词语不绝于耳","它所表达的意思与其说是对福音的敌意还不如说是中国人对外国人全民性的敌意。"民众"用泼水或挥舞棍棒的方式来驱逐这些入侵者",发出"粗野的辱骂"②,这种现象定然不是狄考文一人的偶遇。

在这样一个大背景中,包括圣诗集在内的宗教出版物,即使大多数中国人士没有阅读,他们也会根据自己的敌视心理而得出不好印象。在不断发生的反洋教事件中,《圣经》被视为邪书:"先天教主是外号,书名圣书更荒谬。圣书又名为天经,遍相引诱害非轻。"③ 教堂内教徒颂唱圣诗,也被民众骂为:"洋人等男女混杂,朝日在巢穴,早晚念他妈的申尔福玛牙,令百姓不敢说一句。"④ 麦都思宣讲耶稣与门徒列坐树下,母兄寻至而不回的故事,却被中国文士王炳燮理解为了"耶稣不认其母,犬羊不如"。对此,王炳燮还言之凿凿地加了注:"此道光二十六年,在上海听西洋人麦都司所讲,与新约全书所载说同。"最终,他得出了如此结论:"今天主教既已诱我人民,蔑弃伦常,趋于禽兽之路,而其所著各书,恣肆无忌,非毁孔孟。"⑤ 在这些言行背后,都隐含了基督教义与儒家传统的对立。由此看来,在新教传教士译诗中,同样的敌视和冲突往往不可避免,

---

① [美]费正清编:《剑桥中国晚清史(1800—1911年)》(上卷),中国社会科学出版社1985年版,第602—614页。
② [美]丹尼尔·费舍:《狄考文传:一位在中国山东生活了四十五年的传教士》,关志远等译,广西师范大学出版社2009年版,第74页。
③ "天下第一伤心人",《辟邪歌》,1862年。王明伦编:《反洋教书文揭帖选》,齐鲁书社1984年版,第11页。
④ 《遵义城乡和议》,1869年7月。王明伦编:《反洋教书文揭帖选》,齐鲁书社1984年版,第48页。
⑤ 王炳燮:《上协揆倭艮峰中堂书》,1863年。王明伦编:《反洋教书文揭帖选》,齐鲁书社1984年版,第24、29页。

第四章 "宗教"与"文学"的交集与分离　273

因而它们也不可能获得整个知识阶层的认可。

三　语境变化对西诗译介的影响

在强迫清政府签订《辛丑条约》之后，一度在义和团运动中受到冲击的新教，也迎来了"基督宗教传教事业在华最繁荣的时期"。① 不仅入华传教士数量增多，传教点大大扩展，信徒人数也是迅速增长。据统计，1889年新教在华传教士有 1296 名，1905 年增至 3445 人，1914 年又增至 5462 人。② 教徒人数在最初的二十年，也由"八万增至三十六万多"③。但是，这里似乎出现了一个奇怪现象：一方面是传教书籍的发行量增大，另一方面却是它们的影响力大大下降。赖德烈对此描述："新教传教士们广泛使用印刷品，所以——随着一九〇〇年后华人对西方知识的胃口和渴望不断增大——人们可以想象到，在一九〇〇年后，书籍的译印和散发将比以往更多、更重要。但事实并非如此。书还是在印，售出的数量方面也有很大的增加，但在传教士们眼中，书籍不复有昔日的地位。新教人士在义和拳运动前十年中（1890—1900）深深地影响了进步华人的思想，但现在也今非昔比。一些传教士认为，丧失这种领导地位就不可弥补地失去了一个重要的好机会。"④ 事实的确如此，随着清末知识分子自身觉醒，各种自办期刊、自撰书籍广泛传播，再加上留洋学生对西学知识的直接引入，西学译介的途径已不再由传教士掌握。由此，更多的传教士将工作重心投放在了直接的"吸收教徒"上，而不是翻译著述。从事文字工作的传教士，所占的比例也不断下降。1896 年他们占传教士总数的 19.8%，1907 年就下滑到了 11.4%，1920 年则不到 1%。⑤ 既然传教士的"书籍不复有昔日的地位"，在整个知识译介

---

① ［美］赖德烈：《基督教在华传教史》，雷立柏等译，（香港）道风出版社 2009 年版，第 453 页。

② 同上书，第 513 页。

③ 高望之："出版说明"，见中华续行委办会调查特委会编《中华归主：中国基督教事业统计（1901—1920）》，中国社会科学出版社 1985 年版，第 2 页。

④ ［美］赖德烈：《基督教在华传教史》，雷立柏等译，（香港）道风出版社 2009 年版，第 546 页。

⑤ 中华续行委办会调查特委会编：《中华归主：中国基督教事业统计（1901—1920）》，中国社会科学出版社 1985 年版，第 99 页。

中的地位又大大下降，包含其中的西诗译介也就失去了进一步扩展的可能。

正如赖德烈所说，"翻译的伟大时代——至少由外国人进行翻译的时代——几乎已经过去了"①，西诗译介也主要由清末民初的知识分子，如马君武、苏曼殊、应时、胡适等人来展开了。在圣经诗歌、圣诗翻译方面，随着基督教本色化进程加快，中国人也逐渐取代了传教士的重要地位。早在1877年第一次传教士大会上，狄考文就有如此发言："在中国，只要所有的基督教文化传播工作都是外国人来完成的，她的本土教会就将永远都是从属依赖的和软弱无力的。她急需一批受过良好训练的、有着完备思想体系的神职人员，这些人能够通过著书立说来捍卫和坚持基督教教义，并将这些教义应用于中国教会的特定环境之中。……此外，随着本土基督徒人数的不断增加，以及向内地的不断扩展，他们中将会有越来越多的人脱离外国人的直接教导和控制。"② 1900年后，本土布道者的数量的确大有增加。1905年时，"华籍工作人员（Chinese staff）为九千九百零四人"，至1910年就有"一万五千五百零一名本地（华人）工作人员"。③ 部分本土人士开始越出助手位置，在宗教书籍的撰述中发挥了越来越显明的作用。官话和合本圣经的翻译，开始时只有传教士才拥有"投票赞成或反对一段经文的翻译的权利"。后来这种情况发生变动，中国助手也有了投票权。在某些时候，他们面对着"西国同工的无言恼怒"，也"坚持自己的才是惟一地道的官话"，并且偶尔还"投票反对他的英国或美国同工"。④ 在1919年官话和合本最终完成后，传教士饶永康也即表示："总而言之，我认为西教士负责翻译的圣经，这应当算是最后和最伟大的译本了"，而最终的中文译本只能是由"熟悉圣经原文和精通白话文写作"的"华人译员"，"才可以顺利完成"了。⑤

---

① [美]赖德烈：《基督教在华传教史》，雷立柏等译，（香港）道风出版社2009年版，第546页。

② [美]丹尼尔·费舍：《狄考文传：一位在中国山东生活了四十五年的传教士》，关志远等译，广西师范大学出版社2009年版，第81页。

③ [美]赖德烈：《基督教在华传教史》，雷立柏等译，（香港）道风出版社2009年版，第513页。

④ [德]尤思德：《和合本与中文圣经翻译》，蔡锦图译，（香港）国际圣经出版协会2002年版，原注155，第261页。

⑤ 《教务杂志》（The Chinese Recorder）第50卷，1919年，第442—443页。转引自赵维本《译经溯源》，中国神学研究院1993年版，第45页。

在圣诗翻译方面，不少传教士早就有了本色化的愿望。1899年，乔治肯（George King）就表示："多么希望有朝一日，华人基督徒能写出动人的诗歌，配上美妙的中国旋律，那时我相信华人基督徒也会像西方教会的信徒那么喜爱唱歌。更盼望有一天，华人教会所唱的诗歌与曲调，大都是华人自己的作品。"① 稍后，的确有部分华人教徒"从诗歌方面入手，特著了许多中国歌调的赞美诗，一方面也修改固有的赞美诗，使诗歌中国化起来"。② 如1908年中华基督教青年会出版的《青年诗歌》，即由谢洪赉一人主编，被视为了"完全由国人主编出版的圣诗集"的最早几种之一。1923年宣道书局出版的《复兴布道诗》，共有120首圣诗，也全是由王载"本人所选集，翻译，或创作"。1925年于广东出版的《颂主诗编》，虽主编由中西各一人组成，但"据说全册诗词和曲谱等的选择权却是操在国人的手中"。③ 1931年的《团契圣歌集》《民众圣歌集》，1936年的《普天颂赞》等的编辑、出版，中国人士在其中更是占据了主导地位。

1922年，中国爆发了声势浩大的非基督教运动。赖德烈曾指出这种运动潜在的原因在于，"激昂的爱国精神以及伴随着'新文化运动'的那种破坏性的批评态度"。而且，由西方引入的"怀疑主义和不可知论（scepticism and agnosticism）又强化了这些因素"。④ 在当时出现的反基督教宣言中，基督教青年会被视为了极不光彩的角色："各国资本家在中国设立基督教青年会，无非要诱惑中国人民欢迎资本主义；在中国设立基督教青年会，无非要养成资本家的良善走狗。简单一句，目的即在于吮吸中国人民底膏血，因此，我们反对资本主义，同时必须反对这拥护资本主义欺骗一般平民的现代基督教及基督教会。"⑤ 为了脱离这种洋教色彩，中国基督教不得不进一步展开"本色教会"运动，将自理、自养、自传作为了教

---

① George King, Hymns and Music in Chinese, *The Chinese Recorder* 20, March 1889, p. 133. 转引自谢林芳兰《华夏颂扬：华文赞美诗之研究》，（香港）浸信会出版社2011年版，第123页。
② 王治心：《中国基督教史纲》，上海古籍出版社2007年版，第213页。
③ 盛宣恩：《中国基督教圣诗史》，（香港）浸信会出版社2010年版，第83—84页。
④ [美]赖德烈：《基督教在华传教史》，雷立柏等译，（香港）道风出版社2009年版，第585页。
⑤ 王治心：《中国基督教史纲》，上海古籍出版社2007年版，第207页。

会发展方向。正如王治心所言,"西教士在中国教会中的地位",在非基督教与本色化运动中被"变更"了。① 随着反基督教运动不断发起,中国内外战事紧张,传教士的在华处境越发恶劣了。"在一些大的城市——特别是(福建)福州——于一九二七年初发生劫掠、财产被破坏,而在南京有一些传教士真正被杀害(1927年3月24日)。"因而,"到了一九二七年夏天,大部分传教士——特别是新教传教士们——从内地(甚至从那些尚未由国民军占领的地方)撤退了"。② 外国传教士的在华历史,由此缓缓进入了尾声。此后虽仍留存有一些身影,但在翻译著述方面他们已不再占有重要的位置。20世纪20年代前后的语境变化,自然还包括其他的复杂原因。但不管怎样,它将新教传教士的西诗译介框定在了晚清民初这一历史时期。

四 接受错位与西诗译介的意义

正是以上的诸种限制,以及社会语境转变这一根本原因,使得新教传教士的西诗译介没能产生更为明显的影响,在语言、形式方面也没有作出进一步的探索。怎样评价传教士译诗的意义,成为"一个令人感到棘手的问题",其原因也许正在于此。那么,这是否又意味着传教士的西诗译介不具有积极意义呢?在此,似乎应该变换一下方式提出问题:这种处于近代与现代转型时期、蔓延了百余年的译介活动,其存在本身不就包含了特殊的意义?在中西文学交流历程中,译诗文本、有关信息的进入,本身不也具有拓展视野的可能?在白话新诗兴起之前,译诗在语言、形式上的探索,不也具有不可否认的先导性质?如果从文学"现代性"的萌动来看,这些内容随新型报刊、西式印刷术一起出现,不也是一种"现代性"的表现?

尽管遭遇了诸种限制,传教士的西诗译介还是随着期刊、图书发行,以及华人与传教士的交往而得到了传播。中国境内创办的第一份中文报刊《东西洋考每月统记传》,就"有少数中国人订购,更多的刊物落到中国

---

① 王治心:《中国基督教史纲》,上海古籍出版社2007年版,第217页。
② [美]赖德烈:《基督教在华传教史》,雷立柏等译,(香港)道风出版社2009年版,第589页。

人手中，反映良好"，1834年时若干刊物还被寄到了北京、南京等地。因而黄时鉴肯定，该刊"确曾在中国人中间传布"。裨治文在《中国丛报》中也写道，中国人原来并不了解什么是月刊，但接触该刊物之后，"我们敢说，没有心地善良和不抱偏见的本地人是反对它的"①。1853年创办的《遐迩贯珍》"每月刊刷三千本"，在香港、广州、厦门、福州、宁波、上海等地出售，不少也传播到了内地，"上自督抚，以及文武员弁，下逮工商士庶，靡不乐于披览"②。这种说法虽多少有点夸张，但该刊作为"第一本在中国内地可以自由阅读的汉语杂志"，"具有广泛的读者层则是一个事实"③。曾国藩的幕僚赵烈文，1859年时曾搜集了整套《遐迩贯珍》，并借与多位友人阅览。后来此书因故"遂尔零落"，赵烈文在日记还直感叹"可惜"。④ 1857年出现的《六合丛谈》发行量更是不小，前5期都在5000册以上，第6至8期为4000册，第9至13期为3000册，最后两期也为2500册。⑤ 而19世纪下半叶出现的《万国公报》，更是成了"传教士所办中文报刊中范围最大、影响最广、发行量最多的一份报刊"。从其前身《中国教会新报》算起，前后延续39年，"累计出版近一千期，如果略去停刊时间，实际刊行仍有33年。"⑥ 甲午海战之后，该刊因多载与时局紧密相关的内容，还迎来了发行量的高峰。1896年所刊《请登告白》一文，即有如此文字："本馆自延请名流专办笔札以来，从每月一千本逐渐加增，今已盈四千本。且购阅者大都达官贵介，名士富绅。故京师及各直省阀阅高门、清华别业，案头多置此一编。其销流之广，则更远至海外之美、澳二洲。"⑦

---

① 黄时鉴：《〈东西洋考每月统记传〉影印本导言》，见《东西洋考每月统记传》影印本，中华书局1997年版，第25页。

② 《遐迩贯珍告止序》，《遐迩贯珍》1856年第4、第5号，1856年5月1日。

③ 沈国威：《〈遐迩贯珍〉解题》，见《遐迩贯珍》影印本，上海辞书出版社2005年版，第94页。

④ 赵烈文：《能静居日记》卷一，(台北)台湾学生书局1964年版，第105页。

⑤ 慕维廉在刊物最后一期所发的英文停刊声明，包含各期发行量等内容。见《六合丛谈》1858年第2卷第2号，咸丰戊午年五月朔日。

⑥ 赵晓兰、吴潮：《传教士中文报刊史》，复旦大学出版社2011年版，第200页。

⑦ 《请登告白》，《万国公报》复刊第93册，1896年10月。

正如黄时鉴对《东西洋考每月统记传》的评价，这些刊物的意图大多是"藉以传教和维护西人的在华利益"，但它们产生了"一个重要的客观效果"，即"为中国人打开了一扇了解西方的窗口"。① 由此可以推知，其中的传教士西诗译介，自然也会分享这种传播情形，为中国文士了解西方文学打开一扇窗。在这方面，有关中国读者接受情况的史料稀少，但这并不能否认中国人曾读到过这些译介，并给了一定程度的注意。

曾做过两广总督林则徐幕僚的文人梁廷枏，对《东西洋考每月统记传》所含的西诗知识，就明确给予了注意。在1844年《耶稣教难入中国说》一文中，他写道："欧罗巴书尝盛称周康王时，有大辟王者，作《咏圣诗》垂后，又称穆王时，希腊国人马和所作之《推论列国诗》，及国朝顺治间英吉利国人米里屯所作之《论始祖驻乐园事诗》，并推为诗中之冠。据此，则西人亦尚吟咏。所云诗，固不自《圣书》始矣。"随后，他还加上按语一条："新闻纸有律诗，格韵一如内地。"② 两相比较，这与《东西洋考每月统记传》的文章《诗》所言的"欧罗巴诗书"、"和马"、"推论列国"、"米里屯"、"说始祖之驻乐园"等③，在用词上都保持了一致，仅"和马"误为了"马和"。言大卫王作诗之事，于该刊《大辟王纪年》一文中也可见到原型。该文道："惟王为文魁，作圣诗赞美上帝，且立礼仪，以崇拜之"，"大辟王之见识广博，丰积财富，英才盖世。学已大成，识见历练，题诗作赋，颂赞上帝，教歌弦以咏上帝之恩德"，"其圣诗垂于后世，庶民唱咏，曷胜慰怀哉"。④ 此外，梁廷枏文中所述的基督教内容，与该刊的相关文字也极相似，其文尾也明确提到了该刊名字。显然，他细致阅读了《东西洋考每月统记传》，并将部分内容纳入了自己的著述。对于刊物里西方诗文毫不逊色于中国的见解，梁氏虽不见得完全接受，但也认为"西人亦尚吟咏"。他对荷马、弥尔顿、大卫王的引述，与一般文人的轻视态度不同，的确也有利于中国人对西方诗歌的认识。

---

① 黄时鉴：《〈东西洋考每月统记传〉影印本导言》，中华书局1997年版，第15页。
② 梁廷枏：《海国四说》，中华书局1993年版，第7页。
③ 《诗》，《东西洋考每月统记传》，道光丁酉年正月（1837年2月）。
④ 《大辟王纪年》，《东西洋考每月统记传》，道光戊戌年四月（1838年4月）。

第四章 "宗教"与"文学"的交集与分离　279

晚清文人杨象济的文章《洋教所言多不合西人格致新理论》，也引用了《失乐园》第三卷中撒旦问路的细节。他还注明"失乐园诗见艾约瑟乙卯中西通书"，所指即为 1855 年艾约瑟《中西通书》对弥尔顿的译介。① 梁启超、孙宝瑄等人对艾约瑟《西学略述》里的西诗内容，也有注意和简略评说。除开前文述及的史迹，梁启超在《饮冰室诗话》中还写道："希腊诗人荷马，（旧译作和美耳），古代第一文豪也。其诗篇为今日考据希腊史者，独一无二之秘本，每篇率万数千言。近世诗家，如莎士比亚、弥儿敦、田尼逊等，其诗亦动数万言，伟哉！"② "和美耳"之说，与艾约瑟"西学说"、《西学略述》写法一致，又以"旧译"相称，似乎表明他对此前译介也是较为熟悉。此外，不少传教士的中国助手，如《天伦诗》以及《万国公报》译介文字中的任廷旭、蔡尔康等，也可谓直接成了这些内容的接受者。可以说，部分中国文士的确阅读了传教士的西诗译介，接触到了荷马、弥尔顿、维吉尔等人诗作，并得出了"西人亦尚吟咏"、希腊亦有"词章之学"之类的认识。

　　但是，更值得注意的一点在于，中国人的接受与传教士的译介意图，往往又是相去甚远。《东西洋考每月统记传》介绍荷马、弥尔顿、大卫王等，或隐或显都包含了传教布道的意图，梁廷枏却只取了"格律一如内地"、"西人亦尚吟咏"的一面。对于传教士的宗教书籍，梁氏也有大量阅读。他撰写《耶稣教难入中国说》，即是在"所见西国书，及所传送书之援引《圣书》者，并耶稣教原遗诸书"的基础上，撮其大意，条理其说，荟萃缕析，再加以论断而成。③ 但是，他不仅没有接受基督教义，还层层辩驳其中的"所在抵牾"，言其教根本难入中国。对于大卫王之诗他也仅是提及，原文所言"颂赞上帝"、"以咏上帝之恩德"等旨意，却完全被隔离了出去。对于传教士著述中处处出现的《圣经》，梁氏无视其神圣，言"所刻书籍，每援引是书，词未畅达，又从译转，益易浅俚，仅可

---

① 杨象济文章见葛士濬辑《皇朝经世文续编》卷十二，教务下，图书集成局 1888 年版。转引自郝田虎《弥尔顿在中国：1837—1888，兼及莎士比亚》，《外国文学》2010 年第 4 期。
② 梁启超：《饮冰室诗话》，人民文学出版社 1959 年版，第 4 页。
③ 梁廷枏：《海国四说》，中华书局 1993 年版，第 8 页。

意会而得之"。他的叙述重心只在推知其体例："所引《圣书》有小注，称见《诗书》第一百零十五诗者，以是推之，则其体例似亦分门别类。云《诗书》者，当是门类之目也。"① 译者意图与读者接受之间的错位，在此得到了明显表现。而且这种现象几乎一直延续在了中国文士的有关评说之中。杨象济在阅读《失乐园》时，也抛开宗教内容，从科学角度大加指斥撒旦行空、童女受孕等故事的荒谬。艾约瑟大力译介西学知识，意图之一就在于以西方文明来引起中国人士的信教热情。孙宝瑄、梁启超等人完全略过这种用心，择取点都不在这一方面。周作人1908年提及《天伦诗》，也只言其"自有华采"，丝毫不见李提摩太的"一片救世婆心"。几处例子都表明，中国文士注意的是西诗艺术，而非其中的宗教意蕴。

除开期刊、著述中的西诗译介，传教士的圣诗汉译也在这种错位接受中，获得了一种文学"现代性"。如前文所述，形式上的长短变化，语言上的白话运用，都是出自于"同声颂主"的需要。数量众多的圣经、圣诗集出版，以及极力在华人中的推广，都贯穿着传教布道这一根本意图。随着传教范围扩展，以及信徒逐渐增多，这些译诗的确也有较为广泛的传播。但是，真正注意到这些译诗价值的中国知识分子，绝大多数都没有接受其中的宗教意蕴。他们看重的，反而是原本并不占据中心位置的语言、形式及其变化。梁启超曾言及《新约》对"新诗派"的影响："当时所谓新诗者，颇喜挦扯新名词以自表异。丙申丁酉间吾党数子皆作此体"，不少诗句"苟非当时同学者断无从索解。盖所用书乃《新约全书》中故实也"，作诗时"新约字面，络绎笔端"。② 形成这种现象的原因，以梁氏言论看来，主要是在"相约以作诗非经典语不用"，而非对基督教的真正"崇拜迷信"。裘廷梁创办《无锡白话报》，强调"白话为维新之本"，其观念也明显受了传教士翻译语言的一些启发。"耶氏之传教也，不用希语，而用阿拉密克之盖立里土白。以希语古雅，非文学士不晓也。后世传耶教者，皆深明此意，所至辄以其地俗语，译《旧约》、《新约》"，以致"千

---

① 梁廷枏：《海国四说》，中华书局1993年版，第7页。
② 梁启超：《饮冰室诗话》，人民文学出版社1959年版，第49页。

余年来,彼教浸昌浸炽",而中国"仅仅以孔教自雄,犹且一夺于老,再夺于佛,三夺于回回,四夺于白莲、天理诸邪教,五夺于耶氏之徒"。①在裘廷梁看来,传教士采用"土白"已取得良好效果,进入中国也形成了与儒教争夺之势,这对言文合一、智民救国正有着积极的参考价值。再如《中国白话报》的发刊辞,解说"歌谣"栏目也言:"你看外国人教小孩子都是用那种好好的歌来教他,因为那唱歌比念书容易些,又是很好玩的,又是容易记的。"② 当时的"外国人"多为传教士,这种印象的得出,极有可能正是来自教会学校颂唱的白话圣诗。

传教士的宗教意图,在周作人对官话和合本圣经的接受中,同样没有得到重视。他认为该译本"实在很好,在文学上也有很大的价值",其中的《马太福音》等部分"的确是中国最早的欧化的文学的国语","与中国新文学的前途有极大极深的关系"。周作人轻松越过了圣经翻译的宗教目的,将重点集中在了白话的价值上:"这译本的目的本在宗教的一面,文学上未必有意的注重,然而因了他慎重诚实的译法,原作的文学趣味保存的很多,所以也使译文的文学价值增高了。"他还指出,"欧洲《圣书》的翻译,都于他本国文艺的发展很有关系","《圣书》在中国,时地及位置都与欧洲不同,当然不能有完全一致的结果,但在中国语及文学的改造上也必然可以得到许多帮助与便利,这是我深信的不疑的,这个动因当是文学的,又是有意的"。③ 在《〈旧约〉与恋爱诗》一文中,他也强调《雅歌》的价值"全是文学上的,因为他本是恋爱歌集;那些宗教的解释,都是后人附加上去的了"。④ 其后,不少新文学作家都注意到了《圣经》的文学价值,如1921年许地山的《雅歌新译》,1930年吴曙天的《雅歌》等,都是这方面的表现。其后,1940年高博林的《圣经与文学研究》⑤,1941年朱维之的《基督教与文学》等著述,都把《圣经》当作了一

---

① 裘廷梁:《论白话为维新之本》,《中国官音白话报》1898年第十九、第二十合期。
② 《中国白话报发刊辞》,《中国白话报》1903年第1期。
③ 周作人:《圣书与中国文学》,小说月报丛刊第二十五种,上海商务印书馆1924年版,第15—18页。
④ 仲密:《〈旧约〉与恋爱诗》,《新青年》1921年第8卷第5号。
⑤ 高博林:《圣经与文学研究》,商务印书馆1940年版。

部文化巨著和文学杰作,甚至称之为"新文学运动的先锋","就是新文学运动中的健将们,也不能不明白承认这个事实"。① 如此一来,圣经诗歌以及整个圣经文学,从晚清白话译本开始至官话和合本完成,逐渐融入到了新文学的话语体系之中。而传教士的翻译意图,却被接受者有意无意地忽视了。

传教士的白话圣诗翻译,与官话和合本圣经的产生,一直有着紧密关联。出现于众多白话圣诗集的双音节词,散文化句式以及白话运用,为官话和合本圣经的出现奠定了基础。它们对白话新诗虽然没有产生直接作用,但不少篇章的艺术美感以及现代性特征,并不逊色于五四时期的白话新诗。如前文已引述的1872年本《颂主圣诗》中的诗句,"雀鸟皆有家,窝巢各一处;/不拘到那里,必回来居住;/我魂要学雀鸟,将羽翼展开;/就飞去见上帝,快乐免悲哀",较之胡适的《蝴蝶》诗句"两个黄蝴蝶,双双飞上天;不知为什么,一个忽飞还",两者的表述就并无多大差别。再如"好比长青树木,种在溪水之旁;/按时结果十分满足,枝叶不干不黄","我上帝向我们发怜悯的心,/教清晨的日光从天上照临我们,/住在幽暗死地的人有光照着他们,/将我们领到平安的道路"等诗篇②,所采用的白话词语、欧化句式,与《尝试集》的一些诗作相比,似乎还更显新异。于此,不妨再读一首译诗:

佳美的国是我所羡　　佳美的城是主所建
佳美的门纯是宝石　　佳美的殿主荣胜日

佳美的树花叶常荣　　佳美的果滋味香浓
佳美的河长流不涸　　佳美的泉活活泼泼

佳美的天清朗光明　　佳美的使白衣晶莹

---

① 朱维之:《基督教与文学》,上海青协书局1941年版,第70页。
② 英国理约翰、艾约瑟同译:《颂主圣诗》,板存京都福音堂,同治十一年刊(1872)。

佳美的歌常听无断　　佳美的琴珠玉镶嵌

佳美的冕应主所许　　佳美的枝义勇高举
佳美的袍得救之服　　佳美的日纯是天福

佳美的座主在其间　　佳美的位在主四边
佳美的家福祉全备　　佳美的人在此聚会①

  该诗为1879年理一视本《圣教新歌》的"第二十八篇",在语言晓畅、情感表达方面,即使置于五四白话新诗之中似乎也并不显得突兀。这些译诗与中国的传统诗作具有明显差别,在音节、韵律、形式等方面无疑都有所突破。在近现代文学的转型历程中,这些译诗在白话新诗之前的尝试,无疑也带上了文学"现代性"色彩。

  整体来看,在诗歌的观念、形式、语言以及传播等方面,传教士的西诗译介都产生了积极影响,推动了近现代文学的转型。②当然,这些意义也不宜过分放大。如前文所述,传教士自身的局限,整个历史语境的限制,注定了他们的探索不可能走得更远。对于白话圣经的文学影响,朱自清就有这样的看法:"近世基督《圣经》的官话翻译,也增富了我们的语言,如五四运动后有人所指出的,《旧约》的《雅歌》尤其是美妙的诗。但原来还只为了宗教,并且那时我们的新文学运动还没有起来,所以也没有在语文上发生影响,更不用说在诗上。"③说到底,传教士的白话译诗及相关介绍虽然包含了积极价值,但还不足以成为影响现代白话新诗兴起的主要力量。现代白话新诗的出现,有着历史的必然,但是它的发展最终得依靠新文化运动的推动,以及新诗人作出的探索。传教士的白话

---

① "英国理一视译":《圣教新歌》,1879年。
② 袁进在整体分析传教士的报刊、主张和中文著述时,指出它们的影响遍及文学观念、文学创作、文体形式、文学语言以及文学的传播方式等方面,促使中国文学走向了变革之路。见《近代文学的突围》,上海人民出版社2001年版,第179页。
③ 朱自清:《译诗》,见《新诗杂话》,作家书屋1947年版,第100页。

圣经和白话译诗，最终也是汇集到这一运动之中，才获得了更为积极的意义。当然，它们的历史存在，以及早于五四新诗的尝试，也理应得到后来者重视。

经传教士之手出现的西诗译介，一方面因为呈现了西方文学内容，为晚清文人的视野扩展，提供了更多可能；另一方面因为译者意图与读者接受之间的错位，对近现代文学的转型、白话新诗的兴起，产生了先导作用。从翻译文学的角度来看，传教士的西诗译介在五四之前有一个长时段的尝试和延续，在形式、语言方面也有着丰富表现。更为重要的还在于，意识形态、翻译策略、语境变化以及由此引发的多种问题交融于此，从而构成了一段特殊的翻译文学历史。在晚近中国文学谱系中，它的确应该占据一席特殊的重要位置。总之，入华新教传教士的西诗译介，延续了百余年之久。在现代新文学兴起之时，它虽然停下了步伐，却也正如一条沙漠河，在历史的河床里曾经流过了不少地方，河水一部分被蒸发，一部分渗入了地底。

参考文献

一 历史文献

（一）报刊

《东西洋考每月统记传》，1833 年于广州创办。

《遐迩贯珍》，1853 年于香港创办。

《六合丛谈》，1857 年于上海创办。

《万国公报》，前身为《中国教会新报》，1868 年于上海创办；1872 年改
　　名《教会新报》，1874 年改名《万国公报》。

《中西闻见录》，1872 年于北京创办。

《格致汇编》，1876 年于北京创办。

《小孩月报》，1875 年于上海创办。

《中西教会报》，1891 年于上海创办。

《时务报》，1896 年于上海创办。

The Chinese Repository（《中国丛报》），1832 年于广州创办。

The Chinese Recorder（《教务杂志》），1868 年于福州创刊，后迁于上海。

（二）原始文献

［英］马礼逊：《问答浅注耶稣教法》，澳大利亚国家图书馆藏本 1812 年版。

［英］马礼逊：《养心神诗》，1814 年编译完成。

"辩正牧师马老先生著"（马礼逊）：《古圣奉神天启示道家训》，英华书院
　　藏板 1831 年版。

"静亭高氏"：《正音撮要》，学华斋藏板，道光甲午年春镌（1834）。

"爱汉者纂"（郭实腊）：《正教安慰》，新嘉坡坚夏书院藏板，道光十六年镌（1836）。

《慎思指南》，"大司牧类思罗准"，"天主降生一千八百四十四年重梓"（1844）。

"大清静亭高氏纂辑，大英罗伯聃译述"：《正音撮要》，宁波华花圣经书房藏板，道光丙午年镌（1846）。

［英］养为霖：《养心神诗新编》，薹仔后花旗馆寓藏板，咸丰四年春镌（1854）。

［英］麦都思：《宗主诗篇》，江苏松江上海墨海书馆印，耶稣降世壹仟捌伯［佰］伍拾陆年（1856）。

《俗言警教》，救世后壹千捌百伍十七年（1857）。

［英］湛约翰译：《宗主诗章》，惠爱医馆藏板，咸丰庚申年新镌（1860）。

［英］湛约翰：《正名要论》，香港英华书院活板，同治二年（1863）。

［英］米怜：《张远两友相论》，上海美华书馆重刊，耶稣降世一千八百六十一年（1861）。

"倪戈氏著"：《耶稣教官话问答》，上海美华书馆新刊，耶稣降世一千八百六十三年（1863）。

《真理易知》，上海美华书馆重刊，耶稣降世一千八百六十七年（1867）。

《问答篇》（澳大利亚国家图书馆藏本封面贴"庚申年镌"字样，但该本有英国威妥玛序，标时间为"降生一千八百六十四年四月初七日"）。

［英］杜嘉德：《养心诗调》，厦门，1868年。

《养心神诗（厦门土白）》，1871年。

英国理约翰、艾约瑟同译：《颂主圣诗》，板存京都福音堂，同治十一年刊（1872）。

《福音赞美歌（苏州土白）》，耶稣降生一千八百七十七年、光绪三年岁次丁丑小春之月（1877）。

［美］倪维思、狄考文：《赞神圣诗》，上海美华书院藏板，耶稣降世一千八百七十七年（1877）。

《旧约圣诗》，美国传圣经会在京都、灯市口美华书院刷印，耶稣降生一千八百七十七年（1877）。

［英］湛约翰译：《宗主新歌》，广东伦敦教会藏板，光绪五年（1879）。

"英国理一视译"：《圣教新歌》，耶稣降生一千八百七十九年（1879）。

"杨格非著"：《耶稣圣教三字经》，汉口圣教书局印发，西历一千八百八十年（1880）。

"大英杨格非译，金陵沈子星书"：《红侏儒传》，汉口圣教书局印发，西历一千八百八十二年（1882）。

《真道问答》，华北书会印发，耶稣降世一千八百八十四年（1884）。

"英牧师杨格非重译"：《旧约诗篇》，汉镇英汉书馆铅板印，西历一千八百八十六年（1886）。

［美］倪维思：《真道解》，林寿宝等译，福州美华书局活板，耶稣降世壹仟八百八十九年（1889）。

"英教师理一视选译"：《圣教诗歌》，天津福音堂印，耶稣降生一千八百九十一年（1891）。

［英］湛约翰：*A Specimen of Chinese Merrical Psalm*（《诗篇》），香港，1890 年。

《启悟问答》，上海美华书馆摆印，板藏上海土话书局，耶稣降生一千八百九十三年（1893）。

《祈祷圣会》，伦敦传教会，西历一千八百九十四年（1894）。

［英］艾约瑟：《西学启蒙十六种》，上海图书集成印书局 1898 年版。

"英国李提摩太译，中国任廷旭笔述"：《天伦诗》，上海广学会藏板，救主一千八百九十八年（1898）。

"英教士理一视选撰"：《圣教诗歌》，耶稣降生一千八百九十九年（1899）。

"英国厦门领事官嘉托玛著"：《富国真理》，上海广学会译著，图书集成局铸铅校印，救主一千八百九十九年（1899）。

"英牧师杨格非译"：《旧约诗篇》，汉镇英汉书馆铅板印，西历一千九百零七年（1907）。

［美］白汉理、富善译：《颂主诗歌》，福音印刷合资会社铅板，耶稣降世一千九百零七年（1907）。

［美］白汉理、富善译：《颂主诗歌》，日本横滨分社印镌，耶稣降世一千九百十二年（1912）。

"英牧师杨格非译"：《真道入门问答（官话）》，汉口圣教书局1913年版。

"英牧师杨格非著"：《真道问答易学》，汉口圣教书局印发，主历一千九百十三年（1913）。

谢洪赉：《青年诗歌（附谱）》，中华基督教青年协会书报部刊行，耶稣降生一九二〇年，中华民国九年八月再版（1920）。

中国基督圣教书会：《协和颂主圣诗琴谱》，The Methodist Publishing House，上海卫理公会出版社1922年版。

基督教全国大会筹备委员会：《颂主歌集》，中华民国十一年五月二至十一日（1922），国家图书馆缩微胶片。

赵字宸、范天祥：《团契圣歌集》，燕大基督教团契1931年版。

Robert Morrison, *A Grammer of the Chinese Language*, Serampore: Printed at the Mission-Press, 1815.

Robert Morrison, *A View of China for Philological Purposes*, Macao: Printed at the Honorable the East Company's Press, 1817.

Robert Morrison, *A Parting Memorial, Consisting of Miscellaneous Discourses*, London: Printed for W. Simpkin and R. Marshall, 1826.

W. H. Medhurst, *China: Its State and Prospects, with Especial Reference to the Spread of the Gospel*, Boston: Published by Crocker & Brewster, 1838.

The Pioneer of American Missions in China: the Life and Labors of Elijah Coleman Bridgman, Eliza J. Gillett Bridgman ed., New York: Anson D. F. Randolph, 1864.

Henri Cordier, *A Catalogue of the Library of the North China Branch of the Royal Asiatic Society*, Shanghai: Printed at the "Ching-Foong" General Printing Office, 1872.

Records of the General Conference of the Protestant Missionaries of China 1877, held at Shanghai, 1877. Shanghai: American Presbyterian Mission Press, 1878.

John Murdoch, *Report on Christian Literature in China*, with a Catalogue of Pulications, Shanghai, printed at the "Hoi-lee" Press, 1882.

Records of the General Conference of the Protestant Missionaries of China, held at Shanghai, 1890, Shanghai: American Presbyterian Mission Press, 1890.

Joseph Edkins, *The Early Spread of Religious Ideas: Especially in The Far East*, London: The Religious Tract Society, 1893.

China Centenary Missionary Conference Records: Report of the Great Conference, held at Shanghai, 1907, New York: American Tracy Society, 1907.

Chinese Church As Revealed in the National Christian Conference, held at Shanghai, The Oriental Press, 1922.

（三）现印史籍

梁启超：《饮冰室诗话》，人民文学出版社1959年版。

王韬：《弢园尺牍》，中华书局1959年版。

［英］麦沾恩：《中华最早的布道者梁发》，胡簪云译，上海广学会重译，见《近代史资料》1979年第2期。

郭嵩焘：《郭嵩焘日记》，湖南人民出版社1981年版。

孙宝瑄：《忘山庐日记》，上海古籍出版社1983年版。

［意］利玛窦、金尼阁：《利玛窦中国札记》，何高济、王遵仲、李申译，中华书局1983年版。

郭嵩焘：《伦敦与巴黎日记》，岳麓书社1984年版。

王明伦编：《反洋教书文揭帖选》，齐鲁书社1984年版。

朱有瓛主编：《中国近代学制史料》，华东师范大学出版社1986年版。

梁廷枏：《海国四说》，中华书局1993年版。

［英］麦肯齐：《泰西新史揽要》，李提摩太、蔡尔康译，上海书店出版社2002年版。

［日］森有礼编：《文学兴国策》，林乐知、任廷旭译，上海书店出版社2002年版。

王韬：《弢园文录外编》，上海书店出版社2002年版。

［德］花之安：《自西徂东》，上海书店出版社 2002 年版。

王韬、顾燮光等编：《近代译书目》，北京图书馆出版社 2003 年版。

［英］马礼逊夫人编：《马礼逊回忆录》，顾长声译，广西师范大学出版社 2004 年版。

［英］李提摩太：《亲历晚清四十五年——李提摩太在华回忆录》，李宪堂、侯林莉译，天津人民出版社 2005 年版。

［英］米怜：《新教在华传教前十年回顾》，北京外国语大学中国海外汉学研究中心翻译组译，大象出版社 2008 年版。

［意］艾儒略：《艾儒略汉文著述全集》，叶农整理，广西师范大学出版社 2011 年版。

William Millam, *A Retrospect of the First Ten Years of the Protestant Mission to China*（影印版），大象出版社 2008 年版。

Eilza Morrison Compiled, *Memoirs of the Life and Labours of Robert Morrison*（影印版），大象出版社 2008 年版。

二 资料汇编

上海图书馆编：《中国近代期刊篇目汇录》，上海人民出版社 1965—1984 年版。

罗新璋编：《翻译论集》，商务印书馆 1984 年版。

中华续行委办会调查特委会编：《中华归主：中国基督教事业统计（1901—1920）》，中国社会科学出版社 1985 年版。

唐沅等编：《中国现代文学期刊目录汇编》，天津人民出版社 1988 年版。

陈平原、夏晓虹编：《二十世纪中国小说理论资料·第一卷（1897—1916）》，北京大学出版社 1989 年版。

施蛰存：《中国近代文学大系·翻译文学集》，上海书店出版社 1990 年版。

陈鸣树主编：《二十世纪中国文学大典（1911—1949）》，上海教育出版社 1996 年版。

李天纲编校：《万国公报文选》，生活·读书·新知三联书店 1998 年版。

上海市档案馆、美国旧金山利玛窦中西文化历史研究所合编：《中国教会文献目录——上海市档案馆珍藏资料》，上海古籍出版社2002年版。

葛桂录：《中英文学关系编年史》，上海三联书店2004年版。

贾植芳主编：《中外文学关系史资料汇编1898—1937》，广西师范大学出版社2004年版。

汪家熔辑注：《中国出版史料·近代部分》，湖北教育出版社、山东教育出版社2004年版。

徐宗泽：《明清间耶稣会士译著提要》，上海书店出版社2006年版。

王同舟主编：《中国文学编年史·晚清卷》，湖南人民出版社2006年版。

於可训、叶立文主编：《中国文学编年史·现代卷》，湖南人民出版社2006年版。

顾正祥编著：《歌德汉译与研究总目（1878—2008）》，中央编译出版社2009年版。

［英］伟烈亚力：《1867年前来华基督教教士列传及著作目录》，倪文君译，广西师范大学出版社2011年版。

张晓编著：《近代汉译西学书目提要明末至1919》，北京大学出版社2012年版。

张美兰编：《美国哈佛大学哈佛燕京图书馆藏晚清民国间新教传教士中文译著目录提要》，广西师范大学出版社2013年版。

李孝迁编校：《近代中国域外汉学评论萃编》，上海古籍出版社2014年版。

三　研究著作

周作人：《圣书与中国文学》，上海商务印书馆1924年版。

［英］贾立言：《汉文圣经译本小史》，冯雪冰译，广学会1934年版。

王森然：《近代二十家评传》，杏岩书屋1934年版。

朱维之：《基督教与文学》，青年协会书局1946年版。

姜建邦编译：《圣诗史话》，中华浸信会书局1948年版。

戈公振：《中国报学史》，生活·读书·新知三联书店1955年版。

［美］T. S.库恩：《科学革命的结构》，李宝恒、纪树立译，上海科学技术出版社1980年版。

陈景磐编著：《中国近代教育史》，人民教育出版社1983年版。

马祖毅：《中国翻译简史（五四以前部分）》，中国对外翻译出版公司1984年版。

［美］费正清编：《剑桥中国晚清史（1800—1911年）》，中国社会科学出版社1985年版。

［德］马克斯·韦伯：《新教伦理与资本主义精神》，于晓、陈维纲译，生活·读书·新知三联书店1987年版。

［法］埃斯卡皮：《文学社会学》，王美华、于沛译，安徽文艺出版社1987年版。

田志康、康之鸣、李福芝选编：《圣经诗歌全集》，学苑出版社1990年版。

袁伟时：《晚清大变局中的思潮与人物》，海天出版社1992年版。

戈宝权：《中外文学因缘：戈宝权比较文学论文集》，北京出版社1992年版。

赵维本：《译经溯源——现代五大中文圣经翻译史》，（香港）福音证主协会1993年版。

熊月之：《西学东渐与晚清社会》，上海人民出版社1994年版。

邹振环：《影响中国近代社会的一百种译作》，中国对外翻译出版公司1996年版。

王克非：《翻译文化史论》，上海外语教育出版社1997年版。

王佐良：《英国诗史》，译林出版社1997年版。

郭延礼：《中国近代翻译文学概论》，湖北教育出版社1998年版。

王德威：《想象中国的方法：历史·小说·叙事》，生活·读书·新知三联书店1998年版。

［美］安妮特·T.鲁宾斯坦：《英国文学的伟大传统》，陈安全等译，上海译文出版社1998年版。

马祖毅：《中国翻译史》（上卷），湖北教育出版社1999年版。

孔慧怡：《翻译·文学·文化》，北京大学出版社1999年版。

［美］韦勒克：《批评的概念》，张今言译，中国美术学院出版社1999年版。

郭双林：《西潮激荡下的晚清地理学》，北京大学出版社2000年版。

苏精：《马礼逊与中文印刷出版》，（台北）台湾学生书局2000年版。

邹振环：《晚清西方地理学在中国——以1815至1911年西方地理学译著的传播与影响为中心》，上海古籍出版社2000年版。

庄柔玉：《基督教圣经中文译本权威现象研究》，（香港）国际圣经协会2000年版。

［英］海恩波：《道在神州——圣经在中国的翻译与流传》，蔡锦图译，（香港）国际圣经协会2000年版。

夏晓虹：《晚清社会与文化》，湖北教育出版社2001年版。

［新加坡］卓南生：《中国近代报业史1815—1874》，中国社会科学出版社2002年版。

［美］柯文：《在中国发现历史——中国中心观在美国的兴起》，林同奇译，中华书局2002年版。

［德］尤思德：《和合本与中文圣经翻译》，蔡锦图译，（香港）国际圣经协会2002年版。

游汝杰：《西洋传教士汉语方言学著作书目考述》，黑龙江教育出版社2002年版。

杨慧林：《基督教的底色与文化延伸》，黑龙江人民出版社2002年版。

陈玉申：《晚清报业史》，山东画报出版社2003年版。

［以色列］伊爱莲等：《圣经与近代中国》，（香港）汉语圣经协会2003年版。

钱锺书：《七缀集》，生活·读书·新知三联书店2003年版。

谭树林：《马礼逊与中西文化交流》，中国美术学院出版社2003年版。

杨联芬：《晚清至五四：中国文学现代性的发生》，北京大学出版社2003年版。

［美］布鲁斯·雪莱：《基督教会史》，刘平译，北京大学出版社2004年版。

［美］韩南：《中国近代小说的兴起》，徐侠译，上海教育出版社2004年版。

李文革：《西方翻译理论流派研究》，中国社会科学出版社2004年版。

谢天振、查明建：《中国现代翻译文学史（1898—1949）》，上海外语教育出版社2004年版。

卫茂平：《德语文学汉译史考辨：晚清和民国时期》，上海外语教育出版社2004年版。

［美］何凯立：《基督教在华出版事业（1912—1948）》，陈建明、王再兴译，四川大学出版社2004年版。

孟昭毅：《中国翻译文学史》，北京大学出版社2005年版。

郭延礼：《中国前现代文学的转型》，山东大学出版社2005年版。

［美］勒内·韦勒克、奥斯汀·沃伦：《文学理论》（修订版），刘象愚等译，江苏教育出版社2005年版。

李今：《三四十年代苏俄汉译文学论》，人民文学出版社2006年版。

黎难秋：《中国科学翻译史》，中国科学技术大学出版社2006年版。

袁进：《中国文学的近代变革》，广西师范大学出版社2006年版。

刘丽霞：《中国基督教文学的历史存在》，社会科学文献出版社2006年版。

邹振环：《西方传教士与晚清西史东渐——以1815至1900年西方历史译著的传播与影响为中心》，上海古籍出版社2007年版。

王治心：《中国基督教史纲》，上海古籍出版社2007年版。

［英］苏慧廉：《李提摩太在中国》，关志远等译，广西师范大学出版社2007年版。

王宏志：《重释"信、达、雅"——二十世纪中国翻译研究》，清华大学出版社2007年版。

任东升：《圣经汉译文化研究》，湖北教育出版社2007年版。

叶隽：《德语文学研究与现代中国》，北京大学出版社2008年版。

何绍斌：《越界与想象——晚清新教传教士译介史》，上海三联书店2008年版。

王立新：《美国传教士与晚清中国现代化》（修订本），天津人民出版社2008年版。

［美］雷孜智：《千禧年的感召——美国第一位来华新教传教士裨治文传》，尹文涓译，广西师范大学出版社2008年版。

王文兵：《丁韪良与中国》，外语教学与研究出版社2008年版。

吴笛等：《浙江翻译文学史》，杭州出版社2008年版。

王宁：《翻译研究的文化转向》，清华大学出版社2009年版。

刘军平：《西方翻译理论通史》，武汉大学出版社2009年版。

陶飞亚、杨卫华：《基督教与中国社会研究入门》，复旦大学出版社2009年版。

［美］丹尼尔·费舍：《狄考文传：一位在中国山东生活了四十五年的传教士》，关志远等译，广西师范大学出版社2009年版。

连燕堂：《二十世纪中国翻译文学史·近代卷》，百花文艺出版社2009年版。

［美］赖德烈：《基督教在华传教史》，雷立柏等译，（香港）道风出版社2009年版。

傅敬民：《〈圣经〉汉译的文化资本解读》，复旦大学出版社2009年版。

［美］G. F. 穆尔：《基督教简史》，郭舜平等译，商务印书馆2010年版。

游斌：《基督教史纲》，北京大学出版社2010年版。

宋莉华：《传教士汉文小说研究》，上海古籍出版社2010年版。

卢明玉：《译与异——林乐知译述与西学传播》，首都经济贸易大学出版社2010年版。

李榭熙：《圣经与枪炮——基督教与潮州社会（1860—1900）》，社会科学文献出版社2010年版。

谢林芳兰：《华夏颂扬：华文赞美诗之研究》，（香港）浸信会出版社2011年版。

赵晓兰、吴潮：《传教士中文报刊史》，复旦大学出版社2011年版。

［美］吉瑞德：《朝觐东方：理雅各评传》，段怀清、周俐玲译，广西师范大学出版社2011年版。

王树槐：《基督教与清季中国的教育与社会》，广西师范大学出版社2011年版。

张旭：《中国英诗汉译史论（1937年以前部分）》，湖南人民出版社2011年版。

邹振环：《疏通知译史：中国近代的翻译出版》，上海人民出版社2012年版。

赵稀方：《翻译现代性：晚清到五四的翻译研究》，南开大学出版社2012年版。

黎子鹏：《经典的转生：晚清〈天路历程〉汉译研究》，（香港）基督教中国宗教文化研究社 2012 年版。

李奭学：《译述：明末耶稣会翻译文学论》，（香港）香港中文大学出版社 2012 年版。

尹延安：《传教士中文报刊译述中的汉语变迁及影响（1815—1907）》，上海交通大学出版社 2013 年版。

沈迦：《寻找·苏慧廉》，新星出版社 2013 年版。

罗伟民：《中国基督教（新教）史》，上海人民出版社 2014 年版。

S. W. Barnett & J. K. Fairbank ed. *Christianity in China*: *Early Protestant Missionary Writings*, Cambridge Massachusetts: Harvard University Press, 1985.

Mei-Mei Lin, *The Episcopalian Missionaries in China*, 1835—1900, Dissertation, The University of Texas at Austin, 1994.

四 研究论文

黄素贞教授授意，邵逸民编：《中国教会的诗歌和绘画》，《金陵神学志》1950 年第 26 卷第 1、第 2 期合刊。

朱维之：《漫谈四十年来基督教文学在中国》，《金陵神学志》1950 年第 26 卷第 1、第 2 期合刊。

陈镐汶：《从〈遐迩贯珍〉到〈六合丛谈〉》，《新闻与传播研究》1993 年第 2 期。

李冰封整理：《梁遇春致石民信四十一封》，《新文学史料》1995 年第 4 期。

郭长海：《试论中国近代的译诗》，《社会科学战线》1996 年第 3 期。

刘树森：《〈天伦诗〉与中译英国诗歌的发轫》，香港中文大学翻译系《翻译学报》1998 年第 2 期。

刘树森：《李提摩太与〈回头看记略〉——中译美国小说的起源》，《美国研究》1999 年第 1 期。

［比］钟鸣旦：《基督教在华传播史研究的新趋势》，马琳译，《基督教文化学刊》第 2 辑，人民日报出版社 1999 年版。

刘树森:《西方传教士与中国近代之英国文学翻译》,《英美文学研究论丛》第 2 辑,上海外语教育出版社 2001 年版。

王立新:《"文化侵略"与"文化帝国主义":美国传教士在华活动两种评价范式辨析》,《历史研究》2002 年第 3 期。

林美玫:《施约瑟主教与圣公会在华传教策略的调适——十九世纪中叶美国基督新教与中国文化的再接触与对话》,台湾《东华人文学报》2002 年第 4 期。

陈伟:《中国基督教圣诗发展概况》,《中央音乐学院学报》2003 年第 3 期。

陶飞亚:《"文化侵略"源流考》,《文史哲》2003 年第 5 期。

沈弘、郭晖:《最早的汉译英诗应是弥尔顿的〈论失明〉》,《国外文学》2005 年第 2 期。

周振鹤:《比钱说第一首还早的汉译英诗》,《文汇报》2005 年 4 月 25 日。

陈小鲁:《内地的新教赞美诗史略》,《天风》2005 年第 7 期。

袁进:《重新审视欧化白话文的起源——试论近代西方传教士对中国文学的影响》,《文学评论》2007 年第 1 期。

李奭学:《中译第一首"英"诗〈圣梦歌〉》,《读书》2008 年第 3 期。

何绍斌:《从〈百年一觉〉看晚清传教士的文学译介活动》,《中国比较文学》2008 年第 4 期。

余迎:《伊索寓言传入中国的时间应提前》,《史学月刊》2008 年第 10 期。

[美]韩南:《作为中国文学之〈圣经〉:麦都思、王韬与"〈圣经〉委办本"》,段怀清译,《浙江大学学报》(人文社会科学版)2010 年第 1 期。

[美]爱德文·根茨勒:《翻译研究的新方向》,陈爽译,《文化与诗学》2010 年第 2 辑。

郝田虎:《弥尔顿在中国:1837—1888,兼及莎士比亚》,《外国文学》2010 年第 4 期。

尤伟:《基督教方言赞美诗集出版(1818—1911)述评》,《广州社会主义学院学报》2010 年第 4 期。

李今:《从"冒险"鲁滨孙到"中庸"鲁滨孙——林纾译介〈鲁滨孙飘流记〉的文化改写与融通》,《中国现代文学研究丛刊》2011 年第 1 期。

袁进：《从新教传教士的译诗看新诗形式的发端》，《复旦学报》2011年第4期。

宫宏宇：《美国哈佛—燕京图书馆中文基督教新教赞美诗集缩微胶卷资料初探》，《黄钟》2011年第4期。

段怀情：《新教传教士对文学中国的发现及其"和合"思想平议——以〈东西洋考每月统计传〉为中心》，《徐州师范大学学报》2012年第2期。

宫宏宇：《基督教新教传教士与中国音乐——以李太郭为例》，《中国音乐》2013年第1期。

狄晨霞：《新教传教士与中国近代文学语言》，《中国比较文学》2014年第1期。

康太一：《19世纪初驻印新教传教士之中文印刷出版——马士曼与塞兰坡传道出版社》，《国际汉学》2014年第25辑。

附录　部分史料图影

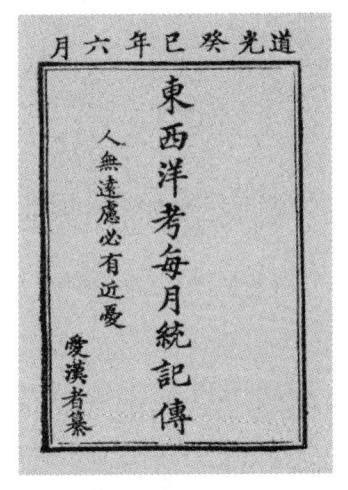

《东西洋考每月统记传》1833年第1期，《遐迩贯珍》1853年第1号

《六合丛谈》第1号，1857年《万国公报》

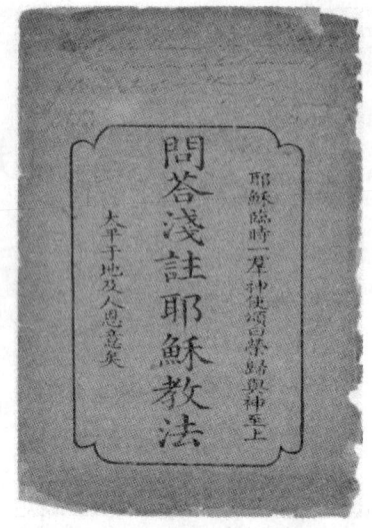

《神道论赎救世总说真本》,马礼逊,1811 年　《问答笺注耶稣教法》,马礼逊,1812 年

《养心神诗》,马礼逊本　《新增养心神诗》,米怜本,1821 年

附录　部分史料图影　301

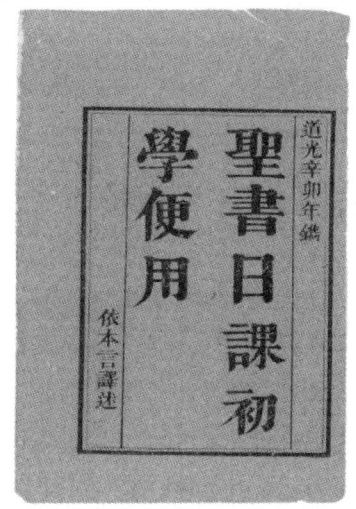

《神天圣书》，1823 年，《圣书日课初学便用》，米怜本，1831 年

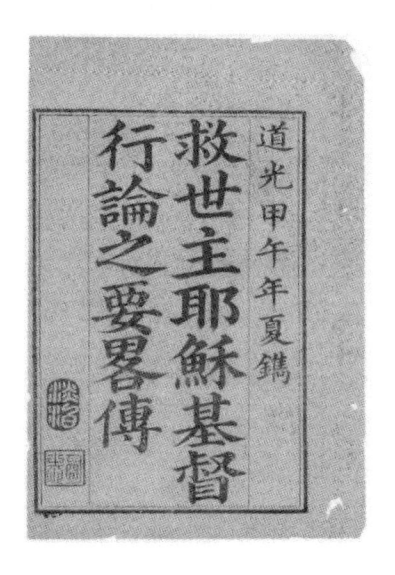

《救世主耶稣基督行论之略传》，郭实腊，1834 年《真理通道》，麦都思，1845 年

《正音撮要》，罗伯聃译述，1846年　《养心神诗新编》，养为霖本，1854年

《中西通书》，麦都思，1854年　《宗主诗篇》，麦都思本，1856年

附录 部分史料图影

《三字经》，麦都思，1857年　《俗言警教》，1857年

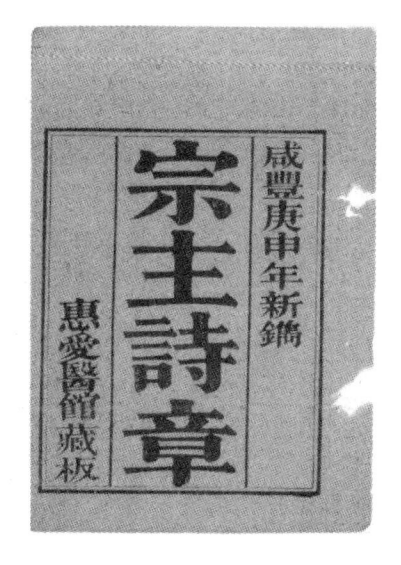

《宗主诗章》，湛约翰本，1860年　《耶稣教官话问答》，倪戈氏，1863年

《正名要论》,湛约翰,1864 年　《真理易知》,1867 年

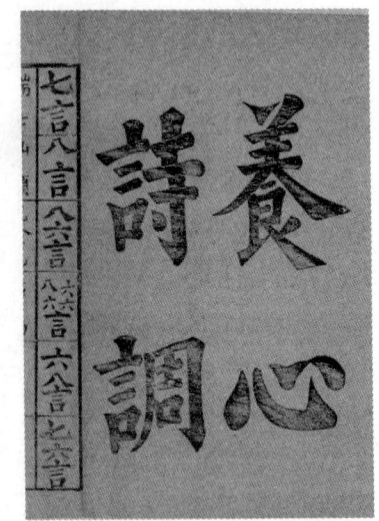

《耶稣教官话问答》,倪戈氏,1868 年　《养心诗调》,杜嘉德,1869 年

附录　部分史料图影　305

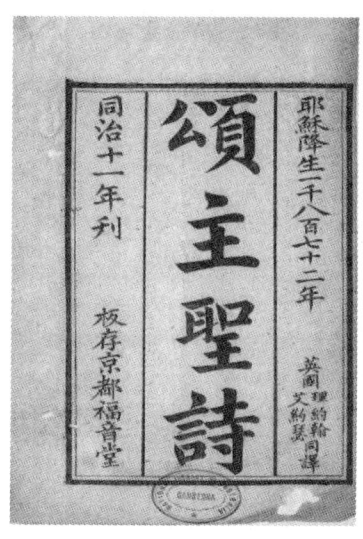

《养心神诗》，罗马字本，1871年　　《颂主圣诗》，理约翰、艾约瑟本，1872年

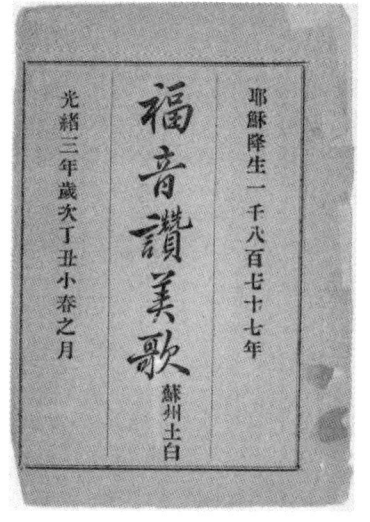

《养心神诗》，养为霖本，1875年　　《福音赞美歌（苏州土白）》，1877年

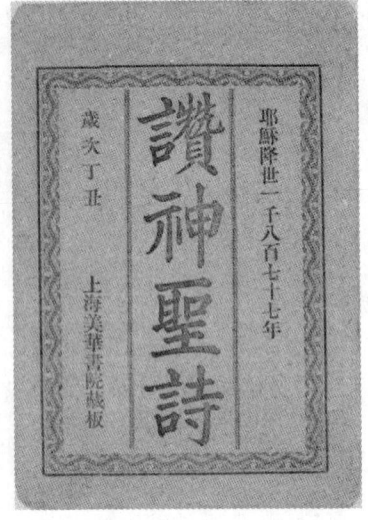

《旧约圣诗》，美华书院，1877年　《赞神圣诗》，倪维思、狄考文本，1877年

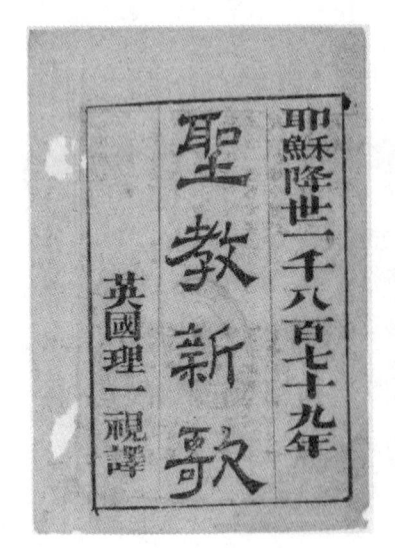

《圣教新歌》，理一视本，1879年　《宗主新歌》，湛约翰本，1879年

杨格非，《天路指明》，杨格非著，1880年 《耶稣圣教三字经》，杨格非著，1880年

《马可福音传》，羊城土话，1882年 《德慧入门》，杨格非著，1882年

《日月星真解》，杨格非著，1882年　《引家当道》，杨格非著，1882年

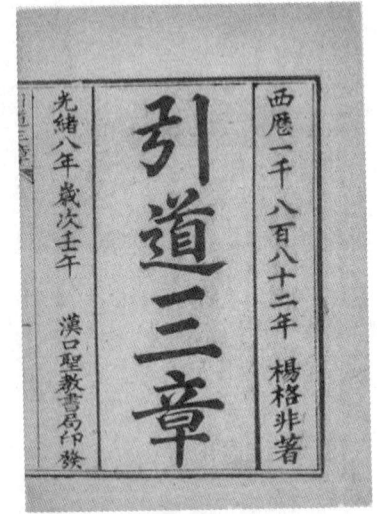

《真道入门问答》，杨格非著，1882年　《引道三章》，杨格非著，1882年

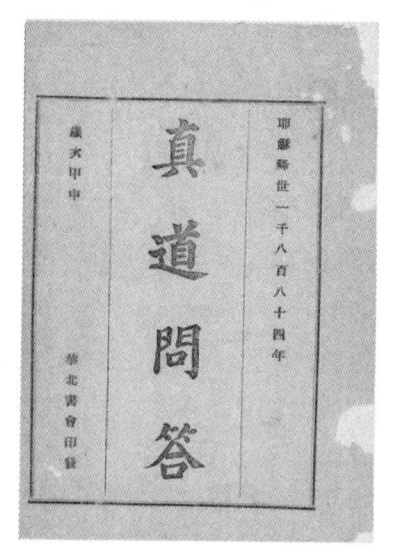

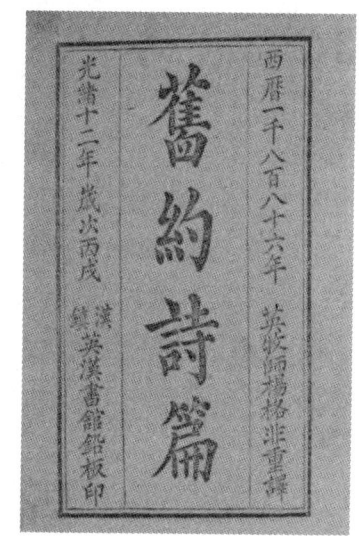

《真道问答》，华北书会，1884 年　《旧约詩篇》，杨格非重译，1886 年

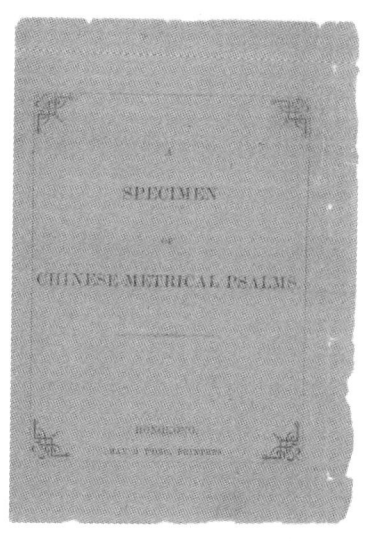

《引父归道》，杨格非著，1889 年　《诗篇》，湛约翰本，1890 年

《圣经诗歌》,理一视选译,1891年　《颂主圣诗》,杨格非等合集,1894年

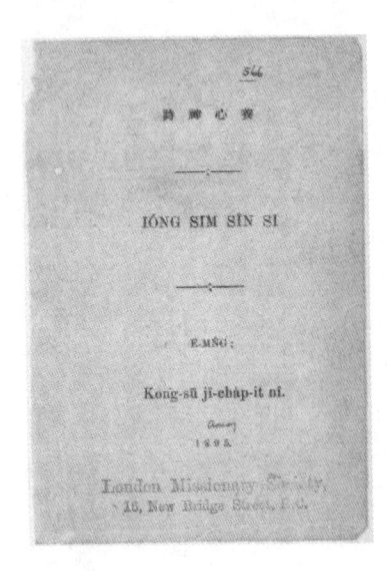

《养心神诗》,厦门罗马字本,1895年　《真道要理问答(苏州土白)》,1895年

附录　部分史料图影　311

"西学启蒙十六种",上海盈记书庄藏板,1898年本　《拜日学课》,华北书会,1898年

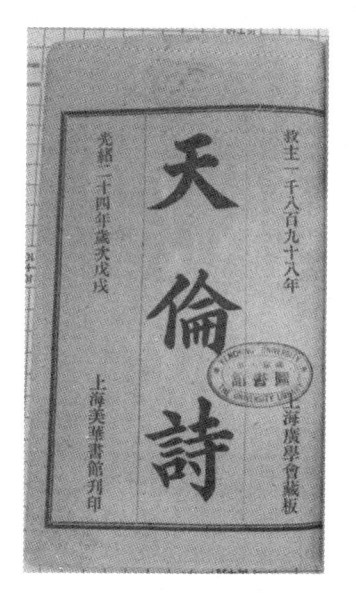

《莫包脚歌》,杨格非作序,1898年　《天伦诗》,李提摩太译,1898年

《富国真理》，山雅谷译，1899 年　《天地之大局（官话）》，杨格非著，1900 年

《大英国志》，慕维廉，1901 年本　《旧新约圣经》，施约瑟新译，1902 年

《真理八篇》，杨格非著，1904 年　《引民归道（官话）》，杨格非著，1905 年

《勿攻教论（文理）》，杨格非，1906 年　《旧约诗篇》，杨格非译，1907 年

《旧新约圣书》(Delegates' Version),大美国圣经会,1910 年

《真道问答易学》,杨格非著,1913 年

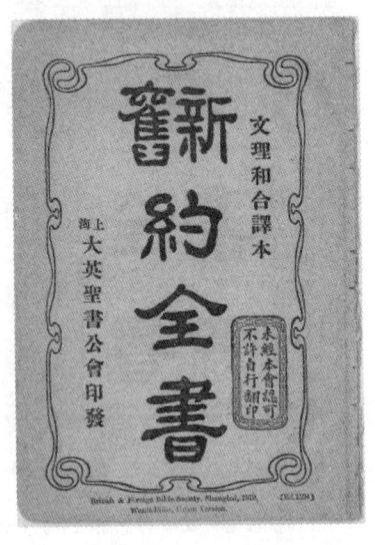

《真道入门问答(官话)》,杨格非译,1913 年 《新旧约全书(文理和合译本)》,1919 年

附录　部分史料图影　315

《新旧约全书（官话和合译本）》，1919 年　　《青年诗歌》，谢洪赉，1920 年

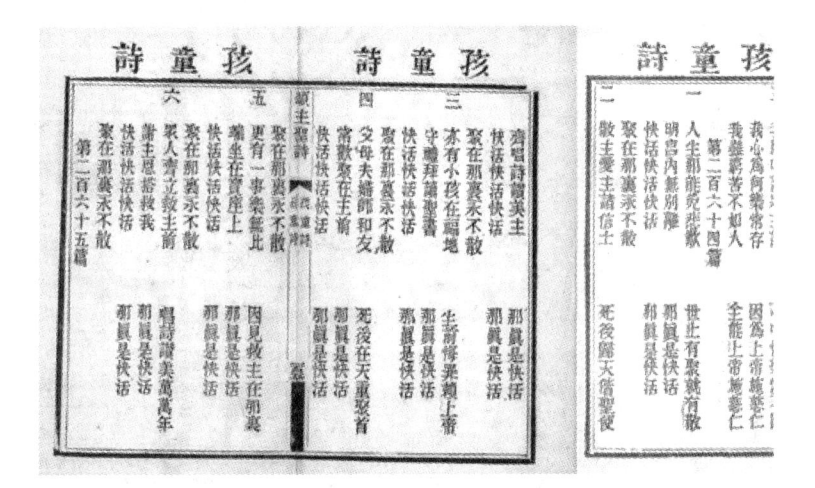

英国理约翰，艾约瑟同译，《颂主圣诗》"孩童诗"第二百六十四篇，1872 年

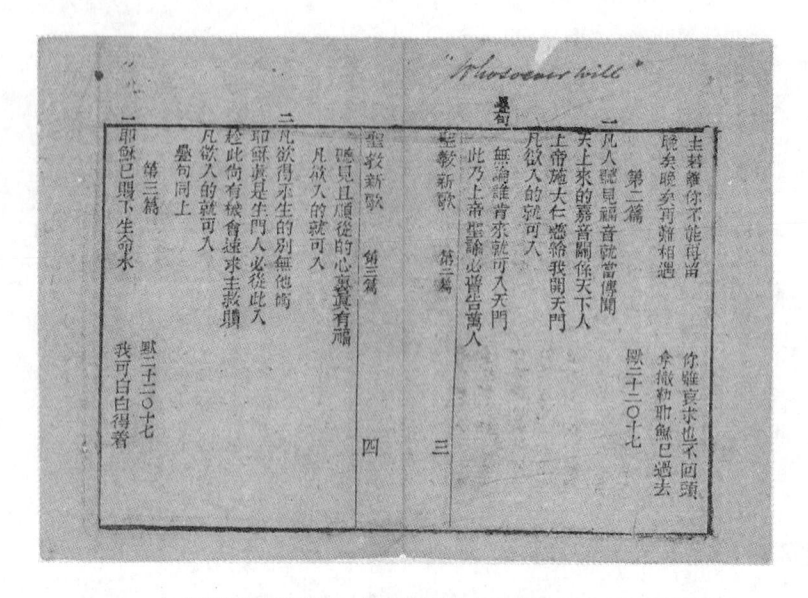

"英国理一视译",《圣教新歌》第二篇,1879年

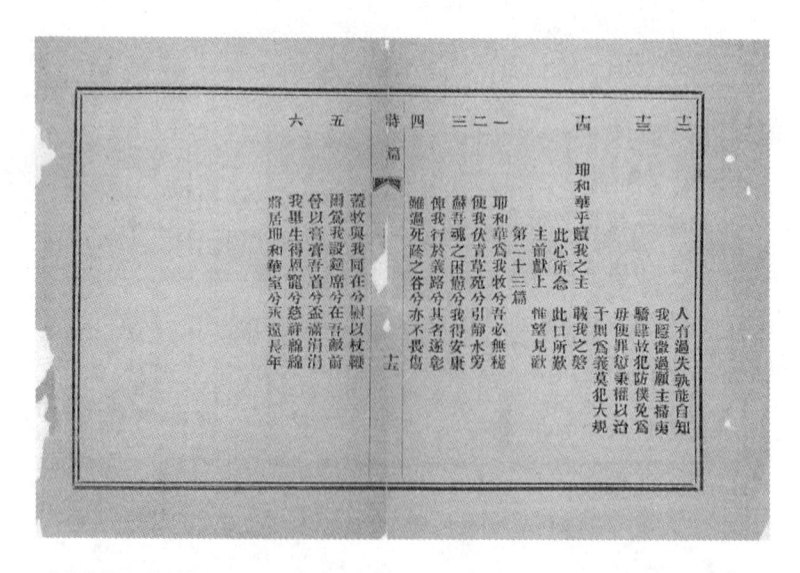

湛约翰译,《诗篇(A Specimen of Chinese Merrical Psalm)》第二十三篇,1890年

后　记

本书是在我的博士学位论文基础上修改形成的。回想起来，进入这个题目，如今依然守着，似乎都是必然。喜欢读边缘书，往人少处走，又喜欢执迷不悟，直情径行。于现实中，虽不见得真能如此随性，做事也可有些变通，但心底是喜欢那种放下挂碍、一意孤行的心态和劲头的。传教士东来，或飘然一身，离家去国，或师友同心，遍涉榛莽，意图和影响并非单一，但行迹上的坚韧执着，持守沉静，在我的阅读和想象中魅力焕然，于心有戚戚焉。或是偶然遇见，或是用心体验，对这一研究对象的某种亲切，是这样的存在了。

学位论文答辩之时，北京大学夏晓虹教授，清华大学解志熙教授，北京师范大学杨联芬教授，中国人民大学杨慧林教授、孙郁教授、程光炜教授，指出了其中的诸多问题和不足，给予我很好的建议和指导。论文所涉艾约瑟译《孤岛望乡诗》，原刊数处字迹模糊，当时不能辨识，留以空白，夏晓虹老师后来在香港中文大学讲学，专门查找资料，以其学识功力，将之补全。毕业之后，杨慧林老师、孙郁老师仍不时关心论文的修改，鼓励有加。在优秀博士学位论文的评选中，耿幼壮老师也再次给予我勉励和指导。此次，杨慧林老师又为书作序，数次出差途中犹带部分章节以读，随手记下相关想法，且避开常用的评说方式，以其视野和学养予我启迪。我的导师李今教授，一如既往，为书稿的形成付出了大量心血。没有她的指导和帮助，我是难以走到现在的。她在学术上的理想和沉毅，使我渐渐有了更深的理解，也更多了一份向往。以上诸位老师，他们的深厚学识，让我深深敬佩，他们的真诚为人，让我感动不已。

书稿出版过程中，中国社会科学出版社的郭晓鸿女士、慈明亮先生，连连予我帮助。他们工作上的认真，学术上的严谨，让我由衷赞叹。慈明亮先生特将意见形成书面稿寄我，且查阅大量文献，以其科研素养校订全文数遍，这的确为书稿增色不少。对此，我谨致以真心的感谢。

2012年5月毕业前夕，于人大品园斗室一角所写之后记，于我的论文写作和本书的形成，都有较为特别的意义，故一并附于此：

原本想把研究的时段置于五四，但人语喧哗，稍嫌热闹，自己不见得有能力适应。又往前走，读了些晚清民初，翻了几本期刊目录，还摘录了些条目。留下一堆笔记来，彼时有点沾沾，以为条理尽然。后来又觉得费力不讨好，查找某条某目，仍是忙得乱糟糟，头绪纷繁，不知所措。况且榜单与真容，妍媸混累，不是点卯即可完事。幸好也有所感，决定了要做晚清民初。捉襟见肘，支左屈右，惶惶然到此，最终落在了传教士译诗这个题目。理由自然可以列出几点几条，情感上似乎更是因为这段历史在学术界的那份相对安静。百态谬乱，气质昂昂，天花乱坠之际，内心的静谧越发奢侈，越发难得。数年于兹，不正是为的要有这份心地？

我的导师李今教授，师范彬彬，言语切切，于我影响深远。导师治学谨严，学识渊博，为人真诚，待人宽和。一次次的师生座谈，一次次的答疑解惑，转变了我的思维。而且，让我在学习中一直保持了内心的愉悦和乐观。她总是以委婉的方式，让我真正明白自己的不足。她又总是以不动声色的方式，为我排忧解难。以至于好多事情过去了很久，我才知道是她给予的帮助。论文的完成，更是饱含了导师的心血。启发，讨论，辩难，修改，定稿，每一环节，都离不开她的精心指导。甚至是一个小小的问题，导师也会再三思考，并即时提醒我注意。许多地方只叹自己愚钝，没能更深领会。但导师那种认真，那种"别着急"、"慢慢写"的宽慰和鼓励，以及其中所含的深意，于我是深深铭记的了。

孙郁老师那富有生命感的文字，以及与雅趣结合的学问，总是让我敬佩。他与学生交往也是那样谦和，言语之间让人如沐春风。这种风范，不禁让我在防不胜防地遭遇窃居者的傲然时，总多了一份对比的感慨。很有幸出入于程光炜老师"重回八十年代"的课堂，受益良多。我要衷心感谢他的耳提面命，谆谆教诲，以及对我的帮助和关心。与他交谈，也总会感觉到那份内在的真诚和善意。在论文的开题和写作中，王家新、姚丹、张洁宇诸位老师，都给了我极有价值的建议。在搜集资料时，香港中文大学的崔文东、金陵协和神学院的池建清等友人，不厌其烦，都予我可贵的帮助。

回首往事，鼓箧求学，遇到了那么多良师益友：我的小学老师陈永红，数年如一日，行走在山村的路上，去检查学生是否在早读；我的中学老师谭启寿，在我厌学之时，以他的人生经历，启发了我，激励了我；我的大学老师胡继明教授，言传身教，培养了我长远的意识；我的硕士生导师吕进教授，一生心血都奉献给了中国新诗研究所，他的智慧、幽默、乐观，总是让我仰止。我的硕士师兄傅宗洪教授，感同身受地理解了我的难处，给了我无数次的帮助，让我感激不已。我的同学陈华积、刘芳坤，与我一起分享了快乐和忧伤。还有师弟师妹们，以及最后一年结识的三位学弟，带给我善意的玩笑，也总是让人轻松。

在我那偏远的故土，熟悉的面孔越来越少，陌生的人名越来越多。多年之前，我在溪水旁的一座小磨坊里守夜。在流水的哗哗声中，在两盘木水车咯咯的节奏中，与面粉的味道，深山的静默一起入睡。那墙角的一株木槿，在记忆里永远开着，朴素而又自得。而今再回去找，只有两个浅浅的台阶，一地的荒草。留存的只是那些记忆，和永远不变的亲情。我的母亲，早早走完了她那短暂而又苦难的一生。她独自承担了超出想象的痛苦，让我自私地完成了那个阶段的学业。我的老父亲，几十年了，仍然会兴致勃勃地讲《三国演义》，背诵其中的诗词。我每次回家，他都当成了节日。我要感谢那些亲人，他们并不理解我正在做的事情，但却用近乎固执、木讷的深情，时刻牵挂着我。我还要感谢我的女友，她默默地承担了很多。

重复两节"英国理一视译"的诗歌，于此来结束我的叙述：

佳美的树花叶常荣　　佳美的果滋味香浓
佳美的河长流不涸　　佳美的泉活活泼泼

佳美的天清朗光明　　佳美的使白衣晶莹
佳美的歌常听无断　　佳美的琴珠玉镶嵌